LA COPPIA INDIANA

Amar Osmano

Alle donne della mia vita: mia madre Annita, le mie sorelle Manuela e Sonia e mia moglie Germaine

MANOSCRITTIEBOOK

manoscrittiebook@libero.it

Ringrazio di cuore la mia carissima amica Cosetta Tosca
per la pazienza di avermi ascoltato durante la progettazione e per i suoi utili consigli.

Noemi e Elia per gli stimoli ad andare avanti con il romanzo

Prologo

"Eppure non volevo vivere se non ciò che spontaneamente voleva erompere da me". Herman Hesse

E io davvero l'ho vissuto ciò che spontaneamente voleva erompere da me, le cavalcate nella prateria sconfinata, l'incontro con migliaia di bisonti al galoppo, la caccia in montagna dentro foreste incontaminate, e notti al bivacco sotto un mare di stelle con la bianca via lattea a farci da guida, le corse speranzose dietro alla luna su un mare di neve a gara con i miei giovani fratelli indiani, lo stupore nell'osservare l'aquila in volo, l'operosità dei castori, la maestosità dell'alce e la potenza del suo bramito, e poi mio padre e il suo affetto per me e per "La bella attesa da tempo", la mia Nahity. Nahity, quanto ci siamo amati, da sempre, ancora oggi che grazie al Grande Spirito abbiamo superato tanti inverni, ti posso guardare vicino a me e riscaldare il mio cuore, dietro le rughe e i capelli grigi conservi ancora la tua espressione maliziosa, il tuo sorriso di bimba disubbidiente e testarda, il tuo fascino immutato, complici gli occhi scuri e scintillanti, e mi piace osservarti quando ti muovi ancora elastica e sinuosa come se gli anni non fossero mai passati. Ricordo ancora bene il tuo viso quando avevamo quattro anni, mi chiedesti di sposarti, forse per gioco, ma eravamo seri e abbiamo mantenuto la promessa, non ci siamo più lasciati, da allora tutte le notti le ho passate con te, gli adulti hanno solo potuto accettare la nostra scelta, e mai avrebbero fatto qualcosa per separarci. Quando mio padre ritornò in città per mandarmi a scuola a malincuore suo padre e sua madre la lasciarono partire, tutto quello che facevo io voleva farlo anche lei e io, naturalmente, ero felice di fare tutto con lei, studiavamo insieme, giocavamo insieme, e insieme siamo cresciuti, felici come solo può essere felice un bambino indiano delle grandi pianure. Ma la nostra infanzia è terminata presto e bruscamente, ancora oggi mi chiedo quanto mio padre avrebbe approvato le nostre scelte che sono seguite, forse nemmeno l'aver vendicato il suo assassinio. Umanità, grande senso della giustizia e dell'uguaglianza, rispetto, generosità, queste sono alcune delle sue qualità e non posso dire che non me le abbia trasmesse, le ho sempre avute anche io quelle qualità, ma allora, da dove viene questa facilità nell'uccidere, questa fredda rabbia che sentivo tutte le volte che partivo in caccia. Quando ho ucciso la prima volta a dodici anni, per legittima difesa, non ho sentito nessuna emozione, tanto meno rimorso, ho agito con freddezza sapendo esattamente quello che facevo e dove colpivo, al cuore, perché se spari per uccidere è meglio mirare al cuore. E Nahity, uguale a me, dolce e spietata, non aveva esitato a tranciare la carotide con un coltello da cucina ad un terzo che mi aveva sopraffatto, da allora non abbiamo più smesso e uccidere divenne il nostro lavoro.

Parte prima

Mi chiamo Adrien Betancourt, sono stato un bounty Hunter per scelta insieme a mia moglie Nahity. Fosse stato per mio padre, Antoine, sarei probabilmente diventato un giornalista come lui, o forse un avvocato, avrei comunque avuto un lavoro stabile e tranquillo in qualche cittadina dello sterminato ovest. Mi piaceva studiare, leggere, informarmi, in un mondo di rozzi analfabeti, spesso violenti, era un privilegio, ma anche una necessità per non perdere la bussola della propria umanità.

Mio padre, Antoine, aveva origini francesi, i suoi nonni emigrati dal sud della Francia sulla costa est del nord America, erano ottimi sarti, dopo i primi difficili inizi riuscirono ad aprire una boutique con laboratorio e, grazie alla loro abilità, attirarono molti clienti che apprezzavano molto la moda francese. Suo padre, cresciuto nella piccola sartoria ereditò il mestiere con grande passione, ma non riuscì a trasmetterla a mio padre, il quale dopo aver passato la giornata chiuso a scuola mal sopportava dover restare ancora chiuso in laboratorio ad imparare i segreti delle stoffe. Intelligente e curioso, da ragazzo era afflitto da iperattività e quindi non riusciva a passare molto tempo sui libri, era però un bravo ragazzo, amava molto i suoi genitori e per non deluderli si iscrisse all'università riuscendo a laurearsi. Alto e atletico, amava gli sport, la vita all'aria aperta e soprattutto il pugilato che praticava sin da bambino, non era attaccabrighe ma non permetteva a nessuno di cantargliela, un paio di colpi di pugilato e anche i più grossi finivano nella polvere, non amava portare armi ma era un buon tiratore e qualche volta andava anche a caccia. Trovò lavoro al giornale locale ove conobbe mia madre che lavorava come giornalista, si piacquero subito ma è solo dopo molti mesi che mio padre si innamorò veramente di lei. L'incontro con mia madre cambiò il suo stile di vita, si sposarono e andarono a vivere insieme, vedeva sempre gli amici, ma adesso erano cene in casa o picnic lungo il fiume. Adorava mia madre e quando rimase incinta di me fu al colmo della felicità.

Il giornale per cui lavoravano li inviò in una cittadina sul fiume Mississippi, Saint Louis, dalle cui rive partivano battelli pieni di legname e pelli e altre mercanzie, diretti verso New Orleans, che allora era in piena espansione e al cui porto accedevano numerose navi negriere che hanno fatto la triste ricchezza di molti proprietari terrieri degli stati schiavisti del sud. Su molte imbarcazioni che arrivavano dalla costa c'erano marinai neri liberi che animavano spontaneamente le serate con i loro strumenti a fiato e la loro voce roca e profonda, i ritmi delle loro percussioni, facevano ballare e divertire i bianchi che non avevano mai sentito musica simile. Mio padre e mia madre si divertivano molto ad ascoltarli e a ballare e la sera lasciatomi a casa con la tata si recavano sul lungofiume per cenare e ascoltare un po' di racconti di quei navigatori o cacciatori e personaggi più strani dai quali traevano spunto per i loro articoli da inviare al giornale.

A Saint Louis arrivavano anche indiani a commerciare le loro pelli e altri manufatti e mio padre sempre curioso si era fatto molti amici, i racconti dei loro territori e delle loro usanze lo meravigliavano, li trovava straordinari, non capiva i bianchi che li trattavano come selvaggi e reagiva con energia ai commenti razzisti, dicevano che erano senza dio che non avevano anima. Strano, pensava mio padre, per un popolo che dedica ogni giorno della propria vita al Grande Spirito, che prima di uccidere un animale prega per la sua anima, che prima di abbattere un albero chiede scusa al bosco. Mio padre vedeva in loro una viva spiritualità e umanità, fieri e orgogliosi davano grande importanza a parole come verità, lealtà, amicizia, guardavano diritto negli occhi il loro interlocutore e ascoltavano con attenzione, il loro scarso inglese era diretto e chiaro.

Non passò nemmeno un anno dal loro arrivo quando mia madre improvvisamente morì dopo una breve malattia, io piccolissimo non mi resi conto di nulla, stavo sempre in braccio alla mia tata e tanto mi bastava, non che mia madre non mi amasse, tutt'altro, svezzato presto dal seno materno era con la tata che passavo la maggior parte del tempo e dunque quei giorni passarono senza lasciare alcuna traccia in me. Nemmeno la depressione che seguì di mio padre mi toccò, conscio del mio bisogno affettivo e attento a non creare traumi passava con me tutto il tempo che poteva coccolandomi o facendomi divertire, io stesso fui la sua terapia. Però non sopportava più di vivere in quella casa e un giorno spinto dal suo spirito avventuroso attraversammo il fiume In direzione ovest.

Da St. Louis partivano i pionieri per il grande ovest, oltre il fiume guadato con le zattere, c'era un immenso territorio ancora da esplorare, con popoli da conoscere, poche cittadine di frontiera, vaste praterie, boschi immensi, alte montagne innevate e valli e fiumi. Una pista appena tracciata, la via Bouzman si inoltrava nel territorio indiano delle grandi pianure fino a fronteggiare le Rocky Mountain e ad attraversarle tramite passi difficili e pericolosi verso la costa ovest, la California e l'Oregon, le ricche e fertili terre sull'oceano pacifico che venivano assegnate per pochi soldi e dunque molto ambite dai coloni. Mio padre spinto da un'irrefrenabile voglia di viaggiare, dal senso dell'avventura e dal desiderio di approfondire la conoscenza della cultura indiana, comprò un carro, mise sopra i suoi libri, carta per scrivere e poche altre masserizie, mandò la tata con una lettera dai nonni e partimmo con una carovana, prima a Kansas City e poi a nord fino a Pierre, sulle sponde del fiume Missouri, in pieno territorio Lakota. Ovviamente non ricordo nulla di quel viaggio. Pierre era un piccolo insediamento in espansione che cominciava a crescere, un grosso trading post che commerciava soprattutto in pelli e ogni sorta di attrezzi da costruzione o per l'agricoltura, sorto in seguito all'insediamento di un forte militare, diverse abitazioni di agricoltori e allevatori sorgevano dappertutto. Mio padre comprò con i suoi risparmi una piccola casetta con un terreno intorno poco lontano dal centro cittadino e in quella casa io crebbi, alternandola al villaggio indiano che segnerà per sempre la mia vita.

Andammo a vivere in un villaggio indiano Lakota quando avevo circa tre anni e vissi lì di continuo per tre anni. Il villaggio d'estate era disteso nella prateria vicino al fiume che corre dalle Montagne Sacre, le Black Hills, boschi di Faggi e pini gli facevano in parte da contorno. Mio padre, dopo aver conosciuto alcuni importanti componenti della tribù si era accordato di insegnare l'inglese gratuitamente a chi ne avesse fatto richiesta, in cambio lui poteva partecipare alla vita del villaggio e studiarne la lingua, i costumi, le tradizioni e le credenze.

Le primissime immagini della mia vita che sono registrate nella mia mente risalgono a questo periodo. Ancora oggi vedo con limpidezza i colori degli abiti e delle piume che ornavano gli adulti, facce sorridenti e nenie cantate con voce profonda, o quella acuta e limpida delle donne, gli alti tipì colorati, il ritmo dei tamburi, e poi ancora l'erba sotto i miei piedini nudi, animali in corsa, verdi alberi, uccelli che volavano intorno e la fresca acqua del fiume che mi avvolgeva facendomi ridere mentre mio padre mi teneva sotto le ascelle parlandomi con dolcezza. La mia è stata un'infanzia felice, insieme agli altri bimbi eravamo cullati e coccolati amorevolmente, le donne erano sempre disponibili a prendersi cura di noi che giravamo tutti insieme inventando giochi o inseguendo piccoli animaletti che trovavamo per caso, gli insetti mi attraevano particolarmente con le loro forme e i loro colori e poi i ragni con le loro tele, mi affascinavano e mi terrorizzavano allo stesso tempo, quando ne scorgevo uno mi avvicinavo con cautela e stavo lì a guardare la sua pazienza, fermo ad aspettare una preda, poteva passare anche tutto il giorno senza che nulla capitasse, poi improvvisamente uno scossone nella tela e il ragno si gettava con ferocia azzannando la preda incollata alla rete senza più scampo, poi la avvolgeva velocemente facendone un fagotto e tornava al centro ad aspettare la liquefazione degli organi interni, il pasto sarebbe venuto dopo. In seguito negli anni a venire mi paragonai spesso ad un ragno lupo, ne incontravamo spesso tra i sassi o in cammino veloce tra l'erba in cerca di prede, di solito ci ignoravano ma alcuni più permalosi si rizzavano sulle zampette posteriori affrontandoci con i loro artigli minacciosi, le zampette anteriori spalancate pronte ad afferrare la preda e ad azzannare mortalmente. Similmente io e Nahity facevamo la nostra tana in qualche buco nelle montagne, o nel sottobosco, mentre intorno tessevamo con pazienza la nostra rete di caccia setacciando il terreno per chilometri in cerca delle tracce delle nostre prede e quando le scovavamo piombavamo loro addosso pungendo fulmineamente e mortalmente, tanto che, spesso, i banditi, si accorgevano di cosa stesse succedendo solamente quando la morte era ormai incollata alla loro pelle e sul loro viso si poteva leggere il terrore della fine. Ricordo ancora durante quegli anni, tornando al villaggio, i canti funebri che duravano tutta la notte cullando i miei turbamenti, mi affascinavano e ascoltavo con partecipazione anche se capivo che qualcosa di terribile era avvenuto, qualcosa a cui non c'era rimedio se non nel canto e nel pianto, nel rituale espresso con grande dignità e rassegnazione. Mio padre, che non era mai stato un fervente credente, disprezzando il senso di colpa che caratterizza il cristianesimo, era più agnostico, tentava di rasserenarmi prendendomi in braccio, mi diceva che qualcuno era andato incontro al Grande Spirito liberando la sua anima dal tempo e dallo spazio ed ora correva felice nelle celesti praterie, mentre i suoi amici e parenti cantavano per dare a lui l'ultimo saluto.

E poi il ricordo più dolce, Nahity, La Bella Attesa da Tempo, unica figlia femmina dopo quattro maschi, carattere ribelle e volitiva. Ta copin Adrien. Come se fosse lei la mia amica, la sola tra tutti i bambini che frequentavo. Un giorno assistemmo ad una promessa di matrimonio, i due giovani sposi erano bellissimi nei loro leggeri vestiti di pelle di daino, sfrangiati, ricchi di monili, di perline colorate, le acconciature dei capelli con trecce e piume, tutti erano felici, cantavano, ballavano e mangiavano e noi ridevamo di gusto. Alle nostre menti infantili sembrava la porta della felicità, due giovani che si promettevano e si baciavano e si abbracciavano e andavano a vivere insieme per il resto della loro vita. Nahity improvvisamente mi disse, facciamo anche noi la promessa, così vivremo sempre insieme. Io rimasi un attimo perplesso, non sapevo cosa rispondere, pensavo di dover chiedere a mio padre, però l'idea di vivere sempre con lei e non doverci salutare tutte le sere mi affascinava, avrei potuto ascoltare le fiabe che mio padre mi raccontava insieme a lei sotto la stessa coperta, così risposi semplicemente, sì, va bene, facciamo la promessa. Ci accordammo per il giorno dopo. Andai dalla tata e le chiesi di agghindarmi da guerriero per gioco, mi fece il bagno, mi lavò i capelli, poi mi mise un completo di pelle, pantaloni e giacca riccamente decorati con pettorina di ossicini e perline colorate, sui capelli un copricapo di piume degno di un capo, un piccolo arco a tracolla con faretra e sul viso i colori della pace, presi la mia coperta di pelle leggera e uscì dal tipì, erano circa le cinque del pomeriggio, il sole era ancora alto. Il copricapo di piume sulla mia testolina, mi tirava i capelli all'indietro, per sostenerla dovevo drizzare la schiena tenendo la testa perfettamente diritta sulle spalle, la coperta invece mi toccava le gambe davanti e per camminare facevo un passo come una specie di marcia. Mi diressi con il mio buffo portamento, tutto serio e impettito, verso il tipì di Nahity. Tutti mi notarono nel villaggio e in breve erano usciti in molti a vedermi, compreso mio padre meravigliato e divertito, arrivato stesi la coperta per terra e mi sedetti a gambe incrociate e la schiena diritta. Nessuno osava intervenire, si chiedevano dove volessi arrivare, cosa volessi fare. Io stetti paziente ad aspettare come se fossi solo, poi vidi la tenda muoversi, una mano adulta e la tenda si spalancò, uscì Nahity. bella come la luna piena, gli occhi scintillanti, un sorriso luminoso che meravigliò tutti i presenti, anche lei aveva chiesto alla sua tata di agghindarla come per una festa senza spiegare quale, mi venne incontro e io non potei fare a meno di alzarmi, mi baciò delicatamente sulle labbra, il che scatenò l'applauso e le urla dei presenti che ormai avevano capito la nostra intenzione, ma non potevano, non volevano intervenire. Io avvolsi Nahity e me stesso con la coperta e insieme andammo nel mio tipì, lasciando gli adulti tra lo stupore e il divertito, per vivere una vita insieme.

Quella sera dopo cena mio padre e il padre di Nahity vennero convocati dal consiglio del villaggio. Parlò per primo lo sciamano che fece il punto della situazione, tutti sapevano che i due bimbi si frequentavano e stavano sempre insieme ed era normale che si volessero bene, che forse la festa del giorno prima li aveva influenzati un po' troppo, ma era la prima volta che due giovani prima dell'età matura, per giunta bambini, facevano la promessa senza neppure consultare i genitori ed ora si doveva trovare un accordo, pensare a come procedere senza traumatizzare i due bimbi e pensare al loro futuro. Parlò mio padre, si disse stupito di quanto accaduto, che non pensava bisognasse dare troppa importanza ad un gioco di bimbi e che era pronto a prendersi in carico la bimba, ma non a staccarsi da Adrien, suo unico figlio, e che quando sarebbe arrivato il momento sarebbe ripartito con il figlio per la città. Parlò il padre di Nahity. Cervo Scalciante. La Bella Attesa da Tempo ha un carattere di ferro che nemmeno i suoi fratelli tutti insieme riescono ad eguagliare, da quando il Grande Spirito ce l'ha mandata è stata una battaglia di tutti i giorni, è una bimba allegra e amorevole, ci vuole bene e io e la madre le vogliamo un gran bene, ma guai a contraddirla, fa sempre di testa sua, il Grande Spirito ha scelto per noi una figlia che farà la vita che si è scelta lei stessa, scegliendo il suo uomo, un uomo bianco, ha deciso il suo destino, e nessuno potrà cambiarlo, noi non ne abbiamo il diritto, il nostro fratello bianco sarà per lei un secondo padre e sono sicuro saprà darle il meglio insieme all'affetto, lo stesso affetto che più volte ha dimostrato per il figlio e per tutti i figli dei nostri fratelli. Cervo Scalciante, era un uomo saggio e pur prevedendo che un giorno molto presto si sarebbe separato dall'unica figlia femmina a lungo desiderata, sapendo che anche la madre ne avrebbe pianto a lungo, sapeva anche che non poteva cambiare il corso della vita di uno spirito indomabile. Chiese quindi la promessa che ogni qual volta ci fosse stata l'occasione, una volta partiti, il fratello bianco avrebbe dovuto riportare la bimba al villaggio, per stare con i propri genitori, con la propria gente e non dimenticare le usanze indiane, e la promessa doveva essere sigillata dal patto di sangue tra di loro. Mio padre rispose che avrebbe giurato secondo il patto di sangue, Nahity sarebbe stata per lui una seconda figlia, le avrebbe voluto bene come a suo figlio non facendo differenze e che l'avrebbe riportata al villaggio ogni volta che ci sarebbe stata l'occasione. Cervo Scalciante alzò la mano, prese il coltello e si fece un taglio nel palmo, mio padre fece altrettanto, si fissarono negli occhi e si strinsero le mani in un patto di fratellanza, davanti al capo Lupo Grigio e a tutti gli anziani che annuivano positivamente. Intervenne ancora lo sciamano, disse che aveva consultato a lungo gli spiriti e i segni erano chiari e positivi, era stata fatta la scelta migliore, disse che i bambini sarebbero vissuti a lungo e insieme avrebbero raggiunto la gloria dei guerrieri leali e coraggiosi e le loro gesta sarebbero state raccontate di bocca in bocca. Lo sciamano si era lasciato andare, ma mai profezia si rivelò più azzeccata.

Passarono altri due anni, io e Nahity dormivamo sempre insieme, avevamo fatto l'abitudine l'uno all'altra, ci aiutavamo a vestirci, a lavarci, a rifare il giaciglio, la sera ascoltavamo in silenzio le fiabe narrate da mio padre, poi arrivò l'età scolare dovevamo rientrare in città per iniziare la scuola e naturalmente Nahity veniva con noi insieme alla nostra tata indiana Tahina. Partimmo con la promessa fatta al padre di Nahity che saremmo tornati tutti gli anni finita la scuola. Il viaggio di ritorno lo ricordo bene, mi piacquero i paesaggi che incontrammo fatto di boschi e di fiumi e di estese praterie, incontrammo una mandria di bisonti che brucavano pacifici l'erba folta seguiti dai lupi, avvistammo branchi di veloci antilocapre, in cielo volavano aquile e avvoltoi, ma l'arrivo in città fu uno shock, strade fangose e case tutte uguali e tetre, un fiume di persone, mercanzie ovunque, officine aperte e chiassose che emanavano fumo puzzolente, disordine ovunque. Mentre noi guardavamo a bocca aperta il caotico agglomerato di abitazioni, la gente guardava noi e soprattutto le indiane in nostra compagnia. Mio padre aveva fatto avanti e indietro per inviare i suoi scritti al giornale ed era conosciuto e stimato, sapevano che aveva vissuto in un villaggio indiano e non tutti vedevano di buon occhio quest'amicizia. Non ebbe comunque problemi ad iscrivere Nahity a scuola, sapevamo già leggere e scrivere e Nahity cominciava ad esprimersi bene anche in inglese, mio padre ci aveva portati avanti facendoci da maestro. Più difficile fu l'adattamento alle nuove maniere, mangiare a tavola con le posate giuste, mantenere i vestiti puliti e portare le scarpe chiuse tutto il giorno e soprattutto stare fermi al banco a scuola, ci aiutava la nostra curiosità e il rispetto che avevamo imparato verso i grandi che parlano, stavamo sempre attenti e bevevamo ogni parola dei nostri insegnanti. Era mio padre stesso a controllare i nostri progressi scolastici, ci dava spesso letture sulle quali poi ci interrogava chiedendoci dei personaggi, cosa facevano e cosa succedeva, ci stimolava alla discussione aiutandoci così a memorizzare e prestare attenzione a quello che leggevamo.

Il nostro primo giorno di scuola eravamo ben vestiti secondo il gusto di mio padre, io avevo un completino grigio, camicia con un corto cravattino a fiocco e scarpe nere, Nahity un bel vestitino a fiori con giacchetta verde, scarpe rosa, una piccola piuma, bianca come la neve, con una macchia nera sulla punta, scelta di Tahina, scendeva sul suo lato destro tra i capelli, era al centro dell'attenzione, era la prima volta che una bimba indiana si iscriveva ad una scuola di bianchi in paese, ma Nahity era bella nelle sue trecce, gli occhi semi mandorlati, la pelle ambrata, sorridente con denti bianchi come perle, e la bellezza fa sempre la sua parte, tutti volevano salutarla, i bambini facevano a gara a presentarsi spinti dai genitori che dicevano, va a conoscerla, ero un po' geloso ma Nahity mi tenne per mano finché non arrivammo al nostro banco. Ci sentivamo un po' spaesati e prigionieri in quella classe quadrata e spoglia, abituati a correre liberi tutto il giorno appresso a lucertole, ma ci abituammo presto. Il pomeriggio trovavamo sempre il tempo di fare una corsa nei prati, anche il bosco non era lontano da casa nostra, i primi anni da soli ci era proibito ovviamente, ma dato che a mio padre piaceva correre e fare ginnastica ci andavamo con lui, spesso fino al fiume, lui correva davanti e noi gli andavamo dietro, a volte scompariva e dopo un po' ritornava sempre correndo. Tutto bene bimbi. Guarda cosa abbiamo trovato, guarda cosa abbiamo trovato, una grossa rana. Avevamo sempre un animaletto da fargli vedere, acchiappavamo di tutto, anche insetti o ragni e scorpioni pericolosi che potevano pungere, aiutandoci con fazzoletti o piccoli legnetti, stando attenti a non ferirli, avevamo già imparato a riconoscere quelli pericolosi o ad agire con precauzione quando non li conoscevamo, li osservavamo da vicino con curiosità, contavamo le zampe, guardavamo se avevano pungiglioni, chele, poi li lasciavamo liberi.

Fuori dalla scuola vestivamo sempre uguale, cioè da maschio, in quanto più pratico, ma lei non rinunciava alla sua femminilità esprimendola nei capelli, sui quali penzolava sempre una piccola piuma, li aveva tagliati, ma erano ancora lunghi fino alle spalle, qualche orecchino e una catenina completavano il quadro in un volto dolce e luminoso, complice il bianco sorriso e gli occhi scintillanti che risaltavano ancor più sulla pelle ambrata. Io avevo una folta capigliatura nera che mi costringeva a tagliarli spesso, gli occhi scuri e la pelle chiara che si abbronzava facilmente e, tranne per qualche amuleto al polso o al collo, non portavo quasi nulla di indiano quando non eravamo al villaggio, in fondo ci piaceva vestire bene quando se ne presentava l'occasione, nelle feste e a scuola.

Quando Nahity compì otto anni, essendo nata in inverno e io in autunno mio padre disse che ci avrebbe insegnato ad usare il fucile, aveva già cominciato da qualche anno ad insegnarci i colpi del pugilato e le nostre braccia erano forti benché ancora magroline, così comprò due piccoli fucili e cominciammo ad esercitarci nel giardino dietro casa. Era bravo come tiratore e come insegnante, ci spiegava come guardare, la posizione del corpo, a prendere il respiro al momento giusto, trattenerlo indurendo l'addome e premere leggermente il grilletto, passò poco tempo che cominciammo ad avere una certa precisione, e allora passammo a bersagli mobili, mio padre era soddisfatto di noi e ci incoraggiava a migliorarci. Alla fine della scuola primaria pensò di mandarci, per il ciclo successivo, ad una scuola migliore in città dai nonni, noi eravamo entusiasti, vedere una città dell'est doveva essere un'esperienza magnifica, dai racconti di mio padre ci eravamo immaginati queste città immense, strade pulite, negozi limpidi, vetrine e poi scuole e l'università, persone gentili e vestite per bene alla moda europea.

Mio padre ci accompagnò fino a Saint Louis, dove incontrammo per la prima volta i nonni venuti a prenderci, erano affabili e felici di vederci, ci piacquero davvero tanto. Abitavano in una bella casetta con giardino ai margini della città, ma intorno era pieno di case e strade, poco verde e pochissimi animali se non qualche cane o gatto e i sempre presenti cavalli o muli. Ci avevano preparato una cameretta con due letti separati, guardai Nahity e sorridemmo, ma non dicemmo nulla, quella notte dormimmo benissimo in un solo letto. Al mattino ci trovarono insieme ancora abbracciati, i nonni erano confusi e non sapevano che dire. Nonna, siamo sposati, non siamo fratello e sorella. E Nahity. Abbiamo sempre dormito insieme, da quando avevamo quattro anni.

La scuola era mastodontica, copriva il cielo, come tante altre costruzioni che non sapevamo identificare, abitazioni, uffici, faceva impressione vedere le fabbriche così enormi vomitare tante persone come se fosse acqua. Il nostro iniziale entusiasmo si era un po' affievolito, speravamo nella scuola, in fondo eravamo lì per questo. I nonni ci avevano già iscritto a scuola e Nahity aveva preso il nostro cognome e modificato il nome, Naomi Betancourt, ma quando la videro entrare alcuni storsero la bocca, non si trattava tanto di indianità quanto di pelle e la sua era troppo scura. Ci chiamò il direttore, ci disse che ormai la bimba era iscritta e non poteva mandarla via ma chiarì che lì poteva essere in pericolo, sarebbe stata presa di mira e avrebbe avuto vita difficile, sarebbe stato meglio iscriverla ad una scuola di neri. Ma così dovremo separarci, dissi Io. Non se ne parla nemmeno, disse Nahity. Così decidemmo di rimanere nella scuola dei bianchi anche se in classi separate, da una parte i maschi e dall'altra le femmine.

Il primo giorno di scuola durante l'intervallo Nahity stava chiacchierando con alcune compagne quando si presentò una ragazza delle classi superiori, decisamente più alta e sfrontata, si piazzò con le braccia incrociate e le disse. Cosa fa una negra in mezzo alle donne bianche. Nahity non disse nulla, continuò a guardare le amiche che si erano ammutolite. Riattaccò la ragazza con tono dispregiativo. Non rispondi serva. Nahity si sposto dal gruppo e girandosi le sferrò dal basso verso l'alto un secco pugno sul mento, la ragazza cadde a terra piangendo e perdendo sangue dal labbro, fu subito soccorsa dalle amiche che avrebbero dovuto darle darle manforte ma ora sapevano solo urlare come oche, Nahity stava in piedi a guardare, sola davanti a tutti. Mi avvicinai, presi Nahity sottobraccio e tentai di allontanarci, ma non facemmo in tempo, quattro ragazzotti ci avevano circondato, amici della ragazza volevano vendicarla e se la presero con me, affrontai il primo che mi sferro un pugno, io mi piegai di lato e schivai il colpo, ci riprovò, schivai nuovamente il colpo ma partì il mio diretto che lo colpi in piena faccia, poi un secondo e un terzo pugno, cadde a terra e mentre già mi rivolgevo al secondo un gruppo di ragazzi si frappose fra e me e gli assalitori e ci accompagnarono via. Le testimonianze a nostro favore fortunatamente furono molte.

Il direttore disse semplicemente, ve lo avevo detto, le fattezze di Nahity per fortuna non hanno quasi nulla di negroide ma la sua carnagione scura non lascia dubbi, non vi lasceranno facilmente in pace. Io ero sbalordito. Nahity era piena di rabbia. Con quella frase, quasi nulla di negroide, detta con un filo di disprezzo, confessava di credere nella superiorità della razza bianca, anche se forse non condivideva i metodi violenti era pur sempre uno schifoso razzista. Passarono mesi di studio, eravamo diligenti, i metodi di mio padre davano buoni frutti, i professori erano molto soddisfatti dei nostri progressi, eravamo tra i primi della classe in quasi tutte le materie, ma si interessavano solamente del loro lavoro evitando di intervenire nelle dinamiche tra gli studenti, e non passavamo giorno senza ricevere degli insulti, la scuola sembrava divisa tra gli amici, anche sinceri, i nemici e una massa indifferente. Intanto le scazzottate continuavano, c'era sempre qualcuno più azzardato che non aveva capito bene la lezione data ad altri, ma nessuno di loro sapeva fare la lotta e per noi era gioco facile, con qualche mossa di pugilato, riempirli di pugni, quando poi finivano nella polvere contusi e confusi entravano a far parte di quelli che parlavano e basta. Anche i più grandi di noi finivano sempre ammaccati, il loro problema era colpirci, noi eravamo sempre pronti ad evitare i colpi e a contrattaccare con calci al ginocchio al limite della rottura dei legamenti, facevano molto male e già dopo il primo calcio si ritiravano vergognosamente. Davanti a te c'è il tuo avversario, il tuo nemico e il nemico, di solito non te lo scegli, te lo trovi davanti, è brutto, è cattivo, forse è bello ma è più grosso di te e se ti prende ti fa male, tu non farti prendere, resta a distanza rilassato, non mostrare paura, non mostrare aggressività, ma rimani sempre pronto a colpire e, quando colpisci, colpisci duro. Erano questi gli insegnamenti di mio padre quando facevamo gli allenamenti al pallone o al sacco, noi li avevamo interiorizzati ed ora li mettevamo in pratica.

Un giorno stavamo passando tra molti studenti in giardino, quando improvvisamente ci trovammo la strada sbarrata dalla folla, sentii urlare dietro di me e girandomi vidi un ragazzo molto più grande, almeno tre, quattro anni più di noi, vestito male, a piedi scalzi, aveva la faccia cattiva e non lo conoscevo, non era uno studente, probabilmente lo avevano fatto venire apposta per darci una lezione, infatti era già in posizione di combattimento e mi urlava che mi avrebbe fatto a pezzi. Non avevo scelta, dissi a Nahity di spostarsi e di lasciarmi fare, ma di tenersi pronta ad intervenire qualora avessi avuto la peggio. Ci puoi giurare, mi rispose con la faccia dura. Mi piazzai davanti a lui con le braccia sui fianchi in posizione rilassata, lo guardai negli occhi folli di rabbia, era più alto di me, mentre la gente urlava scattai con un piede in avanti, lui fece un mezzo passo indietro sorpreso dall'attacco e poi si buttò in avanti con un gancio prevedibile, lo evitai traendomi poco indietro e scattando con il corpo lo colpì alla gola con un colpo secco a mano mezza aperta, emise un rantolo e gli si bloccò il respiro, ma rimase in piedi con il volto paonazzo, gli sferrai un calcio nei genitali con un saltino di rincorsa per colpire più duramente, emise un gemito di dolore e si piegò leggermente sulle gambe abbassandosi, a quel punto non so se fu più veloce il pensiero o il pugno che lo colpiva pesantemente al volto, perché sei così cattivo, ha già perso, vidi la testa andare all'indietro quasi disarticolata con un filo di sangue sgorgare dalle narici, andò con il sedere per terra e poi cadde su di un fianco senza più muoversi e senza poter quasi respirare. Ci fu un attimo di silenzio completo, non gli avevo dato nessuna possibilità, avevo colpito duro, ognuno dei tre colpi da solo sarebbe bastato per metterlo ko, ma avevo approfittato dei molti presenti per dare una lezione, non era solo questione di lotta, ma anche di cattiveria e io, noi due, nella lotta ne mettevamo tanta quando si trattava di difenderci, senza pietà. Presi la mano di Nahity e ce ne andammo tra facce stupite e ammirate.

Penetrando più a fondo nella conoscenza della città cominciammo a sentire bene il puzzo del razzismo, i neri erano confinati in alcune zone malservite con strade fangose conciate peggio di molte povere cittadine che avevamo visto nel nostro viaggio, facevano i lavori più umili e peggio pagati in condizioni pietose, i maltrattamenti erano all'ordine del giorno. Avevamo paura, paura che qualcosa di grave potesse accadere anche a noi e soprattutto a Nahity. Un giorno, stavamo tornando a casa da scuola, sentimmo un vociare alto, vedemmo della gente correre. L'hanno preso, l'hanno preso. Corremmo anche noi e quando arrivammo vedemmo alcuni uomini che stavano picchiando brutalmente un povero giovane nero, tutti urlavano in preda ad una eccitazione crescente, invasati come degli ossessi e continuando a picchiarlo anche con bastoni, poi gli misero una corda al collo e lo appesero sotto un ponte quando ormai era già probabilmente morto. Rimanemmo sconvolti, Avevamo assistito ad una esplosione di violenta schizofrenia collettiva nel pieno di una città dell'est, dove le belle arti e la cultura facevano da specchietto per la ricca borghesia che si crogiolava nelle feste di beneficenza. Un giorno la società dovrà fare i conti con questa doppia anima.

Nessuno fu accusato, nessuno fu condannato per questo orribile delitto. Arrivammo ad una decisione.

Il giorno dopo a scuola io e Nahity ci eravamo messi d'accordo di andare ad incontrare tre ragazzotti della terza classe, strafottenti e malvisti da molti che ci sfottevano in continuazione, il loro sarcasmo razzista ci dava sui nervi, ma badavano bene a non oltrepassare il limite, avevano capito che a pugni con noi non c'era partita. Li trovammo appoggiati al cancello dove c'era un gran passo di studenti, tutti e tre insieme, come sempre, si davano coraggio. Appena ci videro stamparono sulle loro facce il loro sorriso sprezzante. Nahity si piantò decisa davanti a loro e disse con voce forte. Brutti sporchi musi di maiale, puzzate di letame, spostatevi che devo passare. I tre rimasero sbigottiti e il loro perfido sorriso mutò in una espressione di disorientamento, intorno si fece spazio. Io urlai, non avete sentito cosa ha detto, spostatevi che puzzate come caproni. I tre si guardavano incerti su cosa fare, tutto si aspettavano fuorché un affronto faccia a faccia da noi che eravamo soliti camminare senza curarci di loro e delle loro insolenze. A questo punto non potevano semplicemente spostarsi e lasciarci passare, quindi uno si avvicinò a Nahity che, fatta una finta, gli sferrò un calcio nello stomaco e poi una gragnola di colpi in faccia, un altro si avvicinò a me con i pugni pronti, io lo colpii al plesso solare e poi gli scaricai tanti cazzotti in faccia, caduto anche questo mi rivolsi al terzo che saltellava già pronto con i pugni e la faccia sconvolta, poi improvvisamente si voltò e si mise a correre più velocemente possibile.

Rientrammo a casa dai nonni e gli dicemmo che volevamo tornare alla nostra cittadina, da nostro padre. Da pensionati i nonni stavano bene, nessuno dava loro fastidio, ci avevano sempre vissuto in questa città, ma ne avevano sottovalutato il clima razzista, o meglio, non lo vivevano. Gli schiavi da cortile che convivevano con i loro padroni bianchi sotto lo stesso tetto, davano un'immagine alterata del rapporto con i neri, erano trattati bene, facevano lavori leggeri e mangiavano bene, ma c'era l'altra faccia della medaglia che la gente fingeva di non vedere, una faccia fatta di schiavismo violento, soprusi, sfruttamento, denigrazione continua. Ma dio, mi domandavo, permette ad un uomo di essere padrone di un altro uomo, perché gli schiavisti erano cristiani, andavano in chiesa regolarmente e si battevano il petto per i loro peccati, come i neri, d'altronde, anche loro da buoni cristiani elevavano le stesse preghiere e cantavano le stesse canzoni allo stesso dio. Ma non eravamo tutti uguali, tutti fratelli, così ci insegnavano nell'ora di religione, la distorsione era palese. Vedere quell'uomo sofferente in croce ci metteva tristezza, sentire poi che era morto per i nostri peccati non riuscivamo a capirlo, quali colpe si possono imputare ad un bambino, ad un neonato. Noi mantenevamo istintivamente un distacco razionale dal cristianesimo, lo schiavismo mentale è solo volontario.

Spedimmo una lettera che ci avrebbe preceduto, informando mio padre del nostro arrivo. Questa volta saremmo partiti da soli, i nonni protestarono a lungo ma noi fummo irremovibili, ce la saremmo cavata almeno fino a Saint Louis in treno.

Avere dei nipoti in casa era una ventata di freschezza, gli davamo gioia e un motivo per alzarsi dal letto alla mattina, quindi la nostra decisione di ripartire così presto li riempì di tristezza, ma capivano che non c'era altro da fare.

Avevamo compiuto da alcuni mesi dodici anni ed era la prima volta che affrontavamo un viaggio da soli. Quando il treno partì e vidi i nonni, mentre piangevano, diventare sempre più piccoli, mi resi conto che per la prima volta eravamo soli, io e Nahity, un viaggio di più di mille miglia, sarebbe durato giorni, non ero preoccupato, ma sentivo una specie di vuoto intorno a me, come uno spazio che dovessi organizzare costruendomi da solo gli strumenti adatti, un tempo lungo da gestire senza l'appoggio degli adulti, sentivo dentro di me tutta la responsabilità di vivere e del bisogno di crescere per essere davvero autonomo. Era tanto che non vedevo mio padre e ne sentivo la mancanza, il suo affetto, la sua voce calda e ferma, ma soprattutto la sua guida sicura. Guardai Nahity, anche lei era pensierosa, guardava fuori dal finestrino al contrario del movimento di marcia del treno, tutto si allontanava, sembrava guardare all'ultimo anno, a tutto ciò che ci era capitato, mi sembrava diversa, ero diverso, eravamo cresciuti. La magia della nostra infanzia libera e felice, la spensieratezza, erano svanite nella nuova consapevolezza che il mondo non era fatto di sole praterie e cieli immensi, ma anche di estesi brutti ambienti urbani, case grigie e squadrate, senza giardini, industrie fumose e tossiche, un mondo di cinismo ed egoismo, ipocrisia e bruta violenza di uomini senz'anima, arrivisti senza un vero motivo per vivere, di ricchezza ostentata e miseria subita. La fedeltà incondizionata dei nostri amici presente solo nel ricordo, nei nostri desideri di ritrovarli all'ovest, al villaggio indiano, ci dava il coraggio di affrontare quell'anonimo treno. Gente sconosciuta, frettolosa, quelle suore nei loro ridicoli vestiti, i capelli coperti come fossero motivo di vergogna, con le tristi croci in bella mostra, altre donne, diversamente nascoste, nei loro ampi bei vestiti e costosi cappellini, con lo sguardo altezzoso, la borsetta stretta al corpo, uomini seri e impettiti dallo sguardo deciso, pieni di orgoglio e volgari ubriaconi senza alcuna dignità, e poi povere famiglie con i loro rozzi bagagli, i vecchi vestiti puliti e in ordine, in viaggio verso la speranza di una nuova vita, umili nel cercare un posto senza dar fastidio, sempre pronti a chiedere scusa, ai quali andava tutta la mia simpatia. Dopo aver conosciuto la violenza cieca a Richmond, la realtà della precarietà della vita, delle sue disuguaglianze e ingiustizie mi dava un senso di vertigine e di rabbia. C'è un momento nel quale una donna, un uomo, gettano per la prima volta uno sguardo cosciente su questo mondo, dopo di che nulla sarà più lo stesso, oggi posso dire che quel momento lo stavamo vivendo su quel treno. Carezzai la mano di Nahity per cercare conforto, si voltò a guardarmi e vidi nei suoi occhi il mio stesso bisogno di calore umano e, in fondo ad essi, lessi i miei stessi pensieri, in una sorta di magnetismo mentale che ci accomunava, ci abbracciammo forte, senza dire nulla.

Era quasi sera quando il treno si fermò in una stazione, alcune persone scesero, altre salirono. Scendemmo a comprarci qualcosa da mangiare, vuotammo le borracce e le riempimmo di acqua fresca. Un uomo intorno ai quaranta anni, vestito di nero, ampio cappello e una piccola croce sul petto notò che eravamo soli, si avvicinò e ci chiese chi eravamo. Mio padre ci aveva istruiti sulla confidenza che dovevamo agli adulti, rispondere con gentilezza, ma mai darne troppa, non rimanere mai soli e non accettare inviti, non bere e non mangiare nulla che ci veniva offerto. In mezzo alla folla ci sentivamo al sicuro, ma il sorriso enigmatico di quell'uomo non mi ispirava nessuna fiducia. Cominciò con i complimenti, due bambini che viaggiavano soli erano coraggiosi e maturi, disse, sicuramente intelligenti. Io guardai Nahity e dallo sguardo capii che nemmeno lei si fidava. Poi incominciò con le domande. Come vi chiamate, io risposi falsamente Paul e Sara. E dove andate. Domani dobbiamo incontrare nostro padre, non era vero nemmeno questo in quanto il nostro viaggio sarebbe stato ancora lungo prima di incontrare nostro padre. Ah, siete fratello e sorella, sembra che avete la stessa età. ma sicuramente non avete la stessa madre, disse ciò con un risolino ironico. Non risposi nulla, ma dissi. Ora dobbiamo andare, il nostro treno sta per partire. Certo, anche io devo cercarmi un posto a sedere, prendo lo stesso treno vostro. Non mi sentii contento di sapere che avrebbe viaggiato con noi, speravo che ce ne saremmo liberati. Risalimmo sul treno e poco dopo lo vedemmo entrare nel nostro vagone, appena ci vide ricominciò con quel falso sorriso, ci raggiunse e chiese di sedersi. Sfortunatamente il posto al mio fianco era libero e non potei rispondere di no. Si sedette e ricominciò con i complimenti e a raccontare di sé stesso. Era un religioso, con i voti minori, come indicava la croce sul petto e la bibbia in mano. Questa è la parola di dio, diceva, e non me ne separo mai, lui è la guida della mia vita e io sono la guida dei fanciulli, infatti mi occupo di educazione cristiana e molti allievi, tutti bravi bambini, educati e ubbidienti mi ascoltano con interesse, io amo i bambini e sono molto felice di poter dedicare il mio tempo a loro e ringrazio il signore Gesù quando li vedo crescere nella fede e riuscire nelle loro vite anche grazie a me. Mi annoiava molto e non capivo dove volesse arrivare, quindi risposi che non eravamo interessati alla religione, Nahity fingeva di dormire per non dover rispondere. Non sai cosa dici, sei solo un fanciullo ed è normale che sia così, io volevo solo parlarvi dell'amore di dio per tutti gli uomini, anche gli indiani sono figli di dio e lui li ama anche se loro ancora non lo sanno. Si era fatto buio e nel vagone tutti dormivano. Aveva preso il vizio di toccarmi il ginocchio con leggeri colpetti mentre parlava, ma ora la mano si era fermata, mi accarezzava piano e lentamente saliva sulla coscia, il contatto mi dava ribrezzo, diventai di ghiaccio, mi disse piano che ero un bravo bambino, che dovevo essere ubbidiente, che non avevo nulla da temere da lui che era un uomo di dio e che mai avrebbe fatto del male ad un bambino. Lo guardai in volto, era sudato, gli occhi gelatinosi, sembrava trasformato in un animale libidinoso, poi la bibbia appoggiata sulla pancia si spostò per il movimento del treno e vidi che si stava accarezzando il pene, ebbi un moto di rabbia che mi salì fino alla testa, ma mi controllai, infilai piano la mano nella tasca presi il mio coltellino a serramanico, lo aprii con una mano sola, diedi un calcetto al piede di Nahity che dormiva, lei aprì gli occhi e vide la scena, poi estrassi il coltello di tasca e impugnandolo fermamente gli sferrai un colpo sulla mano che teneva il pene. Lanciò un urlo animale che svegliò l'intero vagone, si alzò gridando che ero un criminale e che volevo derubarlo. La gente chiedeva cosa fosse successo, chi diceva di calmarsi, io e Nahity stavamo in piedi con i nostri coltellini spianati in silenzio e le facce decise. L'uomo tenendosi la mano ferita si accorse tardi di avere ancora il pene fuori dai pantaloni, alcuni lo videro e urlarono che era uno sporcaccione, la gente cominciò a spintonarlo e a colpirlo, arrivò il capotreno che chiese spiegazioni, il religioso continuò con la bugia del tentato furto, ma nessuno gli credeva, la gente mostrò la patta ancora aperta del religioso, affermando di averlo visto mentre riponeva il pene dentro ai calzoni. Ricominciarono gli insulti e gli spintoni e il capotreno lo portò via a fatica. Poi ritornò e ci chiese se volevamo sporgere denuncia, ma questo significava scendere dal treno e perdere un mucchio di tempo, mio padre non vedendoci arrivare si sarebbe preoccupato moltissimo e così rifiutammo, in fondo aveva avuto la sua lezione, oltre alla vergogna di essere additato da tutti. Sta bene, disse il capotreno, ma io farò ugualmente un verbale dell'accaduto, lo darò ai miei dirigenti che lo segnaleranno alle autorità e per questo ho bisogno delle vostre generalità.

A Saint Louis mio padre era già in stazione, ci venne incontro e ci abbracciò commosso, tratteneva a stento qualche lacrima, la nostra tata Tahina, invece piangeva a dirotto insieme a Nahity, io ero l'unico che, pur felicemente commosso, manteneva un certo controllo guardando il quadretto familiare con distacco, in realtà volevo vederli tutti insieme e riempirmi gli occhi di felicità. In carrozza verso l'albergo la tata tirò fuori da un cestino cose buone da mangiare e noi ci abbuffammo subito di tutto quello che conteneva. Ehi, ma non vi siete comperati da mangiare durante il viaggio, si lamentava mio padre scherzosamente. Gli consegnai subito il pacchetto che mi aveva dato il nonno con tante raccomandazioni, sapevo cosa conteneva e anche papà lo sapeva, una parte dei proventi della vendita del laboratorio e del negozio di sartoria, lo mise nella sua borsa. Ripartimmo subito il giorno dopo per Kansas City, con la carrozza, fu un viaggio lungo e scomodo, in treno almeno ci si poteva alzare e sgranchirsi le gambe, stipati nella carrozza dovevamo aspettare le fermate anche per fare pipì.

Pierre mi accolse con la sua indifferenza, il solito caos, ero contento di essere a casa, ma nei miei pensieri avevo solo il villaggio indiano, anche qui intorno c'erano boschi e fiumi dove rilassare la mente e ritemprare il corpo, ma mi mancava la tranquillità e la spontanea armonia che regnava tra gli indiani. Parlammo con mio padre del nostro futuro scolastico, a Pierre non c'era una scuola adatta a noi, quindi decise di assumere un precettore che ci avrebbe guidati nello studio direttamente a casa, mentre mio padre stesso ci avrebbe insegnato legge e la forma dello stato, i libri li avevamo portati tutti con noi e non perdemmo tempo, incominciammo con le letture.

Finito l'anno scolastico, partimmo subito per il villaggio indiano, eravamo eccitati all'idea di rivedere i nostri amici, di giocare con loro e correre lungo il fiume, seguire le tracce degli animali fino a scovarli nelle loro tane, fare a gara con l'arco e soprattutto Nahity era contenta di rivedere i suoi genitori e i suoi fratelli, avrebbe parlato liberamente la sua lingua, raccontato le sue esperienze e di come era cresciuta avviandosi ad essere una vera donna. Papà aveva comperato dei regali, due cavalli per il Capo villaggio Lupo Grigio e per Cervo Scalciante, due giovani vacche per il villaggio che potevano tirare l'aratro, alcuni coltelli d'acciaio per i fratelli di Nahity e poi stoffe e attrezzi vari. Caricammo tutto sul carro, legammo gli animali e partimmo inoltrandoci nella prateria di verdi erbe alte che ci avrebbero accompagnato per i tre giorni di viaggio, tanto sarebbe durato.

La mattina del secondo giorno eravamo partiti da solo un'ora quando cominciammo a sentire un puzzo terribile di carne in putrefazione che aumentava di miglio in miglio. Ci chiedevamo cosa potesse mai essere, finora avevamo colto solo il profumo della primavera inoltrata dei fiori e delle erbe. Poi dietro un'alta ondulazione del terreno vedemmo volare degli avvoltoi e altri uccelli, tanti e sembrava non avessero un punto preciso su cui dirigersi. Mio padre prese il fucile e lo pose al suo fianco e ci disse di fare altrettanto, cominciammo a salire verso la cresta, ma prima di arrivare fermò il carro e scese a piedi, io e Nahity lo seguimmo con i fucili, strisciammo gli ultimi metri nell'erba fino ad arrivare in cima, il puzzo era sempre più forte e lo spettacolo fu desolante, centinaia di carcasse di bisonte giacevano sull'erba completamente scuoiate. Animali di ogni genere, lupi, volpi e soprattutto uccelli, aquile, avvoltoi, poiane e corvi banchettavano senza tuttavia poter consumare completamente le carni che ormai erano in putrefazione avanzata. Mio padre non parlava, il suo volto non esprimeva nulla di preciso. Si alzò e tornammo verso il carro. Attraversammo quell'avvallamento con stupore misto a rabbia, coprimmo il naso con un fazzoletto per resistere al forte odore e continuammo per varie miglia finché non sentimmo più l'aria impestata, ma l'odore si era impregnato nei nostri vestiti e nelle nostre narici, così quando incontrammo un fiume nel primo pomeriggio ed essendo ormai lontani, ci fermammo per lavarci e lavare i nostri vestiti. Quella sera intorno al fuoco mio padre ci raccontò che erano arrivati in città molti cacciatori, avevano fatto un campo, per la concia delle pelli, a varie miglia fuori dalla città lungo il fiume Missouri per evitare di impestare l'aria ai cittadini. I bisonti erano facili prede, mentre brucano l'erba stanno fermi e nemmeno si accorgono che intorno a loro si sparge la morte, un pessimo cacciatore può ammazzarne varie decine in una giornata, poi li scuoiano e lasciano il corpo con tutta la carne a marcire. Io ero allibito e rabbioso, non sapevo che pensare di questi avidi cacciatori. Il bisonte per gli indiani è di un'importanza fondamentale alla loro cultura e sopravvivenza, rappresenta lo spirito delle grandi pianure e ne hanno grande rispetto, uccidono solo quelli che servono al loro bisogno e tutto viene usato del loro corpo, non solo la pelle e le carni che vengono messe a seccare per l'inverno, ma anche le ossa, i tendini, gli zoccoli, tutto viene usato per uno scopo, come costruire utensili o monili, punte di freccia, corde per archi, contenitori per l'acqua con lo stomaco essiccato. L'indiano per uccidere un bisonte deve avvicinarsi di soppiatto per non farlo scappare, deve rischiare la propria vita in un duello con la lancia in corsa con il cavallo e non di rado qualcuno rimane ferito. Una volta ucciso intervengono le donne che lo scuoiano e lo squartano per trasportarlo più agevolmente. Mentre i cacciatori bianchi, con i loro potenti fucili, nascosti dietro l'erba o qualche masso, possono uccidere facilmente e senza pericolo quanti bisonti vogliono, dipende solo da quante pelli sono in grado di trasportare in un viaggio. Andammo a dormire pieni di pensieri e di rabbia, se fosse continuato così, quanto ci avrebbero messo i bianchi a sterminare tutti i bisonti, l'indiano ha sempre pensato che fossero infiniti, tutti gli anni tornavano dalle loro migrazioni numerosi grazie alle nuove nascite, non c'era mai stata a memoria di uomo una preoccupazione simile.

La mattina ci svegliò il dolce tepore del sole, l'aria profumava nuovamente di primavera e gli uccelli cinguettavano felici tra gli alberi alla ricerca di insetti e larve o bacche. Mio padre e Tahina si erano già alzati e avevano preparato il fuoco per la colazione, io e Nahity ci recammo tra le rocce sul fiume per lavarci, ci denudammo completamente e giocammo a spruzzarci l'acqua fresca addosso, mi tuffai in una buca seguito da Nahity e quando riemersi con la faccia rivolta verso l'altra sponda vidi una figura in piedi davanti a me, era un guerriero Cheyenne che non conoscevo con mezza faccia dipinta di nero, in mano l'arco e la freccia tesa verso di me, senti urlare Nahity, siamo indiani, non ucciderci. L'uomo guardò Nahity, allentò l'arco abbassandolo e ci chiese chi eravamo, altri guerrieri uscirono dal boschetto, avevano tutti le facce dipinte di nero. Dopo un po' eravamo tutti seduti a far colazione, alcuni guerrieri avevano già conosciuto mio padre e si fidavano di lui. Ci dissero che stavano cercando i responsabili del massacro di bisonti per ucciderli. Mio padre non poteva biasimarli, ma disse loro che questo avrebbe significato la guerra con i bianchi. Rispose il loro capo. I bisonti sono la sopravvivenza della nostra gente, questo massacro è un'offesa al Grande Spirito che protegge l'equilibrio del mondo e noi guerrieri abbiamo il dovere, abbiamo il diritto di difendere il nostro mondo. l'uomo bianco deve capire che non siamo disposti a tollerare simili azioni contro il creato, succeda quello che deve succedere noi non ci tireremo indietro. Posso andare a parlare con i capi degli uomini bianchi e far capire loro che non è giusto sterminare i bisonti in questo modo, ma non potranno condannare i responsabili perché per le leggi dei bianchi ciò non è reato e se voi li ucciderete sarete voi ad essere fuori dalla legge e ricercati per omicidio. Noi siamo guerrieri Cheyenne e seguiamo le leggi del nostro popolo non le vostre, viviamo su queste terre da sempre e dobbiamo difendere le nostre famiglie, chiunque metta a rischio la sopravvivenza del nostro popolo merita la morte.

Ripartimmo con l'amaro in bocca e una nuova inquietudine nel profondo, la prepotenza, l'avidità dei bianchi metteva a repentaglio la pace e l'armonia della prateria e mio padre sapeva, anche io ormai capivo, che non potevamo farci nulla. I cacciatori non si sarebbero fermati nemmeno di fronte al pericolo di morire ammazzati e avrebbero risposto con rappresaglie ad un eventuale omicidio di bianchi.

Passò un altro giorno di viaggio e infine giungemmo al villaggio, alcuni guerrieri che avevamo incontrato, ci stavano scortando. Quando entrammo ci venne incontro molta gente, tutti felici di vederci e curiosi di vedere cosa avevamo portato. Il capo lupo Grigio era tra loro in piedi davanti a tutti al centro del villaggio, Nahity appena vide i suoi genitori saltò giù dal carro ancora prima che si fermasse e si getto piangendo tra le loro braccia. Stentarono a riconoscerla, portava pantaloni da uomo con stivali, una camicia e i capelli sciolti e raccolti sotto il cappello, se li era tagliati fino alle spalle, la madre lanciò un acuto urlo di gioia, quando Nahity si tolse il cappello, riconoscendola, poi iniziò a piangere a dirotto stringendosela forte al petto. Si fermò il carro, scese mio padre che andò a salutare Lupo Grigio, io presi il cavallo fulvo, lo condussi da lui, lo salutai e gli dissi, questo cavallo è tuo. Lupo Grigio guardò mio padre con un'espressione di imbarazzo, quasi non credesse alle mie parole, ma mio padre confermò. È il nostro dono per un grande capo. Lupo Grigio prese le briglie, accarezzò il cavallo sul collo, appoggiò la sua fronte sul capo del cavallo per qualche secondo mormorando parole che non udimmo, poi con un salto ginnico, inaspettato per la sua età, gli salì in groppa, gli fece fare qualche passo intorno al carro, poi rivolgendosi alla sua gente disse. Guardate la generosità del nostro fratello bianco, è un magnifico animale, possa il Grande Spirito dare loro ricchezza, prosperità e lunga vita. Ma non era ancora finita, mio padre mostrò le due giovenche e disse che erano di tutto il villaggio. Io andai a prendere l'altro cavallo pezzato che consegnai a Cervo Scalciante, nemmeno lui credeva fosse possibile un regalo così bello, ringraziò di cuore. Il mio cuore è già molto felice, disse, nel rivedere mia figlia bella e in salute insieme al suo piccolo marito, ma ora la gioia trabocca dai miei occhi inondandoli di dolci lacrime.

Quella sera si fece festa, la luna illuminava il villaggio, i ritmi dei tamburi facevano vibrare i muscoli e scorrere il sangue nelle vene, numerosi fuochi furono accesi per cuocere le carni e le verdure. Mio padre sedeva di fianco a Lupo Grigio e a Cervo scalciante, fumavano la pipa e si raccontavano belle storie, tutti erano allegri e si rideva. Io E Nahity eravamo con i nostri amici, raccontavamo delle grandi città visitate, delle esperienze vissute, ma tacevamo gli aspetti più crudi, non volevamo interrompere il momento di felicità. Nemmeno mio padre toccò l'argomento dei bisonti, riservandosi di parlarne in un secondo momento.

Al mattino presto eravamo già in compagnia dei nostri amici, gli dicemmo che volevamo anche noi due archi nostri per poterci esercitare liberamente, loro sapevano come fare. Ci portarono nel bosco alla ricerca di un albero adatto alla costruzione, un Hickory o un Osange orange dal legno duro ma flessibile e veloce, particolarmente durevole nel tempo. Con l'aiuto dei nostri amici scegliemmo quello adatto, staccammo due rami robusti dello spessore giusto, poi tagliammo altri rami più piccoli per le frecce. Con i nostri coltelli togliemmo la corteccia, portammo il legno dall'indiano esperto costruttore di archi e gli commissionammo il lavoro. Dopo una settimana ci chiamò e ci mostrò i due archi, erano semplici ma sembravano fatti bene e precisi, non troppo duri e di ampiezza adatta alla nostra corporatura, ci consegnò anche dieci frecce a testa. In pagamento gli regalammo un'ascia di acciaio, fu contentissimo. Andammo subito a provarli facendo a gara con i nostri amici, arrivammo ultimi, erano tutti bravissimi e noi inesperti, non era la stessa cosa che con il fucile per il quale bastava una leggera pressione dell'indice sul grilletto per fare partire il colpo con precisione, con l'arco quando lasciavamo la corda tesa e la freccia partiva, c'era sempre un leggero scostamento, ma non passò molto tempo che capimmo il meccanismo di puntamento, schiena e gambe rigide, un piccolo respiro trattenuto con la pancia, lo sforzo teso delle nostre braccia e la nostra precisione cominciò ad uguagliare quella con il fucile. Andavamo a pescare, a caccia, passavamo le intere giornate a correre in giro nei boschi, sul fiume a nuotare o ad arrampicarci sulle falesie oltre il fiume dove iniziavano le Montagne Sacre.

Facevamo incontri straordinari, una mamma orsa con i cuccioli, o maschi solitari, stando in gruppo non avevamo paura ma non bisognava agitarsi e tanto meno mettersi a correre per non metterli in allarme e sulla difensiva, ci mettevamo in ginocchio con le braccia abbassate, gli animali ci osservavano dandoci occhiate di curiosità e poi proseguivano per la loro strada. Era magnifico poterli osservare così da vicino, imponenti e fieri mettevano davvero paura. I lupi in particolare mi attraevano, vedevo nel loro sguardo serenità e fierezza, invidiavo la leggerezza del loro portamento e l'agilità delle loro zampe quando si arrampicavano sulle rocce. I serpenti come i crotali erano molto pericolosi in quanto si mimetizzavano molto bene nell'ambiente e solo quando eri molto vicino li potevi notare con il secco suono della coda vibrante, la bocca spalancata già in posizione di attacco, bisognava stare molto attenti a dove si mettevano i piedi e le mani, ma non ricordo di nessuno che sia stato morso in quel periodo. Ci raccontavano che non sempre si moriva in seguito al morso, quando mordono per difesa non sempre iniettano il loro veleno che è prezioso, serve per la caccia, lo chiamano dry bite o morso secco, si sta male, un po' di febbre per qualche giorno ma poi tutto passa con semplici cure a base di erbe medicamentose. Si incontravano anche molti animali non pericolosi, come il mite coyote, la sfuggente lince grigia, l'elegante antilocapra che cercavamo di catturare, in pianura era velocissima, non era facile con l'arco, una sola freccia di solito non bastava se non la colpivi in un punto vitale e allora bisognava inseguirla per colpirla nuovamente e poi era carne fresca arrosto per tutti. Si festeggiava attorno al fuoco nelle serate che seguivano a quelle giornate di assoluta libertà, si cantava e si ballava, nuovi versi venivano composti, ci raccontavamo gli episodi della giornata, lodando le capacità dell'uno o dell'altro e ridendo degli insuccessi. Nahity dimostrava bravura nel seguire le tracce, le facevano i complimenti e le ragazze più grandi che non partecipavano direttamente alla caccia erano fiere di lei. Alle volte si dormiva all'aperto, troppo lontani dal villaggio per farne rientro, le notti tiepide con il cielo stellato, la via lattea luminosa a farci da guida, altre volte la luna piena, splendente, a farci sognare un mondo libero, di pace. I lupi in lontananza facevano sentire il loro lungo ululato alla notte, sancendo così la loro egemonia su quel territorio, si alternavano come in un dialogo da più direzioni riempiendo la notte di mistero. Avevo quasi voglia di rispondere, alzarmi e ululare, farmi sentire, sono qui, sono dei vostri, vi ascolto, ma avevo paura di essere preso per matto, di suscitare l'ilarità della compagnia, allora tacevo tenendomi l'emozione di sentirmi parte integrante dell'ambiente, sprofondato nell'erba alta, un animale tra gli animali, non più cosciente del mondo di quanto non lo fossero loro, Il suono teso e profondo batteva sui miei timpani rimbombando nella mia testa, sentivo il mio cuore battere in petto, ero sconvolto e felice, il sudore mi colava dalle tempie, allora cercavo la mano di Nahity vicino a me, sentivo il suo corpo caldo, il suo respiro leggero, regolare, mi faceva tornare in me, nella mia umanità.

Ma una leggera inquietudine adombrava i miei pensieri prima di addormentarmi, gli amici intorno a me, che dormivano felici, nell'incoscienza dell'uomo bianco e del suo potenziale pericoloso, nemmeno io ancora lo sapevo, ma il loro mondo era arrivato alla fine, la corsa del bisonte nelle grandi pianure di lì a poco avrebbe trovato un ostacolo nella ferrovia, nelle carovane di pionieri in viaggio verso le pianure oltre le montagne rocciose, nei fucili sempre più numerosi e precisi degli avidi cacciatori che non si sarebbero fermati di fronte a nulla portando sull'orlo dell'estinzione l'animale simbolo delle grandi pianure, nei cercatori d'oro che avrebbero violato e sconvolto le montagne sacre agli indiani devastandole con la dinamite, massacrando chiunque si sarebbe opposto all'avanzata della civiltà bianca alla ricerca di nuove terre e di nuovi profitti. Questa era l'ultima generazione che avrebbe goduto di totale libertà di movimento. Io, dividendomi tra gli studi nella civiltà progredita delle città dei bianchi e la convivenza con i Sioux dei quali mi sentivo parte, adattandomi e respirando il loro senso del sacro, del rispetto di sé, della loro fratellanza, ero privilegiato, la mia crescita individuale, la mia formazione intellettiva e spirituale doveva diventare qualcosa di unico, di irripetibile, se non nella persona di Nahity. Provenienti da mondi diversi il nostro incontro ci aveva plasmati facendoci uguali, fatti l'uno per l'altra, di mente e di corpo, una forte attrazione magnetica ci spingeva a stare sempre insieme, non c'era gelosia, non c'era paura di stare lontani, solo il desiderio di stare vicini, di prenderci per mano, di guardarci negli occhi prima di dormire, di affrontare sempre tutto insieme. A volte mi sorgeva spontaneo un pensiero che forse davvero il Grande Spirito avesse scelto per noi, ma questa idea mi sembrava sciocca, non potevo credere che un dio davvero potesse dedicarsi a qualcuno in particolare tracciandogli la strada senza curarsi degli altri uomini. Tutto era dovuto al caso, un gioco di bambini, come diceva mio padre, che si era trasformato in una scelta di vita, poi il carattere volitivo di Nahity, che non avrebbe mai accettato un ruolo subalterno, la sua spiccata intelligenza, aveva trovato in mio padre terreno fertile per crescere. Lei era la figlia femmina che mia madre avrebbe desiderato, raccontava mio padre, colta e indipendente, forte e caparbia l'avrebbe cresciuta nello stesso modo in cui era cresciuta lei, nello stesso modo in cui mio padre ci stava educando assecondando le nostre capacità e i nostri desideri, stimolando la nostra curiosità intellettuale e infondendo in noi tutte le sue qualità fisiche, intellettive e morali.

Un giorno attraversammo il fiume, salimmo sulla sponda opposta ove il terreno si alzava di un centinaio di metri, fino ai piedi delle falesie delle Montagne Sacre che sovrastavano la pianura, ove eravamo soliti allenarci a scalarle divertendoci, il fiume sotto di noi scorreva con ampie curve prima di dirigersi decisamente, tra boschetti a galleria, nella pianura, perdendosi a vista d'occhio nella immensa prateria. Arrivammo ad una radura dalla quale la vista verso est regalava panorami mozzafiato a perdita d'occhio dello sconfinato verde. Ci inoltrammo in un boschetto di pini, sembrava che i nostri amici più grandi sapessero dove andare, trovarono un sentiero poco battuto che portava sotto le pareti rocciose fino ad una ampia apertura rotonda nella roccia, accesero alcune torce ed entrammo in un'ampia stanza dalle pareti chiare e levigate che rimandavano i bagliori del fuoco delle torce, in fondo un cunicolo indicava che la grotta non finiva lì. Sulle pareti potevamo osservare dei disegni rossi e graffiti stilizzati di animali e figure vagamente umane con lance e qualche arco con frecce, altri disegni più astratti non li capivamo, potevano essere il sole, la luna o altro con significati più esoterici. Erano tracce delle popolazioni del passato di cui non restava memoria. Restammo in silenzio ad osservarli con attenzione, avevamo studiato qualcosa a scuola ed ora vedere di fronte a noi quei messaggi, quei tentativi di comunicazione da parte di uomini ormai estinti ci attraeva ed emozionava, sentivamo il flusso della storia dell'uomo scorrere davanti ai nostri occhi quasi palpabile, facendoci sentire piccoli e insignificanti di fronte all'immensità del tempo eterno, eravamo solo di passaggio su questo mondo e questo pensiero aveva molto da raccontarci sul nostro presente, sul nostro futuro personale. Ci inoltrammo nel cunicolo, abbastanza ampio da poterlo percorrere in piedi, che da quella stanza portava ad un'altra in leggera discesa, sempre levigata e chiara con altri disegni e altri graffiti simili ai precedenti. Il cunicolo continuava per un'altra decina di metri, sempre in leggera discesa, in fondo al quale si intravvedeva una luce, fuori dal cunicolo si apriva una grotta gigantesca con una ampia apertura in alto da cui entrava la luce del giorno, sotto di noi, a qualche metro di distanza, un laghetto sotterraneo largo una ventina di metri con un rivo emissario che scorreva verso una apertura nella parete gettandosi all'esterno. Non si vedeva da dove arrivasse l'acqua, doveva essere un affioramento di una falda sotterranea, l'acqua era tanto limpida che si poteva vedere il fondo, fino a perdersi al centro per la profondità. Continuammo a camminare girando intorno al laghetto fino ad un enorme masso sotto il quale vedemmo una specie di altare votivo. Oggetti diversi in legno ed osso, amuleti e stoffe, grandi penne di uccello e crani di animali, erano deposti sopra e intorno all'altare, notammo delle pietre levigate, alcune avevano la forma di punte di freccia, altre asce rudimentali. Altre tracce delle antiche popolazioni che abitavano questi luoghi mescolate a quelle attuali. I nostri amici ci dissero che ancora oggi gli sciamani, anche di altre tribù, venivano qui a pregare e a chiedere consiglio agli spiriti. La sacralità del luogo era palpabile, tutti avevano un atteggiamento di umile rispetto. Ci fermammo a meditare qualche minuto in silenzio, ma le emozioni non erano finite. Continuammo ad arrampicarci sulle rocce per qualche centinaio di metri fino ad un'alta parete al di sotto della quale si apriva un'altra caverna, vi entrammo e subito notammo un osso enorme che affiorava dal terreno, sembrava un femore con le sue tipiche protuberanze, più avanti gli amici si erano fermati a guardare in silenzio, io e Nahity ci facemmo strada in mezzo a loro e la vista ci lasciò senza fiato, uno strano enorme teschio conficcato nella pietra con due enormi file di denti tutti canini ognuno più lungo del palmo della mia mano, il muso lungo quanto un uomo, l'orbita oculare vuota, alla luce delle torce, che creava ombre in movimento, sembrava quasi viva dando un aspetto ancora più spettrale alla scena, era terrificante l'idea di trovarsi di fronte ad un animale simile quando era vivo, avrebbe potuto masticarci e ucciderci con un solo morso, Nahity cercò la mia mano. Restammo per lungo tempo con i brividi nei capelli, come ipnotizzati a guardare e a pensare, ormai tutt'uno con la roccia circostante non riuscivamo nemmeno lontanamente a concepire quanto tempo potesse essere passato da quando questo terribile animale camminava sulla terra spargendo il terrore. Infine, lentamente riprendemmo la strada del ritorno con uno strano senso di scampato pericolo, i brividi erano cessati ma il pensiero di quell'animale e la fortuna che fosse estinto non usciva dalla testa. Seguimmo un sentiero appena visibile fino ad arrivare al rivo e poi uscimmo camminando nell'acqua fresca dalla stessa apertura, all'aria aperta. Avevamo fatto un tuffo nel passato, una breve esperienza che ci dava l'idea di come la vita personale sia solo un fatto temporaneo, breve e insignificante di fronte al tempo e alla vita naturale. Fino a ieri eravamo bambini, ora stavamo crescendo e domani saremmo diventati adulti e poi un giorno la morte ci avrebbe colto con la sua indifferenza, la terra, il sole, la luna, la natura intorno a noi sarebbe sopravvissuta con altri uomini, altri animali, altre piante.

Quella sera il padre di Nahity ci comunicò che era in programma una escursione al Cerchio della Vita, una antica struttura di pietre posta sulle montagne sacre costruita dagli antenati. Avrebbe preso diversi giorni tra andata e ritorno, lo sciamano ci avrebbe accompagnati insieme ad alcuni guerrieri adulti e qualche capo clan, tutti i giovani adolescenti del villaggio vi avrebbero partecipato, noi saremmo stati tra i più giovani ma vista la precarietà della nostra presenza al villaggio dovevamo approfittarne. Il luogo, era sempre pieno di neve e l'estate rappresentava il periodo migliore per potervi sostare senza soffrire troppo il freddo vista l'altitudine elevata. Il giorno della partenza ci svegliammo prima dell'alba, tutto il villaggio era in fermento per i preparativi, alcuni cavalli avrebbero portato gli alimenti, visto che non avremmo avuto tempo per cacciare, e le pelli di bisonte per dormire. Eravamo una cinquantina di persone, un capo con alcuni guerrieri guidavano la spedizione, mentre lo sciamano chiudeva il gruppo insieme ad altri guerrieri. Ci incamminammo in una lunga fila, con il sole ancora basso all'orizzonte, verso il fiume costeggiandolo per diverse miglia, poi lo attraversammo e ci dirigemmo verso un canyon che si inoltrava nelle Montagne Sacre al termine del quale cominciammo a salire un ripido sentiero appena accennato. Eravamo in silenzio, si sentiva solo lo scalpitare dei cavalli, il leggero passo regolare, attutito dai mocassini su un tappeto di aghi e foglie e l'ansimare dei nostri polmoni. Il ritmo della marcia somigliava a quello di un canto, di una poesia, un mantra spirituale che guidava i nostri pensieri mantenendoci concentrati e favorendo la riflessione personale. Guardavo i piedi di Nahity davanti a me che salivano sicuri appoggiandosi a grosse pietre, agile e leggera, forte. Il bosco era fitto con alti pini e faggi che coprivano il sole, sentivamo il frusciare di foglie smosse da grossi uccelli invisibili, il lungo fischio della marmotta che segnalava la nostra presenza quando uscivamo dal bosco per entrare in una radura, o l'acuto stridore dell'aquila che tagliava l'aria, come spiriti abitanti della montagna ci ricordavano la sacralità della montagna. Ad ogni acuto d'aquila vedevo Nahity alzare la testa e cercare l'uccello sopra di noi, sembrava attratta, quasi invidiasse il loro volo planante, la loro impalpabile libertà di movimento.

Prima del tramonto ci fermammo in una radura ove avremmo passato la prima notte. Preparammo i giacigli su morbida erba e andammo a rinfrescarci ad un ruscello dalle acque gelide, che scorreva su di un letto di pietre lisce. L'aria cominciava a diventare frizzante mentre il giorno lasciava il posto alle stelle e al buio crescente interrotto solo dai fuochi, indossammo vestiti più caldi e andammo a sederci intorno ad un fuoco. Dopo il pasto lo Sciamano richiamò la nostra attenzione per parlaci del luogo che andavamo a visitare. Il Cerchio della Vita che andiamo ad onorare, disse, è una grande costruzione in pietra che rispecchia tutta la conoscenza dell'universo che vediamo sopra e intorno a noi e rappresenta la saggia visione del mondo che i nostri antenati hanno immaginato, la ciclicità della vita, l'eterno ritorno, il mucchio centrale di pietre è l'albero del mondo, il centro della vita che collega cielo e terra, da questo si dipartono ventotto bracci che rappresentano le fasi lunari, mentre i quattro bracci principali indicano le direzioni del mondo, l'est che dà luce e pace, l'ovest ci dà la pioggia, gioia e sapienza, il sud ci dà calore e generosità e il nord con il vento freddo e potente ci dà forza e resistenza, essi rappresentano le quattro stagioni della vita, infanzia, giovinezza, maturità e vecchiaia, raffigurano i quattro elementi naturali, il fuoco, l'aria, l'acqua e la terra, ai quali corrispondono i quattro elementi dell'uomo, intellettuale, fisico, spirituale ed emotivo, badate di crescere in equilibrio con tutti gli elementi e la vostra persona sarà completa, il vero guerriero, a cui tutti voi dovete tendere, uomini e donne, usa l'intelligenza quando parla e quando agisce, il suo corpo è forte e sano perché lavora duramente ed evita ciò che può renderlo malato, ha il senso del sacro e rispetta il mondo intorno a lui, si dedica alla sua famiglia proteggendola e non facendogli mancare mai nulla, sostiene gli anziani, ama i bambini e la propria donna, il proprio uomo, con rispetto, in questo modo anche il suo spirito sarà vivo e sano, il guerriero impara a riconoscere le proprie emozioni e a controllarle per non essere schiavo della rabbia, della gelosia o dell'invidia, coltiva il coraggio per superare la paura, che è sempre presente in noi, e riconosce le qualità degli avversari anche quando sono superiori alle sue, il sole è rotondo e tramonta sempre in circolo, lo stesso fa la luna, il cielo è rotondo e anche la terra dicono che sia rotonda, le stagioni si svolgono sempre in circolo e anche la vita umana è un cerchio che si chiude dalla nascita alla morte, la nostra religione dice che il potere del mondo agisce sempre in circoli, per questo il Grande Spirito ha voluto che i nostri tipì fossero rotondi come i nidi degli uccelli e i nostri villaggi sono disposti in cerchio per crescere i nostri figli nel grande potere del mondo, i più giovani di voi hanno dodici primavere, ma per noi sono ormai adulti, pronti a percorrere la strada per diventare guerrieri, cercate nella meditazione la vostra strada, nelle visioni il messaggio degli spiriti e nei sogni il vostro animale guida che vi darà forza, coraggio e saggezza, chiedete agli anziani, ai capi, ai guerrieri, vi risponderanno che la lealtà, la verità e il rispetto sono i grandi valori di un guerriero indiano Lakota che mai deve tradire, mai deve dimenticare.

La notte si era fatta profonda e la stanchezza del lungo cammino percorso cominciava a farsi sentire, ma le parole dello sciamano erano cadute su menti attente e su cuori sinceri, nessuno parlava, nessuno dormiva, ognuno rifletteva, soprattutto sulle ultime parole dedicate alla nostra crescita e formazione. Ora capivo la mia attrazione per il lupo che percepivo come parte della mia anima, era lui il mio animale guida, quando sentivo il bisogno di ululare era lui dentro di me che doveva rivelare la sua presenza e capivo anche l'attrazione di Nahity verso l'aquila, era il suo animale guida, quante volte l'avevo sentita lanciare degli acuti rispondendo al loro richiamo, anche lei stava pensando le stesse cose, le passai una mano sulla schiena e lei si girò a guardarmi carezzandomi il volto, ci sorridemmo, ci baciammo, senza bisogno di dirci nulla. Quella notte mi addormentai felice, mi sembrava in un solo giorno di essere cresciuto di vari anni, ora che sapevo che lo spirito del lupo mi proteggeva e lo spirito dell'aquila proteggeva Nahity, vedevo davanti a me, davanti a noi, giorni di prosperità e di felicità, non avevo paura di nulla.

Passarono altri due giorni di cammino intenso, il panorama era notevolmente cambiato, gli alti alberi avevano lasciato posto ad intricate piante cespugliose e anche quelle erano terminate, una prateria di bassa erba, dura e pungente, territorio di marmotte e capre di montagna, ricopriva il nostro percorso e a poco a poco la dura roccia inanimata prendeva il sopravvento su tutte le specie vegetali. Tirava un po' di vento che raffreddava l'aria nonostante il sole splendesse alto nel cielo, il respiro era sempre più affannoso ad ogni passo, sembrava quasi che non ci fosse più aria da respirare e i nostri polmoni si aprissero inutilmente inspirando aria sottile, mentre le nostre gambe restavano stanche e dure, nelle pause cercavamo angoli soleggiati e protetti dal vento restando in silenzio ad ammirare i paesaggi intorno a noi, i monti con le cime innevate e la pianura sconfinata a perdita d'occhio. Nessuno si lamentava della fatica o del freddo, eravamo consci dell'importanza del viaggio per la nostra crescita e per la formazione del nostro carattere oltre che per la conoscenza delle origini della spiritualità indiana. Infine dopo un ultimo sentiero percorso in ripida salita ci affacciamo su di una spianata ove scorgemmo il Cerchio della Vita.

All'apparenza erano solo un mucchio di pietre anche se si scorgeva bene il disegno della costruzione, con il mucchio centrale e i raggi, niente a che vedere con i graffiti e i disegni della grotta che avevamo visitato, ma sapere che era stato costruito da antenati nella notte dei tempi con finalità spirituali e comunicative ci dava ugualmente un senso di stupore misto a riverenza. Ci avvicinammo tutti subito ed entrammo nel cerchio quasi in punta di piedi, la sacralità del luogo ci avvolgeva, c'erano oggetti e stoffe abbandonati da visitatori precedenti e anche noi, io e Nahity, posammo simbolicamente due paia di mocassini che avevamo già usato, appaiati e rivolti verso il tramonto, rappresentavano il nostro cammino insieme verso la maturità, verso la fine della nostra vita che speravamo lunga e prosperosa e così chiedendo la protezione degli antenati insieme a quella degli spiriti.

Ci accampammo cercando anfratti nelle rocce per proteggerci dal vento sistemando le nostre pelli di bisonte, poi dopo esserci rifocillati e riposati, lo sciamano ci chiamò per mostrarci lui stesso la ruota, le pietre erano raccolte su di una costruzione ancora più antica le cui origini si perdevano nella notte dei tempi. Pregò a lungo prima di ripeterci un po' le stesse cose che ci aveva già spiegato mostrandoci le direzioni dei bracci allineati con le fasi lunari e quelle del sole, ci trovavamo proprio in corrispondenza del solstizio d'estate e il sole, al culmine della sua rivoluzione nella volta celeste, sarebbe sceso un poco più a nord rispetto al braccio ovest che indicava esattamente l'est il giorno dell'equinozio. I tamburi iniziarono il loro tam tam e noi iniziammo a ballare dentro il tracciato una danza ritmica, ipnotica con vocalizzi e grida di gioia, dentro di noi cercavamo la meditazione, la preghiera rivolta agli Spiriti, al Grande Spirito, e mentre i tamburi rullavano sentivamo le nostre anime fondersi insieme, non solo tra di noi, ma con l'ambiente circostante, con i monti e con la natura, con l'intero creato, sollevando lo sguardo vedevamo il cielo sempre più vicino, sembrava di poter toccare le stelle e le montagne intorno erano diventate piccole come colline, viva l'impressione di poter passare dall'una all'altra con un semplice salto, mentre giravamo saltellando sulle pietre con le braccia aperte cercavamo le altre mani, sentendo il calore, l'elettricità del contatto. Fu un'esperienza unica che durò a lungo, infine stremati cominciammo a fermarci uno dopo l'altro, i tamburi tacquero e improvvisamente cominciammo ad abbracciarci strettamente, felici di condividere la nostra gioia, sancendo la nostra fratellanza. Lo sciamano fece un'ultima preghiera chiudendo così quella giornata straordinaria che non avremmo mai dimenticato.

Passarono i mesi estivi tra i giochi, gli allenamenti e le letture che badavamo sempre di non trascurare. Il tempo era come sospeso, ci sembrava che non dovesse mai finire quella armonia, persino le giornate di pioggia ci davano felicità, dentro i tipì con gli amici apprendevamo a conciare le pelli e fare vestiti, mocassini, costruire utensili o da soli a ripassare le lezioni e la sera ad ascoltare gli anziani che avevano sempre belle storie da raccontare.

Un pomeriggio tra l'erba ormai ingiallita della prateria, lungo il sentiero che portava al villaggio, vedemmo spuntare un carro, lo riconoscemmo subito, era nostro padre che veniva a prenderci, la felicità di rivederlo ci mise il pepe nelle gambe, cominciammo a correre verso di lui che si sbracciava nei saluti, saltammo sul carro e ci gettammo addosso a lui e a Tahina che come sempre lo accompagnava, ancora non lo sapevamo ma si erano innamorati, non avevo mai pensato che mio padre potesse riprendere moglie, non sembrava interessato alle altre donne, ma Tahina era una donna ancora giovane e bella, non era istruita ma ormai parlava correntemente inglese ed era una donna intelligente e coraggiosa e la sua vedovanza era ormai tramontata da molti anni, li vedevo bene insieme. Avevamo così tante cose da raccontargli che non sapevo da cosa cominciare e tante cose da domandargli, prima di tutto sulla storia degli antenati e poi di quello strano e pauroso animale nella grotta e poi se anche lui avesse un animale guida. Il cavallo, mi rispose quella sera dopo il pasto, mi guida dappertutto, rise da solo. Io lo guardai serio, Nahity invece sembrava divertita. Vuoi dire, dissi, che non ci credi, non credi che sia possibile che lo spirito di un animale possa stimolare e guidare la nostra vita, ma allora le credenze indiane, la loro fusione con l'ambiente considerato sacro, non sono nulla, e quello che sento dentro quando ascolto l'ululato dei lupi è solo una mia fantasia di bambino. Gli indiani hanno creato uno stile di vita in armonia con la natura, mi rispose, non inquinano l'ambiente dove vivono, non distruggono i terreni per costruirci case o per cercare metalli preziosi e prendono dalla natura solo quello gli serve, pregano prima di uccidere un animale che servirà alla loro sopravvivenza, questo lo sapete bene, ma la loro struttura religiosa, come tutte le religioni, è solo un costrutto umano, non c'è prova che ci siano gli spiriti, tanto meno quelli animali, crederci rafforza la loro coesione sociale, la loro personalità acquista carattere e la scelta di un animale guida piuttosto che un altro dà loro coraggio e qualità che forse da soli non riuscirebbero ad avere, ma noi non siamo completamente indiani e nemmeno Nahity lo è, vive da sempre con noi, ha acquisito la nostra mentalità, la nostra razionalità, io non vi ho mai imposto nessuna religione, voi stessi vi siete accorti di quante storie assurde raccontino i preti e questo è comune a tutte le religioni di tutto il mondo. Ma allora nemmeno dio, il Grande Spirito, esiste. Questo non lo so e non posso dirlo, sicuramente se c'è è molto diverso da come ce lo raccontano, io d'altronde non me ne sono mai occupato, non lo penso mai e ancora meno lo prego, non credo di aver bisogno di lui per decidere cosa è bene e cosa è male, confido nelle letture di uomini saggi e colti, che non raccontano storie incredibili di cui non ci sono prove, confido nella mia intelligenza e capacità di decidere, di scegliere, e non farei il male nemmeno se fosse dio a chiedermelo. Ma dio chiede di fare il male. Le guerre sono un male e le guerre di religione sono un male, quando un governante, un generale dice, dio è con noi, sta mentendo, non è dio a chiedergli di fare quella guerra, ma solo la sua avidità di ricchezze o di prestigio personale, vero è che nella bibbia dio ha guidato molte guerre di sterminio di popoli, finanche le donne e i bambini, che si opponevano al popolo eletto, cioè a loro stessi, gli israeliti, e questo è un male, ma sono loro a raccontare che era dio a guidarli, nella pratica si sono impossessati di territori e delle relative ricchezze appartenuti ad altri, infatti le guerre si fanno sempre e solo per denaro, voglio farti un altro esempio molto conosciuto, quando dio chiede ad Abramo di sacrificare il figlio che ha aspettato per molti anni, lui non batte ciglio, lo prende, lo lega come un vitello e lo pone sull'altare dei sacrifici e solo l'intervento all'ultimo secondo dell'angelo impedisce ad Abramo di portare a termine il misfatto bloccandogli il braccio che regge il coltello, nel momento in cui si sta abbassando verso la gola del proprio figlio, Abramo viene considerato dai religiosi come campione della fede totale, io dico fede cieca, ora, ti immagini se io facessi lo stesso con te senza dirti nulla, come se tu non avessi nessuna importanza come essere umano, e nemmeno come mio figlio, ma la tua vita, la tua morte, servisse solo per dimostrare la mia fede personale, se dio mi apparisse davanti e mi chiedesse una cosa simile, io gli risponderei che se volesse la tua vita potrebbe benissimo prendersela da solo, ma io non sarei mai lo strumento della tua morte, è questo che intendo quando dico che non ho bisogno di dio per capire cosa è bene e cosa è male, e pensare di uccidere il proprio figlio è un male, è il peggiore dei mali.

Quella sera andai a dormire con la testa piena di pensieri, non riuscivo a credere che lo spirito guida del lupo fosse solo una mia immaginazione cresciuta nell'ambito indiano, Quando sentivo il bisogno di ululare e rispondere ai richiami per me era davvero lo spirito del lupo che si animava in me, lo sentivo nel sangue, nei miei muscoli che fremevano ed ora, pensare di essermi illuso di essere un lupo in vesti umane, mi lasciava molto deluso, chiesi a Nahity cosa ne pensasse a riguardo. Non so, mi rispose, ma credo che papà abbia ragione, in fondo siamo ancora bambini, che cosa ne sappiamo del mondo degli spiriti, solo quello che ci è stato raccontato e il desiderio di essere forti e agili come i lupi, di volare liberi come le aquile credo che sia bello, ma è solo fantasia, io e te siamo liberi, siamo agili e forti e possiamo volare e crescere con la nostra intelligenza, continuando a studiare diventeremo come papà, preparati e sicuri delle nostre parole, delle nostre azioni. La guardai come se la vedessi per la prima volta, la sua intelligenza e la sua sicurezza mi rincuoravano, sorrisi e la abbracciai forte. quella notte feci dei bei sogni.

Prima di partire papà volle andare a conoscere la grotta con i suoi segreti e soprattutto poter ammirare da vicino lo scheletro di quello che chiamò dinosauro, rimase molto colpito, finora aveva visto solo qualche disegno sui giornali, si trattava di nuove scoperte scientifiche, nuove teorie indicavano che la vita era vecchia di milioni e forse miliardi di anni, molte specie animali erano estinte come questi grossi sauri, e altre specie erano nate tra le quali la razza umana che ancora non esisteva quando questi bestioni camminavano sul pianeta.

A Pierre la popolazione era in agitazione, c'erano molti cacciatori e cominciavano ad arrivare anche minatori che dicevano che sulle Black Hills era stato trovato l'oro. Sia i primi che i secondi mettevano a rischio la pace con gli indiani che non avrebbero tollerato la presenza sui loro territori di bianchi che cercavano solo il profitto devastando le colline e uccidendo i bisonti solo per le pelli, erano già avvenuti degli scontri e alcuni indiani erano stati uccisi. Un folto gruppo di abitanti tra i quali il sindaco e mio padre erano contrari allo sfruttamento, dicevano che il paese era votato all'allevamento e all'agricoltura e volevano mantenere la pace con gli indiani e la tranquillità nel paese. Si tenevano riunioni molto vivaci e gli scontri verbali erano molto duri. Mio padre, scrivendo sul giornale locale e mantenendo ferme le sue posizioni, era una delle persone più esposte e aveva già ricevuto minacce. Io e Nahity, dal canto nostro, eravamo impegnati negli studi e proseguivamo la nostra vita come sempre, il pugilato, il tiro con l'arco e con il fucile, le nostre corse nella prateria, le cavalcate, a dodici anni compiuti eravamo grandicelli, avevamo aggiunto un po' di centimetri alla nostra altezza dimostrando anche più della nostra età. Con il fucile eravamo diventati dei maestri, le nostre braccia forti e ferme come se fossero poggiate su di un supporto, non sapevamo cosa fossero i tremori, colpivamo bersagli in volo, calcolando esattamente la traiettoria, la velocità e la curva discendente della nostra pallottola mandandola all'appuntamento con il bersaglio in una frazione di secondo, papà era stupefatto della nostra abilità e chi ci conosceva diceva che eravamo più unici che rari. Quando camminavamo per le strade del paese però, sentivamo gli occhi su di noi, sconosciuti vagabondi in cerca di qualche lavoro, minatori che aspettavano di partire per le Black Hills o rudi cacciatori con grossi coltellacci al fianco, guardavano Nahity, in quanto donna e indiana che cominciava a mostrare le sue forme, e spesso gridavano parole sconce o inviti seguiti da grasse risate. Noi tiravamo diritto senza degnarli di nessuno sguardo, non avevamo paura, ma li incontravamo dappertutto e i loro modi cominciavano ad irritarci, la rabbia dentro saliva sempre più forte. Mio padre ci diceva di ignorarli, di non mostrare paura né rabbia, erano solo dei vigliacchi, che facevano lo stesso anche con altre donne sole e di giorno non avrebbero mai avuto il coraggio di fare alcunché sapendo che l'avrebbero pagata cara, ma dovevamo comunque stare attenti ed evitare di passare davanti ai saloon dove quei perditempo passavano le loro giornate ad ubriacarsi.

Un giorno decidemmo un'azione dimostrativa, non riuscivamo più a sopportare la loro strafottenza, sellammo i nostri cavalli con i fucili carichi al fianco e partimmo al trotto, arrivati nei pressi del saloon puntammo decisamente verso l'ingresso dove stazionavano come al solito quei vagabondi. Non appena partirono i commenti sessisti ci fermammo proprio davanti a loro, li guardammo dall'alto dei nostri cavalli sfidandoli con lo sguardo, incominciarono a ridere alzandosi dalle sedie, noi sfilammo i fucili dalla custodia e li mettemmo di traverso sulle gambe, si zittirono tutti, uno con una barba ispida e capelli scapigliati che avevano perso il ricordo dell'acqua, farfugliò qualcosa, poi ridendo forte disse che eravamo solo dei mocciosi, che non avremmo avuto il coraggio di usare quei fucili e sputò per terra nella nostra direzione, caricai il colpo in canna glielo puntai contro lasciando partire il proiettile che andò a fracassare il bicchiere di birra che aveva in mano, Nahity puntò il suo fucile sul gruppo rimasto impietrito, si scansarono precipitosamente, lei premette il grilletto mandando in frantumi una bottiglia su di un tavolo, creando lo scompiglio, ricaricammo in fretta i fucili e li tenemmo puntati verso il gruppo, nessuno si mosse. Dal saloon uscì gente a vedere che succedeva, mentre passanti correvano ed urlavano di chiamare lo sceriffo Mudd, il quale arrivò tutto trafelato con i suoi aiutanti allarmato dagli spari, rimase sorpreso di vederci armati e decisi davanti a quegli uomini semi impauriti, ci conosceva come bravi studenti e figli ubbidienti e dopo aver balbettato alcune frasi inconcludenti, attaccò una paternale, noi iniziammo a ridere forte, girammo i cavalli e partimmo al galoppo verso casa urlandogli di vedersela con nostro padre.

Arrivati a casa salutammo Tahina ancora ridendo, lei ci squadrò con un sorriso sulle labbra e disse. Cosa avete combinato voi due, perché ve la ridete. Rientrò mio padre, lo sceriffo era andato alla sede del giornale informandolo del fatto, era serio ma non sembrava arrabbiato. Ci disse di sedere e di non parlare finché avrebbe parlato lui. Bevve un bicchiere d'acqua, si sedette anche lui, ci guardò negli occhi a lungo come vedendoci per la prima volta, non si immaginava che avessimo tanto coraggio, tanta spavalderia. Forse ho sbagliato ad insegnarvi a sparare, forse sono io che ho sbagliato tante cose nella vostra educazione, forse ho sbagliato a mandarvi dai nonni e lasciarvi liberi di crescere al villaggio indiano senza troppi controlli, forse ho sbagliato a pensare che eravate saggi e che avreste sempre fatto la scelta giusta per non mettervi nei guai, ma ho sempre tentato di farvi capire la differenza tra difesa e offesa, avreste dovuto fare tesoro dei miei insegnamenti morali e invece ora mi trovo davanti due pericolosi piantagrane, e lasciamo perdere che io, vostro padre, sono una persona in vista in paese, stimata da una parte e disprezzata dall'altra e questo episodio potrebbe avere delle ripercussioni negative, ma non importa, quello che mi importa davvero e che non vi mettiate nei guai e pensiate alla vostra sicurezza, cosa penserebbe di me tuo padre, Cervo Scalciante, se ti capitasse qualcosa, non potrei mai perdonarmelo, eppure vi avevo anche detto di evitarli, che sono gente pericolosa, è un miracolo che nessuno di loro abbia impugnato la pistola e sarebbe stata per loro legittima difesa visto che siete stati voi i primi a puntare le armi. Parlava con tono fermo ma senza alzare la voce, si fermò a bere ancora, noi avevamo un po' perso la nostra sicumera vedendolo così deluso e tacevamo con gli occhi bassi. Eravamo convinti che l'aver dimostrato coraggio e decisione lo avrebbe inorgoglito, ma ci eravamo sbagliati. Chiesi il permesso di parlare e dissi. Tu ricevi minacce per i tuoi articoli, non è pericoloso anche quello che fai tu. La mia è una battaglia civile, per la società intera, e combatto con le parole, con le idee, non con il fucile. Eppure esistono gli sceriffi e i soldati per chi non accetta le idee, le norme del vivere civile e loro le armi le usano, disse Nahity. Appunto, esistono loro e a loro dovete rivolgervi quando avete bisogno e non farvi giustizia da soli. Ci dispiaceva aver deluso papà, ma nel profondo eravamo convinti di aver agito nel giusto, come a Richmond quando avevamo sfidato e preso a pugni quei ragazzi passando al contrattacco dopo aver subito le loro insolenze. la sensazione del pericolo la capivamo ma non ci toccava minimamente.

Passarono altri mesi, in paese ci guardavano in modo diverso, adulti e ragazzi ci trattavano come degli adulti, i vagabondi evitavano persino il nostro sguardo, il nostro coraggio e la nostra abilità con i fucili non era passata inosservata e sempre di più ci convincevamo di aver fatto la cosa giusta. Le riunioni comunali erano sempre vivaci e molto partecipate, erano arrivati anche dei delegati di compagnie minerarie a tentare di convincere il paese a fare pressioni sul governo e spingerlo a trattare con gli indiani. Alcune persone erano passate dalla loro parte, inspiegabilmente, ma mio padre diceva che li avevano pagati, anche a lui era stato proposto un posto di lavoro nella compagnia con un buon stipendio ma aveva rifiutato sdegnosamente, pure il sindaco molto amico di mio padre lo ringraziava per la sua fermezza. Ma le minacce contro il giornale, contro mio padre e gli altri membri del consiglio comunale più attivi contro i minatori continuavano, c'erano stati anche dei tentativi di incendio e l'aria in paese era diventata davvero tesa. I delegati delle imprese minerarie promettevano ricchezza per il paese, sviluppo del commercio e altre falsità demagogiche, ma la questione era sotto l'egida dell'agente indiano il quale non poteva permettere lo sfruttamento indiscriminato fintantoché il governo di Washington non si fosse espresso. I Sioux da parte loro si opponevano con vigore ai trattati che comprendessero il libero accesso alle Black Hills e chiunque si avvicinava correva serio pericolo per la propria vita, le colline erano sacre e tale dovevano rimanere.

Un giorno passando vicino al saloon vedemmo un gruppo di persone mai viste in paese, non erano i soliti mandriani né, tanto meno, cacciatori o minatori, erano cinque pistoleri, le facce serie, silenziosi, stavano legando i cavalli al palo. Fui attratto dalle loro pistole, mi avvicinai per vederle meglio, uno con una giacchetta consunta dell'esercito sudista, aveva una bellissima pistola tutta argentata con il calcio d'avorio, gli altri quattro sembravano ruotare intorno a lui, come se li comandasse, notò che lo guardavo e si girò verso di me, gli occhi contro sole erano una sottile fessura di ghiaccio, la faccia dura coperta dalla barba grigia, le labbra scure e screpolate, mi mise addosso un brivido, sembrava un uomo malvagio, spietato. Vuoi vederla, mi disse, porgendomi la sua colt dalla parte del calcio. Me ne andai senza rispondere seguito da Nahity, li sentii tutti ridere di gusto.

Stavo tagliando la carne in cucina, era quasi sera e il sole ancora indugiava all'orizzonte, papà stava sistemando il cancelletto di ingresso del recinto sul davanti della casa, Nahity e Tahina erano uscite sul retro a lavare le verdure con l'acqua del pozzo, quando sentii lo scalpiccio di diversi cavalli che si erano fermati davanti alla nostra casa, incuriosito mi affacciai alla finestra, erano i pistoleri che avevo già visto davanti al saloon, chissà che cosa vogliono da papà, mi dissi, li vidi scambiarsi alcune parole, scesero da cavallo e senza spiegazione l'uomo con la pistola argentata estrasse il suo coltello, mentre un altro teneva fermo mio padre, lo colpì al petto due volte, cadde al suolo, io lanciai un urlo. Papà. Corsi in salotto a prendere un fucile, caricai il colpo in canna e rientrai in cucina per uscire in cortile, ma tre uomini erano già entrati con i coltelli in mano, furono sorpresi di vedermi con un fucile già pronto, sparai il primo colpo e uno cadde fulminato al cuore, sparai un secondo colpo e anche il secondo cadde, ma il terzo riuscì a tirarmi un calcio colpendomi al fianco, andai a sbattere contro un mobile, il fucile mi cadde dalle mani e io finii a terra, mi venne sopra e mi blocco le braccia con le sue ginocchia, mi prese per i capelli con la mano sinistra mentre alzava il braccio destro con il suo coltello in mano, ma improvvisamente, sentii che mollava la presa dei miei capelli, un fiotto di sangue mi cadde sul viso, guardai in alto e vidi un braccino che reggeva un grosso coltello da cucina piantato nel collo del mio assalitore, poi Nahity afferrato il coltello con ambedue le mani lanciò un grido ed estrasse il coltello aprendogli un terribile squarcio e tranciando di netto la carotide, vidi un lungo fiotto di sangue zampillare dalla ferita, poi un secondo e un terzo, gli occhi dell'uomo si rovesciarono all'indietro e cadde a terra come un sacco vuoto. Presto Nahity prendi il fucile, gridai, papà è ferito. Ripresi il mio fucile da terra e aprii la porta, vidi i due, risaliti a cavallo, stupiti di vedermi con un fucile in mano, mirai al cuore dell'assassino ma con un rapido movimento si chinò sul cavallo e il colpo lo ferì al collo di striscio, vidi chiaramente un fiotto di sangue che gli sporcò la giacca, prese in mano la pistola ma io avevo già ricaricato e ripresi a sparare costringendo l'uomo a ripararsi dietro il cavallo, l'altro uomo, impugnata la pistola me la puntò contro ma un colpo di fucile di Nahity lo prese ad un braccio prima che potesse sparare, la pistola gli cadde di mano e il braccio disarticolato lungo il corpo, spronarono i cavalli e abbassandosi scapparono velocemente, noi continuammo a sparargli dietro con Tahina che si era aggiunta con un altro fucile ma purtroppo senza colpirli, corsi sulla strada, feci scattare l'alzo del fucile, mirai con calma, vedevo la nuca del grigio spuntare sulle spalle abbassate, mi sembrava di poterla toccare con un dito, lasciai partire il proiettile, colpii l'assassino sulla chiappa destra, vidi la gamba cadere dalla staffa, ma riuscì a rimanere in sella e continuò a scappare. Mi voltai, Tahina e

Nahity erano inginocchiate su papà, piangevano e urlavano, lo avevano sollevato leggermente sulle spalle ma la testa reclinata, le braccia penzolanti, il sangue che ormai nemmeno scorreva più, non lasciavano speranze, papà era morto. Caddi sulle ginocchia incapace di camminare, mentre la vista mi si offuscava per le lacrime, non avevamo nemmeno tredici anni.

Arrivò gente richiamata dai colpi chiedendo cosa fosse successo, arrivò lo sceriffo Mudd e i suoi aiutanti, gli dissi subito che i due scappati erano feriti e bisognava inseguirli, non potevano andare lontano, ma il sindaco, che arrivò dopo qualche minuto, propose di rimandare al giorno dopo in quanto ormai si stava facendo buio e non sarebbe stato possibile seguire le tracce, inoltre avrebbe chiesto anche ai suoi uomini di organizzarsi e di unirsi alla caccia. Lo sceriffo rispose che forse era meglio così e anche io annuii.

Quando lo sceriffo ritornò dalla caccia, senza successo, venne subito da noi, disse che non era stato possibile catturarli e che avevano perso le tracce, forse qualcuno li aspettava e li aveva aiutati a medicare le ferite e riprendere la fuga o forse a nasconderli, fosse stato per lui avrebbe continuato ma gli uomini del sindaco, in maggioranza, avevano preferito rientrare. Era stranamente titubante, come volesse dirci qualcosa che lo tormentava, ma non avesse il coraggio di esprimersi. Io gli chiesi perché lo avessero ucciso. Probabilmente gli interessi sulle miniere d'oro erano più importanti della vita di un uomo scomodo. Gli chiesi ancora perché volessero uccidere anche noi, cosa c'entravamo. Forse doveva essere una azione dimostrativa per il paese, per mettere paura, visto che la maggioranza era ancora contro lo sfruttamento e per la pace con gli indiani. Il sindaco dice che si trattava della banda Mac Coy, ex soldati, ora rapinatori di treni e banche, abituati ad uccidere. Può essere, ma i morti non sono stati identificati, gente che viene da lontano e sarà difficile capire chi erano davvero. Ma il sindaco è sicuro, dice che lo conosceva. Allora sarà stato lui, ma chi è il mandante, chi ha pagato per questo omicidio non lo sapremo mai.

Il giorno del funerale che si tenne nella sala consiliare, senza preti né pastori, io, Nahity e Tahina eravamo seduti di fronte alla bara, seri ma senza pianti, tutto il paese venne a farci le condoglianze, le lodi sul nostro coraggio e determinazione erano sulla bocca di tutti, pochi adulti sarebbero stati capaci di una reazione simile, figurarsi dei bambini. Il sindaco nel suo discorso mise il punto sulla integrità morale e sulla onestà di papà e sulla perdita per il paese di un grande concittadino, disse di sentirsi molto orgoglioso di essergli stato amico e per qualunque cosa di cui, noi, avessimo avuto bisogno avremmo sempre potuto contare su di lui come dovere verso un amico e piacere di aiutare due bambini meritevoli come noi. Lo trovai scontato e retorico, soprattutto non mi piacque il mezzo discorso di propaganda politica che fece approfittando dell'occasione emotiva in cui versava il paese, Nahity ironicamente mi chiese se c'erano elezioni in vista. Abbozzammo un mezzo sorriso con l'amaro nel cuore.

Ci ritrovammo con un enorme vuoto interiore, desideri e bisogni erano spenti, solo un vuoto inesprimibile, doloroso, nel petto e nella testa, dove i pensieri e i ricordi si intrecciavano e si mescolavano alla fantasia, alle menzogne del non è successo, è stato solo un sogno. Non parlavamo se non per comunicare lo stretto necessario, non piangevamo quasi più, solo quando iniziava Tahina le lacrime sgorgavano spontanee, ci abbracciavamo in tre e restavamo lì a piangere dimentichi di ogni cosa, persino di mangiare e bere. Di riprendere a studiare, di ricominciare una vita normale al momento non era proprio possibile, il pensiero che papà non fosse più tra noi non ci abbandonava e ci impediva di intraprendere qualunque attività. Ma, accanto al dolore, un sentimento cresceva e si nutriva delle nostre lacrime, della nostra rabbia, il desiderio di vendetta. Parlammo a lungo io e Nahity, coinvolgendo solo in parte Tahina nei nostri propositi, avevamo deciso che avremmo dato la caccia a tutti i ricercati assassini, saremmo diventati dei Bounty Hunters e prima o poi avremmo trovato anche loro, avevamo ancora tempo per crescere e imparare, la vendetta avrebbe aspettato la nostra vita adulta. Alla fine decidemmo che la cosa migliore da fare per guarire le nostre ferite era di partire per il villaggio indiano. Laggiù avremmo potuto trovare un po' di serenità e il tempo forse avrebbe lenito il dolore aiutandoci a ritrovare il gusto per la vita e a diventare dei veri guerrieri.

Questo è il resoconto di vostro padre. Il Direttore della banca stese un foglio con tanti numeri davanti a noi e indicò con una penna la cifra finale, stentavamo a crederci, papà era molto più ricco di quanto sapevamo. Non ci sono errori, chiesi. No, mi rispose il bancario, è tutto corretto. Ci guardammo increduli, avevamo denaro sufficiente a vivere di rendita per parecchi anni, questo ci dava respiro sul nostro futuro, potevamo organizzarci e pensarci con calma. Come possiamo gestirli visto che siamo solo due bambini, chiesi ancora. Per le normali spese e piccoli prelievi garantisco io per voi, potete fare tutto quello che volete, ricordatevi solo di firmare sempre le ricevute, per le grosse spese invece, quando ne avrete, ci vorrà un adulto come garante e per voi potrebbe essere il giudice. Grazie, risposi. Dopo giorni di lutto finalmente ci venne da sorridere, papà ci aveva sorpresi ancora una volta.

Possiamo vedere due Colt, nuovi modelli possibilmente. Da qualche giorno pensavo alle pistole, alla loro maneggevolezza e al minor ingombro rispetto al fucile, puoi sempre tenerle con te al fianco e se un giorno avremmo messo in atto la nostra vendetta ci avrebbe fatto comodo saperle usare. Fatemi vedere le vostre mani, ci chiese l'armaiolo che ci conosceva bene. Gliele mostrammo e lui ci disse. Sono ancora un po' piccole per maneggiare una colt, guardate. Aprì un cassetto e ne estrasse due colt navy, dicendo. Provate a prenderle in mano. Erano davvero troppo grandi per noi, ma pensai che forse era meglio acquistarle ugualmente, in fondo saremmo cresciuti e così le nostre mani con le colt. Posso consigliarvi queste, ci disse porgendoci due Derringer, hanno solo due colpi ma intanto potete allenarvi al tiro con la pistola e da vicino sono estremamente efficaci, venite. Ci portò sul retro dove c'era una lunga stanza predisposta al tiro, caricò le derringer e ce le porse. Ci posizionammo e sparammo con il braccio teso al bersaglio di legno posto a circa dieci metri, facemmo centro con tutti i colpi. Ma siete formidabili, esultò l'armaiolo, ecco, insieme ci sono le fondine con cui potete tenerle sotto la giacca senza che si vedano, le prendete. Certo che le prendiamo ma vogliamo anche le colt con cinturone. Ma certamente, guardate. Prese un cinturone che era appeso al muro lo indossò e disse. Vedete, il calcio della pistola deve essere all'altezza giusta, il braccio deve essere flesso ma non troppo, né troppo poco, fece delle dimostrazioni di estrazione veloce sparando colpi a vuoto con il braccio teso o con la mano vicina al fianco, poi iniziò a fare dei giochi con la mano facendo girare velocemente la pistola, riprendendola sempre dalla parte giusta, rimettendola nella fondina e riestraendola velocemente. Rideva mentre ci mostrava la sua abilità e noi ridevamo con lui. Per giocare così ci vuole abilità e scioltezza, facile con un buon allenamento, ma non serve a nulla, la pistola serve per sparare e per quello ci vuole coraggio e fredda determinazione e quelli se non li possiedi dentro di te, nessuno te li può dare, il movimento è sempre uno, allenatevi su quello, allenatevi ad estrarre la pistola velocemente e non dimenticate di allenare anche la forza delle braccia è quella che vi dà la velocità e la fermezza. Noi pratichiamo il pugilato e papà ci ha sempre fatto zappare l'orto, diceva che è il migliore allenamento per rinforzare le braccia. Sì, lo so, è per questo che siete abili con il fucile, avete braccia forti e ferme, e avete già mostrato coraggio e determinazione.

Il paesaggio che ci aveva sempre meravigliato, emozionato nei suoi colori, l'immenso cielo azzurro, le dune ricoperte di alte erbe e profumo di terra, di fiori, ora sembrava sbiadito, un mondo in bianco e nero senza odori, il verso dei corvi ci appariva ancora più sgraziato di quello che già era, e anche gli uccelli più sonori sembravano lamentosi, irritanti, gli stridii delle aquile come segnali di allarme ci ricordavano il pericolo di vivere. La notte gli ululati dei lupi mi davano sollievo, erano gli unici in armonia con il nostro stato d'animo, profondi e cupi sembravano cantare una nenia funebre, come le vecchie al capezzale di un giovane guerriero, anche papà era stato un guerriero, coraggioso e determinato, senza armi che non fossero la sua parola e all'occasione i suoi pugni, i suoi ideali, senza mai indietreggiare, a testa alta con la coscienza pulita.

Prima di partire venne a trovarci il nostro precettore, Miles Owen, era molto dispiaciuto per la nostra partenza, lui per noi sarebbe stato ancora disponibile, l'avevamo visto al funerale, si era limitato a stringerci la mano e a darci delle formali condoglianze, forse pensando già di incontrarci con più serenità. Non voleva discutere le ragioni della nostra partenza, ma voleva darci un programma che avrebbe potuto aiutarci da autodidatti, lo ringraziammo di cuore, e lui aggiunse. Avete avuto davvero un gran padre, la sua perdita sarà incolmabile per voi, per tutti noi che lo abbiamo conosciuto e ammirato, ma voi due gli assomigliate, avete preso tante delle qualità che vostro padre aveva e in voi qualcosa di lui continua a vivere, non dico nel pensiero, nel ricordo, ma qualcosa che vive dentro di voi, nella vostra intelligenza, uguale alla sua, nel vostro coraggio e decisione, uguali al suo coraggio e alla sua capacità decisionale. Si fermò un momento, noi lo guardavamo come si guarda un amico, ascoltando in silenzio, poi riprese. Passera questo dolore, quasi fisico, resterà un dolore profondo che a poco a poco si acquieterà lasciando spazio ai ricordi più belli di vostro padre, ma voi dovrete recuperare tutta la voglia di vivere, di essere gioiosi e ridere ad alta voce, ne avete diritto e dovere, non sarà facile lo so, ma è quello che vorrebbe lui, potete giurarci. Ci baciò come si baciano dei figli, sulla fronte, anche se era molto più giovane di papà, la sua barba ispida ci solleticò il viso, sentimmo un'ondata di affetto travolgerci, lo guardammo portarsi una mano sul viso e abbassandola sulla bocca disse. Ciao ragazzi, a gola strozzata, gli occhi umidi di pianto.

Al villaggio, la madre di Nahity non smetteva di piangere e di abbracciarla, Nahity sentiva un po' l'imbarazzo di essere trattata come una bambina, si sentiva ormai una donna benché conscia di dover ancora crescere, ma quest'ultimo episodio ci aveva definitivamente proiettato nel mondo degli adulti, non avevamo avuto nessuna paura, eravamo due guerrieri che avevano passato la prova del fuoco e tutti ce lo ricordavano, primo il capo Lupo Grigio che decretò per il villaggio tre giorni di cordoglio funebre in onore di papà che era stato un grande amico.

Il tempo passava lentamente, lenendo il dolore e fissando il ricordo, sembrava che mio padre fosse ancora vivo dentro di me, non riuscivo ad immaginarlo morto e continuavo a pensarlo mentre mi dava consigli o a guidare il mio, il nostro cammino, e il suo consiglio era di superare il trauma, di riprendere a vivere senza remore, senza sensi di colpa, eravamo giovani e, come aveva detto il precettore, ne avevamo diritto, avevamo il dovere. Così avevamo ripreso a studiare da autodidatti, senza trascurare il corpo, né di allenarci con le armi, ci mettevamo uno di fronte all'altra con le derringer scariche, facevamo a gara a chi la estraeva più in fretta, poi impugnando la colt con ambedue le mani sparavamo a bersagli via via sempre più lontani.

Andavamo spesso a caccia con gli amici con arco e frecce seguendo le tracce sul terreno e un giorno, eravamo molto lontani dal villaggio, ci eravamo staccati dal gruppo entrando in un boschetto seguendo le tracce di una preda, Nahity si fermò improvvisamente e mi fece cenno di far silenzio, restammo in ascolto, ma non era la nostra preda, aveva percepito la presenza di un pericolo, una sensazione che aveva solo lei, ci accucciammo sotto i bassi rami di un albero e dopo un po' vedemmo due uomini che avanzavano cautamente con i fucili in mano, non sembravano comuni cacciatori, li seguimmo con lo sguardo per qualche metro poi sentimmo una voce dietro di noi. Ho un fucile puntato contro di voi, alzate le mani e giratevi lentamente. Ubbidimmo, chiamò un nome e subito arrivarono gli altri due, uno disse. Questo è davvero un colpo di fortuna, sono loro. Sei sicuro, disse un altro. Certo che sono sicuro, me li ricordo bene questi due mocciosi. Bene, facciamolo subito allora. Presero i coltelli e si avvicinarono minacciosamente mentre il terzo teneva sempre il fucile puntato contro di noi. Improvvisamente un rapido sibilo, una freccia colpì in pieno petto l'uomo che teneva il fucile, cadde senza un lamento, mentre gli altri due con il coltello in mano lo guardarono per un attimo stupiti, arrivò un'altra freccia che colpì un altro uomo, io e Nahity estraemmo le Derringer e colpimmo con due colpi il terzo che stava tentando di prendere la sua pistola. Arrivò subito Rabongo, fratello maggiore di Nahity insieme ad un altro guerriero, che accortisi della brutta situazione erano prontamente intervenuti. Controllammo i tre, uno era ancora vivo, lo interrogai mentre sputava sangue respirando a fatica, gli chiesi perché volessero ucciderci e chi glielo avesse ordinato, con un filo di voce disse. Il si... nd e poi non riuscì più a parlare, tossiva e vomitava sangue, emise un lungo rantolo e poco dopo era morto. Non eravamo sicuri delle sillabe pronunciate e comunque non dicevano nulla di preciso ma ora eravamo sicuri che qualcuno voleva la nostra morte. Prendemmo noi tutte le armi, volevamo darle allo sceriffo alla prima occasione per dimostrare che non erano stati uccisi per essere derubati, i due guerrieri non faticarono a capire la situazione e rinunciarono al meritato bottino.

Avevamo ormai compiuto quindici anni, eravamo cresciuti fisicamente, Nahity era una donna fatta, bella e robusta, di fianchi e di spalle, gambe ben tornite e forti, io mi ero alzato un po' più di lei e sul mio petto e nelle mie braccia i muscoli erano ben disegnati, maneggiare le colt ora non era più un problema eravamo rapidi e precisi, la vita al villaggio ci aveva temprati e ridato serenità.

La nostra intimità, prima fatta di semplici baci e carezze, aveva preso una direzione più matura, Nahity istruita dalle amiche più vecchie era diventata più ardita e il nostro rapporto più completo, la fusione dei nostri corpi completava quella delle nostre anime, un punto di incontro e di arrivo che era un altro punto di partenza di una nuova vita, attesa sin da quando bambini inconsci ci eravamo promessi l'un l'altra, ci amavamo davvero tanto, guardarci negli occhi, carezzarci, sentire la nostra vicinanza nel contatto fisico ci dava gioia di vivere. Il trauma della perdita di nostro padre appariva lontano nel tempo e svigorito dei suoi effetti più crudi, ma niente poteva intaccare il nostro desiderio di vendetta, la freddezza che avevamo scoperto di possedere nell'azione con le armi, la capacità di uccidere senza rimorsi e la rapidità delle nostre braccia e della nostra mente ci davano il coraggio necessario ai nostri propositi.

Un giorno di primavera inoltrata arrivò al villaggio Randolph Scott, un cacciatore vecchio amico di mio padre e già conosciuto al villaggio, ci raccontò di come procedeva la vita in città e ci chiese come andasse la nostra vita, poi ci disse. Ho sentito che la banda Mac Coy è stata vista in un paesino nel nord del Minnesota. Drizzammo il collo e lo guardammo con occhi stupiti. Sei sicuro. Sicuro io non posso esserlo, ma le notizie che girano sono proprio quelle, sono stati visti da un mio amico mentre si dirigevano verso Big Wood, lì sono vicini al confine con il Canada e possono attraversarlo quando vogliono, c'è anche un grossa taglia su di loro, pare che abbiano fatto delle rapine nell'Illinois ed ora stanno cercando luoghi più tranquilli. Quanto tempo è passato. Meno di quindici giorni, sono venuto subito a dirvelo. Ci guardammo negli occhi. Non resta che andare a vedere, dissi. Dopo tre anni è arrivato il momento di agire, rispose Nahity e noi siamo pronti. Puoi giurarci.

Partimmo subito per Pierre con tutte le precauzioni, non avevamo dimenticato che qualcuno voleva la nostra morte. Arrivati a casa saccheggiammo l'armadio di mio padre per trovare dei vestiti adatti, eravamo cresciuti e non avevamo più niente, trovai molta roba che andava bene anche per Nahity e dopo qualche aggiustamento dal sarto, papà era più alto di noi due, non ci mancava più nulla, tranne gli stivali e due impermeabili. Comperammo, una tenda e vettovagliamento, andammo dall'armaiolo per rifornirci di munizioni e lì vedemmo una corta doppietta di quelle usate dalle guardie di scorta alle diligenze che offriva maggiori possibilità di movimento, Nahity volle comperarla. Andammo dallo sceriffo Mudd a salutarlo, ci ricevette insieme alla moglie con grande affetto e ci invitò a cena durante la quale gli raccontammo dell'attacco subito e dei tre morti e delle armi che avevamo portato a casa, si fece serio in volto. E non sapete chi fossero quei tre. Uno ci conosceva bene quindi probabilmente veniva da qui, da Pierre, ma noi non sappiamo chi fosse, prima di morire ha pronunciato alcune sillabe di cui non siamo sicuri, a te risulta che qualcuno sia scomparso circa due anni fa. Si fece meditabondo, poi disse. Purtroppo molta gente è partita e non so che fine abbia fatto, altri sono arrivati, gente di cui non si sa nulla, dovete fare molta attenzione, qui in città e soprattutto fuori, quando partirete ordinerò ai miei uomini di controllare chi parte dopo di voi e se noteranno qualcuno sospetto lo seguiranno in modo da proteggervi. Ti ringraziamo per questo, noi da parte nostra faremo molta attenzione. Sarebbe meglio, disse ancora lo sceriffo Mudd, che vi nomini miei aiutanti e poi chiederemo al giudice di darvi un documento che vi autorizzi ad agire in nome e per conto della legge. Non siamo un po' giovani per ottenere il documento. Basterà non scrivere la data di nascita.

Prima di partire era doveroso un saluto al sindaco, aveva mantenuto la carica e sembrava diventato molto più ricco, aveva allargato la sua villa e l'aveva riempita di mobili costosi, ci avevano raccontato che le sue mandrie di vacche e cavalli erano raddoppiate, aveva molti uomini al suo servizio, anche guardie armate personali. Era stato amico di papà, ci aveva promesso aiuto anche se non ne avevamo bisogno, quindi bussammo alla porta della sua villa per cortesia, ci aprì una cameriera che andò ad annunciarci. Arrivò fingendo molto calore, ma in realtà sembrava imbarazzato, ci invitò a bere qualcosa nel suo studio ma noi rifiutammo l'ottimo whisky che ci propose. Siamo troppo giovani per bere alcolici, rispondemmo. Ah, fate bene, alla vostra età neppure io bevevo, vi faccio preparare una tisana. Ebbi un sussulto, una voce interiore mi diceva di rifiutare ma non sapevo come fare, Nahity mi diede un calcetto, la guardai e vidi il suo sguardo preoccupato mentre risposi. Va bene una tisana. Vado ad occuparmene personalmente, disse il sindaco. Appena uscito ci scambiammo gli sguardi e senza parlare ci eravamo intesi. Rientrato il sindaco parlammo del più e del meno, ci chiese di come andavano le cose, se non era successo nulla di grave, ma noi tacemmo dell'agguato, sembrava informato e stupito che non ne volessimo parlare, ma noi non avevamo parlato con nessuno tranne che con lo sceriffo e sapevamo bene che lo sceriffo non lo aveva raccontato a nessuno. Arrivò la tisana, mentre lui continuava a sorseggiare il whisky noi fingevamo di bere appoggiando solo le labbra, poi arrivò il momento atteso, il sindaco venne chiamato fuori e noi vuotammo le tazze nel vaso delle piante di cui lo studio era pieno. Davvero non è successo nulla di particolare al villaggio in tre anni, ci domando con insistenza. Noi replicammo che non era successo nulla e che dovevamo andare per preparare la partenza dai nonni a Richmond, mentendo. Ci salutò ripetendo che qualunque cosa di cui avessimo bisogno, lui era lì disponibile.

Perché il sindaco, che tra l'altro era stato molto amico di nostro padre, poteva volere la nostra morte, era un interrogativo a cui non sapevamo rispondere, ma ormai non avevamo quasi più dubbi, le sillabe pronunciate dall'assalitore potevano benissimo essere, "sin" e "da", cioè sindaco. L'unica soluzione era di trovare l'assassino di papà, portarlo da un giudice e costringerlo a confessare ma considerando che l'unico accusatore di Mac Coy era proprio il sindaco era molto improbabile che fosse davvero lui.

Partimmo con il nostro mulo carico verso sud, fingendo di andare a Richmond, poi facendo un largo giro puntammo verso nord, verso il Minnesota, nessuno ci inseguiva. La strada era lunga, dopo estese praterie l'ambiente cominciava a cambiare diventando di tipo montano, estesi verdi boschi di conifere ricoprivano i versanti delle colline, nelle valli scorrevano numerosi torrenti dalle acque limpide con abbondanza di pesci, nelle zone acquitrinose i castori costruivano barriere allagando le depressioni del terreno costringendoci a fare lunghi giri, per noi erano nuovi ambienti che ci lasciavano pieni di meraviglia, branchi di cervi femmina contese dai maschi che si scontravano in duelli epici, i loro bramiti si mescolavano a quelli degli alci, animale assente nelle grandi pianure, ne avevamo sentito parlare, ma l'imponenza di un grosso maschio che ci sbarrava il passo ad una decina di metri in una piccola radura, ci lasciò stupiti, era veramente enorme, molto più alto di un cavallo, alzò il collo dall'erba e si girò a guardarci sbuffando dalle narici, con la testa eretta il palco toccava sicuramente i tre metri, mosse qualche passo continuando a guardarci con un un'espressione superba che incuteva rispetto e timore, noi ci fermammo e senza gesti improvvisi mettemmo mano ai fucili pronti a difenderci qualora ci avesse attaccati, ma lui, dopo averci squadrato e aver sbuffato dalle narici varie volte, tranquillo, a passi lenti, a poco a poco si allontanò dal sentiero inoltrandosi nel bosco e noi potemmo riprendere il nostro cammino. Di giorno il sole scaldava ancora bene, ma la sera non appena il sole tramontava il freddo si faceva sentire, dovevamo accamparci molto prima e subito dopo cena spegnevamo il fuoco, entravamo nella nostra tendina nascosta nel sottobosco, riparati dal vento gelido e ci addormentavamo sotto la nostra pelle di bisonte. Ci vollero quasi due settimane, durante le quali incontrammo qualche cittadina e anche dei trading post con cacciatori e viandanti di ogni tipo, ci squadravano da cima a piedi vedendo due ragazzi una dei quali donna e indiana vestita bene e da uomo che parlava perfettamente inglese, alcuni cercavano di sapere cosa ci facessimo da quelle parti, ma noi eravamo sempre molto evasivi.

E qui comincia una costante dei nostri viaggi, più volte abbiamo subito il tentativo di rapina e di stupro nei confronti di Nahity, i bagagli con il mulo, i nostri cavalli stalloni di razza, erano una ricca tentazione e noi così giovani davamo l'idea di un facile bocconcino. Eravamo stati in un trading post dove avevamo mangiato seduti, insieme alle altre poche persone c'erano tre cacciatori di pelli che aspettavano il diluvio universale per lavarsi tanto era l'odore che emanavano anche a pochi metri, avevano guardato Nahity con occhi bramosi e si erano dati delle occhiate di assenso, poi erano usciti prima di noi, velocemente. Andavano ad aspettarci sulla strada, era talmente evidente che anche l'oste ci guardò come per farceli notare ma non disse niente. Noi uscimmo tranquilli e ci preparammo, mettemmo i coltelli negli stivali insieme alle derringer e un'altra pistola nella cinta dei pantaloni quasi nascosta. Nemmeno mezz'ora di cammino e improvvisamente spuntarono i tre cacciatori fuori dal sottobosco fucili alla mano, due a destra e uno a sinistra, ci intimarono di fermarci e noi ubbidimmo, ci fecero togliere il cinturone, lo togliemmo e scendemmo da cavallo, facemmo qualche passo verso di loro, ma ci intimarono di fermarci, sorridevano felici, sicuri di aver fatto un bel colpo, poi quello a sinistra si avvicinò a Nahity con la canna del fucile troppo vicina, dicendo. Io questa la metto subito sotto. Incominciarono a ridere fragorosamente e lui girò la testa verso i complici, la mossa sbagliata. Nahity spostò la canna del fucile e gli infilò il coltello fino al manico nell'avambraccio, gridò come un cane. Gli altri due non ebbero tempo di reagire, presa la mia pistola sparai a tutte due sul polso destro, i fucili caddero a terra e loro guaivano di dolore. Nahity raccolse la colt e la puntò alla testa dell'uomo di fronte a lei. In ginocchio, disse. L'uomo ubbidì in preda al terrore, si sentiva forte l'odore stantio di questi uomini miserabili. Nahity afferrò il coltello e con un gesto secco lo rimosse dal braccio. L'uomo urlò ancora tenendosi il braccio ferito. Tu volevi mettermi sotto, vero, eri tu che lo dicevi. L'uomo con la faccia sconvolta, negava con i movimenti della testa, ma incapace di parlare. Ora sai cosa faccio di solito ai maiali come te. Disse Nahity ripuntandogli la colt alla testa, con una voce dura, ma senza urlare. Di solito gli sparo subito in testa senza troppi preamboli, ma con te voglio essere magnanima e ti concedo dieci secondi prima di fracassarti il cranio, comincia a pensare ai tuoi peccati lurido uomo, dieci, nove, otto. Lascia perdere Nahity. Lasciamelo uccidere questo schifoso, sette, sei, cinque. Dai non vedi che è già pentito, dissi con ironia, mi avvicinai anche io puntandogli la pistola alla tempia e tirando su il cane. Quattro, tre, due. Prova a dire che sei pentito e vedrai che ti lascia vivere. Due, uno, zero. Aspetta, guarda, sta dicendo qualche cosa. La conta è finita, lasciamelo uccidere. Ci accorgemmo che si stava urinando addosso, si buttò con la testa nel fango e iniziò a piangere, chiedendo pietà, abbassammo le pistole guardandolo con disprezzo misto a pietà. Andammo a raccogliere i cinturoni senza parole, presi anche tutte le loro armi e le misi in un sacco sopra il mulo, sentii una voce quasi infantile. Scusi signore, ma quelle armi sono nostre, ci servono per la caccia. Presi la colt e gliela puntai addosso alzando il cane. La prossima volta che vi incontriamo sarà meglio che siate disarmati altrimenti vi uccidiamo come cani.

Cominciammo ad incontrare sulla strada alcune abitazioni isolate con bambini e qualche animale da allevamento e finalmente giungemmo in vista di Big Wood, una grande valle erbosa in gran parte disboscata per far posto alle costruzioni, al centro un grosso torrente, da un lato si distendeva il paese e dall'altra il bosco fitto fin sotto le montagne. La parte centrale non era molto grande ma c'era di tutto, magazzini, falegnamerie, negozi e case di legno si stendevano lungo lungo l'argine del torrente, molte altre abitazioni di allevatori o agricoltori impegnati nel disboscamento erano dislocate lungo un ampio territorio, pareva ben organizzato, c'era l'ufficio dello sceriffo, la banca, l'ufficio postale, una scuola e la chiesa. Dopo aver sistemato gli animali alla stalla cercammo una stanza nell'unico albergo decente con sala ristorante poco lontano dal saloon dove cacciatori e vagabondi venivano a ubriacarsi o a cercare una donna. Dopo esserci rifocillati con un buon bagno e una cena andammo a dormire presto, finalmente su di un buon letto.

La mattina dopo colazione, ci presentammo subito all'ufficio dello sceriffo Pitt. Ai lati della porta due aiutanti seduti su di una panca con i fucili di traverso ci guardavano scendere da cavallo, si dissero qualcosa ridendo. Io e Nahity legammo i cavalli, prendemmo i fucili e salimmo gli scalini, ci piazzammo di fronte a loro che ora ci guardavano con un misto di stupore e un mezzo riso sulle labbra. Eravamo molto giovani, con la faccia seria che hanno tutti i giovani quando si trovano di fronte ad adulti non graditi, e così armati, pistole al fianco e fucili in mano, dovevamo fare davvero una strana impressione. Possiamo fare qualcosa per voi fanciulli, disse uno dei due. Lo guardai diritto negli occhi, si fece quasi timoroso, poi gli dissi con tono calmo e fermo. Sì, certo che puoi fare qualcosa per noi, dì allo sceriffo che abbiamo bisogno di parlargli. Si girò senza dire una parola ed entrò nell'ufficio, dopo qualche attimo lo sceriffo si affacciò sulla porta, anche lui ci squadrò per più di qualche attimo, stupito, sembrava controllasse tutto quello che avevamo addosso e sono sicuro notò anche le nostre Derringer nascoste sotto la giacca, ma non la piccola pistola a tamburo che avevamo dietro la schiena. Era anzianotto, ancora agile e sveglio, baffetti grigi e una espressione di persona esperta, ma non sembrava avere la cattiveria necessaria al suo lavoro, al massimo poteva sbattere in cella due ubriachi, non certo in grado di affrontare una banda di rapinatori. Prima ancora che potesse aprire bocca gli dissi che preferivamo parlargli al chiuso. Ci fece accomodare su due sedie davanti alla sua scrivania, si versò un bicchiere di whisky, senza offrircene, lo bevve d'un fiato e ci invitò a parlare. E' probabile che entro qualche giorno arrivino in paese tre individui con tre ferite di arma da fuoco e da taglio. Uhm, fece lo sceriffo, si fa interessante. Beh, siamo stati noi due, hanno tentato di rapinarci con anche l'intenzione di abusare di lei, dissi indicandola con la mano aperta, mentre Nahity sorrideva con assenso. Sul mulo abbiamo tutte le loro armi e volevamo consegnarle a voi, abbiamo preferito disarmarli per evitare che ci riprovassero, anche se credo che per un bel pezzo si ricorderanno di noi con molta strizza. Cosa volete che faccia con loro. Ne faccia quello che vuole, a noi non interessa, volevamo solo informarvi, tenetevi le armi e basta così, sono ferite importanti quelle che gli abbiamo inferto e li terranno inoffensivi per un bel pezzo. Li fermeremo e li interrogheremo e magari gli facciamo fare qualche mesetto di prigione. Ma noi siamo qui per un altro motivo, siamo qui per la banda Mac Coy. Si versò un altro bicchiere di Whisky, lo bevve e disse. E cosa volete dalla banda Mac Coy. Vogliamo ucciderli se non si arrenderanno. Scoppiò in una risata seguito dai suoi aiutanti. Noi non ci scomponemmo. Ma vi vedete voi mocciosi ad affrontare quattro pericolosi criminali avvezzi alle armi, non sono tre barboni cacciatori, io stesso non me la sento di affrontarli con i miei due soli aiutanti e perché mai vorreste farlo voi. Per i soldi della taglia, dissi pacatamente, come fosse la cosa più naturale di questo mondo, ma il loro capo potrebbe essere l'assassino di mio padre oltre che padre adottivo di mia moglie, dissi presentandola con la mano, poi con tono più duro, anche noi siamo avvezzi alle armi, abbiamo dovuto difenderci già troppe volte e siamo determinati a prenderli per l'impiccagione o ad ammazzarli sul posto se sarà necessario. Si fece silenzioso. Il primo l'ho ammazzato tranciandogli la carotide di netto con un coltello, disse Nahity estraendo il suo coltello e passando la lama sul palmo della mano, avevo dodici anni, l'ho fatto per difendere mio marito. Anche lei alzò il palmo della mano per presentarmi fissando lo sceriffo con un sorrisino a labbra chiuse. Ancora silenzio, cominciavano a guardarci con altri occhi. Sappiamo che sono qui in paese, sapete dove alloggiano. Bene, rispose dopo ancora un attimo di riflessione, vi vedo determinati, se morirete saranno affari vostri. Tutte le sere vanno a cenare al saloon, si mettono in un angolo sul fondo, potreste affrontarli sulla strada prima che entrino. No, sulla strada no, voglio vederli in faccia da vicino, voglio controllarli bene. Voi rimarrete fuori pronti ad intervenire ma uno di voi entrerà prima per controllare la situazione. Gli aiutanti si guardarono con facce preoccupate. Una domanda, per caso Mac Coy zoppica. Non mi pare, rispose. E ha qualche cicatrice sul collo. Non saprei, non l'ho mai guardato da così vicino. Ancora una domanda, che colore ha gli occhi. Credo che siano scuri ma non posso assicurare. E nessuno monco. Nessuno, ma non potrei giurarlo. Guardai Nahity e insieme scuotemmo leggermente la testa, non sono loro. Bene stasera vedremo di persona. Stasera, disse interrogativo. Se si presentano non vedo perché rimandare.

Li vedemmo arrivare a cavallo, stavamo un po' in disparte per non farci notare, mi feci indicare chi era Mac Coy, fisicamente poteva somigliare all'assassino, stessa grossa corporatura, stessa barba e capelli grigi, scese da cavallo molto stabilmente sulle sue gambe e si avviò verso l'entrata del saloon. L'aiutante attese qualche minuto poi entrò a controllare, riuscì dal saloon e con fare frettoloso si avvicinò a noi informandoci della esatta collocazione dei quattro, sembrava agitato. Siete convinti di quello che state per fare. Era evidente che, pur essendo un vice sceriffo, non aveva mai partecipato ad una sparatoria e il pensiero di poter rimanere coinvolto lo spaventava. Andrà tutto bene, gli risposi. Guardai Nahity negli occhi, lei avvicinò il suo viso e ci baciammo delicatamente sulle labbra scontrando il mio ginocchio sul suo corto fucile nascosto sotto lo spolverino. È il momento, le dissi, nessuna remora. Nessuna pietà, mi rispose.

Entrai nel saloon, non c'era ancora il pieno, Io mi diressi subito al bancone di fronte e piegai verso sinistra, stavo per affrontare uno scontro a fuoco con dei pericolosi criminali ma non sentivo nessuna paura, il mio cuore batteva normalmente, mi sentivo tranquillo, fiducioso nelle nostre capacità. Arrivato in fondo mi girai dando le spalle a Mac Coy. Nahity entrò dopo di me, girò subito a sinistra tra gli sguardi stupiti di chi si accorgeva che sotto il cappello c'era una giovane donna indiana che procedeva lenta ma con determinazione, arrivata a due metri davanti al tavolo dei quattro si tolse il cappello e scosse la testa lasciando liberi i sciolti capelli con la piuma sul lato e il viso da indiana adolescente in bella mostra. Subito si levarono alti i commenti sessisti e le risa, soprattutto dai quattro che si trovavano sotto la diretta osservazione di questa fanciulla. Nahity rimase impassibile con la sua espressione seria a guardarli con sfrontatezza. Intervenni io girandomi con voce alta. Vivi o morti. Si fece improvvisamente silenzio, i quattro si girarono a guardarmi, le risa si erano congelate in puro stupore nel vedere un ragazzo che mostrava una pistola al fianco sfidandoli, mentre io nascondevo la mano destra con già in pugno la derringer, fingendo di tenere il soprabito. Anche in tutto il saloon si fece silenzio. Lo guardai negli occhi e vidi che erano scuri. Allora, vivi o morti, ripetei, io preferirei morti, ma sta a voi la scelta. Mac Coy si alzò. Sei solo un ragazzo cosa credi di poter fare contro di noi. Non è il momento per una discussione, urlai. Nahity tirò fuori il suo fucile a canne corte da sotto il soprabito e lo spianò alzando i cani. La gente si gettò sotto i tavoli. Ancora gridai provocandoli. Slacciate i vostri cinturoni caproni puzzolenti o mettete mano alle armi se avete i coglioni. Mac Coy fu il primo, toccò il calcio della pistola quando la canna della mia derringer era già puntata sul suo cuore, premetti il grilletto e il rumore dello sparo si perse dietro quello della fucilata di Nahity, una frazione di secondo e di nuovo la canna era puntata sul petto del complice con la pistola ormai inutilmente in mano, cadde fulminato al cuore anche lui e di nuovo lo sparo si perse in quello della seconda fucilata di Nahity. Passai veloce la derringer nella mano sinistra ed estrassi la colt puntandola verso gli astanti mentre Nahity controllava, anche lei con la colt in mano, che nessuno dei colpiti si muovesse e potesse ancora nuocere, ma erano tutti morti e non erano riusciti a sparare un solo colpo. Impietriti dalla scena a cui avevano appena assistito, i presenti nel locale non facevano un solo gesto, stupiti e a bocca aperta per aver scoperto che i due ragazzini, all'apparenza innocui, erano in realtà due spietati bounty hunter. Entrò veloce lo sceriffo con i suoi aiutanti, vedendoci ancora vivi e i quattro stesi a terra, ebbe un moto di sollievo, ordinarono lo sgombero del saloon. Io guardai Nahity che già mi guardava, ci sorridemmo felici, mi avvicinai a Mac Coy e gli controllai il collo, nessuna cicatrice era presente, non era lui l'assassino di nostro padre, il sindaco aveva mentito per proteggere il vero assassino e questa per noi era una nuova prova del suo coinvolgimento. Ci avvicinammo, lei poggiò il suo viso sul mio petto, la strinsi forte, la baciai in fronte e le chiesi. Hai avuto paura. Nemmeno un po', ero sicura che non avrebbero avuto nessuna possibilità, e così è stato. Poi alzò lo sguardo per fissarmi negli occhi, sorrise e mi disse. Ora abbiamo da fare, tutto il resto a dopo amore mio. Si staccò con una risata.

Andammo a dormire molto tardi quella sera, l'adrenalina era già calata lasciando nei muscoli un torpore invitante al riposo, non ci dicemmo nulla, un bacio, un abbraccio e ci addormentammo profondamente. Dopo colazione, il giorno dopo, ci recammo dallo sceriffo, ci fece entrare e subito ci disse che nella stanza che la banda aveva affittato aveva trovato molti soldi, probabili proventi delle rapine ed era suo dovere requisirli, ci chiese se avessimo un documento che ci autorizzasse ufficialmente ad agire verso criminali e ricercati in nome della legge. Gli mostrai quelli che ci aveva consegnato lo sceriffo Mudd di Pierre nominandoci vice sceriffi. Quanti anni avete, qui c'è scritto ventuno ma non mi sembra proprio. Quindici risposi. Ancora meno di quello che avevo pensato, così giovani e così freddi e spietati. Sarà questione di carattere, risposi. Le armi requisite le aveva lo sceriffo, le controllammo e alla fine tenemmo per noi due buoni fucili Winchester e due pistole Smith and Wesson a canna corta, le altre insieme a tutto il resto, le lasciammo allo sceriffo e ai suoi uomini. Poi andammo in banca accompagnati dallo sceriffo per la riscossione della taglia, erano molti soldi, ci fece firmare una ricevuta ma prima il bancario ci chiese quanti anni avessimo. Ventuno, risposi. Ci guardò dubbioso, guardò lo sceriffo che ammiccò, avvicinò il mucchietto di banconote, quindi ritirò la ricevuta e salutò.

Avevamo rischiato la vita, ma avevamo guadagnato più soldi di quanti ne possano guadagnare dieci mandriani in un anno di duro lavoro, potevamo essere soddisfatti.

Il pomeriggio facemmo un giro a cavallo nei dintorni per rilassarci, il panorama era composto da verdi colline di boschi di aghifoglie, prati di erba dura e piante arbustose a mucchi di verde più scuro e molti stretti corsi di acqua che a tratti si aprivano dando origine a conche d'acqua limpida. Non avevamo incontrato nessuno, facemmo il bagno, tenendo le pistole a portata di mano, l'acqua era fresca ma la giornata era calda, e l'estate vicina. I nostri nomi correvano sulla bocca di tutto il paese dopo il fatto del giorno prima, ci chiamavano la Coppia Indiana, ora dovevamo stare attenti, anche prima lo eravamo, ma il pericolo era aumentato dalla possibile voglia di qualcuno di vendicarsi, o di attaccarci semplicemente per il pericolo che rappresentavamo per i ricercati, ma questa d'ora in poi sarebbe stata la nostra vita, ci guidava una rabbia sorda, il nostro desiderio di giustizia, di vendetta, era diventato il nostro lavoro, non avevo paura, anzi, mi sentivo vitale pensando al prossimo scontro, arroganza della gioventù, forse, grande senso di sicurezza nei nostri mezzi, anche. In Nahity vedevo la mia stessa sicurezza, fredda e spietata nell'azione, oltre a grandi capacità personali intuitive, sapeva seguire le tracce anche minime con occhio sicuro, mira e precisione con l'arco, rapida con il coltello, e veloce con la pistola, quasi quanto me, poco più bassa di me, aveva una struttura fisica robusta e resistente alla fatica. Merito del lavoro con la zappa, quando aiutavamo nell'agricoltura e merito del pugilato che ci aveva dato elasticità e velocità nelle braccia, nelle gambe, mio padre usava un bastone muovendolo in orizzontale all'altezza della nostra testa e noi per evitare di prenderlo sulla testa dovevamo abbassarci sulle gambe e sulla schiena ritmicamente, aveva anche costruito un sacco pesante sul quale allenavamo i pugni, le ginocchiate e i calci. La guardavo nuotare felice, spruzzare acqua intorno, scuotere i capelli all'indietro per far fluire l'acqua, era bellissima, mi invitava a raggiungerla, mi spinsi con i piedi e andai disteso sul pelo dell'acqua lasciandomi trasportare per qualche attimo dall'inerzia con la faccia immersa, si affacciò alla mia mente il contrasto tra la felicità quasi infantile del nostro rapporto, la serenità dell'immersione nella natura selvaggia, che era tra i nostri più grandi piaceri, e il pericolo di vivere in cerca di criminali, valeva la pena, mi chiesi, ma anche noi eravamo ricercati da qualcuno che voleva la nostra morte e ormai il dado era tratto, non era il momento di dare risposte, di cercare altre strade più semplici per vivere, l'omicidio di mio padre chiedeva vendetta e d'ora in poi la caccia agli assassini sarebbe stato il nostro primo obiettivo, prima o poi avremmo incontrato gli uomini che portavano i segni dei nostri colpi, non avrebbero potuto nascondersi in eterno.

Era quasi sera, ma il sole ancora mandava bagliori dall'orizzonte, dovevamo andare a cena, aspettavo Nahity nella hall dell'albergo mentre sorseggiavo un caffè leggendo il giornale, la notizia principale era l'eliminazione della banda. Mi ero cambiato e rasato quella fine peluria che cominciava a crescermi in viso e che un po' mi invecchiava, ora dimostravo tutta la mia fanciullezza, quello che non cambiava era la mia espressione seria, quando qualcuno mi rivolgeva la parola mi limitavo ad alzare lo sguardo da sotto il cappello per poi riabbassarlo se la persona non mi interessava. Si avvicinò un tizio che si presentò come giornalista, aveva scritto lui l'articolo, voleva farne un altro su di noi, la Coppia Indiana, era stato lui ad inventare quel nome dopo averci visti in azione, essendo presente al saloon, e averci sentiti parlare fra di noi in dialetto lakota. Gli risposi che non ero interessato e che non volevo rispondere alle sue domande, in quel mentre Nahity si affacciò sulle scale, la guardammo scendere, aveva indossato una lunga gonna grigio azzurra e una giacchetta verde da donna con fini ricami dorati sul bavero, i capelli divisi in due trecce alla moda indiana con la solita piccola piuma, bianca con una macchia nera, che le cascava sull'orecchio destro, monili e braccialetti, alla vita una bellissima cintura indiana con il suo inseparabile coltello e il cinturone a tracolla con la colt sul torace sinistro, sorrideva affascinante e misteriosa, la femminilità armata di grazia e pistola, sia io che il giornalista e gli altri presenti in sala restammo muti a guardarla scendere. Giunta al tavolo si sedette e mi chiese chi fosse il nostro ospite, ma l'uomo non mi diede tempo, si presentò da solo allungando una mano e baciando quella di mia moglie, disse che voleva farci una foto, era il momento giusto. Io mi opposi, ma Nahity, vanità delle vanità, si sentiva troppo bella nei vestiti da sera, anche io avevo indossato una giacca nera sopra una bella camicia bianca con ricami e bottoni neri e cravattino a laccio nero, alla fine mi lasciai convincere, facemmo la foto con tutte le armi davanti al caminetto della hall. Andammo al ristorante a cena, tutti ci guardavano, soprattutto guardavano Nahity, i camerieri erano gentili, i bambini giocavano vicino a Nahiti per attirare la sua attenzione e lei aveva un sorriso e una carezza per tutti, chiedeva loro il nome, rispondevano e poi correvano via ridendo forte. La gente di paese, soprattutto i più benestanti, erano contenti di non avere più la banda Mac Coy in giro libera per il paese, erano riconoscenti e vederci lì a cena gli dava sicurezza, qualcuno ci salutava da lontano alzando il calice, facevano anche finta di non vedere che Nahity era indiana ed erano anzi attratti dalla sua personalità e dal suo fascino, dalla ferocia killer di una indiana vestita da uomo della sera prima, alla femminile, gentilezza sorridente di una donna nella freschezza dei suoi anni giovanili. Finito di cenare il giornalista chiese se poteva sedersi al nostro tavolo offrendoci un whiskey, gli risposi che non bevevamo alcolici, eravamo troppo giovani, ma che poteva sedersi. Incominciò subito a parlare, senza pretendere risposta e prendendola alla larga con i complimenti, poi disse. Avete liberato il paese da un ingombro, sapete usare bene le armi e avete fatto bene a vendicare vostro padre. A quella frase sussultai, chi ve lo ha detto, gli chiesi. Se ne parla in paese, tutti lo sanno. Gli uomini dello sceriffo, erano gli unici presenti quando lo dicemmo, chissà cosa hanno raccontato, ma in fondo forse poteva tornare utile che girasse la voce che ci eravamo vendicati e che la vicenda poteva essere chiusa. Voi spuntate all'improvviso, continuò il giornalista, sgominando una pericolosa banda, giovani, ben educati, probabilmente di buona famiglia, ma siete spietati e decisi come gente ormai esperta e rozza. La nostra esperienza è appena cominciata, risposi, contraddicendomi con i pensieri di poco prima.

Ripartimmo presto da quella cittadina, ma non facemmo ritorno a Pierre, era ancora troppo pericoloso. Scegliemmo di andare a

Fargo dove nessuno ci conosceva. La città era distesa in una grande pianura di erbe lungo un piccolo basso fiume, poche colline boscose facevano da sfondo all'orizzonte, molto attiva, polverosa e chiassosa, sembrava però tranquilla, la gente lavorava o passeggiava tra le mercanzie esposte sulla strada e nessuno badava a noi. C'era una tipografia con la biblioteca, molto utile per passare il tempo. Portammo i cavalli e il mulo alla stalla e prendemmo una stanza in un piccolo albergo vicino, al proprietario chiedemmo dello sceriffo. Ethan, è un uomo molto coraggioso e onesto, rispose, fa rispettare la legge e in paese c'è ordine, siamo tutti soddisfatti di lui e dei suoi uomini. Andammo a trovarlo per avere delle informazioni, ci squadrò con fare sospettoso ma ci accolse con cortesia. Ci presentammo con i nostri veri nomi e chiesi se conoscesse qualcuno ricercato che corrispondesse alla descrizione del nostro uomo. No, non lo conosco, perché lo cercate. Rispose con in volto l'espressione di chi non si fida, ci guardava come se cercasse di ricordare qualcosa. E' l'assassino di nostro padre, vogliamo prenderlo vivo perché vogliamo che riveli chi lo ha pagato. Stette un attimo in silenzio distogliendo lo sguardo come cercasse qualcosa nella memoria, poi disse. Ho capito, voi siete il duo indiano, quelli che hanno fatto fuori la banda Mac Coy, ho letto di voi sul giornale, accidenti, siete davvero giovani, ma non era Mac Coy l'assassino di vostro padre. No, non era lui e spero che questo rimanga tra noi, il vero assassino ha una cicatrice sul collo che gli ho fatto io con una fucilata, è probabile che zoppichi per un'altra fucilata al culo presa mentre fuggiva ed ha gli occhi chiari e al suo compare, fuggito con lui, mia moglie gli ha fatto fuori il braccio destro, potrebbe non essere più in grado di usarlo o forse solo parzialmente. Li avete conciati bene. Già, ma sono riusciti ugualmente a fuggire, disse Nahity, la prossima volta che li incontreremo non gli lasceremo scampo. Comunque sia, non so davvero chi siano, posso farmi mandare altri volantini di ricercati, ma ci vorrà un po' di tempo, per quanto riguarda la segretezza delle informazioni, potete stare sicuri, nè io nè i miei uomini riveleremo nulla. Vi ringraziamo per la vostra collaborazione, ci fermeremo un po' di tempo qui e poi decideremo dove andare.

La mattina la passavamo in biblioteca a leggere il giornale o qualche libro, il pomeriggio prendevamo i cavalli e uscivamo per un giro di piacere, cavalcavamo a lungo finché trovavamo un laghetto, un fiume, lasciavamo i cavalli liberi di brucare e iniziavamo a correre a piedi nell'erba alta anche per un'ora, ci inseguivamo ridendo e facendo scatti a destra e a sinistra, poi facevamo ginnastica a corpo libero, flessioni sulle gambe, sulle braccia e il pugilato, il sudore correva a fiotti sui nostri giovani corpi e prima di rivestirci facevamo sempre un bagno ristoratore nel fiume o lago che fosse. Un giorno eravamo su di una grossa pietra sul bordo di un laghetto dopo un intenso pomeriggio, Nahity stese la stuoia, si inginocchiò verso il sole calante e cominciò a meditare, mormorando versi in onore del Grande Spirito che per lei era la natura vivente, incontaminata. Nonostante avessimo sempre vissuto insieme, il nostro modo di intendere e vivere la spiritualità marcava la nostra differenza, energie ataviche diverse si muovevano dentro di noi, lei sentiva il bisogno di sentirsi in contatto con il mondo tramite l'aria pura, respirava profondamente, come bevendo e poi soffiava a lungo spingendo con il diaframma, come se fosse lei a mettere in moto i venti, liberando la mente con cantilene e dondolamenti del corpo. Io per trovare pace e rilassarmi, non facevo grandi cose, l'energia del mondo mi entrava dalla pelle senza nessun movimento del corpo, per sentire la tranquillità in mezzo alla natura, non sentivo il bisogno di meditare, mi bastava respirare normalmente e guardare il cielo, le nuvole, mi bastava riempirmi gli occhi di verde, per noi il Grande Spirito era semplicemente l'energia che pervade ogni essere vivente, anche le piante, gli insetti e perfino il più piccolo essere vivente che striscia sul fango, ognuno ha la sua ragione di vita e merita rispetto, noi dalla natura possiamo e dobbiamo prendere solo ciò che ci è necessario, tutti gli animali agiscono così, è il diritto alla sopravvivenza, la vita per la vita e chi mangia oggi, verrà mangiato domani. Nahity mantenendo gli occhi chiusi e cullandosi leggermente aveva cominciato a cantare, la sua voce era profonda e toccante, vibrante nei bassi, poi saliva con un suono liquido e sottile seguendo le melodie della sua mente fino a toccare le mie di corde spirituali che cominciavano a vibrare all'unisono con le sue, stavo ad ascoltarla, guardandola estasiato, sentivo in lei la forza della natura, della bellezza, "la fusione di spirito e materia che sola è possibile in mezzo alla natura selvaggia." D.H.T.

Il tempo passò tra letture e cavalcate nella pianura, ma dei nostri uomini nessuna notizia, passavamo spesso dall'ufficio dello sceriffo Ethan, e così' venimmo a sapere di una banda composta da sei banditi segnalata di passaggio a Miles city e a Billings nel Montana, probabilmente si nascondevano in qualche canyon nei monti a sudovest. Rapinatori soprattutto di treni erano ricercati da un po' di anni e la ricompensa era cospicua a causa di svariati omicidi occorsi durante le loro rapine. Lo sceriffo Ethan tentò di dissuaderci. Nessuno di loro corrisponde alle descrizioni dei due che cercate, sono molto pericolosi e sono in sei con molte armi a testa, una potenza di fuoco dura da affrontare, siete sicuri di essere in grado di prenderli. Non ci fanno paura e la taglia ne vale la pena, li prenderemo. Fu la risposta laconica. Montammo il basto al nostro mulo e dopo averlo caricato di scorte controllammo le nostre armi, sellammo i cavalli e lentamente ci avviammo. Era piena estate e non avevamo fretta. La vita all'aria aperta, completamente autonomi, era parte del nostro sentire comune, del nostro essere anche indiani, la nostra vita insieme passava per l'odore della terra, quello dell'erba e del profumo dei fiori, la città pur con tutte le comodità che offriva, dopo un po' ci veniva a noia, troppa gente, confusione e rumori, solo nel silenzio della prateria ci sentivamo felici, il grande cielo su di noi e nessun confine intorno che non fossero boschi o colline o le montagne rocciose a far da corona all'orizzonte. Ci accampavamo nelle vicinanze di ruscelli o fiumiciattoli per aver a disposizione acqua fresca per cucinare e per lavarci, montavamo il campo, la tenda e andavamo a dormire nascosti nei cespugli con le nostre pelli di bisonte, una sotto e una sopra, per non farci sorprendere da eventuali malintenzionati. Nahity prima di dormire cantava, in ginocchio sulla pelle, con le mani aperte, guardando all'orizzonte, al cielo, cantava brevi strofe conosciute o pensate durante il giorno, intervallate da vocalizzi improvvisati, io stavo ad ascoltarla in silenzio, meravigliato dalla bellezza della sua voce, poi si avvicinava e allora riconoscevo il suo sguardo scintillante, profondo, leggevo il suo desiderio che diventava anche il mio, con un sorriso pieno d'amore veniva sopra di me cercando le mie labbra con le sue, mentre le mani accarezzavano i corpi. Era dolce dimenticare il mondo intero, era dolce fonderci insieme fino a dimenticarci perfino di noi stessi.

Dopo alcuni giorni di viaggio, arrivammo a Billings, prendemmo posto in un albergo dopo aver sistemato i cavalli e i muli, non volevamo farci notare troppo, decidemmo quindi di cenare in camera. Il giorno dopo andammo dallo sceriffo Brad Coburn a chiedere informazioni, ormai la nostra fama era giunta anche qui e dopo aver controllato i nostri documenti si convinse che eravamo proprio noi. Lo informammo dei nostri intenti e lui molto cordialmente ci diede tutte le informazioni che possedeva, era sicuro che la banda fosse passata di lì e quasi sicuramente ogni quindici giorni circa due di loro venivano in paese a fare rifornimenti, non sarebbe stato difficile seguire due cavalli. Aspettammo diversi giorni, per non dare nell'occhio vestivamo come due giovani mandriani, Nahity nascondeva i capelli sotto il cappello, portavamo solo le Derringer nascoste nello stivale e le due piccole pistole a tamburo nascoste dietro la schiena, senza fucili né cinturone. Il paese era esteso, abitazioni in costruzione sorgevano dappertutto, oltre a empori, officine e saloon, l'allevamento del bestiame, in quel clima era l'ideale, estese praterie che brulicavano di mucche e mandriani a cavallo, anche le strade erano piene di gente a piedi ed era facile confondersi. Passavamo le giornate davanti all'emporio principale a tenere d'occhio la gente che passava e quando notavamo qualcuno di sospetto chiedevamo ai vice dello sceriffo. Un mattino ci eravamo appostati da poco quando vedemmo due uomini a cavallo con altri due cavalli con il basto, pistole e fucili, venivano dalla strada che porta a ovest, si vedeva che avevano fatto un lungo viaggio dormendo all'addiaccio, lasciarono i cavalli all'abbeveratoio davanti all'emporio e si diressero verso il saloon, Nahity andò subito ad avvertire gli uomini dello sceriffo che si precipitarono in zona, i vice e poi anche lo stesso Brad nel frattempo sopraggiunto, ci confermarono che erano uomini della banda. I due dopo essersi rifocillati si erano appartati con le donne, e dopo un'ora circa entrarono all'emporio, caricarono i cavalli con alcune casse e sacchi e ripartirono così come erano venuti. Ci accordammo di dargli due ore di vantaggio, andammo in camera a prendere i nostri bagagli che erano già pronti, per essere più leggeri ci saremmo portati solo lo stretto necessario, senza il mulo, dopo due ore eravamo sulla strada, le tracce erano chiare, inoltre fino ad un certo punto, la direzione non poteva essere che sud ovest, verso le montagne. A sera poco prima del tramonto, ci fermammo in una piccola radura, lasciammo i cavalli impastoiati e ci nascondemmo nella boscaglia, mangiammo fagioli freddi già cotti con pane e carne secca per non fare il fuoco, poi ci coprimmo con le nostre coperte e ci addormentammo accoccolati. Il giorno dopo entrammo in una stretta valle con le pareti boscose, a quel punto le tracce lasciate dai cavalli erano fondamentali, ma al centro della valle scorreva un piccolo ruscello e le tracce portavano in quella direzione, Nahity decise di proseguire sul lato destro da cui si poteva vedere anche il lato sinistro, dopo qualche chilometro ritrovammo le tracce e scoprimmo che gli uomini erano scesi da cavallo proseguendo a piedi nel bosco, quindi anche noi lasciammo i cavalli impastoiati e andammo avanti a piedi, con grande attenzione, dietro uno sperone roccioso dove la valle piegava verso destra, ci sembrò di sentire l'eco di voci umane, ci avvicinammo strisciando accucciati sull'erba dietro i cespugli girando attorno allo sperone, a destra su di un piccolo promontorio dietro alcuni alberi, c'erano due uomini che giocavano a carte, ci fermammo ad osservarli, sembravano assolutamente tranquilli, il suono della loro voce ora la udivamo distintamente, non si preoccupavano minimamente di fare silenzio, si passavano di mano una bottiglia dalla quale bevevano a canna, whisky appena portato, già ubriachi, come gli altri probabilmente. Il giorno tendeva alla fine, la cosa migliore da fare era di controllare senza agire per il momento, passato qualche tempo i due uomini si alzarono e si preparano ad andarsene barcollando, evidentemente non c'era cambio della guardia per la notte, i due scesero dallo sperone e si avviarono verso l'imbuto della valle, gli andammo subito dietro e dopo alcune centinaia di metri vedemmo i loro cavalli che brucavano in una radura, i due uomini salirono un terrapieno sul versante sinistro della montagna ed entrarono in una ampia fenditura nella parete, una grotta dalla quale uscivano i bagliori di un fuoco. La prima cosa che mi venne in mente era che se si fossero chiusi dentro sarebbe stato difficile stanarli. Tornammo ai nostri cavalli a prendere le coperte e qualcosa da mangiare. Il giorno dopo il sorgere del sole ci trovò svegli sullo sperone a controllare il posto di guardia, avevamo dipinto le facce di nero a mascherina e messo due lunghe piume sui capelli, vedemmo arrivare due uomini sbadiglianti con i fucili sulle spalle, contro sole, io e Nahity eravamo inginocchiati dietro due alberi in ombra, con gli archi pronti, quando furono a meno di cinque metri da noi ci sporgemmo e scoccammo contemporaneamente le nostre frecce che si piantarono in pieno petto, facemmo in tempo a leggere un'espressione di stupore nei loro volti mentre la vita li abbandonava, poi il biancore livido e il tonfo a terra, tendemmo velocemente gli archi e restammo qualche attimo ad osservare ma non si muovevano più, togliemmo loro tutte le armi, le nascondemmo dietro di un albero, poi percorremmo velocemente il tragitto verso la grotta, risalimmo il versante in forte pendio e ci portammo su una base composta da tre alberi posti al di sopra della soglia della caverna ad una decina di metri e restammo ad aspettare, sentivamo le loro voci e rumori di stoviglie, passati venti minuti circa uscì un uomo che si recò sul bordo del terrapieno, Nahity stava per scagliare una freccia ma riuscì a fermarla, uscì un secondo uomo che si portò di fianco all'altro, ci guardammo e scagliammo le nostre frecce, i due uomini caddero trafitti nella scarpata qualche metro più in basso senza un lamento, all'interno nessuno si era accorto di niente, le voci continuavano come prima. Attendemmo ancora finché un terzo uomo uscì, chiamò un nome, il secondo nome gli si strozzo in gola, una freccia di Nahity gli aveva trapassato il collo lateralmente, cadde pesantemente al suolo, si sentì una voce dall'interno che chiamava, un rumore di passi veloci, uscì un uomo con in mano la pistola, appena vide il corpo a terra con un istinto primordiale si girò verso di noi, mentre grugniva con rabbia iniziò a sparare verso gli alberi dietro i quali eravamo nascosti, anche se non ci vedeva, sparò tutti i colpi e quando sentimmo il click del colpo a vuoto Nahity fu la più veloce, si sporse dal tronco, prese la mira e per un attimo i loro sguardi si incrociarono, scoccò la freccia, ma l'uomo fece improvvisamente un balzo felino all'indietro e la freccia si conficcò sulla coscia sinistra, cadendo si trovò vicino alla pistola del complice morto e sempre grugnendo come un disperato si avventò sull'arma, la impugnò ma non fece in tempo a puntarla, io, che avevo già imbracciato il fucile, lo crivellai di colpi. Doveva essere l'ultimo, entrammo con molta precauzione nella grotta, un fuoco accesso illuminava l'antro scuro, c'erano diverse vettovaglie, giacigli con coperte, carne secca, fagioli, farina, whisky, tabacco, abbandonammo tutto lì, lasciando tracce davanti all'ingresso sperando che qualche gruppo di indiani potesse trovarli prima che il tempo li facesse marcire. Trovammo un borsone, dentro, tra svariate decine di migliaia di dollari, vi erano numerosi gioielli frutto delle rapine in treno, anelli, orecchini, collane, orologi in oro, argento, molte pietre preziose di vari colori e lucentezza di cui ignoravamo assolutamente il valore, il prezzo della vita che quei banditi si erano dati insieme alla vita degli innocenti caduti sulla strada delle loro malefatte, e ora la vita, per mano nostra, si prendeva le loro di vite. Unimmo nella borsa anche tutti i soldi che avevamo trovato nelle tasche dei banditi, la caricammo sul cavallo di Nahity e sul mio le numerose armi raccolte in un sacco, una potenza di fuoco tale da affrontare un esercito senza bisogno di ricaricare, avevano almeno due fucili a testa, tre e anche quattro pistole per ognuno, di vario genere e dimensioni e molti coltelli, queste non le avremmo date allo sceriffo, erano tutte ottime armi, le avremmo tenute per noi. Recuperammo tutte le frecce aiutandoci con i coltelli e caricammo i cadaveri di traverso sui cavalli.

Era la seconda banda che annientavamo completamente, non gli avevamo dato nessuna possibilità, non ne avevano diritto, come per la banda Mc Coy non provavamo nessun dispiacere, la freddezza del nostro agire ancora oggi mi stupisce, ma ora toccava a noi occuparci dei cadaveri e vedere quei corpi inanimati mi metteva tristezza per loro, frugare nelle tasche, togliere gli stivali, i giacconi che lasciammo nella grotta, legarli sulla sella dei cavalli come dei sacchi senza alcun valore. Alcuni erano molto giovani, forse avevano dei parenti, i genitori da qualche parte che aspettavano notizie, magari anche dei figli o mogli abbandonate in qualche bordello. Sentivo che c'era qualcosa di sbagliato in tutto ciò, qualcosa che andava oltre il bisogno di giustizia, di vendetta, c'era qualcosa di sbagliato nella società dei bianchi che spingeva alla violenza, troppe differenze di classe, troppa ricchezza mal distribuita, troppe menzogne date per valori certi, universali. Che valore poteva mai avere un anello con pietre preziose tanto da spingere ad uccidere per il suo possesso e quei foglietti di carta, per i quali la gente vendeva il proprio corpo ad ore senza poter mai soddisfare i propri bisogni di base, per i quali ognuno vendeva l'anima, la propria dignità, sprecando la propria vita. Eppure, ognuno è responsabile delle proprie azioni e anche se, spesso, non è data la possibilità di scegliere, la violenza cieca rimane la scelta sbagliata che non può che ritorcersi contro chi la pratica e prima o poi la subisce.
Facemmo un'abbondante colazione cucinando con il fuoco e partimmo che era ancora mattina con quella triste processione di cavalli e cadaveri.

Il secondo giorno, il pomeriggio tardi, su di un sentiero in pianura che si inoltrava in un boschetto con radi e bassi alberi, incontrammo tre uomini a cavallo, all'apparenza tre cacciatori di pelli un po' straccioni, presi il fucile e lo misi di traverso sulle gambe, mi spostai con il cavallo lateralmente a destra per lasciarli passare ma anche per controllarli meglio, avevamo i volti coperti dalla mistura di Nahity per proteggerci dal sole, ma quando furono vicini si accorsero della nostra età. Fulmini, disse uno, sono due bambini. Sì, risposi io, ma siamo molto suscettibili e non sopportiamo i grandi. Mi guardò diritto negli occhi e io sostenni il suo sguardo con un risolino. Cosa portate. I cadaveri erano palesi. Uomini molto cattivi, risposi, a noi non piacciono gli uomini cattivi e voi siete bravi o cattivi. Mi guardò con sospetto, cominciava a chiedersi chi fossimo, così giovani, ironici. Un altro disse, ehi ma questa è una donna fatta e anche carina. Guarda che è molto nervosa, non ti conviene molestarla. Anche io divento nervoso quando vedo una donna, ehi, quanto vuoi per un pompino, scoppiò in una risata rovesciando la testa all'indietro. Nahity rimase impassibile, io aspettavo la sua reazione, quando il tizio smise di ridere Nahity prese la derringer e con un colpo gli macellò il padiglione dell'orecchio sinistro. Io scoppiai a ridere tenendo puntato il fucile sugli altri due. Te lo avevo detto che è molto nervosa, dissi, guai a mancarle di rispetto. Nahity prese il suo fucile a canne corte e urlò. Andate via puzzolenti caproni, sparite dalla vista prima che mi penta di lasciarvi vivi. I tre, con il ferito lamentoso con uno straccio sull'orecchio, si allontanarono per la loro strada.

Quella notte era l'ultima, il giorno dopo saremmo arrivati a Billings, avevamo paura di un'imboscata dei tre cacciatori, facemmo il campo ma dormimmo fuori e a tratti, fortunatamente non si vide nessuno. Entrammo in paese che era ancora mattina, in paese la gente cominciava a raggrupparsi e a mormorare, si chiedevano chi erano tutti quei morti e soprattutto chi erano quei ragazzini che guidavano la processione. Arrivati all'ufficio dello sceriffo, Brad era già lì fuori che ci aspettava, più stupito dei suoi concittadini nel vederci tornare con tutta la banda. Scendemmo da cavallo e Nahity gli porse subito il borsone davanti a tutti, lo aprì ed un'espressione di meraviglia si disegnò sul suo viso, non aveva mai visto tanti soldi e gioielli tutti insieme, valevano una fortuna, doveva restituirli ma con quelli poteva almeno pagare le taglie e le spese di seppellimento senza rimetterci con le sue casse. Richiuse immediatamente il borsone e andò a guardare i cadaveri e dopo averli ispezionati mi chiese. Come li avete uccisi, sembrano coltellate. Arco e freccia, risposi, tranne l'ultimo che ha scelto diversamente, mi guardò incredulo. Siete terribili, disse, sei pericolosi assassini eliminati e non avete nemmeno un graffio. Sarà perché non gliene diamo il tempo, alcuni non si sono nemmeno accorti di morire. Diede ordine ai suoi aiutanti di scaricare i corpi e di portare i cavalli alla stalla e noi entrammo nell'ufficio, facemmo la conta dei soldi e l'inventario dei gioielli, ci diede il dovuto e poi ci chiese delle armi. Quelle sono nostre, come i cavalli, il mandato di ricerca riguarda solo i corpi, comunque vi regaleremo qualche fucile e qualche pistola per te e i tuoi aiutanti e anche un cavallo con una bella sella, ma solo per te. Brad ci guardò non molto convinto. Ok, ma il cavallo lo scelgo io. Va bene, risposi.

Dopo un bagno ristoratore andammo a pranzo e subito dopo ci chiudemmo in albergo, dormimmo tutto il pomeriggio o quasi.

Billings era una cittadina popolosa, come tante altre, polverosa, qui e là pozzanghere, ma era molto vivace e attiva, l'allevamento era ovunque, grandi pascoli e corsi d'acqua in abbondanza, dava lavoro a innumerevoli officine, fabbri, falegnami, sartorie, qualche albergo decente e ristoranti quasi puliti, e poi saloon con le solite prostitute, frequentati da gente di ogni tipo, vagabondi sempre in cerca di un lavoro, cacciatori e commercianti di pelli, mandriani ubriaconi che passavano le serate giocando a carte lasciando spesso sul tavolo tutto il loro già magro salario. Indecisi sul da farsi, passavamo le nostre giornate leggendo o cavalcando, mentre la sera dopo un buon bagno, rivestiti elegantemente e le armi in primo piano, andavamo a cena nel miglior ristorante della città. La gente ci guardava chi con rispetto e ammirazione, come fossimo uomini di legge, chi con sospetto, sapendo che eravamo spietati assassini. Altri non vedevano di buon occhio Nahity come indiana e davano occhiate di traverso nonostante il suo bell'aspetto e i suoi modi gentili. Forse la grossa colt che aveva sempre sul petto con la cartucciera a tracolla sui bei vestiti disturbava il loro perbenismo cristiano, nella loro limitata visione della vita una donna non doveva portare armi ma dedicarsi all'allevamento dei figli e alla loro educazione religiosa.

Una sera lo sceriffo Brad Coburn venne a parlarci, ci disse che erano arrivati in paese tre ricercati per furto di bestiame, ce li descrisse e quando disse che uno aveva una fasciatura ad un orecchio non avemmo dubbi, erano i nostri tre cacciatori che avevamo già conosciuto. L'accordo era di prenderli vivi e arrestarli, poi la legge avrebbe fatto il suo corso. Al mattino eravamo già davanti al vicolo che portava alla stanza dove alloggiavano, una vecchia topaia in affitto che cadeva in pezzi, Io ero nascosto dietro ad una balaustra sotto un portico vicino alla strada con il winchester in mano, Nahity vicina a me con il suo fedele corto fucile. Finalmente, quando il sole era già alto e molta gente purtroppo passava, li vedemmo uscire dalla loro abitazione nella stradina che portava sul viale principale, Nahity con il soprabito, si portò sulla loro visuale dando loro le spalle, i tre si insospettirono subito e giunti a pochi metri si fermarono e le intimarono di girarsi, la gente cominciò a scappare. Mentre Nahity si girava con il suo fucile spianato io uscii allo scoperto intimando loro di alzare le mani, ebbero un sussulto di sorpresa rimanendo incerti, ma vedendosi sotto doppio tiro alzarono le mani, ci riconobbero anche se avevamo le facce pulite e uno chiese. Chi siete. Siamo la Coppia Indiana, così ci chiamano, non vogliamo uccidervi, vogliamo solo disarmarvi, slacciate i vostri cinturoni uno alla volta. Muovetevi straccioni che mi prudono le dita, urlò Nahity, lanciateli lontano. Uno alla volta si slacciarono i cinturoni e Nahity li fece mettere in ginocchio, la guardavano con facce sconvolte e atterrite con quel suo corto fucile in mano, non si capacitavano come una giovanissima donna indiana potesse avere tutto questo potere su di loro, maschi, bianchi e armati, e non li consolava il fatto che al suo fianco ci fosse un maschio, visto che anche io ero solo un ragazzino, l'eco della nostra fama era arrivata anche a loro e l'orecchio mozzato stava lì a dimostrare la nostra determinazione. Restarono buoni fino all'arrivo di Brad con i suoi uomini che li presero in custodia, ci ringraziò dicendo che se lo avesse fatto lui non sarebbe riuscito ad evitare una sparatoria e per qualcuno sarebbe finita male. Nel frattempo molta gente si era riversata per strada, da lontano al riparo o dietro le finestre avevano assistito a tutta la scena. La nostra fama cresceva di giorno in giorno, le notizie venivano riportate anche da giornali di altre località, parlavano della nostra abilità con le armi, l'uso di arco e frecce che giustificava il nostro nome, fiuto nel seguire le tracce, del nostro coraggio e della nostra giovane età, nessuno riportava quella esatta.

Eravamo ancora a Billings, una sera stavamo cenando quando venne il cameriere, ci disse che due persone chiedevano di noi, ce le indicò, un uomo e una donna di circa quaranta anni, con atteggiamento umile, e sorridente aspettavano sulla porta tenendosi a braccetto, ci alzammo in piedi e gli facemmo cenno di avvicinarsi, li invitammo a sedere, chiedemmo se volessero bere qualcosa, chiesero solo dell'acqua fresca ringraziando, feci portare due bicchieri e una brocca d'acqua. Indossavano vecchi vestiti puliti e in ordine, le loro mani callose e le facce indurite dal sole rivelavano la loro provenienza contadina, di gente abituata al lavoro manuale, al lavoro duro, sembravano imbarazzati a parlare con noi, quasi si sentissero fuori luogo. Dovemmo incoraggiarli, dicendo che ci faceva piacere la loro visita e che se si trattava di problemi dovevano solo spiegare, che li avremmo sicuramente presi in considerazione. Iniziarono a parlare, un po' l'uno, un po' l'altra, un po' sovrapponendosi, raccontarono il motivo della loro visita. Erano arrivati qui parecchi anni prima e con i genitori di lei avevano disboscato un grosso appezzamento di terra che dava loro da vivere e sul quale avevano costruito la loro casa e vedevano crescere i loro quattro figli, avevano registrato il terreno al catasto ed era legalmente di loro proprietà. Ascoltavamo la loro storia con partecipazione e curiosità. Da qualche tempo dei balordi violenti che abitavano non molto lontano da loro avevano messo gli occhi sul loro appezzamento che confinava con un torrente e avevano cominciato una guerra sottile e strisciante per costringerli ad andare via e vendere il terreno. Distruzione di argini, demolizione di steccati, animali uccisi fino alle percosse vere e proprie che erano costate loro solo una notte di galera, lo sceriffo non sapeva cosa fare più che minacciare di punirli, ma senza prove concrete e soprattutto senza un grave reato, non si poteva mandarli in galera per un bel po' di tempo e i vandalismi erano continuati, ultimo la mucca uccisa. Eravamo in silenzio con il sangue che ci ribolliva. Noi, disse lei, volevamo assumervi per aiutarci a combattere quei banditi, perché non sono altro che dei banditi, la nostra vita è diventata impossibile, non abbiamo più speranze, solo vendere e andarcene, ma dove, non abbiamo nessun posto dove andare. Poggiarono sul tavolo una busta piena di dollari. Questi sono i nostri risparmi, ve li diamo tutti, se a noi rimane il terreno potremo sempre andare avanti, ma quei soldi senza il terreno, senza la nostra casa, non sono nulla. Io e Nahity ci guardammo con meraviglia, fu Nahity a prendere la parola. Signora, metta pure via quei soldi, non serviranno, disse spingendo la busta verso di loro, piuttosto, potete ospitarci a casa vostra per un po', domandò. Capì immediatamente dove voleva arrivare. La coppia rimase stupita a quella richiesta. Saremmo molto onorati, rispose, ma la nostra è una umile casa. Guardi, qualunque posto andrà benissimo, saremo i vostri nipoti venuti a darvi una mano per la raccolta delle patate. Ma i soldi, prendeteli per favore, non possiamo chiedervi di aiutarci senza compenso. Non ne abbiamo bisogno, credeteci, saremo felici di potervi aiutare. Lei iniziò a piangere, mentre lui cercava di consolarla abbracciandola. Vedrai che con i signori si aggiusterà tutto.

La mattina seguente, prendemmo i nostri cavalli e il mulo e ci trasferimmo nella piccola fattoria. I campi coltivati a mais e grano confinavano con la strada, in fondo verso il torrente c'erano gli orti con le verdure e il frutteto, la casa vicina agli alberi, la stalla, il recinto degli animali, il pollaio e la baracca degli attrezzi. Avevano quattro figli, due maschi grandicelli e due graziose bambine, i ragazzi si trasferirono nella stalla lasciando la loro camera che avevano preparato per noi con lenzuola nuove e coperte lavate, c'era un vecchio, il padre di lei, anche lui era stato picchiato e minacciato, ci accolse con commozione sapendo che venivamo a fare qualcosa per loro, non smetteva più di ringraziarci. Mi sentivo un po' a disagio davanti a queste semplici persone molto più anziane di noi, pensando che noi due giovanissimi rappresentavamo la soluzione ai loro problemi, ma mi faceva altresì piacere pensare che proprio noi potevamo restituire loro la speranza di una vita più tranquilla e sapevo che potevamo farlo. Avevamo comperato anche una vacca per sostituire quella uccisa, proprio per non passare inosservati. Passammo un paio di giorni facendo gli agricoltori e vivendo in famiglia in una serenità che non sentivano da parecchio tempo, la signora Wanda era un'ottima cuoca e noi facevamo onore alla sua cucina, la nostra presenza dava loro sicurezza e per loro era già una vittoria.

Un pomeriggio io e Nahity stavamo raccogliendo cipolle con le Colt nascoste dietro la schiena, quando vedemmo tre uomini a cavallo venire nella nostra direzione, entrarono nel campo senza chiedere permesso e senza guardare dove i cavalli poggiavamo gli zoccoli, vedemmo i figli che lavoravano poco lontano nascondersi dentro la baracca degli attrezzi mentre il resto della famiglia scappava all'interno della casa, i tre si avvicinarono, il primo un uomo barbuto e grosso, faccia butterata, con una palpebra più bassa dell'altra che corrispondeva alla descrizione dataci, gli altri due avevano facce cattive e decise, tutti armati, non potevamo sbagliarci. Si fermarono davanti a noi e con fare arrogante ci chiesero cosa stessimo facendo. Io risposi sorridente. Stiamo raccogliendo meravigliose cipolle dorate, ne volete comprare, mostrandone alcune a mano aperta. Non so se comprese la mia ironia, forse pensava che fossi solo uno sprovveduto, sputò di lato. Chi siete, chiese ancora. Oh, siamo parenti venuti da lontano a dare una mano, risposi sempre sorridente, c'è tanto da fare, se cercate lavoro i nostri zii vi possono assumere con una buona paga. Questi hanno bisogno subito di capire che aria tira da queste parti, disse il grosso. Scesero da cavallo con molta calma, il barbuto si avvicinò a Nahity e allungò una mano verso il collo. Il coltello gli entrò nel polso trapassandolo da parte a parte, urlò come un'animale, gli altri due vista la reazione portarono le mani alle armi, Io presa la colt colpii il primo con un colpo all'avambraccio, il secondo vedendo la mia rapidità lasciò cadere l'arma alzando le mani. Nahity prese il braccio del barbuto e con un gesto rapido estrasse il pugnale, l'uomo gridò nuovamente di un dolore ferino, mente il sangue colava dappertutto, pulì il coltello sui suoi vestiti e poi presa la pistola gli puntò la canna in un occhio e gli urlò. In ginocchio. L'uomo tenendosi il braccio ferito, obbedì lasciandosi cadere nel fango. Siamo la Coppia Indiana, disse Nahity con voce dura, questa famiglia è la nostra famiglia, questa terra è la nostra terra, prendi i tuoi cavalli e i tuoi uomini e non fatevi mai più rivedere, o la prossima volta non vi lasceremo modo di raccontarlo, dimmi che hai capito, disse ancora Nahity. L'uomo sconvolto e dolente non sapeva che dire, guardava e non parlava. Nahity premette la canna sull'occhio e urlò ancora. Rispondimi che hai capito, fammi sentire la tua voce. Ho... capito, ho capito, rispose l'uomo a bassa voce, rauca, quasi facesse fatica a parlare. Ed ora sparite dalla nostra vista ma prima lasciate a terra tutte le vostre armi. Sanguinanti e umiliati, sotto il tiro delle nostre pistole, lasciarono le armi a terra e risalirono con difficoltà a cavallo, restammo a guardarli andare via mestamente.

Ritornammo verso casa dove venimmo accolti come eroi dalla famiglia, dalle finestre di casa avevano assistito a tutta la scena con il batticuore ed ora erano usciti felici, il vecchio piangeva e ci baciava le mani, i figli ridevano e ballavano, la mamma piangeva e abbracciava Nahity come una figlia, era finito il loro tormento, sicuri che non si sarebbero più fatti vivi. Quella sera stessa andammo dallo sceriffo con la coppia di agricoltori a lasciare le armi sequestrate e ad esporre i fatti come erano accaduti sottolineando che eravamo andati gratis a difendere due amici e che erano stati loro ad entrare nella proprietà minacciando e alzando le mani. Hastings non potrà più usare la mano destra, disse Brad, quasi tutti i tendini del polso sono stati tranciati di netto e il medico ha potuto fare ben poco e nemmeno l'altro è messo bene con il braccio, sicuri che non li avete provocati voi. Ha iniziato Hastings, come vi abbiamo già detto, ha tentato di prendermi per il collo con una mano, l'altro ha tirato fuori la pistola e se non fosse per Adry mi avrebbe sparata, se la sono cercata, al terzo che ha alzato le mani non è successo nulla. Non bastava dirgli chi eravate, forse si sarebbero ritirati da soli. Non credo, troppo presuntuosi e sicuri di sé, avevano bisogno di una lezione, inoltre non ce ne hanno dato il tempo, ma ora ne avranno di tempo per meditare.

Adry, partiamo. La guardai per un po' senza rispondere, eravamo tornati in albergo e anche io da qualche giorno pensavo che a Billigs non avevamo più nulla da fare. Avevamo già letto alcuni libri importanti. Nahity aveva scoperto un testo sull'emancipazione femminile, la Dichiarazione dei sentimenti, di E. Cady Stanton che l'aveva molto meravigliata, non tanto per le rivendicazioni di cui già sapevamo qualcosa, ma per quello che rivelava sulla condizione femminile attraverso le rivendicazioni stesse, la critica del cristianesimo che relegava la donna ad un ruolo subordinato all'uomo, il suo rifiuto di pronunciare la frase di rito durante la cerimonia nuziale di giurare obbedienza al proprio marito, il matrimonio stesso che diventava una gabbia volontaria della mente e del corpo, passando dalla tutela del padre a quella del marito senza poter mai avere nessuna indipendenza né di fatto né, tanto meno, giuridica. Tutta la vita, morale, affettiva ed economica della donna, dipendeva dal marito. E' facile per gli uomini mostrarsi sensibili e cortesi quando si vuole conquistare una donna, facile per una donna essere preda delle fantasie dell'amore, dei sogni di felicità, dopo il matrimonio il marito rivelava la sua vera personalità. Un brav'uomo, sensibile e lavoratore, affettuoso con i figli, dava il suggello ad un buon rapporto e ad una buona vita, ma se al contrario si rivelava una persona egoista, anaffettiva, un ubriacone maschilista con animo perfido e magari pure violento, la vita per la donna diventava un inferno. I preti e le suore raccomandavano pazienza e sopportazione per amore della famiglia, di pregare dio, per evitare la dissoluzione del sacro vincolo del matrimonio e chiedendogli di cambiare l'animo del marito e di convertirlo ad un sano cristianesimo, cosa che puntualmente non avveniva. Erano molte le donne abbandonate con numerosa prole o rimaste vedove senza possibilità di ereditare nulla poiché la legge vietava alle donne questo diritto, così che spesso avevano solo due alternative o sposare il primo uomo che le chiedeva in moglie, se vedove, con il rischio di ricominciare da capo, in quanto l'uomo, dopo aver ereditato la piccola casetta e magari il piccolo campo da coltivare, si disinteressava dei figli non suoi e dopo averli massacrati di botte per farli lavorare al posto suo, se ne andava beatamente a spendere quei pochi soldi guadagnati, in bevute e gioco alle carte per poi violentare la moglie al rientro a casa ubriaco, nervoso e con le tasche vuote. La seconda scelta era persino peggiore, diventando prostituta in un saloon dove avrebbe avuto un tetto, cibo e qualche soldino da mandare ai figli, ma ricevendo in cambio botte dal padrone, malattie veneree e insulti di ogni genere da clienti violenti, sporchi e ubriachi. Persino le donne delle classi più abbienti non erano risparmiate dall'aridità di una vita fasulla, non mancavano né cibo né bei vestiti, ma la totale sottomissione alla società maschilista e alla chiesa, piena di bigotte e pettegole, ipocrite e spesso anche cattive, non dava spazio né a sogni né ad una felicità desiderata, di diritto, tutto era rimandato alla prossima vita. Menzogna tanto meschina quanto perfida.

Dopo queste letture, riflettevamo sul nostro rapporto, che era semplicemente paritario, fatto d'amore e rispetto reciproco, attenzioni e decisioni sempre prese di comune accordo. Non riuscivamo assolutamente a capire come si possa vivere senza aver scelto l'altro spontaneamente, senza volersi bene, scambiarsi gentilezze e carezze, senza desiderare fortemente solo il bene di chi ci sta accanto, che è poi il nostro stesso bene. Ero preoccupato per Nahity, vedevo in lei crescere l'odio per una certa categoria di uomini e sapevo bene di cosa era capace se provocata. Sentivo disprezzo per la religione cristiana, l'abuso di parole come amore, tolleranza, pietà, ipocrisia pura, erano colpevoli del decadimento dei sentimenti tra la gente, un dio geloso al di sopra dell'uomo, bisognoso di suppliche e di sacrifici personali, le sue regole antiumane come la castità o la santità, il dogma incomprensibile del senso di colpa, soprattutto nelle donne ree di aver corrotto Adamo, di aver provocato la morte di Gesù con i loro peccati, sentivo disprezzo per quella religione che toccava me direttamente, essendo anche io proveniente da quella cultura bianca e maschilista, anche se mio padre con la sua intelligenza illuminata me ne aveva risparmiato l'influenza.

Così, dopo qualche secondo, perso tra i miei pensieri, Nahity mi richiamò alla realtà. A cosa pensi, non vuoi partire. Certo che sì, scusami, anche io ho voglia e di orizzonti più vasti, di praterie dove correre e lasciar correre lo sguardo. Come la mettiamo con quei tizi che ci controllano. Da qualche tempo avevamo notato alcune persone a coppia e mai le stesse, sei o forse sette mandriani arrivati da poco in paese che davano l'impressione di controllarci, come se volessero scoprire qualcosa di noi, ce le ritrovavamo accanto nei saloon, nei negozi, talmente sciocchi che tra loro non parlavano mai e quando eravamo noi a guardarli cercavano un discorso improvvisato per fingere noncuranza. Qualche volta ci avevano anche seguito nelle nostre cavalcate ma non avevano fatto seguito ad alcuna azione. Avevamo quindi pensato che forse aspettavano la nostra partenza definitiva per agire indisturbati, sempre che volessero davvero agire contro di noi. Ma il sesto senso di Nahity non sbagliava mai quando avvertiva il pericolo. Gli tenderemo un agguato al primo campo, se non hai una idea migliore. Credo che sia una buona idea, mi rispose con un sorriso sulle labbra che concluse con un bacio volante. Ci organizzammo, facemmo compere in modo da far capire che eravamo prossimi alla partenza, poi un mattino caricammo i muli e dopo colazione partimmo in direzione delle Black Hills. Non fu difficile vederli tutti insieme al galoppo mentre ci seguivano e i nostri sospetti furono confermati, quei mandriani, poveri e male armati erano davvero dei sempliciotti, illusi di poterci sorprendere, ma avevano facce cattive e decise, dovevamo stare attenti, probabilmente era stata loro promessa una ricompensa per la nostra eliminazione e sicuramente non vedevano l'ora di mettere le mani sui nostri cavalli, muli e tutto quanto ci portavamo dietro.

Cavalcammo tutto il giorno, finché trovammo un posto ideale per il bivacco, una specie di conca che si apriva sulla parete sassosa di una collina in un piccolo canyon con un ruscello pieno di pozze profonde di acqua limpida e fresca che correva tra enormi pietre lateralmente allo stretto bosco sotto la parete di fronte, un grande prato con alte erbe avrebbe fatto da cena per i nostri animali e offerto un morbido letto per noi. Un posto ideale per un agguato che dava ai nostri inseguitori l'impressione che noi ci sentivamo tranquilli. Liberammo gli animali dai carichi, montammo la tenda e accendemmo il fuoco per preparare la cena, eravamo sicuri che avrebbero atteso la notte, ma tenevamo i fucili a portata di mano e ogni tanto controllavamo la strada per maggiore sicurezza. Non si vedevano, erano sicuramente entrati nel bosco prima dell'ingresso del canyon e la vista del fumo che si levava alto dal nostro campo li rassicurava sulla nostra esatta posizione. Finita la cena spostammo gli animali per toglierli dalla traiettoria di fuoco, li impastoiammo e imbottimmo le nostre coperte di bisonte dentro la tenda e, non appena il sole si nascose dietro le colline, girammo dietro la conca per portarci in alto sulle rocce al di sopra del campo, ci accucciammo ad aspettare, abbracciati a scambiarci carezze, con gli archi e le frecce e i winchester, colpo in canna, vicini. Il buio della notte mise in risalto una meravigliosa luna d'argento quasi piena che illuminava il teatro dell'atteso combattimento, anche se per noi più che un combattimento sarebbe stato solo un tiro al bersaglio. Dopo alcune ore di attesa, vedemmo delle ombre muoversi dal boschetto dietro al ruscello, restammo a guardare in silenzio, traversarono il ruscello e alcuni si posizionarono dietro le rocce, alcuni avevano dei fucili che finora non avevamo notato, qualcuno glieli aveva procurati, pensavamo che avrebbero agito con le loro pistole. Due invece cominciarono a strisciare verso la tenda e arrivati vicino si alzarono in piedi e iniziarono a crivellare di colpi la tenda scaricando completamente i fucili. Non udendo nessuna risposta gli altri uscirono dai loro ripari e avvicinandosi gridavano ai primi due di entrare nella tenda a vedere. Non appena entrarono nella tenda entrammo in azione noi. Ha haa, disse Nahity piano, e le prime due frecce colpirono silenziose i due uomini più lontani, sentito il tonfo dei corpi cadere i due più vicini si girarono a vedere cosa fosse successo, le nostre frecce li colpirono in pieno prima ancora che potessero capire, gli altri due uscirono dalla tenda gridando che non c'era nessuno, che era un agguato, ma era troppo tardi per loro, li abbattemmo a fucilate mandando così in frantumi le loro speranze di un facile successo. Restammo un attimo a guardare, ma solo uno si torceva con una freccia piantata nel petto, non sembrava in grado di nuocere, scendemmo velocemente facendo il giro delle rocce, ma quando arrivammo al campo mancavano due corpi, controllammo i quattro rimasti a terra, erano tutti morti e ci buttammo all'inseguimento dei fuggitivi feriti. Uno credo di averlo colpito male, si è mosso all'ultimo e il colpo di fucile probabilmente lo ha colpito al braccio, deve aver aiutato l'altro con la freccia nel petto a rialzarsi, dissi, conviene andare direttamente al boschetto lungo il sentiero e tagliare loro la strada se hanno ripreso la via del ruscello prima che riprendano i cavalli. Sì, ma stiamo attenti potrebbero aver lasciato qualcuno di guardia. Dopo un pezzetto di strada, dietro un'ansa del canyon vedemmo al centro due figure, uno si teneva il braccio penzolante, l'altro cercava di camminare frettolosamente ma con grande fatica, piegando il busto ad ogni passo per il dolore. non avevano nemmeno tentato di nascondersi riprendendo la via percorsa all'andata, forse sperando che non li avremmo seguiti. Affrettammo il passo con i fucili puntati e gridammo loro di fermarsi. Ebbero un sussulto di paura e l'uomo colpito al petto si mise a sedere spossato su un pietrone. Alzate le mani, dissi, e non tentate nulla o vi stendiamo. Non sparate, per carità, siamo già feriti e incapaci di difenderci. Gettate le pistole disse Nahity. Obbedirono prontamente. Dove sono i vostri cavalli, c'è qualcuno con loro, chiesi. Dentro il boschetto in quella direzione, proprio sul bordo del ruscello, c'è un ragazzo, ha solo quindici anni, non fategli del male. E' armato. Sì, ma ha solo una vecchia pistola. Vado io, dissi a Nahity. Ok, ma fa attenzione, e voi in piedi si torna al campo, camminate davanti a me. Entrai nel boschetto nella direzione indicatami e dopo poco sentii il rumore dei cavalli, vidi le loro sagome e avvicinandomi con molta attenzione vidi anche la figura di un uomo che si muoveva nervosamente, arrivato alle sue spalle gli intimai di alzare le braccia. Ti avviso, gli dissi, i tuoi amici son già morti o feriti. Non uccidermi ti prego, non voglio morire, disse alzando le braccia, tremante di paura. Butta a terra la tua pistola. Gettò, la pistola che aveva nella cintola dei pantaloni. Adesso lega tutti i cavalli uno dietro l'altro e cammina davanti a me verso il nostro campo. Arrivati al campo i feriti si lamentavano e tremavano come foglie, il ferito al petto con la freccia sputava sangue e respirava con difficoltà. Spezzammo la freccia e li medicammo come meglio potemmo, poi preparammo un decotto medicamentoso, Nahity diede loro da mangiare dei funghi analgesici che rallentavano anche il senso di coscienza e mitigavano un po' il dolore, li legammo per la notte e andammo a dormire, di più non potevamo fare. Feci io il primo turno di guardia, i feriti si lamentavano, uno sommessamente, l'altro delirava bruciato dalla febbre, pronunciava frasi sconnesse, con rantoli ad ogni respiro, altre volte chiamando a gran voce la madre, sputando sangue. Provavo tanta pena, ma non potevo fare nulla, era solo colpa loro, della loro disonestà e mancanza di valori, di principi per il rispetto della vita, se fosse andata secondo i loro piani ci avrebbero ammazzato senza pietà e senza rimorsi, la tenda crivellata di colpi e i buchi nella coperta erano lì a testimoniarlo. Il ragazzo invece piangeva, ripeteva di continuo ad alta voce. Andrò in galera, chissà per quanto tempo, resterò per sempre una nullità, un balordo senza speranza. Anche lui chiamava la madre, che forse, mi pareva di capire, non c'era più. Malediceva il padre chiamandolo porco, senz'anima, senza amore, poi taceva, forse riuscendo in qualche modo ad addormentarsi per poi svegliarsi nuovamente e ricominciando a piangere e ad inveire contro il padre e contro il fato. Fu una notte penosa, non riuscimmo a dormire se non per pochi tratti. Il pensiero di mio padre, del padre di Nahity, la loro onestà, i loro valori morali, pronti a morire per difenderli, mi tornava spesso alla mente insieme all'idea che questa vita è fatta anche di fortuna, dove nasci e dove cresci, di opportunità che si presentano e della capacità di saperle cogliere. Non volevo giustificare questi criminali ma non riuscivo a non provare pena per loro, erano andati incontro alla morte, e questi feriti andranno in galera, avendo conosciuto solo miserie, materiali ed affettive, nati per caso in famiglie disgregate, in povertà, questo paese mostrava loro solo il lato violento e se volevi sopravvivere dovevi lottare senza aver mai fiducia in nessuno.

Mi alzai prima dell'alba, andai dal ragazzo, volevo parlare con lui. preparai il caffè, lo portai anche ai prigionieri, poi interrogai il ragazzo. Mi raccontò che finché c'era la madre la vita scorreva felice, si sentiva amato, frequentava la scuola, sapeva leggere e scrivere bene, poi dopo la morte della madre, il padre iniziò a bere, lavorava poco e si occupava ancor meno della famiglia, continuò raccontando una vita di soprusi, di botte e umiliazioni. Poi dopo aver conosciuto uno della banda che ora era morto, si era unito a lui facendogli da servitore in cambio di tante promesse di soldi facili e una vita d'avventure, gli aveva creduto e anche se i soldi non erano mai arrivati almeno mangiava tutti i giorni e si sentiva protetto, lo sfruttava facendogli fare tutti i lavori più faticosi, ma non lo aveva mai picchiato. Quella di stanotte doveva essere la prima azione violenta a cui partecipava e per l'occasione il suo protettore gli aveva regalato la sua vecchia pistola, tanto, diceva, ora ho un buon fucile e domani mi compro un'altra pistola con i soldi della ricompensa. Ma io non ho mai sparato nemmeno un colpo, ora non c'è più nemmeno lui, sono di nuovo solo, senza soldi e andrò in galera. Riprese a piangere singhiozzando, così io gli dissi. Forse è una fortuna per te che lui sia morto e tu ancora vivo, sei giovane e se sei intelligente, come credo, avrai capito che non c'è futuro nella via della violenza, la tua banda ha commesso così tanti errori che noi avevamo capito

ancora prima di partire che ci avreste attaccati e vi abbiamo aspettato
con le armi pronte. Tu sei l'unico sopravvissuto a parte i due feriti, ma
se anche avreste avuto successo, prima o poi vi avrebbero presi e
impiccati, è questo che vuoi, morire impiccato o in una sparatoria
prima ancora di essere diventato adulto. Mi guardava senza rispondere,
la faccia sconvolta e le lacrime che gli rigavano il volto, ma senza più
singhiozzare. Era tutto sporco, con i capelli arruffati, dietro il suo volto
angosciato si vedeva che era un bel ragazzo, i suoi occhi chiari
esprimevano, come le sue parole, un profondo bisogno insoddisfatto
di affetto, di tranquillità e di pace interiore. Guardai Nahity che ci aveva
raggiunti con una tazza di caffè in mano, aveva ascoltato una parte della
conversazione, ma di fronte a tanta desolazione affettiva non avevamo
osato darci il bacio del buongiorno, anche lei mi guardava con
un'espressione che indicava quanta pena provava per questo povero
ragazzo. Lo slegai e gli dissi. Sei l'unico sano, devi aiutarci a preparare
una barella per il ferito, dobbiamo tornare in paese a cercare un dottore
e lui non è in grado di cavalcare, prendi l'accetta e procura dei lunghi
pali mentre noi prepariamo da mangiare, poi riparleremo della tua
situazione. Gli occhi si illuminarono improvvisamente di gioia, forse
aveva capito che saremmo stati magnanimi con lui, in fondo non si era
macchiato di gravi colpe, aveva solo fatto da sorvegliante per i cavalli.
Sì, vado subito a procurare la legna, grazie signore, grazie che mi
permettete di aiutarvi, disse pieno di eccitazione, prese l'accetta e si
recò verso il bosco. Io volevo vedere come si sarebbe comportato con
un'improvvisa vampata di libertà e se era degno della fiducia che gli si
leggeva negli occhi. Che intenzioni hai. Mi interrogò Nahity. Se è
degno della fiducia che gli stiamo accordando e ci aiuta, risposi, credo
che dovremmo aiutarlo restituendogli totalmente la libertà, una buona
iniezione di fiducia non potrà che fargli bene, condannare un ragazzo
al primo errore significherebbe fare di lui un sicuro delinquente. Certo,
mi rispose, e se proprio vorrà continuare a sbagliare, un giorno pagherà
anche per tutto il resto, ma anche io sono fiduciosa che non lo farà,
guardalo che torna, solo da come cammina con quei tronchi sulle spalle
si vede che vuole dimostrare tutta la sua buona volontà e voglia di

lavorare, di guadagnarsi la fiducia.

Terminata la colazione, sistemammo il ferito grave sulla barella fatta con la tenda crivellata, le sue condizioni destavano preoccupazione, era semi incosciente e la febbre gli bruciava la fronte, non aveva mangiato quasi nulla e a aveva bevuto pochissima acqua. Nel primo pomeriggio, quando mancavano alcune ore a Billings, chiesi al ragazzo se sapeva descrivermi il tizio che li aveva ingaggiati. Prima di partire si era lavato e pettinato i capelli e dato una riordinata, era davvero un bel ragazzo, gentile e intelligente, rispose con dovizia di particolari, era un buon osservatore. E non sai come si chiama. Non ce lo ha mai detto. diceva che questo non aveva importanza e non doveva interessarci. E tutto quel che sai. Sì, signore, è tutto. Guardai Nahity ed ella annuì con un sorriso. Mi rigirai di nuovo verso il ragazzo e gli dissi. Come ti chiami. William, signore, William Heartman. Bene William, quel cavallo che stai cavalcando ora è tuo, qui ci sono un po' di soldi che erano nelle tasche dei tuoi falsi amici, ti serviranno nell'immediato, prendi la strada verso sud e recati in Kansas oppure Oklahoma, da quelle parti si stanno sviluppando molti allevamenti di bestiame, cercati un onesto lavoro e non permettere mai a nessuno di mancarti di rispetto, ma ricorda che tu per primo devi avere rispetto per gli altri, la loro persona e la loro libertà e ricorda di osservare le leggi dello stato. Rimase sbalordito, forse aveva capito che lo avremmo aiutato, ma tutto questo non se lo aspettava proprio, addirittura il cavallo e dei soldi per i suoi bisogni, non riusciva a spiccicare parola, così io aggiunsi. Prendi anche un fucile e un po' di munizioni, ti serviranno per procurarti qualcosa da mangiare. Non sapeva proprio più che cosa dire e continuava a restare ammutolito come se avesse improvvisamente perso l'uso della parola, girava lo sguardo da me a Nahity e viceversa come se non comprendesse le nostre intenzioni, poi prese un fucile, un cinturone, una coperta, risalì a cavallo e prima di salutare disse. Posso sapere almeno i vostri nomi. Io sono Adrien Betancourt e lei è Nahity Betancourt, siamo sposati, mezzo indiani e mezzo, per così dire civilizzati, abbiamo studiato anche noi nelle scuole dei bianchi, ma siamo conosciuti come la Coppia Indiana. Voi, siete, sì fermò balbettando qualcosa, ora capisco molte cose, quel furfante ci ha mandati in sette sperando che qualcuno l'avrebbe spuntata con voi, ci ha mandati al macello sapendo quel che faceva. Non ti preoccupare per lui, verrà anche il suo momento e pagherà anche questa. Allora lo conoscete. No, ma sappiamo chi lo manda. Vi sarò eternamente riconoscente per questa opportunità, per questa grande possibilità che mi date, vedrete che non vi deluderò, saprò trovare una mia strada, un lavoro e spero di trovare una brava ragazza che mi ami come vi amate voi, è da stamattina che vi osservo, il vostro rispetto reciproco, la vostra tenerezza seminascosta, siete da ammirare, mettete solo voglia di vivere e, cavoli, sono giovane, ho tutto il tempo per farmi una famiglia, fino ad oggi non ci pensavo, credevo inconsciamente di non averne diritto, di non avere speranze e invece voi me ne avete data tanta di speranza, e di voglia di vivere, di vivere, ripeté ad alta voce. Lanciò un urlo al cavallo e girandosi si gettò al galoppo come se la nuova vita fosse lì ad aspettarlo, doveva solo affrettarsi a raggiungerla. Addio, Addio e grazie, continuava ad urlare, non vi dimenticherò mai. Ci venne da ridere di gusto nel vederlo così felice, ora eravamo sicuri di aver fatto la cosa giusta perdonandolo e restituendogli la libertà insieme a quel poco di cose che gli avrebbero permesso di affrontare il futuro immediato. Guardai Nahity e dissi. Chissà mai se lo rincontreremo. Può essere, rispose, e sarebbe bello, getta un seme nel fiume, da qualche parte si fermerà e darà i suoi frutti, si ha sempre la speranza di vedere la pianta cresciuta e magari i frutti maturi. Annuì sorridendo, i suoi occhi scintillavano di gioia, mi si apriva il cuore quando la vedevo così felice, avevo voglia di baciarla, mi avvicinai e lei senza smettere di sorridere mi baciò teneramente sulle labbra.

Arrivammo in paese che era ancora giorno, il sole si attardava all'orizzonte allungando le ombre e illuminando la triste processione di feriti, cavalli e cadaveri. Andammo direttamente dallo sceriffo chiedendo un dottore. Il barellato era ormai incosciente e il dottore disse subito che c'erano poche speranze, fece il minimo indispensabile e poi si occupò dell'altro ferito: mentre il dottore faceva il suo lavoro, noi raccontammo tutta la storia allo sceriffo, descrivendo anche l'uomo e l'albergo nel quale dimorava. Vado subito ad arrestarlo, disse Brad e vediamo cosa ha da dirci. Ma il furbone era già scappato, vedendoci tornare, era impossibile passare inosservati, era subito fuggito senza nemmeno pagare il conto. Risultò anche che nessuno degli assalitori era ricercato. Vagabondi che lavoravano a giornata, forse piccoli furti, ma niente di serio, gente che veniva da lontano, nessuno avrebbe reclamato i corpi. Il ferito sopravvissuto non fece parola della presenza del ragazzo William che avevamo liberato, ci disse, quando parlammo con lui, che aveva dei figli da qualche parte e la sua più grande maledizione era di averli abbandonati, non riusciva a perdonarselo, ma non aveva mai amato sua moglie, madre dei suoi figli, che era una prostituta quando l'aveva conosciuta, un giorno saltò sul suo cavallo e se ne andò abbandonando tutti, stanco di tanti sacrifici senza nessuna soddisfazione. Aveva lavorato, diceva come contadino, mandriano e tanto altro ma non riusciva a risparmiare nulla, né per sé, né, tanto meno, per la sua famiglia e non era più tornato. Non riuscivamo a non pensare che quell'uomo, che ora rischiava di perdere l'uso di un braccio, aveva riempito di fucilate la nostra tenda pensando che noi fossimo lì sotto, che aveva tentato di ucciderci per una ricompensa e per derubarci di tutti i nostri averi, ora ci raccontava di essere preoccupato per i suoi figli. Apprezzavamo il suo gesto di proteggere con il suo silenzio il giovane William, ma per il resto ci faceva ribrezzo e non era escluso che le storie che ci raccontava potessero essere un'invenzione per muoverci a compassione. Evitava di guardarci fisso negli occhi e quando lo faceva si leggeva vergogna e paura, non erano occhi sinceri, anche se non posso dire che fossero cattivi, la sua violenza aveva radici nell'infanzia, fatta di anaffettività, di abusi, ma invece di cercare una via per vivere serenamente, anche se in povertà, una volta adulto aveva cercato la vendetta personale contro il mondo. Se avesse davvero amato i suoi figli non li avrebbe mai abbandonati, o tutt'al più sarebbe già ritornato senza buttare via quel poco che aveva guadagnato. In realtà probabilmente, anche lui era rimasto irretito dalla possibilità di soldi facili rubando e rapinando e considerando che fra sei persone lui era tra i due che avrebbero dovuto ammazzare a sangue freddo, era probabile che non fosse nemmeno la prima volta che lo faceva. Gente come lui purtroppo la incontravi dappertutto, sbandati senza nessuna morale, nessuna capacità di esercitare un mestiere, solo lavori di fatica o furti e rapine e i soldi guadagnati in questo sporco modo li spendevano con prostitute, giocando a poker e in grosse bevute di alcool, come vedevamo fare in tutti i saloon in cui ci capitava di entrare. Lo lasciammo al suo destino di galeotto senza promettergli nulla, intanto venimmo a sapere che l'altro ferito era deceduto. Un'altra croce piantata sul sentiero della nostra vendetta, da addebitare a chi ci voleva morti, a chi aveva voluto la morte di nostro padre.

Una mattina dopo aver salutato la famiglia contadina, con la promessa che saremmo ripassati a trovarli e dopo aver salutato lo sceriffo Brad Coburn e i suoi uomini, ripartimmo con tutti i nostri bagagli sui muli, avevamo parecchie armi, non volevamo disfarcene ma non potevamo portarcele sempre dietro quindi decidemmo di tornare al villaggio, mancavamo da molto tempo, avevamo una gran voglia di rivedere i genitori di Nahity e gli amici, inoltre lì saremmo stati al sicuro e avremmo potuto rilassarci. La strada era lunga, non avevamo fretta, decidemmo quindi di fare una deviazione per passare dalla Torre dell'Orso, ne avevamo sentito parlare molto, era sacra per i lakota e molte altre nazioni indiane e ai suoi piedi venivano celebrate feste e cerimonie. La leggenda racconta che il Grande Spirito aveva fatta crescere la torre per mettere in salvo un gruppo di sette bambine dagli attacchi di un orso affamato, il quale tentando di scalare la montagna ne aveva graffiato le pareti con gli artigli lasciandone i segni visibili, in fine il Grande Spirito mutò le fanciulle in stelle azzurrine sempre visibili nelle sere d'inverno. Attraversammo boschi di conifere alternati a praterie di erbe alte e dopo quattro giorni avvistammo la torre, era molto alta e si poteva vedere nella pianura, già da molto lontano, ci accampammo per la notte nei pressi di un rivo, in un punto nascosto, dopo un buon bagno ristoratore nelle fresche acque, facemmo il fuoco tra le pietre e preparammo la cena con una lepre che avevamo catturato nel pomeriggio. Il silenzio, rotto solo dal leggero brontolio dell'acqua, l'aria tiepida e le stelle, ci facevano compagnia, soli nella natura selvaggia ci sentivamo in armonia con il mondo, in pace con noi stessi, sembrava impossibile che fossimo in caccia di uomini da uccidere rischiando la nostra stessa vita.

Perché non potevamo vivere in pace, cacciando e pescando, coltivando frutta e verdura, cantare e danzare con gli amici, perché dovevamo difenderci dai nemici e cercare vendetta, da quando il mondo era diventato così malvagio, egoista, era mai esistito un'età dell'oro dove l'uomo viveva libero e felice. Mi si affacciò alla mente il ricordo di quel pauroso animale nella grotta, forse anche prima della grande corruzione umana vivere era un fatto rischioso e difendersi era necessario, ma un conto è difendersi da animali selvaggi in lotta per la sopravvivenza, altro doversi difendere da esseri umani apparentemente a te uguali, uomini avidi che desiderano quel poco che possiedi, che bramano la tua terra perché ricca, combattere contro uomini che vorrebbe sottometterti per usarti come schiavo, contro chi, servo del proprio orgoglio, incapace di controllare il proprio istinto di morte, è pronto a perdere la sua stessa vita per dimostrare un valore effimero, ed è per questo che gli uomini si ammazzano o si mandano ad ammazzare, per avidità, orgoglio, pazzia, e la guerra è solo un'esplosione di schizofrenia collettiva. Quanti ne avevamo incontrati sulla nostra strada di uomini simili e quanti ancora ne avremmo dovuto incontrare, non ci sarebbe mai stata fine alla stupidità umana.

All'orizzonte si stagliava il netto profilo della torre che, quasi irreale nella sua forma tronca e ben delineata, sovrastava ogni cosa all'orizzonte, con il sopraggiungere delle tenebre a poco a poco si confondeva fino a perdersi nell'oscurità.

Il giorno dopo, sul cammino, cominciammo ad incontrare piccoli gruppi di indiani Cheyenne, Lakota. Kiowa, molte le donne e anche bambini, che venivano a rendere omaggio all'antica manifestazione del Grande Spirito. Arrivati sotto la montagna a tronco di cono, unica formazione di quel tipo in tutta la regione, potemmo notare che era fatta di nuda pietra con fitti colonnati verticali, regolari ed uguali, che partivano dal basso e raggiungevano la cima di alcune centinaia di metri, molti erano in parte crollati lasciando vedere che sotto vi erano altre colonne uguali, non potevano essere graffi di orso, nemmeno di un orso gigante, non che ci avessimo creduto, ma l'imponenza e la maestosità della torre metteva un senso di soggezione, di sacralità, sembrava incredibile che potesse essere naturale ed era normale per una mente primitiva, mistica, pensare ad una origine divina. I canti si diffondevano intorno insieme a sacre cerimonie rituali mentre gli sciamani pregavano e officiavano i loro riti. Anche noi rendemmo omaggio al Grande Spirito, che per noi rappresentava l'anima spirituale del popolo dei nativi, lasciando alla base della torre due camicie usate che legammo ad un ramo a sventolare. Scendemmo verso la radura dove avevamo lasciato i nostri cavalli con i muli e ci unimmo ad un gruppo lakota che danzava al ritmo dei tamburi. Passammo una felice giornata in compagnia del nostro popolo parlando la nostra lingua.

Il giorno dopo ripartimmo insieme ad un gruppo di lakota e per un buon tratto facemmo la stessa strada aggirando le colline nere da ovest verso sud, poi ci separammo e noi prendemmo la direzione del nostro villaggio.

Furono sorpresi di vederci arrivare da ovest anziché da est, l'eco delle nostre gesta era arrivato anche qui, ci accolsero da guerrieri dedicandoci lodi e festeggiamenti che ci fecero molto piacere, regalammo un fucile a Cervo Scalciante e al capo Lupo Grigio ma tenemmo ben nascosto il grosso delle armi, non volevamo che troppe armi da fuoco stuzzicassero le velleità dei giovani mettendosi nei guai, al fratello di Nahity, Rabongo, regalammo una colt con cinturone, non avevamo dimenticato che ci aveva salvato la vita, inoltre, era ormai avviato ad essere un buon capo, con un buon seguito di giovani della sua età, dando dimostrazione di coraggio e di saggezza. Tahina, pianse molto abbracciandoci, ringraziava il Grande Spirito di averci protetti e rimase con noi tutto il tempo. Rimaneva il problema di dove nascondere le armi, la soluzione venne da Nahity. Perchè non costruiamo una casetta fuori dalla grotta, potrebbe diventare il nostro rifugio e nascondiglio. Fui d'accordo, il luogo nascosto si prestava bene, inoltre la grotta asciutta con le pareti chiare e ampie poteva diventare una abitazione confortevole. Gli sciamani che frequentavano il lago sacro interno, solitamente usavano un'altra entrata e noi eravamo liberi di occuparne una, Ci mettemmo subito all'opera, la mano d'opera non mancava e in meno di un mese costruimmo una capanna di legno proprio sull'ingresso della grotta nascosta dalla faggeta, era molto rudimentale ma funzionale, all'ingresso facemmo la zona fuoco mentre nella grotta vera e propria, illuminata da torce, facemmo dei giacigli con le pelli di bisonte e al centro una larga e lunga asse di legno avrebbe fatto da tavola, mancavano molte cose ma al primo viaggio utile le avremmo comperate in città, nascondemmo le armi insieme ad una parte dei soldi in un luogo sicuro, solo Rabongo e Tahina ne erano a conoscenza. Ci fermammo altre due settimane alternandoci tra il tipì al villaggio, che distava solo un'ora di marcia, e la nostra casetta poi decidemmo di recarci a Pierre, mancavamo da molto, la casa di mio padre aveva bisogno di prendere aria e di essere riassettata, non potevamo lasciarla disabitata ancora a lungo, così un mattino ripartimmo lasciando il grosso dei bagagli nella grotta, il ricordo dell'assassinio di mio padre e la sete di vendetta ci spingevamo.

Arrivati a Pierre, nessuno fece caso a noi, ci recammo direttamente a casa nostra, aprimmo le finestre, togliemmo la polvere dai mobili e facemmo pulizie, il tempo non aveva fatto grossi danni, tranne un po' lo steccato, piante ed erbacce dappertutto, in breve arrivò lo sceriffo Mudd, informato da qualcuno, molto sorpreso e felice di vederci. Si raccontano grandi cose di voi, siete cresciuti e avete dimostrato che il vostro coraggio di bambini non era semplice incoscienza infantile. Già, ma non abbiamo ancora trovato gli assassini. Io non dubito che li troverete, ma nel frattempo stasera sarete miei ospiti a cena, così mi racconterete le vostre avventure. Passarono alcuni giorni, i nostri concittadini ci salutavano cordialmente, si complimentavano e facevano domande alle quali noi rispondevamo vagamente e che non tutto era vero, i giornalisti esagerano sempre per vendere. La sera eravamo soliti cenare in un locale tranquillo dove avevamo incontrato anche il sindaco, che si mostrò stupito di vederci quando invece sapeva benissimo che eravamo tornati, ci chiese se ci saremmo fermati a lungo e altre domande di circostanza, ma ormai sapevamo benissimo chi era e mantenevamo un naturale distacco, mentre lui si comportava come sempre da amico.

Un pomeriggio, stavamo bevendo il tè al ristorante mentre leggevamo il giornale, si parlava di una banda attiva in vari stati con alle spalle una serie di rapine in banca dall'Ohio all'Illinois, l'ultima a Kansas city che era costata diversi omicidi ed ora erano inseguiti dall'agenzia Pinkerton, il loro capo o presunto tale, si chiamava Talbot, un ex militare confederato che non aveva mai deposto le armi e aveva continuato la sua guerra personale contro gli stati del nord, ma la politica non gli interessava più visti gli omicidi a sangue freddo e la bella vita che conduceva quando aveva le tasche piene di dollari. Entrò un uomo nel locale, faccia dura e barba incolta di vari giorni, con i vestiti impolverati, si guardò in giro e poi puntò il suo sguardo su di noi, Nahity prese il suo fucile e lo mise di traverso sulle gambe sotto il tavolo con i due cani alzati, io presi la mia derringer e la tenni nascosta fra le mani, l'uomo ci venne incontro con un risolino forzato stampato sul viso, si fermò davanti a noi, occhi chiari e freddi. Siete voi la Coppia Indiana. E cosa vuoi dalla Coppia Indiana, domandai. Nel locale si fece silenzio, vidi il direttore parlare con un cameriere che si precipitò all'esterno, probabilmente mandato ad avvisare lo sceriffo. Avete ammazzato mio fratello, disse senza preamboli, fece una breve pausa, era una carogna e forse se lo meritava, ma era pur sempre mio fratello ed ora lo devo vendicare. Non so nemmeno chi sia tuo fratello, ma se era una carogna come dici perché non ci lasci in pace e non te ne vai per la tua strada. Aveva una colt nuova, una bella pistola oliata e precisa, braccia robuste e mani di una persona svelta, il volto di uomo vissuto ed esperto, uno sguardo deciso, lo zigomo destro gli tremava impercettibilmente dall'eccitazione, poteva avere almeno il doppio dei nostri anni. Bisogna pur far qualcosa per vivere, rispose. Capii che era stato pagato per ucciderci e la storia del fratello probabilmente inventata. Aspettami fuori, gli dissi. Si accese un sigaro con molta calma, si girò e andò sulla strada. Io mi pulii la bocca con il tovagliolo, presi la colt e la controllai, mi girai verso Nahity che mi guardava con preoccupazione. Andrà tutto bene gli dissi e se non andrà bene, ammazzalo tu. Puoi giurarci, mi rispose. Arrivò lo sceriffo, gli dissi subito chiaro di lasciar fare, questa era lo nostra vita, quell'uomo era stato pagato e prima o poi avremmo dovuto affrontarlo, quindi meglio farlo subito. Mi alzai, feci alcune flessioni sulle braccia per scaldarle, tirai due pugni all'aria e uscii dal locale. Molta gente era accorsa per assistere allo spettacolo, vidi l'armaiolo con la faccia preoccupata, il direttore della banca a bocca aperta e tante altre facce conosciute, ma non vidi il sindaco. L'uomo si era posizionato con il sole alle spalle, ma aveva poca importanza, anche in ombra lo vedevo benissimo, doveva essere sicuramente veloce, per batterlo dovevo sparare senza staccare troppo la mano dal corpo e mirare al tronco. Mi posizionai e lo guardai, tirò una boccata con il sigaro senza guardarmi, gettò il mozzicone ed espirò il fumo, vidi un sussulto del suo corpo, portai la mano alla pistola la estrassi e sparai, sentii un colpo dalla sua parte e un bruciore alla coscia sinistra mentre lui si chinava in avanti e fatto qualche passo cadde a terra con la faccia in avanti, ricaricai velocemente il cane e tenni la colt puntata verso di lui che si contorceva nel dolore, poi più nulla, lo avevo colpito in piena pancia, un organo vitale, forse l'aorta. Ci fu un'esplosione di grida di giubilo mentre Nahity corse ad abbracciarmi, l'armaiolo mi strinse la mano. Non avevo dubbi che lo avresti battuto, sei bravissimo, sei il migliore. In molti volevano complimentarsi, ma io avevo bisogno di medicare la ferita alla coscia che, per quanto di striscio, stava sanguinando, andammo dal dottore. Lo sceriffo dopo qualche ricerca venne a sapere che era un killer prezzolato, occasionalmente bounty hunter, uno conosciuto per la rapidità e io lo avevo battuto. La ferita si rimarginò abbastanza in fretta e anche il muscolo leso riprese a funzionare come nulla fosse successo.

Chiedemmo informazioni della banda Talbot allo sceriffo, ci rispose che forse era meglio lasciar perdere, che avevano eliminato anche alcuni uomini dell'agenzia Pinkerton molto più esperti di noi. Ho capito che siete veloci, ma la velocità con questi non basta, sono sgamati e senza pietà, sono tutti ex soldati, gente dura, abituata a vivere all'addiaccio. Lo guardai e senza rispondere alle sue obiezioni domandai. Dove sono stati visti l'ultima volta. Mi guardò a lungo con preoccupazione, guardò anche Nahity, poi disse. Vi darò le informazioni che chiedete. Erano stati visti di passaggio in direzione del Wyoming all'inizio dell'estate, dopo l'ultima rapina con sparatoria per la strada, si erano dati alla macchia visto il gran polverone sollevato, probabilmente sulle montagne in mezzo ai boschi a sud di Casper. Ci organizzammo e partimmo in caccia, due cavalli, un mulo, la voglia di orizzonti aperti e la rabbia sorda dentro.

Eravamo in autunno inoltrato, leggere pioggerelle ci facevano compagnia nel pomeriggio tardi quasi tutti i giorni, avevamo già lasciato Casper e stavamo perlustrando la zona a sud, alcuni cacciatori raccontavano di aver visto un gruppo di uomini a cavallo ma non sapevano esattamente cosa ci facessero da quelle parti in quanto non avevano l'aria di cacciatori. Si spostavano in continuazione, avevamo trovato tracce anche in casolari abbandonati, grotte, ma l'inverno era alle porte e non potevano passarlo tra le montagne rischiando di rimanere bloccati dalla neve senza rifornimenti. Dopo una lunga ed estenuante ricerca tra boschi e gole, finalmente li avvistammo dalla cima di un piccolo colle, con il mio piccolo cannocchiale riuscivo a distinguerli bene, erano in sette, non avevamo dimenticato che erano abili con le armi e pericolosi come serpenti a sonagli, ma ora finalmente erano usciti allo scoperto e noi avevamo il vantaggio della sorpresa, procedevano lentamente sulla scarsa neve che era caduta nella notte, dal fondo di una piccola valle venendo verso la nostra direzione, sembravano tranquilli e sicuri, guardavano davanti a se a capo chino, forse stanchi e infreddoliti, erano probabilmente appena partiti e forse non si aspettavano un agguato così presto, dovevamo approfittarne subito. Scendemmo velocemente dal colle e ci portammo sul pianoro, oltre c'erano le nostre tracce molto evidenti sulla neve fresca che avrebbero rivelato la nostra presenza, ci nascondemmo nel sottobosco abbastanza vicini al sentiero, io da una parte e Nahity dall'altra con gli archi pronti, in questo modo non avrebbero capito subito la direzione di tiro. Appena furono a pochi metri ci guardammo tendemmo gli archi e scoccammo le frecce, gli ultimi due uomini della fila caddero da cavallo con un tonfo, gli altri si fermarono urlando e guardandosi intorno senza capire esattamente cosa fosse successo, scoccammo altre due frecce e altri due uomini caddero da cavallo, senza perdere tempo prendemmo i fucili e finimmo gli altri tre nonostante avessero imbracciato chi il fucile chi le pistole e iniziato a sparare a caso non vedendoci, probabilmente pensando ad un gruppo di indiani, nessun cavallo fu ferito, mi sembrava che uno si fosse lasciato cadere da cavallo senza essere colpito, feci cenno a Nahity di aspettare indicandogli l'uomo, lasciammo passare qualche minuto, ma nessuno si muoveva ci avvicinammo lentamente, con cautela, appena ci esponemmo vidi un braccio sollevarsi con la pistola in pugno, sparai due colpi, in quel mentre un altro si alzò sulle ginocchia semi abbassato e sparò nella mia direzione, era quello che aveva finto di cadere, io mi scansai e il colpo mi colpì il giaccone senza tuttavia ferirmi, caddi nella neve mentre sentivo Nahity sparare, l'uomo fece ancora in tempo a girarsi e sparare un colpo in direzione di Nahity, ma senza mira, ormai crivellato di colpi, gli puntai il fucile ma Nahity lo aveva già colpito nuovamente, aspettammo ancora, nessuno si muoveva più, giorni e giorni di ricerca e poi tutto era finito in pochi secondi. Togliemmo loro tutte le armi, parecchi fucili e molte pistole, tutte ottime armi, munizioni, raccogliemmo il molto denaro che si erano già divisi che trovammo in parte nelle tasche in parte nei borsoni delle selle, dopo aver tolto le frecce, caricammo velocemente i corpi sui loro stessi cavalli prima che si irrigidissero per il freddo, lasciammo sul sentiero in bella vista tutti i loro bagagli inutili, vivande, coperte, bottiglie di whisky, alleggerendo i cavalli e auspicando che qualche gruppo di cacciatori indiani li avrebbero ritrovati prima di deteriorarsi per il tempo e riprendemmo la strada verso Casper.

Aveva ripreso a nevicare e procedevamo lentamente, intorno a noi solo silenzio di tanto in tanto rotto da qualche bramito di cervi o gracchiare di corvi, il bianco della neve si mescolava al verde delle conifere mentre il sottobosco scuro, nei punti dove la neve non cadeva creava luoghi in ombra, facili postazioni per un agguato, come d'altronde avevamo fatto noi. I cavalli e i carichi che ci portavamo dietro erano una grande tentazione per chiunque, nei punti più insidiosi ci fermavamo e scesi da cavallo entravamo nel bosco facendo larghi giri per accertarci della eventuale presenza di malintenzionati, ma questo, purtroppo, rallentava molto la marcia. Per fermarci la notte entravamo nel fitto del bosco e dormivamo lontani dai cavalli, ma il fuoco, per cucinare e per scaldarci un poco, rimaneva sempre un vistoso segnale, fortunatamente non incontrammo nessuno e nemmeno notammo tracce recenti sul sentiero. Il terzo giorno, al mattino tardi, arrivammo ad un crocevia sulle sponde di un laghetto ghiacciato con un trading post dove avremmo potuto scaldarci e mangiare qualcosa di meglio della carne secca e delle patate bollite. Lasciammo i cavalli al coperto con un ragazzo che li rifornì di biada, gli demmo una buona mancia e ci recammo all'interno, ci sentivamo gli sguardi di tutti addosso, la meraviglia di vederci così giovani, ma nessuno disse niente, forse avevano capito chi eravamo o forse no, sicuramente i cadaveri sui cavalli, che tutti avevano visto, non lasciavano dubbi sul nostro mestiere. Ci avvicinammo alla stufa per scaldarci le mani, mi girai verso l'oste e chiesi due caffè caldi e da mangiare, guardandoci intorno notammo, fra gli altri, quattro uomini che non mi ispiravano nessuna fiducia, facce cattive di gente che vive di espedienti, sporchi e rozzi, male armati ma sicuramente pericolosi, sarebbero stati un brutto incontro nella foresta e non è escluso che avrebbero potuto seguirci. Guardai Nahity, anche lei annuì facendo cenno con la testa, ci mettemmo ad un tavolo spalle al muro in modo da tenere sotto controllo la situazione, poggiando i fucili a portata di mano. Stavamo già mangiando quando si aprì una porta che dava sul retro, entrò una donna indiana con un mastello sulle braccia, girò dietro il bancone, i quattro, già pieni di alcol, mormorarono qualcosa ridacchiando, parlavano rivolgendo alla donna sguardi bramosi, poi uno si alzò, andò dall'oste e gli disse con voce roca. Quanto vuoi per farci divertire un po' con l'indiana. Non è una prostituta, fu la risposta. Certo che non è una prostituta, ma è una indiana e a noi tanto basta, quanto vuoi ti ripeto, disse con fare minaccioso. Va bene, rispose l'oste intimorito, ma non fatele del male. Ci penso io, disse l'uomo e ridendo afferrò strettamente al polso la donna che urlò e gli rifilò un calcio sulla gamba, lui rispose con uno schiaffone al volto che mandò la donna a terra e poi si gettò su di lei, era troppo, Nahity si alzò con il suo corto fucile glielo puntò alla testa e gli intimò di lasciare la donna, io caricai il colpo in canna e puntai il mio fucile sui tre compagni, che mi rivolsero uno sguardo duro e cattivo, l'uomo senza togliere le mani di dosso alla donna girò il viso verso Nahity con uno sguardo truce e prima che potesse dire alcunché Nahity lo colpi con il calcio del fucile in pieno volto, il sangue cominciò a spruzzare da una ferita vicina all'occhio. Spostati, o ti spappolo i tuoi inutili genitali, urlò ancora Nahity. Sono la Coppia Indiana, gridò l'oste, quei cadaveri là fuori sono la banda Talbot, vi conviene fare come dicono. L'uomo si scostò rimanendo seduto a terra ancora stordito e reso mezzo cieco dal gonfiore del colpo ricevuto. Intimai ai quattro di slacciare i cinturoni e di tornare a sedersi. L'indiana si rialzò e gli rifilò un altro calcione, urlandogli alcune parole nella propria lingua che nessuno capì, poi disse forte in inglese. Stronzo. Invitammo la donna al nostro tavolo e anche noi ci sedemmo per finire il nostro pasto. Era una bella donna, molto più vecchia di noi, il suo viso mostrava segni di fatiche e sofferenze, ma era ancora giovane e forte e molto riconoscente, per prima cosa, senza preamboli, ci chiese di venire con noi, la richiesta ci prese di sorpresa, ancora non sapevamo nemmeno come si chiamasse, ma non le avremmo mai detto di no. Se vuoi venire con noi, hai bisogno di una pistola, prendine una di quelle, le dissi indicando il mucchio di cinturoni a terra. Il viso le si illuminò con un sorriso di gratitudine, strinse le nostre mani sul tavolo, si alzò, raccolse il cinturone dell'uomo che le aveva tentato violenza, lo mise a tracolla di traverso e si fermò a guardarlo negli occhi in un gesto di sfida, lui non disse niente, diede un'occhiata veloce verso di noi con l'unico occhio sano e si rassegnò. Usciti dalla taverna sfilammo un giaccone da una delle nostre vittime e lo demmo alla donna insieme ad un grande cappello e un paio di stivali, liberammo anche un cavallo dal corpo del suo ex padrone e glielo consegnammo insieme ad un paio di guanti, salì e incominciò ad urlare di gioia, sparò anche alcuni colpi di pistola in aria mentre partiva nella neve, restammo a guardarla stupiti e felici, ma ci sembrava di comprendere il suo stato d'animo. Ci faceva piacere averla incontrata, l'accogliemmo come fosse stata nostra sorella maggiore. Raholy capiva ma parlava poco l'inglese, si era rifiutata di impararlo, con noi tentava di esprimersi per spiegarsi, veniva dall'est, irochese, ci raccontò di come fosse capitata lì dopo essere diventata una specie di schiava, dopo il massacro della sua tribù e della sua famiglia aveva solo desiderato morire, chiedeva al Grande Spirito di portarla via accettando tutto quello che le capitava, adesso non sapeva neanche più quanti anni fossero passati, ma da qualche tempo sentiva crescere dentro di lei la voglia di tornare a vivere, di riprendere in mano il suo destino, sentiva le ferite interiori come cicatrizzate, la memoria delle sofferenze passate, dei cari perduti, era diventata un punto di forza dal quale ricominciare ed oggi finalmente era arrivato qualcuno a difenderla, a darle coraggio, una donna, una indiana come lei, una persona di cui potersi fidare, e aveva capito che era arrivato per lei il momento tanto atteso.

Cavalcammo tutto il pomeriggio sotto la neve, finché incontrammo una grossa fattoria in un ampio pianoro erboso circondato dalle colline, al centro un largo torrente dalle acque diafane scorreva tra grosse pietre creando piccole pozze abbastanza grandi da poterci fare il bagno, era attraversato da un ponticello di legno con un sentiero che portava direttamente all'ingresso della fattoria. Entrammo nel recinto e ci fermammo davanti alla veranda sotto la quale due vecchi con la barba folta e ampio cappello ci aspettavano circondati da alcuni giovani e bambini. Scesi da cavallo, salii i pochi gradini, mi scossi di dosso la neve e dopo essermi presentato chiesi gentilmente se avevano un posto al coperto per farci dormire, andava bene anche la stalla. I due vecchi sembravano sospettosi, prima di rispondere uno chiese chi fossero quei morti, risposi la verità, che erano banditi ricercati e noi eravamo autorizzati dalla legge e gli altri con me erano donne, guardò bene notando che erano indiane ebbe come un moto di esitazione, almeno così mi sembrò. Sono mia moglie, oltre che collega di lavoro e la zia materna, possiamo pagare, non vi daremo disturbo e domani ce ne andremo presto. Il tono della mia voce, la mia faccia giovanile e i sorrisi delle donne li convinsero. Si scambiarono due parole annuendo. Siete i benvenuti nella nostra umile dimora, dissero porgendomi la mano. Ci portarono nella grande stalla, ove insieme a cavalli e qualche mulo c'erano molte vacche da latte, liberammo gli animali ormai stanchi dei loro pesi aiutati dai giovani allegri e felici di avere degli ospiti inattesi e ci recammo nell'abitazione, le donne avevano già preparato dell'acqua calda con la quale ci lavammo, ci cambiammo anche gli abiti per renderci più presentabili, i nostri ospiti sembravano meritarlo. Nahity e Raholy ne approfittarono per rifarsi i capelli con chiome perfettamente tagliate in due con trecce laterali, si spalmarono una cremina al volto per ridare elasticità alla pelle stanca del viaggio e dal gelo e appena mi videro riempirono anche la mia faccia ridendo. La loro bellezza risplendeva alla luce tremula dei lumi ad olio, pur nei loro vestiti da uomo. L'ambiente era caldo e familiare, un fuoco scoppiettava nel camino della grande sala, sopra il quale campeggiava una vistosa croce di legno senza il corpo sofferente, alcune donne si davano da fare in cucina mentre altri preparavano la tavola, erano in tanti in quella casa. Due vecchi fratelli con i figli, generi e nuore e tanti nipoti, vivevano di allevamento e di agricoltura, ma ora, con il sopraggiungere dell'inverno, le attività erano ridotte al minimo e i mandriani al soldo erano tutti alle loro case. Quando le pietanze erano già servite in tavola uno dei due fratelli chiese ad un ragazzo di fare la preghiera di ringraziamento. Tutti chinarono il capo e chiusero gli occhi, noi restammo in piedi come loro, ma con gli occhi aperti ad ascoltare in silenzio. Facemmo una gustosa cena a base di carne e patate fritte nel grasso, verdure e pane fresco che mangiammo con appetito, mentre mangiavamo nessuno parlava, ma credo fosse per abitudine, infatti ogni tanto i giovani si scambiavano brevi frasi e anche qualche risatina, sempre attenti a riempire i nostri piatti e i nostri bicchieri di acqua fresca con grandi sorrisi. Finita la cena, in modo molto organizzato sparecchiarono e ripulirono tutto, non avevano quasi bisogno di parlare, ognuno sapeva cosa fare, anche i piccoli, e in breve tempo la grande stanza assunse l'aspetto di una sala da riunioni, il tavolo addossato ad una parete, ci invitarono a sedere su alcune comode poltroncine a un lato del camino mentre di fronte a noi sedettero i due vecchi e il resto della famiglia di fronte, ci portarono delle tisane calde dolcificate con il miele che bevemmo volentieri. Sembravano contenti di avere visite, tutti ci guardavano, i bambini quando incrociavano il nostro sguardo si ritraevano con imbarazzo sorridendo, alcuni erano attratti dalle nostre armi che avevamo tenuto addosso ma senza cinturoni e senza fucili. Ci fu a questo punto la lettura di un passo del vangelo che si riferisce alla carità cristiana dell'accoglienza dove Gesù dice. Qualunque cosa fate per gli altri è come se l'aveste fatta a me. Come avrete già capito, disse uno dei vecchi, noi siamo cristiani, cristiani evangelici e cerchiamo di vivere profondamente quello che il nostro Signore e Salvatore Gesù ci indica attraverso la sua parola che è la Bibbia, accogliere e dare a chi ha bisogno è uno di questi principi. Mi sembra una buona cosa, risposi sorridendo, e ve ne siamo grati, visto che stasera tocca a noi ricevere. Uno dei vecchi ci interpellò con una domanda diretta, aveva una voce calda e amichevole. Perché dei giovani beneducati e gentili come voi vanno in giro armati fino ai denti trascinando una fila di cadaveri dietro di loro. La domanda ci colse inaspettata, soprattutto il tono di riflessione a cui invitava, tutti stavano zitti, Raholy non aveva capito la domanda, Nahity guardava la tazza tenendola fra le mani per scaldarle, fingendo noncuranza. Abbiamo un documento emesso da un giudice che ci autorizza ad agire per conto della legge, risposi, capisco bene però che lei non ci sta chiedendo le ragioni più superficiali del nostro lavoro, la giustizia, il guadagno, ma non ho grandi risposte, posso dirle che facciamo questo con una etica nostra, siamo onesti e altruisti anche noi, facciamo il nostro lavoro con scrupolo e uccidiamo solo condannati che finirebbero impiccati dalla legge se presi vivi, abbiamo scoperto che non sappiamo fare altro, sappiamo uccidere, e questo è crudo da dire alla presenza di questa giovane platea ma è la vita, è la nostra vita che ci ha portato a fare questa scelta, operiamo in nome della legge e liberiamo la società da soggetti pericolosi. Noi crediamo che esista una giustizia superiore alla giustizia degli uomini e noi non possiamo sostituirci ad essa. Noi invece crediamo che la giustizia possiamo ottenerla anche con le nostre mani, qui ed ora, disse Nahity, quando ho dovuto difendermi, da cialtroni criminali che hanno ucciso nostro padre e tentato di uccidere anche noi che eravamo solo dei bambini di dodici anni, non ho fatto altro che rendere giustizia a me stessa e a nostro padre che era un brav'uomo onesto, oltre che il migliore dei padri. Ci fu un attimo di silenzio, la morte violenta di nostro padre poteva essere una giustificazione sufficiente, poi uno dei vecchi disse. Questo che vi è successo mi dispiace molto, perdere il proprio padre è una grave disgrazia per chiunque, per mano criminale poi, è una grande ingiustizia, ma rispondere occhio per occhio non penso sia la soluzione migliore, rischiate di diventare peggio degli assassini che uccidete, travolti dal vortice imperioso della vostra rabbia. Quando sarete vecchi, disse l'altro vecchio, ripenserete a tutto ciò e il ricordo dei morti lasciati alle spalle non vi lascerà dormire, voi siete persone oneste e riflessive e sarà proprio la vostra intelligenza a condannarvi, il rimorso peserà sulla vostra coscienza giorno e notte pensando che forse avreste potuto scegliere e agire diversamente. Quando uccido dei banditi, uccido luridi esseri che hanno massacrato a sangue freddo anche bambini per vile denaro, uccido vigliacchi che hanno stuprato donne indifese per soddisfare i loro istinti bestiali, non so se un giorno proverò rimorso come dite voi, ma oggi non sento nessun dispiacere a farlo, io stessa sono stata vittima di tentativi di stupro, ma nessuno è mai riuscito a farlo, spesso pagando caro il tentativo, la giustizia superiore può aspettare, ma io non aspetto e nemmeno può una vedova o un orfano innocente che piangeranno tutta la vita la loro triste perdita. Calò un momento di silenzio, nessuno osava parlare, Nahity era stata dura lasciando pochi spiragli al dialogo. La giustizia ha bisogno di pace, la pace non è guerra e la guerra non è giustizia, disse l'altro vecchio, non vi vedo in pace con voi stessi.

Ancora silenzio, qualche bambino piangeva subito coccolato dalla mamma. Anche noi cerchiamo pace, disse Nahity con tono più pacato, ma la pace che cerchiamo passa per questa strada, altrimenti sarebbe rassegnazione, e questa strada non ammette esitazioni, questa è una guerra iniziata e continuata da altri, non si può rispondere sempre con il perdono, con la comprensione, le preghiere non hanno mai fermato i violenti. Eppure nostro Signore ci dice di amare i nostri nemici, solo superando l'odio possiamo trovare una vera dimensione cristiana nella quale riconoscersi e sperare in una società più giusta. La pace senza giustizia fa solo il gioco dei criminali, non possiamo aspettare che la società cresca e trovi soluzioni meno violente, risposi io, non siamo cristiani, non amiamo i nostri nemici, siamo uomini e agiamo da uomini di questo tempo, di questo paese, non ci adoperiamo solo per soldi, l'empatia guida i nostri rapporti umani anche nella giustizia che cerchiamo, questa donna l'abbiamo salvata da una condizione di semi schiavitù, dissi indicando Raholy con la mano, questa mattina nemmeno la conoscevamo ed ora stiamo vivendo insieme come se fossimo sempre stati amici, non siamo schiavi dell'odio, la religione, il cristianesimo, spesso crea molta più divisione tra gli uomini di quanta ne creino le lingue umane, siamo al corrente di quante stragi sono state fatte in Europa anche tra gruppi cristiani con nome diverso, la vostra Bibbia giustifica anche la schiavitù e consente persino la ricchezza spropositata che crea povertà e ingiustizie, istigando al crimine uomini di bassa leva morale pur di ottenerla. Il Grande Spirito delle pianure ci ha creati tutti uguali, disse Nahity, e tra la mia gente anche i capi e gli uomini di medicina coltivano la terra e partecipano alla caccia, il loro tipì è uguale al mio e a quello di tutti gli altri, vestono uguale e mangiano uguale, la nostra spiritualità ci insegna a rispettare la natura tutta come manifestazione materiale dello stesso Grande Spirito, mentre voi avete creato una società di persone diverse tra loro, una società stratificata tra chi è ricco, meno ricco, povero e poverissimo e infine, appunto, gli schiavi. Anche noi nella nostra chiesa siamo tutti uguali, lavoriamo tutti, tranne i vecchi e i malati, il messaggio di Cristo secondo noi è chiaro, ma purtroppo molti ne hanno travisato gli insegnamenti facendone uno scudo per i propri interessi personali e vanno sontuosamente vestiti a predicare la povertà di Cristo, altri arrivano in costose carrozze con stivali ben lucidati a scalare con belle parole il Monte delle Beatitudini, altri ancora amano più l'ordine e la forma piuttosto che l'uomo disordinato ma corretto, sappiamo bene che il vangelo è stato spesso usato come un ariete, anche contro gli stessi cristiani, tuttavia, noi, troviamo in esso la guida per la nostra vita e la nostra pace deriva dall'osservazione dei precetti di Cristo, dall'essere mansueti come agnelli e soprattutto crediamo nel perdono che ci rende liberi da sentimenti negativi, come uomini nuovi. Le vostre sono belle parole e belle intenzioni, vi auguro di rimanere fedeli al vostro credo, disse ancora Nahity, ma noi se fossimo mansueti come agnelli, saremmo morti già da un pezzo, perché dovrei accettare di essere morta e non di essere contenta di aver ucciso i miei nemici violenti.

Andammo a dormire, ma prima di addormentarmi dissi. Sai Nahi, mi piace questa gente, la loro filosofia di vita, forse dovremmo conoscerli meglio prima di giudicare, non sono come tutti gli altri cristiani che abbiamo conosciuto. Sì, anche a me piace la loro semplicità, rispose, la loro accoglienza senza chiedere nulla in cambio, ma non dimentichiamoci che i cristiani negano la spiritualità indiana, pensano che siamo solo dei selvaggi senza dio e senza morale, vorrebbero convertirci tutti alla loro religione, una religione che relega la donna ad un ruolo subalterno creando maschilismo, hai visto come sono vestite le donne, il loro credo condanna la sessualità come vissuto naturale dell'uomo sin dall'adolescenza, questa negazione li porta a demonizzare le proprie naturali pulsioni, il rapporto uomo donna viene mistificato, travisato e questo, come diceva papà, porta alle storture criminali della prostituzione, della pedofilia, ricordi in treno, anche quel maniaco era cristiano. Già ricordo bene, purtroppo, e papà ha sempre avuto ragione.

Al mattino aveva smesso di nevicare, il sole faceva timidamente capolino dalle nuvole che ancora coprivano abbondantemente il cielo. Partimmo dopo una buona colazione e dopo aver lasciato una buona mancia ai ragazzi che ci avevano aiutati a ricaricare gli animali. Uscendo da quella valletta attraverso un tortuoso ma ampio sentiero in discesa, vedemmo la pianura ancora sgombra dalla neve. Raggiunta la città di Casper nel primo pomeriggio ci recammo direttamente alla stalla all'inizio della città, gli animali erano stanchi e affamati, scaricammo lì corpi e bagagli mentre fuori faceva capannello un gruppo di persone curiose, si era sparsa la voce che la Coppia Indiana era in città e aveva colpito ancora, la temuta banda Talbot era stata sgominata interamente, nessuno era sopravvissuto. Ci raggiunse lo sceriffo Mc Donnel con i suoi uomini, che avevamo già conosciuto prima di inoltrarci nelle montagne informandolo delle nostre intenzioni, lo seguimmo nel suo ufficio. Dopo averli contati gli demmo in custodia tutti i soldi trovati nelle tasche dei banditi, erano diverse decine di migliaia di dollari, fu felice di sapere che i banditi non avevano speso tutto il ricavato delle rapine, tenemmo la nostra parte, una cifra enorme, regalammo dei buoni fucili a lui e ai suoi uomini e tenemmo per noi una buona parte delle armi, demmo una buona pistola con cinturone anche a Raholy al posto del pessimo arnese che avevamo requisito insieme ad un buon fucile. Poi andammo a mangiare, anche noi eravamo affamati e stanchi.

Prendemmo posto in albergo e, dopo un buon bagno, andammo a riposare, quando mi svegliai Nahity non era in camera, era andata con Raholy a comperare dei vestiti nuovi. Quando tornarono era già sera e io ero nella Hall ad aspettarle, erano radiose e felici, soprattutto Raholy che sembrava elettrica, non ricordava neanche più da quanto tempo non veniva trattata così umanamente, con affetto, mi si avvicinò e guardandomi con occhi riconoscenti e luminosi, prese la mia mano fra le sue e la baciò portandosela sulla guancia, chiuse gli occhi per un istante mormorando qualcosa, io non dissi nulla, con l'altra mano avvicinai il suo volto al mio e la baciai sulla fronte. Guardai Nahity cercando con lo sguardo le sue labbra, aveva con sè la sua doppietta, ma non ci feci caso, lei si avvicinò e dopo avermi baciato mi disse che non si sentiva tranquilla.

Dopo la prima notte su di un vero letto ci sentivamo riposati, ma non c'era fretta, prima di riprendere il viaggio per Pierre volevamo lasciar passare alcuni giorni per riprenderci dalle fatiche della caccia che era stata davvero lunga, quasi un mese. Il paese era tranquillo, c'era una grande chiesa protestante, forse la stessa a cui appartenevano gli allevatori che ci avevano ospitato, c'era un solo saloon frequentato dagli uomini del paese, pochi ubriaconi e qualche fannullone, la maggior parte era gente che lavorava e pensava alla famiglia.

Nel pomeriggio tornammo dallo sceriffo a chiedere informazioni, in paese erano arrivati diversi uomini, anche pistoleri, ma nessuno sembrava ricercato e nessuno somigliava alla descrizione dei nostri due uomini. Qualcuno ha chiesto di voi, volevano sapere se eravate in paese. Davvero, domandai, quando è successo. Poco dopo il vostro primo passaggio. E voi cosa gli avete risposto. In realtà non lo hanno chiesto a me direttamente, i miei uomini sono venuti a saperlo dai nostri informatori. Guardai Nahity che mi fece un gesto come dire, te lo avevo detto che non mi sentivo tranquilla. Quanti sono, potete descriverceli. Sono in quattro, ben armati con facce poco raccomandabili, erano spariti, ma sono tornati oggi. Ve la sentite di affrontarli, dissi senza preamboli. Credete che proveranno ad uccidervi. Questo è sicuro, sono anni che tentano di ucciderci. Non sono sceriffo di questa città di frontiera per caso, sono un ex sottufficiale dell'esercito, ho fatto la guerra e non ho paura e nemmeno i miei uomini. Bene, dissi, dobbiamo approntare un piano. Sì, ma non dobbiamo ucciderli tutti, affermò Nahity, qualcuno questa volta dovrà parlare. Non aspetteranno, è probabile che agiranno oggi stesso, i vostri uomini dovranno coprirci le spalle, sarebbe meglio che si tolgano la stella dalla giacca e la nascondano sotto la camicia, così anche vedendoli forse non sospetteranno. Quella sera chiedemmo a Raholy di rimanere in albergo, senza alcuna esperienza non poteva esporsi, protestò vivacemente ma noi fummo irremovibili. Ci preparammo e uscimmo sulla strada, era già buio e piovigginava, due dei tre vice erano sull'altro lato della strada pronti a seguirci poco distanti, un altro era davanti alla taverna, ci demmo un bacio sulle labbra e ci incamminammo, arrivati nei pressi del saloon, il terzo ci venne incontro e parlando a bassa voce ci disse. Due sono ai lati dell'ingresso e due di fronte dall'altra parte della strada. Caricai il colpo in canna mentre Nahity armò i cani della sua doppietta. I due vice che ci seguivano, informati anche loro, si spostarono dal lato della strada dove stazionavano i due, noi avremmo affrontato quelli ai lati dell'ingresso. Lo sceriffo era entrato nel locale da una porta sul retro e si era posizionato vicino alla porta principale pronto ad intervenire. C'erano alcuni cavalli davanti all'ingresso che coprivano la visuale, alcuni uomini fumavano senza sospettare nulla sotto la tettoia davanti al locale, non sapevamo fra tutta quella gente chi erano i killer, dissi a Nahity di prendere il fucile a due mani e io feci altrettanto, arrivati davanti ai cavalli Nahity si inserì in mezzo per prenderli alle spalle, io sbucai oltre i cavalli con il fucile già spianato, vedemmo due uomini stupiti mettere mano alle pistole, io e Nahity sparammo quasi in contemporanea e i due uomini caddero colpiti a morte senza riuscire a sparare un colpo, cominciò un fuggi fuggi generale, lo sceriffo uscì con il fucile in mano mentre i vice urlavano agli altri due uomini di alzare le armi e arrendersi, ci girammo e poi iniziò una fitta sparatoria, uno dei killer cadde subito, l'altro uomo pur colpito continuò a sparare, il vice si gettò a terra rotolando, fu lo sceriffo insieme al terzo vice a sparare e a colpire a morte l'uomo che cadde fulminato, improvvisamente sentimmo un altro sparo alle nostre spalle, ci girammo e vedemmo Raholy sul pianale con la colt a due mani e un quinto uomo a terra colpito a morte, mentre un sesto tentava la fuga a piedi, presi la mira e lo colpii ad una gamba, cadde con un grido di dolore, poi urlò di non sparare, gettò via la pistola e si arrese. Guardai Raholy e Nahity e ci sorridemmo con soddisfazione, ringraziai lo sceriffo e i suoi uomini, si erano comportati davvero bene. Siamo noi a doverti ringraziare, ci stavamo arrugginendo ed è stato un vero piacere. Si misero a ridere rumorosamente, ma era solo un modo per scaricare la tensione, l'adrenalina accumulata e anche noi ci unimmo alla loro risata. Il dottore ebbe molto da fare quella sera, tre feriti da curare tra cui uno dei vice che era stato colpito ad una gamba e due banditi di cui uno molto grave. Dunque erano sei, non quattro, sono stati furbi a non farsi vedere tutti insieme. Già, ma gli è andata male ugualmente, disse lo sceriffo.

Il giorno dopo interrogammo il ferito alla gamba, che era l'unico in grado di parlare, confessò che erano stati pagati dallo stesso uomo descritto dal giovane William. Lo conoscete, ci chiese lo sceriffo. No, ma abbiamo già avuto indirettamente a che fare con lui, o meglio con gli uomini mandati da lui, molto probabilmente, a sua volta è pagato con l'unico scopo di eliminarci. Ma chi vuole uccidervi, tanto da pagare così tanti uomini e per quale motivo. Abbiamo dei sospetti, quanto al motivo non riusciamo proprio a capirlo. Mentre parlavamo arrivò un folto gruppo di persone davanti all'ufficio dello sceriffo, tra le quali molte donne e bambini, urlavano tutti insieme, ma non riuscivamo a capire cosa volessero. Lo sceriffo uscì a sentire e quando rientrò disse. E' una delegazione della chiesa e altri cittadini, c'è anche il pastore, vi accusano di aver portato in città i banditi e messo a rischio la vita di onesti cittadini, dicono che sia il demonio ad avervi condotto qui. Io e Nahity ci guardammo e sorridemmo della loro semplicità, ma in fondo avevano anche ragione, non potevamo complicare la vita di questo tranquillo paesello. Dì pure loro che domani ce ne andremo. Non siete obbligati, posso garantire io per voi. No, risposi, non ha importanza e in fondo è meglio così, per voi e per tutto il paese.

Passammo tutto l'inverno a Pierre a casa nostra con Raholy tra letture, la cucina e passeggiate nella neve lungo il fiume, insegnammo a Raholy a sparare meglio anche con il fucile e la aiutammo a migliorare il suo inglese.

Di tanto in tanto passavamo dalla tomba di papà a portare qualche fiore, ci sentivamo un po' ridicoli, non pregavamo, non cantavamo, strappavamo le erbacce e restavamo lì in silenzio o a parlare di lui, ma sapevamo bene che lui non era là sotto, il suo spirito, se davvero ancora esisteva, vagava libero per le praterie, in mezzo alle montagne, in compagnia di altri spiriti liberi come era stato libero lui in vita, di mente e di cuore. Solo Raholy, intuendo la nostra tristezza, si inginocchiava seduta sulle gambe davanti alla tomba e, a braccia aperte, con gli occhi chiusi, incominciava a cantare, ci faceva piacere sentire le sue melodie, i suoi gorgheggi toccavano le corde della nostra sensibilità, della nostra spiritualità sottaciuta.

Era passato circa un anno e mezzo da quando eravamo partiti dal villaggio in cerca della banda Mac Coy, sempre in caccia dei nostri uomini, sembravano spariti nel nulla, forse erano morti o forse si erano trasferiti altrove, molto lontano, persino in California o nell'Oregon o chissà, a sud nel Texas, ma senza uno straccio di informazione non potevamo fare nulla, era come cercare un ago in un pagliaio. Io e Nahity, i cavalli, il mulo, non contavamo più i banditi morti lasciati alle spalle, né le miglia fatte a cavallo, i boschi, le sconfinate verdi praterie, le notti sotto la luna, brevi periodi di albergo e riposo e poi di nuovo a cavallo, in caccia di altri banditi.

Eravamo cresciuti, ormai avevo un fisico da uomo, ero alto quasi come papà, la barba più consistente, il pugilato mi aveva dato spalle larghe e braccia forti, le mie mani erano cresciute ed ero diventato ancora più veloce. Anche Nahity si era alzata, più donna e più forte, un po' più snella, solo i nostri volti ancora tradivano la nostra giovane età, merito anche delle misture che Nahity preparava e che ci proteggevano la pelle dal sole e dal freddo, quando eravamo in giro avevamo sempre le facce dipinte e questo confondeva i nostri interlocutori, i nostri nemici. Avevamo inseguito ed eliminato tanti criminali e compiuto molte altre azioni che ci avevano dato fama, oltre ad esperienza e molti soldi, ma eravamo ancora ad un punto morto, non volevamo arrenderci, era ancora troppo presto, saremmo andati avanti fino a trovare i nostri uomini, anche se il gioco diventava sempre più pericoloso, oramai erano in tanti a volerci morti, probabilmente non solo il nostro nemico principale, altri nemici in cerca di vendetta o criminali ricercati che si sentivano in pericolo. Il nostro raggio di azione si era esteso a molte regioni e chiunque, anche i più pericolosi potevano trasformarsi in preda e prima o poi cadere nella nostra trappola. Affrontarci direttamente era difficile, quando eravamo in giro nessuno sapeva mai dove eravamo, nasconderci mescolandoci alla natura era la nostra specialità, mentre nelle città non avrebbero mai avuto il vantaggio di un'imboscata, il sesto senso di Nahity ci avvisava del pericolo e chi ci aveva provato non aveva fatto in tempo a raccontarlo, la doppietta di Nahity era devastante, la velocità delle nostre pistole e la precisione dei nostri fucili, delle nostre frecce, non dava scampo. Quasi sempre soli, nella natura selvaggia ci sentivamo a casa, eravamo organizzati, dormivamo anche nella neve con la tenda, facendoci con la vanga una sorta di riparo per il vento nella quale mettevamo le nostre coperte di pelle e poi dormivamo accoccolati. Facevamo incontri e condividevamo il campo con indiani amici, con onesti cacciatori di pelli, e altri viaggiatori, cercavamo di capire se avevano informazioni utili, ascoltavamo le loro storie con attenzione, come le favole che papà ci raccontava da piccoli, a volte erano racconti inverosimili, ingigantiti o inventati di sana pianta, ma sempre appassionanti. Appena ricevevamo informazioni sicure di banditi ricercati vivi o morti, ci mettevamo in viaggio, seguivamo a lungo le tracce lasciate sul terreno con la pazienza del ragno e, quando meno se lo aspettavano, piombavamo addosso alle nostre vittime come aquile, senza pietà.

In primavera, quando l'aria era diventata più dolce,

cominciammo a sentire il bisogno di partire, le quattro pareti cominciavano a starci strette e la città ci annoiava, la nostra casa nella grotta aveva bisogno di materiale edile per essere completata e resa più funzionale ma pensavamo di tornare in estate, ora volevamo solo partire e cercare informazioni dei nostri due uomini. Avevamo visitato molte cittadine ma non eravamo mai andati a sud, decidemmo quindi di partire e recarci in Nebraska al solo scopo di cercare informazioni utili. Lasciammo Raholy a casa, ormai era conosciuta in paese, lo sceriffo avrebbe vegliato su di lei e nessuno si sarebbe permesso di farle del male. Lei avrebbe preferito venire con noi, ma capì, tristemente, che volevamo stare un po' soli, partimmo con la promessa che saremmo tornati prima della fine dell'estate per andare al nostro villaggio.

Erano passati circa cinque mesi da quando eravamo partiti da Pierre e ormai stavamo già pensando di rientrare. Avevamo visitato molte cittadine, parlato con tante persone e avevamo seguito informazioni rivelatesi sempre errate. In molte occasioni avevamo dovuto difenderci, la nostra giovane età e i nostri cavalli e bagagli attiravano l'attenzione di ladri e stupratori interessati a Nahity credendoci facili bersagli, le braccia e gambe fracassate da pallottole o coltellate li lasciavano stupiti e incattiviti ma senza nessuna voglia di riprovarci.

Ci fermammo in una piccola cittadina sul fiume Platte per rifornirci di alimenti e, come sempre facevamo, andammo a trovare lo sceriffo a chiedere informazioni. Guardammo gli avvisi di taglia e prendemmo in considerazione alcune possibilità di azione, ma riguardo ai nostri due uomini non aveva informazioni. Lo sceriffo Colbert ci disse però che da alcuni giorni erano arrivati in paese alcuni mandriani che venivano dal texas, avevano fatto un viaggio lungo e forse potevano essere al corrente di elementi utili a metterci sulle tracce dei nostri due uomini. Andammo al saloon che era ancora pomeriggio, legammo i cavalli al palo mentre gli sguardi della gente si puntavano su di noi e soprattutto su Nahity che era vestita come al solito da uomo, abiti eleganti e puliti come quando eravamo in città, ma niente poteva nascondere il suo giovane viso di indiana. Agli sguardi si univano risolini e occhiate di intesa, ma quando li fissavamo in volto, quei fannulloni già ubriachi di pomeriggio, abbassavano subito lo sguardo mutando l'espressione in finta indifferenza. La loro vigliaccheria ci faceva pena, più della loro povertà spirituale, si sentivano forti dell'appoggio del gruppo, ma quando si trovavano occhi contro occhi non reggevano, non erano tanto le nostre armi a far loro paura, ma la nostra sicurezza, la nostra forte volontà di giovani decisi, sicuri del nostro posto nel mondo, loro che avevano trovato nell'alcol il loro unico rifugio dalla complessità della vita, non erano nemmeno capaci di reggere il confronto con due adolescenti, non meritavano più di un attimo della nostra attenzione.

Entrammo nel saloon fermandoci sull'ingresso e guardandoci attorno, c'era molta gente ed ognuno badava ai fatti propri, chi giocando a poker, chi chiacchierando e bevendo whiskey, solo i più vicini all'ingresso ci squadravano da capo a piedi, e di nuovo qualche risolino che ignorammo, ma i più probabilmente domandandosi cosa ci facevano due giovani, quasi bambini, e così armati in quel posto. Si avvicinò una donna. Cercate un tavolo, ce n'è uno libero e tranquillo qui in fondo, seguitemi. Stiamo cercando quattro uomini che vengono dal Texas, le dissi, allungandole un dollaro. Prese il biglietto e se lo mise in petto, poi ci squadrò un momento e disse. E cosa volete da loro, cercate guai. Solo informazioni, vogliamo parlare con loro. Si convinse e ci indicò il tavolo. Ci avvicinammo, i quattro, che giocavano alle carte, si girarono a guardarci sospettosi, erano armati con pistole al fianco, facce stanche di lavoratori alla giornata ma senza paura, allora io presi un mazzetto di dollari e mostrandoli dissi. Vogliamo parlare con voi e questi saranno vostri se ci aiuterete. Che tipo di aiuto, chiese uno. Solo informazioni, sappiamo che venite dal Texas e ci piacerebbe sapere se avete incontrato due tizi che stiamo cercando. Ci invitarono a sederci. Chi siete, innanzitutto, chiese un altro, e perché cercate questi due tizi. Io e Nahity ci guardammo, poi risposi. Se permettete questo non ha molta importanza per voi, vi basta sapere che non sono nostri amici, mi chiamo Adrien Betancourt e lei è mia moglie Nahity Betancourt. A giudicare dalle armi che portate forse non sopravviveranno a lungo dopo avervi incontrato. Forse... non riuscii a finire la frase. Sono la Coppia Indiana, due bounty hunter, disse uno ad alta voce alzandosi dal suo tavolo vicino al nostro, tanto giovani quanto abili e spietati. Lo squadrammo da capo a piedi, aveva un risolino beffardo, barba incolta e abiti sporchi, una colt al fianco e un grosso coltello da caccia. Nahity gli punto il suo fucile addosso alzando i cani, ma lui non si scompose, si slaccio il cinturone, lo posò sul tavolo e afferrò il coltello. Dicono che siete veloci con le pistole, vediamo cosa sapete fare con il coltello. Tu sei stanco di vivere, vecchio, gli risposi, è meglio se torni al tuo bicchiere. Certo che sono vecchio per te, moccioso, ma non ho ancora finito di vivere, disse, mettendosi in posizione di guardia. Nahity fece il gesto di prendere il coltello, ma la fermai. Lascia stare, me la vedo io. Mi alzai, slacciai il cinturone e tolsi la giacca, mentre Nahity disse con voce dura per intimorirlo. Se gli fai anche solo un graffio ti faccio due buchi in quella pancia che tutti potranno vedere cosa hai mangiato. L'uomo rise di gusto rumorosamente. Intanto si era creato uno spazio con tutti i presenti a cerchio, presi il coltello e mi piazzai a due metri da lui. Partì subito all'attacco con un colpo di taglio che parai prontamente con il coltello, sentii tutto il peso della sua forza che mi fece abbassare leggermente il braccio, sorrise soddisfatto, ma capii che era lento. Ripeté la stessa mossa e di nuovo la parai, ma non gli diedi tempo di riposizionarsi, feci un rapido scatto in avanti sbattendo il piede destro a terra, lui ebbe uno moto di sorpresa indietreggiando e facendo un movimento orizzontale di apertura con il coltello allargando il braccio e scoprendosi, avanzando velocemente con il piede sinistro gli afferrai il polso con la mano sinistra, avrei potuto squarciagli il cuore, ma qualcosa mi disse di non farlo, entrai di punta nella sua coscia destra, lanciò un urlo acuto, lo guardai per un momento diritto negli occhi sofferenti e nell'estrarre il coltello allargai la ferita con un movimento laterale, urlò di nuovo, gli cadde il coltello dalla mano, gli lasciai il polso e lui con la coscia sanguinante tentò di ritirarsi, ma la gamba non lo reggeva più, cadde pesantemente sul pavimento. Lo soccorsero subito tentando di tamponargli la ferita. Chi sei, perché ce l'hai con noi, gli chiesi, ti ha mandato qualcuno o e solo una tua iniziativa. L'ho fatto perché vi odio, gli indiani hanno massacrato la mia famiglia e non posso tollerare che un'indiana vada in giro ad ammazzare dei bianchi per soldi. Dei bianchi hanno ammazzato nostro padre e non ci fermeremo fintanto che non li avremo trovati, ma non abbiamo nessuna colpa del massacro della tua famiglia, così come i bianchi non hanno colpa della morte di nostro padre e noi cerchiamo solo quei due assassini per la nostra giustizia, per la nostra vendetta. Sì, ma voi avete già ucciso tanti bianchi. Erano criminali ricercati vivi o morti per aver ucciso altri bianchi, spesso anche bambini e se catturati sarebbero finiti impiccati, la loro fine era già segnata, decisa dai loro crimini. Lo portarono dal dottore per le cure, mentre lo sceriffo Colbert, arrivato nel frattempo, interrogava i presenti i quali non poterono che affermare che si era trattato di un duello leale e che quell'uomo se l'era cercata. Ritornammo al tavolo dei quattro mandriani, che ora ci guardavano con ben altra espressione sul viso, di rispetto e di timore. Perché non l'hai lasciato a me, mi disse Nahity sorridendo. Ti conosco, ti saresti divertita a tagliuzzarlo perdendo solo tempo, ora dobbiamo parlare con questi signori, le mandai un bacio. Gli uomini di fronte a noi erano stupiti del nostro dialogo, della nostra sicurezza e ci guardavano a bocca semi aperta. Come si chiamano le persone che state cercando. Non lo sappiamo purtroppo, conosciamo solo la loro fisionomia, sappiamo che hanno delle ferite, uno forse ha perso l'uso del braccio destro e l'altro potrebbe essere zoppicante per una fucilata al culo. E che aspetto hanno. Li descrissi per come li ricordavo. Dopo aver dialogato un po' tra di loro concordarono di non averli mai incontrati. Purtroppo per noi ancora una volta eravamo senza notizie valide. Ordinai una bottiglia di whiskey e la lasciai sul tavolo con alcuni dollari ringraziandoli. Non bevete con noi, chiesero. Grazie per l'invito ma non beviamo alcolici.

Uscimmo dal locale e andammo a cenare in un posto più tranquillo. Rimanemmo in silenzio, Nahity era pensierosa, sul suo volto leggevo la delusione di questo ennesimo buco nell'acqua, allungò la mano per prendere il bicchiere e io ne approfittai per carezzarla, rispose al mio gesto stringendomi forte la mano, alzò il viso per guardarmi, i suoi occhi scintillavano e sorridendo disse. Ti amo, mandandomi un bacio volante. Poi come se avesse letto nei miei pensieri continuò. Nessuna delusione potrà togliermi il sorriso finché ci sarai tu a prendermi la mano. Sorrisi e strinsi più forte la sua mano. Che dici, vorrei andare a trovare quel povero illuso di oggi, dissi, ma senza troppa convinzione, dietro il suo sarcasmo mi è sembrato di vedere un uomo sofferente, la perdita della sua famiglia, e in quel modo poi, deve essere stato un duro colpo per lui. Ci odia, ma potremmo fare un tentativo, rispose, dimostrare che non abbiamo rancore per aver pensato di ucciderci potrebbe indurlo a riflettere sul suo odio e chissà, forse a restituirgli un po' di serenità, al limite lo lasceremo nel suo brodo. Io dico di andare subito, non lasciamo che il tempo esacerbi il peso della sconfitta. Ci recammo subito dal dottore per avere informazioni e gli chiedemmo altresì di accompagnarci. Era stupito, il dottore, della nostra scelta, gli spiegammo che nonostante la nostra fama di killer spietati non provavamo odio per nessuno, generalmente la nostra rabbia emergeva solamente nel momento dell'azione di fronte a uomini che avevano perso la loro umanità e pensavamo che quest'uomo, con il suo dolore per la famiglia persa, forse poteva ancora recuperare un senso alla sua vita, perlomeno era nostro dovere provarci. Il dottore ci guardò simpaticamente annuendo di approvazione.

Arrivati all'abitazione, una modesta casa di legno, lasciammo entrare prima il dottore con una bottiglia di whiskey. Dottore, di nuovo qui, come mai, disse l'uomo. Clarisse, una simpatica vecchietta che lo accudiva, prese una sedia e la mise vicino al letto. Non sono venuto per sapere come stai, ma a portarti questa bottiglia, gentile dono di due amici. E chi sono questi amici e perché non sono venuti loro stessi. Sono qui fuori che aspettano di sapere se vuoi vederli. Ma certo che voglio vederli, chiunque si presenti con una buona bottiglia è il benvenuto a casa mia. Si tratta di quelli che tu hai chiamato coppia indiana. Cosa, disse rimanendo con la bocca aperta, un'espressione di stupore nel viso. Quei due devono essere dei pazzi, oggi volevo accoltellarli ed ora si presentano come amici di vecchia data con una bottiglia. L'hai detto tu stesso, vengono in amicizia, io li farei entrare. Seduto contro lo schienale del letto con le braccia incrociate, si scurò in volto con lo sguardo ai piedi, restò così qualche attimo. Clarisse con un gesto di sufficienza disse. E falli entrare, se sono venuti è solo un fatto positivo, sei tu che hai cominciato e sei tu che devi chiedere scusa, anche se hai avuto la peggio. Io chiedere scusa ad una indiana. Già proprio tu, così forse la smetterai di roderti il fegato. Restò ancora qualche attimo in silenzio, poi guardò il medico che lo osservava con un mezzo sorriso sulle labbra. Se è vera anche solo la metà di quello che dicono di loro, possiamo dire che ti è andata bene, avrebbero potuto ucciderti e invece sei ancora qui e tra pochi giorni riprenderai a camminare, non rimarrà che una cicatrice come ricordo. Che andrà a far compagnia alle altre sparse sul mio corpo, e va bene, falli entrare. Entrammo, prima Nahity con un bel sorriso e dietro io con un'espressione più seria. Clarisse tentava di rompere il ghiaccio con ampi sorrisi invitandoci a sedere. Mi avvicinai al letto e gli porsi la mano dicendogli. Senza rancore. Restai un attimo con la mano sospesa e poi senza guardarmi direttamente negli occhi mi strinse la mano rispondendo. Non so ancora se è un piacere ma io mi chiamo Virgil Shultz e vi ringrazio per la bottiglia, mi aiuterà a sopportare il dolore. Guardò Nahity e finalmente si sciolse in un sorriso sebbene velato di un'ombra che poi capimmo era amarezza, gli allungò la mano, lui la prese e la baciò sul dorso. Non so perché, ma ora che siete entrati e vedervi qui, gentili e sorridenti, devo dire che mi fa piacere. Si fermò, come cercando le parole, guardava Nahity diritto negli occhi e improvvisamente i suoi si inumidirono, la sua faccia fece alcuni movimenti quasi impercettibili, volse lo sguardo nel vuoto e deglutì, poi riprese a parlare. Ho fatto cose molto brutte nella mia vita, e me ne vergogno, oggi forse inconsciamente ho cercato di morire per mettere fine al mio strazio, non sono mai riuscito a superare il dolore della perdita dei miei figli e di mia moglie. Restammo in silenzio per dargli modo di sfogarsi, lui continuò. Ho ucciso molti indiani, mosso dal desiderio di vendetta, pensando così di trovare pace, è la prima volta che lo confesso, ma dopo mi sentivo anche peggio, rabbia, frustrazione e un senso nascosto di vergogna aumentavano a dismisura, vedere il sangue che sgorgava dalle mie ferite in battaglia mi dava l'impressione di vedere il dolore andarsene, ma non bastava a placare la mia sete di vendetta. Oggi non so cosa sia successo dentro di me, ma per la prima volta ho avuto paura di morire, quel coltello, il tuo coltello, avrebbe potuto spaccarmi il cuore, in quell'attimo ho visto il volto di mia moglie, dei miei figli e ho pensato che, forse, non avrebbero voluto vedermi morire così, così stupidamente. Restò in silenzio, che noi rispettammo, un po' increduli alle cose che stava dicendo. Forse per rispettare il loro ricordo dovrei vivere diversamente, anzi ricominciare a vivere, trovarmi un lavoro e magari rifarmi una famiglia, senza tuttavia dimenticare quella persa, ma come potrò trovare pace, come potrò trovare il perdono per la gente innocente che ho ucciso, per il dolore che a mia volta ho creato, si fermò un momento, il dottore prima mi ha detto che dovrei chiedervi scusa, mi è sembrata una pazzia sul momento, ma ora la vedo come una cosa giusta da fare, un dovere, chiedere scusa a voi per me è come chiedere scusa a tutte le persone cadute sulla strada della mia rabbia cieca. Alzò il viso, ci guardò tutti negli occhi. Ascoltatemi vi prego, io ho partecipato ad un massacro, un colonnello dell'esercito cercava uomini per una missione, si trattava di catturare e uccidere indiani ribelli, così ci aveva detto, in realtà ci guidò verso un villaggio pacifico, dove c'erano solo vecchi, donne e bambini, eravamo più di trecento, pochi soldati veri, gli altri avventurieri, ubriaconi, ladri e fannulloni di ogni risma, in sostanza una accozzaglia di assassini prezzolati, ci diedero una giacca ed un cappello facendoci credere di essere soldati, un fucile, munizioni ed un cavallo e poi dopo esserci riempiti per bene di whiskey ci gettammo come delle furie impazzite sul villaggio disteso sulle rive di un fiume, era mattina presto e molti ancora dormivano, i pochi guerrieri presenti tentarono una difesa, la maggior parte di loro era in caccia sulle tracce dei bisonti, ma furono subito spazzati via dal fitto fuoco dei nostri fucili, poi fu una carneficina, vidi bambini trafitti dalle sciabole, altri con la testa fracassata da fendenti, donne violentata a più riprese e poi sventrate, vecchi che chiedevano pietà calpestati dai cavalli o mutilati senza più le braccia e lasciati a morire dissanguati e piangenti, al centro del villaggio, su un tipì, c'era una bandiera bianca insieme ad una degli stati uniti, simbolo degli accordi di pace raggiunti solo pochi giorni prima, un vecchio, che ho poi saputo essere il capo villaggio Pentola Nera, le prese in mano e cominciò a sventolarle gridando pace, pietà, dietro di lui si riparavano donne e bambini, ma il colonnello che ci guidava diede ordine di attaccare anche loro e di ucciderli come scarafaggi. Fu un delirio totale, un'ubriacatura di sangue e violenza, uomini senz'anima che gridavano e cantavano vittoria, ma vittoria di cosa, di una battaglia, di uno scontro tra pari, no, fu un massacro di persone inermi, che avevano fatto inoltre un patto con l'esercito, ma quel patto è stato tradito nel modo più infamante possibile. Da allora non ho più ucciso nessun indiano e il mio dolore personale si mescola alla vergogna, al rimorso per quello che ho fatto. Stette in silenzio, una mano sul volto, pochissime lacrime avevano cominciato a cadere, si vedeva che cercava di trattenersi, ma il suo dolore, il suo profondo rammarico era evidente anche senza di quelle. Nessuno osava parlare, il dottore e Clarisse guardavano per terra, io e Nahity, esterrefatti, lo fissavamo in volto senza riuscire a volgere lo sguardo altrove. Pensavo alla stupidità del male, si soffre per colpa di qualcuno e si rovescia la propria sofferenza su di una intera categoria di persone e quello stesso male fatto ad altri si ritorce contro noi stessi in una spirale senza fine, logorandoci e distruggendo la nostra stessa vita. Non eravamo, forse, io e Nahity sulla stessa strada, andando in caccia di criminali, non dando loro nessuno scampo, non era forse un modo di esprimere la nostra rabbia, la nostra violenza nascosta a noi stessi, la nostra insofferenza di non riuscire a trovare quei criminali. Ma forse la differenza andava ricercata nel metodo, noi non avevamo mai fatto violenza ad innocenti, tanto meno a bambini, non avevamo mai torturato nessuno e, anzi, avevamo prestato soccorso anche a criminali, quante persone poi avevamo difeso da farabutti prepotenti e nessuno era caduto sotto i nostri colpi che non fosse già stato condannato dai loro stessi crimini, ma forse, chissà, anche queste erano solo delle scuse, la nostra freddezza, la nostra assenza di paura, la nostra determinazione nel portare a termine i compiti che ci prefissavamo, o, come raccontava la gente, la nostra spietatezza, prima o poi avrebbe dovuto fare i conti con quella parte di noi che traspariva con uguale potenza e che potremmo chiamare umanità, una contraddizione di sentimenti che conviveva in noi e che forse avrebbero trovato soluzione solo il giorno in cui ci saremmo trovati faccia a faccia con in nostri due uomini.

Parlò il dottore, lentamente e a bassa voce. Ho saputo che il colonnello che ha guidato quel massacro è stato richiamato ed ora è sotto inchiesta, ma alla peggio verrà degradato, non pagherà mai per le sue colpe, tu invece, voi, avete obbedito agli ordini e nessun tribunale umano potrà mai condannarvi. Hai detto bene, rispose Virgil, nessun tribunale umano, ma dio, la mia coscienza, mi hanno già condannato e l'inferno è quello che mi aspetta, è ciò che mi merito. Lascia stare dio e il suo giudizio, disse Nahity, noi non ne sappiamo nulla, preoccupati piuttosto della tua coscienza, hai detto che la tua famiglia non avrebbe voluto vederti morire stupidamente e non pensi che vorrebbero vederti più sereno, magari, perché no, con un'altra famiglia, altri figli, come hai detto tu stesso, il male richiama altro male e resistergli è forse il nostro coraggio più grande, il perdono che cerchi, di cui hai bisogno, nessuno di noi qui dentro te lo può dare, ma puoi conquistartelo da solo cominciando ad accettare che gli indiani hanno diritto a vivere in pace secondo i loro costumi, accettando che sono persone umane proprio come te, che amano, ridono e piangono e soffrono come tutte le creature che vivono sotto questo cielo, e darti da fare in prima persona per difendere i loro diritti dai soprusi dei bianchi che vogliono solo rubare le loro terre, sterminare i bisonti per denaro e profanare le terre sacre alla ricerca dell'oro. Aveva smesso di lacrimare, ascoltava ma non parlava più guardando davanti a sé nel vuoto.

Allora intervenni io. Oggi come hai detto tu, avrei potuto spaccarti il cuore al posto della coscia, ma qualcosa mi diceva che non meritavi di morire, stasera poi, abbiamo deciso di venire a trovarti perché abbiamo pensato che sapere che non provavamo rancore nei tuoi confronti avrebbe potuto aiutare te e noi che avremmo potuto avere un nemico in meno, ora sono convinto che abbiamo fatto bene a venire, non nego che le cose che ci hai raccontato ci hanno fatto molto male, molta rabbia, ma sapere che vengono da una persona pentita serve almeno a mitigare un po' il dolore e non abbiamo dubbi che saprai trovare una nuova strada e un po' di serenità, devi costruirti una nuova esistenza, seppur con un peso nel cuore che non ti lascerà mai, ma che ti farà da guida dando un nuovo senso alla tua vita, liberandoti dal tuo destino di morte che ti sei scelto.

Lasciammo quella casa con un misto di sentimenti contrastanti, mentre raccontava del massacro dei nostri fratelli e sorelle, dei loro bambini, sentivo il sangue ribollirmi, volevo ammazzarlo e ascoltarlo nello stesso tempo, ma qualunque azione avessi, avessimo fatto, perché anche Nahity aveva provato tanta rabbia, non avrebbe riportato in vita nessuna di quelle vittime innocenti, inoltre si sarebbe ritorta contro di noi, non avendo nessuna giustificazione agli occhi della legge. Se l'avessi ucciso subito al saloon non avremmo saputo niente e sapere, per quanto doloroso, è sempre meglio dell'ignoranza, questo mi dava un po' di conforto, insieme al pentimento sincero che ora forse poteva trasformarlo in un uomo nuovo. Ma quanti uomini come lui abbruttiti dalle difficoltà, dal duro lavoro, dall'alcol, erano pronti ad un nuovo massacro, bastava un altro ufficiale dell'esercito, senza scrupoli, incattivito dalle violenze della guerra civile, oltre alla propaganda anti indiana che li descriveva come selvaggi senz'anima, avrebbe facilmente portato ad altri massacri. Mentre ci dirigevamo verso l'albergo cercai la mano di Nahity, lei strinse la mia tirandomi a sé, quella notte ci addormentammo abbracciati con la tristezza nel cuore.

Stavamo facendo colazione quando arrivò Clarisse. Vuole vedervi prima possibile, ci disse, ha ancora delle cose da raccontarvi. Cosa mai avrà ancora da dirci con questa fretta, spero non debba raccontarci di un nuovo massacro perché non lo reggerei. Nemmeno io, disse Nahity, ma ho l'impressione che non si tratti di questo. Andammo subito da lui che ci accolse con un gran sorriso, era felice di vederci, quasi come se fossimo ormai diventati amici. Come va la tua gamba. Va bene anche se mi fa ancora male, ma lasciamo stare la mia gamba, è importante ciò che devo dirvi. Siamo davvero curiosi di sapere il perché di tutta questa fretta. Ieri non è stato un caso e non vi ho sfidato di mia iniziativa. Lo guardammo con occhi spalancati. La faccenda si fa interessante, disse Nahity, racconta. Sì, certo, ho incontrato un uomo che mi ha offerto dei soldi, molti soldi, mi ha dato anche un anticipo per uccidervi, mi ha detto che con il coltello non ci sapevate fare e che facilmente avrei potuto avere la meglio, ma mi rendo conto che mentiva. Puoi descriverci l'uomo in questione. Certamente, è vestito bene, tutto di nero con borchie un po' dappertutto, sul giubbotto, sulla cintura, sul cappello, intorno ai quaranta anni, capelli corti e volto sempre ben rasato, sicuramente ricco, gli occhi sono strani, a volte sembrano quelli di un pazzo e, quando parlava di voi, luccicavano di odio. Per caso ti ha spiegato il motivo. Ha detto che questo non mi doveva interessare, così come il suo nome. Io e Nahity ci guardammo. Sembra la descrizione fattaci dal ragazzo che abbiamo liberato, tranne che per il particolare dell'odio e della pazzia, supposta o vera che sia. Già e probabilmente è proprio lui e ci sta seguendo ma non ha il coraggio di affrontarci direttamente. E' armato, chiesi. Certamente, ha una bellissima colt, una piccola pistola sotto il panciotto e un fucile sulla sella. Potrebbe essere un altro bounty hunter geloso dei nostri successi. Già ma perché odiarci in quel modo. Forse ha davvero una forma di pazzia.

Sceriffo, vorremmo parlare con un certo signore che alloggia all'albergo del saloon, ma abbiamo timore che se andiamo noi finirà in una sparatoria, sappiamo che è il mandante dell'accoltellatore di ieri, forse potrebbe invitarlo qui e una volta disarmato lo potremmo interrogare insieme. Se per signore intendete uno vestito tutto di nero e borchiato se n'è già andato stamattina presto, l'avevo notato quando è arrivato in città e avevo dato ordine ai miei uomini di tenerlo d'occhio ma senza troppa pressione. Quale direzione ha preso. Credo sia andato verso nord.

Andammo alla stalla con lo sceriffo Colbert, per chiedere allo stalliere del cavallo del nostro uomo, eravamo intenzionati a seguirlo. Vedendo lo sceriffo in nostra compagnia ci diede tutte le informazioni, un bel cavallo nero come i suoi vestiti, pochi bagagli, sufficienti per qualche notte all'aperto, controllammo anche le impronte degli zoccoli, facili da riconoscere, lo stalliere gli aveva cambiato i ferri posteriori che risaltavano sugli altri, lo avremmo seguito facilmente. Ci organizzammo, andammo a salutare il dottore, Virgil Shultz e Clarisse e partimmo nuovamente in caccia.

Cavalcava veloce a giudicare dall'ampiezza delle impronte, noi eravamo rallentati dal mulo e dai bagagli, ma non avevamo fretta, sapevamo che lo avremmo raggiunto, il cavallo si sarebbe stancato presto e avrebbe avuto ancor più bisogno di riposo. Ad un crocevia trovammo numerose tracce di cavalli, faticammo a capire la direzione presa, ma dopo qualche miglio le tracce erano sparite, tornammo indietro, c'era una zona pietrosa sul limitare del bosco, la esplorammo finché ritrovammo le tracce, aveva cambiato strada pensando di ingannarci tornando indietro attraverso il bosco fino alla pista lasciata al crocevia, la quale conduceva ad una cittadina non troppo lontana. Arrivammo che era quasi sera, ma aspettammo il buio per entrare, facemmo un pasto in mezzo alla boscaglia e poi quando fu buio pieno entrammo in città andando direttamente alla stalla per lasciare i cavalli e il mulo. Diedi un'occhiata all'interno finché trovai il cavallo nero con a fianco una sella nera e borchiata, la mostrai a Nahity che mi guardò annuendo. Chiedemmo dell'albergo allo stalliere, l'unico era sopra il saloon. Ci avviammo con i fucili in mano, poteva essere che il nostro uomo si aspettasse che saremmo arrivati, dovevamo stare attenti. Nahity andò su di un lato della strada e io dall'altro, incontrammo poca gente, arrivati al saloon, mi fermai poco prima dell'ingresso, feci cenno a Nahity di raggiungermi, entrammo insieme guardandoci attorno, io verso destra, Nahity verso sinistra, era pieno di gente, facemmo qualche passo ignorando i soliti commenti, poi vidi il nostro uomo che giocava a carte, ci dirigemmo verso di lui con i fucili pronti, alzò lo sguardo dalle carte meravigliato di vederci, poi l'espressione si fece dura con lo sguardo di un pazzo, si alzo di scatto toccando il calcio della pistola, gli dissi. Se solo ci provi ti ammazzo come un cane. Vedendo i due fucili puntati alzò le mani senza dire nulla, rosso in volto, lo sguardo sempre più furibondo, il respiro veloce, sembrava sul punto di commettere una pazzia. Si fece un silenzio quasi irreale nel locale, mentre io lo tenevo sotto tiro, Nahity con suo il corto fucile controllava che nessuno intervenisse in suo aiuto. Togliti il cinturone con molta calma. Ubbidì, ma sembrava incapace di controllare il suo corpo, si muoveva a scatti, la rabbia lo dominava, lasciò cadere il cinturone. Togliti anche quella pistola da sotto il gilet, gli dissi con molta calma, e gettala a terra. Ubbidì nuovamente, poi disse. Voglio bere whisky. Fu l'unica volta che sentii la sua voce. Siediti e bevine quanto ne vuoi, chiamate lo sceriffo per favore, dissi a gran voce. Sta già arrivando, rispose l'oste. Siamo delegati del giudice di Pierre e dobbiamo interrogare quest'uomo in merito a molti fatti con morti, dissi ancora a gran voce. Il mormorio riprese nel salone, segno che la gente si era rilassata dopo la scampata sparatoria. Intanto l'uomo aveva già quasi finito la bottiglia, non capivamo perché lo facesse, era ormai ubriaco e sembrava non interessarsi a nulla di ciò che avveniva intorno a lui, lo sguardo perso, riempiva il bicchiere e lo vuotava a piccoli sorsi ma di continuo. Arrivò lo sceriffo con i suoi uomini che ci puntarono i fucili addosso, io e Nahity alzammo le mani e il fucile in alto in segno di resa e poi gli spiegai chi eravamo e perché avevamo agito in quel modo. Presero l'uomo in consegna senza alcuna resistenza da parte sua, si lasciò condurre nell'ufficio dello sceriffo, lo rinchiusero in cella e dopo averlo perquisito gli trovarono una derringer, nello stivale, aveva con sé molti soldi, nelle tasche della sella trovarono un documento dell'esercito in cui si indicava che era stato soldato unionista durante la guerra di secessione. L'uomo si era rinchiuso nel mutismo, ubriaco fradicio non rispondeva ad alcuna domanda, nemmeno alle più semplici. Noi spiegammo tutta la storia, facendo il nome di Virgil che avrebbe sicuramente testimoniato e l'agguato a

Casper con i due feriti rimasti in attesa di essere giudicati che avevano già confessato di essere stati mandati da lui, oltre che l'episodio di Billings, Rimandammo l'interrogatorio e andammo a dormire.

Al mattino dopo colazione tornammo dallo sceriffo, ci disse che aveva telegrafato al giudice distrettuale, allo sceriffo di Casper e a quello di North Platte ed era in attesa di notizie. L'uomo era ancora chiuso nel suo mutismo, aveva mangiato voracemente, ma non diceva nulla, restava seduto a fissare il vuoto, aveva urinato e defecato nella cella sul pavimento e rifiutava di lavarsi, provavamo quasi pena per lui, era ormai chiaro che aveva un cervello disturbato e proprio per questo ancora più pericoloso. Aspettammo ancora qualche giorno finché arrivò un dispaccio dal giudice distrettuale che indicava la pericolosità del soggetto. Congedato dall'esercito per atti di estrema crudeltà verso i nemici prigionieri, amante del gioco del poker, quando perdeva accusava gli altri di barare e spesso li istigava per poterli uccidere a sangue freddo, figlio unico di famiglia molto ricca, si sentiva un principe, aveva ereditato tutto dai genitori e poteva permettersi di vivere di rendita, odiava le classi contadine e considerava la povertà una colpa da pagare con il disprezzo e i maltrattamenti. Ormai era quasi tutto chiaro, ma perché ci odiasse tanto non riuscivamo a capirlo. Forse, Disse Nahity, ci odia perché abbiamo difeso quei due contadini a Billings, o forse perché io sono indiana o perché ha sempre bisogno di qualcuno da odiare. Forse, dissi io, ma probabilmente non è mandato dal sindaco.

Lo lasciammo al suo destino e ripartimmo per Pierre. Avevamo speso molti mesi in cerca di informazioni senza ottenere nessun risultato utile, avevamo sostenuto molti combattimenti casuali dovuti ad incontri con gente pericolosa ma illusa di avere la meglio sulla nostra giovane età, l'unica consolazione era di aver eliminato un pericoloso nemico che ci aveva dato molte preoccupazioni, ma avevamo conosciuto anche tante persone oneste e fidate, oltre ad aver conosciuto Virgil al quale avevamo risparmiato la vita facendone un amico.

Avevamo promesso a Raholy che saremmo tornati prima dell'autunno per andare al nostro villaggio. Era ormai la fine dell'estate, il sole caldo ancora splendeva riscaldando le giornate, solo la sera un venticello del nord rinfrescava l'aria e spazzava via le ancora scarse nuvole rendendo il cielo chiaro e le stelle ancora più brillanti. Arrivammo a Pierre che era già sera, vedere le luci tremolanti della nostra casa ci riempii di contentezza sapendo che qualcuno ci aspettava, infatti non facemmo in tempo ad entrare nel recinto che Raholy uscì dall'abitazione urlando, ci saltò al collo ridendo e piangendo nello stesso tempo, ringraziando il Grande Spirito per averci protetti, di poterci riabbracciare e guardare ancora i nostri volti amici. Ci commosse tutta quella gioia manifestata apertamente e comprendemmo che eravamo ormai una famiglia.

Raccontammo a Raholy tutte le nostre avventure, lei ci ascoltò piena di interesse e di invidia in quanto avrebbe davvero voluto essere presente ad ogni combattimento. Sono coraggiosa, ci diceva, ora che ho recuperato, grazie a voi, tutta la mia voglia di vivere, non ho paura nemmeno di morire, mi sembra di avervelo già dimostrato. Io e Nahity sorridevamo divertiti, ma le credevamo, era avvero combattiva e coraggiosa.

Cominciammo i preparativi per partire al villaggio, volevamo arrivare prima delle nevi in modo da avere il tempo di riorganizzare la casa. Avevamo comperato vari materiali, seghe, martelli, pialle, chiodi, una finestra con vetro, il carro pieno di ogni cosa, fagioli, cipolle, farina, carne secca, coperte e vettovaglie di ogni tipo, oltre che libri e munizioni e molte delle nostre armi, era tirato da ben quattro muli e dietro due vacche da latte e i nostri tre cavalli, sembravamo una carovana di pionieri.

Salutammo lo sceriffo, l'unico a sapere dove eravamo diretti e partimmo fingendo di dirigerci verso sud come avevamo programmato e dopo un largo giro prendemmo la strada per le colline sacre a ovest. Passarono quattro giorni, incontrammo qualche cacciatore, poi alcuni gruppetti di indiani lakota, e cheyenne, facevano un pasto con noi, la sera raccontavamo storie vissute ma piene di invenzioni, tanto per rendere il racconto più interessante, poi ognuno riprendeva la propria strada. L'autunno avanzava spedito, la prateria aveva mutato il verde primaverile e il giallo estivo delle estese erbe ormai secche in un marrone a tratti molto scuro, mentre i boschi ancora in gran parte verdi, che ricoprivano ampi specchi delle colline intorno, erano macchiati di giallo e di rosso ruggine del fogliame in procinto di cadere, in lontananza pennellate di nuvole bianche sovrastavano le colline e il freddo cominciava a farsi sentire, soprattutto la notte che era comunque limpida e piena di stelle, di giorno, quando non tirava vento, il sole scaldava ancora bene e la neve non era ancora una preoccupazione. Eravamo felici, con tanto tempo davanti a noi, io, Nahity e Raholy insieme, l'immensa, ondulata prateria davanti a noi, all'orizzonte le montagne rocciose e le nostre colline boscose, ricche di cacciagione. Al caldo nella nostra casetta, circondati da cacciatori indiani, avremmo potuto toglierci le armi di dosso e dedicarci ad attività più rilassanti, strutturare bene la nostra casa e andare al villaggio invernale all'interno del canyon protetto dai venti a trovare i parenti di Nahity, abbracciare la nostra amata tata Tahina e i nostri amici che non si aspettavano di vederci in questa stagione. Pensavo alla riorganizzazione della casa, la legna per il fuoco, un riparo per gli animali e la biada per l'inverno. Poi dietro un avvallamento del terreno che cominciava a scendere verso un torrente con un ampio giro, cominciammo a sentire dei rumori, colpi secchi come di martello e voci di gente.

Avevamo già notato da qualche miglio le tracce fresche di due carri e ci domandavano chi mai potesse trovarsi su questa pista. Nessuno poteva sapere della nostra presenza e il fatto stesso che chi ci precedeva lasciava tracce molto visibili indicava che non erano certo qui per noi. Fermammo il carro e prendemmo i nostri fucili, ci inerpicammo su di un punto roccioso e affacciandoci di sotto vedemmo vicino al guado due carri coperti tipici dei pionieri, uno dei quali era inclinato su di un fianco con due uomini indaffarati intorno alla ruota che sembrava rotta. Intorno vedemmo dei bambini e altre due donne. Ci sorprese non poco vedere due famiglie così lontano dai sentieri che portavano verso l'ovest, ma certamente non erano gente pericolosa. Tornammo a prendere il carro e i cavalli e ci avvicinammo in tutta sicurezza. Quando ci videro si misero in allarme, ma noi facemmo cenno di non avere paura alzando le braccia e quando fummo vicini domandammo quale fosse il problema e come mai si trovavano fuori da tutte le piste. Erano pionieri diretti verso l'Oregon, rimasti indietro dalla colonna, con la quale erano partiti da Saint Louis, ma venivano dal Maryland, avevano sbagliato strada ed ora rischiavano di affrontare l'inverno tra le montagne rocciose. Li aiutammo a sostituire la ruota e poi preparammo il campo per la notte. Di fronte al fuoco per la cena Stephen ci presentò la famiglia, lui era insegnante di letteratura inglese, la moglie, Emma, insegnante elementare e i due figli, Elia di nove anni e Susy di quattro. L'altra coppia erano Marc, avvocato con la passione per la storia e l'insegnamento, la moglie Flora anche lei insegnante elementare e la figlia di quattordici anni Noemi. Avevano un contratto di lavoro con una scuola di San Francisco, ci chiesero. E voi chi siete, così giovani e soli in mezzo alla prateria, sembrate bene educati con i vostri modi e il vostro linguaggio e sicuri di voi con tutte quelle armi addosso, dove state andando con un carro pieno di mercanzie. La quantità delle nostre armi nascoste fra gli abiti li avevano colpiti, soprattutto il corto fucile di Nahity che non poteva essere spiegato con la caccia, io e Nahity ci guardammo sorridendo, poi spiegammo loro alcune cose sugli attacchi ricevuti, ma tacendo la natura del nostro lavoro. Stiamo andando a casa nostra che si trova sul bordo delle colline sacre, vicino al villaggio indiano da cui proviene mia moglie Nahity. Siete sposati. Solo con rito indiano, ma per noi è un sacro vincolo, tanto quanto il vostro rito cristiano. Perché dici nostro, sei anche tu indiano. Non propriamente, ma sono, siamo cresciuti in parte nella tribù, in parte in città, dove abbiamo potuto frequentare le scuole sotto la guida di mio padre giornalista, Raholy invece è un'amica di un'etnia cherokee, capisce l'inglese e comincia a parlarlo benino. Perché non venite con noi a casa nostra, ormai non potete più andare da nessuna parte, disse Nahity improvvisamente e senza consultarmi, rischiate di rimanere all'addiaccio per tutto l'inverno, in primavera potrete ripartire in tutta sicurezza. Elia e Noemi, che mostravano curiosità nei nostri confronti, urlarono. Sì papà andiamo con loro. Gli adulti si guardarono con accenni di assenso e quindi risposero che sarebbero stati felici di togliersi da quell'impaccio. Sembravano brave persone e sicuramente lo erano, loquaci e allegri entravano subito in confidenza, inoltre la loro professione di insegnanti poteva tornarci utile. Andammo a dormire tutti sui carri coperti, felici dell'incontro casuale.

Ci vollero ancora vari giorni per arrivare in prossimità delle Colline, su queste piste poco battute si procedeva a rilento, gli ostacoli per i carri erano molti e i muli erano messi a dura prova, durante le pause per far riposare il bestiame avemmo modo di mostrare la nostra abilità con l'arco catturando alcuni tacchini selvatici, il piccolo Elia era entusiasta e voleva imparare, gli promisi che non solo gli avrei insegnato ma che gli avrei anche regalato un arco tutto suo. Evviva, ti prendo in parola, mi rispose sorridente. Eravamo una piccola carovana impossibile da nascondere agli occhi degli esploratori indiani, ci aspettavamo di incontrarli da un momento all'altro.

L'aria frizzante del mattino non ancora scaldata da un sole rosso acceso, che cominciava a prendere il suo posto sull'orizzonte, usciva dalle narici dei nostri animali in volute di nebbiolina. Partimmo molto presto, era l'ultimo giorno di viaggio e volevo arrivare prima che facesse buio per poterci sistemare. Il sole era già alto quando ci trovammo a costeggiare un fitto tratto boscoso che nascondeva la luce solare e nel punto in cui il sentiero si inoltrava tra gli alberi fermai il carro. Che succede, gridò Marc dal carro dietro il nostro. Niente di grave, risposi, ci sono alcuni amici. In piedi di fianco ai loro cavalli, un gruppo di cacciatori indiani, fermi e silenziosi, quasi invisibili tra gli alberi sul bordo del sentiero, ci aspettavano. Li riconoscemmo subito, tra di loro anche i due fratelli maggiori di Nahity. Rabongo e Avotra, uscirono allo scoperto circondandoci. I nostri ospiti inizialmente timorosi si rassicurarono vedendo la nostra familiarità, avevano già conosciuto degli indiani, ma era la prima volta che si trovavano completamente indifesi di fronte a dei guerrieri nel loro ambiente naturale. Noemi si era rifugiata tra le braccia della mamma, Susy ed Elia invece erano entusiasti di quell'incontro ai limiti della loro immaginazione, non smettevano di osservare con grandi occhi stupiti il loro abbigliamento di fine pelle, i loro colori e monili, gli archi, le frecce e le lance, il portamento eretto e soprattutto la fiera espressione dei loro volti dipinti, anche i cavalli dipinti erano uno spettacolo, gli occhi cerchiati a mascherina, le selle artigianali e i finimenti di cuoio. Ci dissero che ci stavano seguendo sin dal giorno precedente, ma solo stamane si erano accorti che eravamo noi. Rabongo, alto e robusto, sul torace il cinturone con la grossa pistola che gli avevamo regalato, si avvicinò a Noemi e le toccò i folti capelli rossi, non aveva mai visto una capigliatura simile, glieli tirò pensando fosse una parrucca, lei emise un breve grido e la mamma tirò uno schiaffo sul braccio del guerriero che si ritirò immediatamente indietro non volendo spaventare nessuno. intervenne Nahity presentando i nostri amici ai guerrieri e chiarendo che il guerriero, suo fratello, non aveva mai visto una pelle così chiara e lentigginosa con capelli simili. Ne approfittammo per fare una breve sosta e mangiare qualcosa, poi risaliti a cavallo i guerrieri si unirono a noi scortandoci nel cammino e dopo qualche ora finalmente giungemmo al fiume. Lo guadammo e cominciammo la salita verso il boschetto sotto le alte falesie, un'aquila in volo ci salutava con i suoi versi acuti, mentre un capriolo con il suo piccolo fuggiva precipitosamente. uscendo dal boschetto entrammo sulla radura, fermammo i carri e li invitammo a scendere, entrammo nel breve sentiero e oltre gli alberi sotto le alte falesie vedemmo finalmente la nostra casetta. Non sembra molto grande, ci staremo tutti, esclamò Stephen. Quella è solo la cucina, vieni e vedrai, gli risposi. Aprii la porta, c'era un po' di disordine, accesi una lampada ad olio, scostai la grande pelle che copriva l'ingresso della grotta e li invitai a seguirmi. Rimasero tutti meravigliati dalla bellezza della grotta, l'ampio spazio delle sue camere, i suoi graffiti e disegni e il parziale arredamento impolverato. Qui staremo tutti bene a dormire, dissi, e domani vi porteremo ad esplorarla tutta. Ci organizzammo, mentre scaricavamo i bagagli aiutati dai guerrieri, un gruppo preparò la cena, un cervo catturato quella mattina, arrostita con patate. Il camino scoppiettava riscaldando l'ambiente e mandando profumi di cibo, l'allegria regnava, Noemi ed Elia erano già in giro ad esplorare i dintorni, Susy ancora spaesata e stanca dormiva in un giaciglio. Mangiammo di gusto cercando di far comunicare gli uni con gli altri ed insegnando qualche parola, dopo cena i nostri ospiti tirarono fuori una bottiglia di whisky che finì in pochissimo tempo, la passarono a Rabongo che li pregò di servirsi per primi, poi la bottiglia passò nelle mani dei guerrieri che la scolarono a canna. dopo il caffè i guerrieri andarono a dormire sui carri, sarebbero ripartiti al mattino presto, così ci salutarono con la promessa di vederci al villaggio entro un paio di giorni. Organizzammo i giacigli per tutti con le coperte di lana dei nostri ospiti e le nostre pelli di bisonte e andammo a dormire.

Al mattino ci svegliò il profumo di caffè, sentivamo il mormorio dei nostri ospiti, ci alzammo e andammo in cucina, li trovammo tutti già in piedi tranne Susy e Noemi che ancora dormivano, ci offrirono subito due tazze calde di caffè insieme ai loro sorrisi, ci sedemmo a chiacchierare. Sentimmo un nitrito e poi qualcuno che bussava alla porta, eravamo tutti meravigliati, a meno che non fossero i guerrieri ancora qui. Andai ad aprire e vidi Tahina bella e sorridente, ci abbracciammo a lungo, ero felice di vederla, aveva saputo del nostro arrivo e si era alzata al mattino presto, si era presa cura di sé e aveva preso i bei vestiti puliti per venire subito da noi. La feci entrare per prima, sentii un grido di gioia di Nahity che si gettò al collo di Tahina, rimasero a lungo abbracciate. Pur non essendo più tanto giovane Tahina era ancora una bella donna e sapeva valorizzarsi, il volto espressivo e armonico con occhi rotondi e scintillanti, la presentai come la fidanzata di nostro padre, la nostra tata, porse loro la mano e parlò in perfetto inglese che mise i nostri amici a proprio agio. Erano rimasti in silenzio vedendola entrare, come davanti ad una principessa, meravigliati dalla presenza scenica di questa donna lakota.

Ci dissero che avevamo bisogno di acqua per lavarci oltre che per cucinare. Ora vi mostreremo i segreti della grotta, disse Nahity, seguiteci. Li portammo attraverso il cunicolo fino al laghetto sotterraneo, fonte continua di acqua pura, che li lasciò meravigliati per la bellezza e la trasparenza dell'acqua, poi andammo all'altare dove restammo per un minuto in silenzio ad osservare gli oggetti lasciati dai visitatori e per ultimo li portammo a vedere il mostro antico. Rimasero senza fiato, Elia si strinse dietro al padre, faceva fatica anche solo a sporgere il volto, io gli presi la mano e gli dissi che era pietrificato ed innocuo, se voleva poteva anche toccarlo senza pericolo. Anche loro, come papà, erano a conoscenza di queste nuove scoperte e letto qualche articolo, avevano anche visto qualche disegno di studiosi, ma niente che poteva assomigliare neanche lontanamente a ciò che appariva ai loro occhi. Devo prendere le misure del cranio e dei denti, disse Stephen, e poi proverò a fare un disegno, questa è una scoperta sensazionale. Gli presi un braccio e guardandolo serio gli dissi. Quello che vedete deve rimanere un segreto, non vorrei mai che arrivassero frotte di curiosi a sconvolgere la vita del villaggio e della nostra casa. Rimase ammutolito, le sue labbra si muovevano come cercando le parole, ma non sapeva che dire. Dovete giurarlo ora, aggiunse Nahity. Ma vi rendete conto che una scoperta come questa non può rimanere sconosciuta al mondo e soprattutto al mondo della scienza. Da quanto ci ha detto nostro padre, queste scoperte sono ormai tante e sappiamo che stanno rivoluzionando la nostra conoscenza della storia del mondo, una di meno non cambierà nulla, ma noi dobbiamo preservare la sacralità di questo posto e di queste montagne. Restò ancora in silenzio, poi Marc disse. Comprendiamo bene la vostra preoccupazione, e avete pienamente ragione, siamo d'accordo con voi, vi promettiamo che non riveleremo mai dove lo abbiamo visto, ma permettici almeno di farne un disegno e di prenderne le misure. Io e nahity ci guardammo, poi dissi. Giurate tutti, ora e ad alta voce che non svelerete mai il posto. Giurarono e sorridendo ci strinsero la mano.

Marc e Stephen era dei provetti falegnami, non erano solo degli intellettuali, erano grandi lavoratori con fantasia costruttiva e con l'aiuto degli strumenti che avevamo portato e parte dei loro costruimmo subito un riparo per gli animali, c'erano sempre molti amici indiani a darci una mano per il taglio della legna e per la raccolta delle pietre che avrebbero costituito il camino, così che nel giro di breve tempo la casa aveva cambiato aspetto diventando più sicura, più bella e accogliente con al centro la finestra di fronte all'ingresso della grotta.

Ora potevamo attendere l'inverno, che ormai bussava alle porte, con serenità, dedicarci ad attività più rilassanti ed interessanti, il mattino, a mente fresca, era dedicato allo studio, dalla piccola Susy, ai due figli più grandi, io e Nahity avevamo chiesto di aiutarci nello studio della storia e della letteratura, Raholy aveva deciso di imparare a leggere e a scrivere oltre che a parlare l'inglese, così che ognuno aveva il suo daffare e la casa sembrava una scuola. Il pomeriggio ci dedicavamo alla caccia, alla gestione degli animali o ad altre attività ricreative. Avevo già regalato ad Elia l'arco promesso ed ora dovevo insegnargli a tirare, così cominciammo ad esercitarci insieme a Noemi. Nahity invece si dedicava a Raholy e Tahina che si era da subito unita a noi esercitandosi con la pistola e con il fucile, ma poi tutti volevano esercitarsi con il fucile e noi fummo costretti a tirar fuori il nostro armamento. Si meravigliarono di vedere così tante armi. Per caso avete intenzione di fare una guerra, ci chiesero. Noi rispondemmo con un riso e per evitare risposte imbarazzanti dicemmo che un giorno gli avremmo spiegato il motivo di tutte quelle armi. Le giornate trascorrevano tranquille, ogni tanto andavamo al villaggio, che era stato spostato in un canyon riparato dal vento per la stagione invernale, dove venivamo accolti con gioia, Noemi si era fatta delle amiche e ogni volta quasi spariva con loro, Raholy aveva trovato un uomo, un guerriero vedovo che sembrava molto interessato a lei ma ancora non si capivano verbalmente e non si era fatto avanti. Incominciò a nevicare, prima lentamente, poi i fiocchi di neve diventarono più grossi e sempre più abbondanti, il cielo cupo e la foschia impedivano di vedere troppo lontano nella pianura, andò avanti una settimana, noi stavamo al calduccio nella nostra casetta, la notte cadeva in fretta e la sera la passavamo leggendo o semplicemente raccontandoci storie e si andava presto a dormire.

Aprii gli occhi, una timida luce soffusa che filtrava dalla finestra semichiusa si diffondeva nella caverna lasciando intravvedere il profilo degli oggetti intorno, una pace assoluta dominava, un silenzio speciale, guardai Nahity che dormiva sotto la pesante coperta di bisonte, mi venne voglia di abbracciarla ma non volevo svegliarla, era così bello vederla dormire serenamente. Mi alzai andando direttamente al fuoco per riaccenderlo. Hai bisogno di una mano. Disse Stephen sottovoce. Sì grazie, potresti andare giù al laghetto sotterraneo a prendere acqua così la mettiamo a bollire, servirà per lavarci e per cucinare. Anche Marc si alzò ad aiutarci insieme al piccolo Elia che voleva dimostrare di essere utile e non pesare alla comunità, così che tutti gli uomini erano in piedi a darsi da fare mentre le donne continuavano a riposare. Quando il fuoco cominciava a prendere bene e la pentola dell'acqua era sopra a scaldare, misi il giaccone e il cappello e uscii passando dalla casetta, a guardare il giorno, aveva smesso di nevicare, il cielo era limpido quasi completamente sgombro dalle nuvole, attraversai il boschetto e raggiunsi la radura, mi girai verso est, mi riempii i polmoni d'aria fredda e trattenni il respiro per un attimo, chiusi gli occhi e ascoltai il silenzio della neve, il profumo tenue dell'inverno era tutto intorno, ascoltai il verso di due aquile giù in picchiata dalla montagna, qualche squittio di scoiattoli in allarme che avvisavano del pericolo, la lotta per la vita che imperterrita continua, poi ancora pace e silenzio. D'un tratto sentii la voce di Elia che mi chiamava dal limitare del bosco dove la neve cominciava più alta, mi girai e lo invitai a raggiungermi, mi sorrideva felice e prendendomi un braccio mi disse. E' bellissimo qui, accettare il vostro invito è stata la cosa più bella che potesse capitarci in questo viaggio. Lo strinsi a me e insieme restammo in silenzio ad ammirare il creato nella sua splendida veste invernale, era tutto bianco, l'estesa pianura sotto di noi, bianco anche il tetto del bosco lungo il fiume, il fiume stesso, ghiacciato, quasi scompariva sotto la coltre di neve, si vedeva appena qualche rivolo che usciva dalla coltre di ghiaccio e neve che scorreva placido subito inghiottito da altra neve e altro ghiaccio, vedemmo la coppia di aquile in volo planante in cerchio sopra il bosco in cerca di una preda, il sole sbiadito, quasi bianco, splendeva ancora basso sull'orizzonte e la neve mandava bagliori accecanti, dopo una settimana di nevicate non sembrava possibile che il cielo fosse improvvisamente così limpido, privo di nubi, così bello il contrasto a sud tra l'azzurro del cielo e il bianco della neve, mentre a est lo splendore del sole tutto confondeva in un bianco liquido che costringeva a distogliere lo sguardo. Rientrammo pieni di bellezza. In casa erano tutti svegli, il profumo del caffè aveva riempito l'ambiente e un dolce tepore avvolgeva l'armonia che ormai si era stabilita nel gruppo, ognuno sapeva cosa fare e la casa era sempre in ordine. Guardai Nahity che mi offriva una tazza di caffè, mi sedetti vicino a lei e la baciai sulle labbra, mi guardò con occhi scintillanti, era felice, la casa piena di ospiti graditi con bambini era sacra e foriera di benedizioni ed ogni donna indiana sa quanto è importante che gli ospiti si sentano come a casa propria, amava molto i nostri ospiti bambini ma soprattutto amava Noemi, forse perché era la più grandicella, si comportavano come sorelle e lei era felice di darle consigli, di pettinarla e accarezzarle i capelli quando un'ombra di malinconia velava il suo volto.

Era bella Noemi, come il sole al tramonto, nella freschezza degli anni era già una piccola donna, la pelle rosea, morbidamente lentigginosa, il viso armonioso faceva da profilo a due occhi verdi e luminosi e labbra ben formate, sovrastato da una folta chioma rosso fiammante, quando rideva era una festa. Quando camminava nel villaggio tutti si fermavano e chiedevano il permesso di toccarle i capelli, la sua pelle, i bambini più piccoli appena incrociavano il suo sguardo chiaro scappano via piangendo in cerca della mamma che li accoglievano a braccia aperte e grandi risate. Si fece subito molte amiche desiderose di conoscerla, passava quasi tutto il tempo con loro a giocare, cucinare, andavano al fiume a prendere l'acqua, oppure a farsi belle, soprattutto amavano pettinare con spazzole di porcospino quei lunghi capelli rossi che tutti volevano toccare, i bambini più grandicelli facevano capolino con la testa dalle aperture del tipì sgranando gli occhi, avevano già visto qualche bianco e soprattutto conoscevano me, che però, avevo i capelli neri e la pelle si abbronzava facilmente, ma non avevano mai visto una donna come Noemi, lei sorrideva amichevolmente e loro si ritraevano timorosi scoppiando poi in una risata.

La sera faceva molto freddo, dopo cena la gente si ritirava dentro i tipì ad ascoltare gli adulti. Parlavano uno alla volta senza mai sovrapporsi, con attenzione, ma non era vietato rivolgersi al vicino o fare esclamazioni soprattutto di assenso, anche deboli risatine erano permesse. Noemi, che non capiva nulla della loro lingua, passava il tempo a guardarsi in giro, guardava i vestiti, i monili, i coltelli nelle cinture finemente ricamate, scrutava i volti cercando di coglierne i pensieri, il carattere, la passione che agiva dentro di loro quando parlavano, ascoltava la dolcezza, la musicalità delle parole, ma guardava anche i giovani, belli, fieri e atletici, e in questo almeno riusciva a comunicare benissimo con le sue amiche.

Penna grigia era seduto di fronte a suo padre capo clan, provava ammirazione per lui, gli piaceva ascoltarlo quando prendeva la parola, era considerato saggio e i suoi discorsi, seguiti con attenzione, animavano i dibattiti e le serate. La lunga penna grigia d'aquila che si era guadagnato scalando una falesia e battendo tutti i rivali faceva bella mostra sul suo capo e lui la esibiva con espressione fiera e adolescenziale. Noemi lo guardava e le amiche se ne erano accorte, la prendevano in giro ma allo stesso tempo facevano capire che era un bel ragazzo e che aveva scelto bene, Noemi si schermiva e negava tutto ridendo.

Un giorno, verso mezzogiorno, sentimmo bussare alla porta con un misto di vocine e risatine, cinque ragazze indiane amiche di Noemi, avevano approfittato della splendida giornata e del sentiero tracciato sulla neve dai cavalli il giorno prima, per collegare la grotta con il villaggio, per venire ad invitare Noemi a uscire con loro. Noemi era entusiasta e chiese alla mamma il permesso di andare. Flora dopo un po' rispose, va bene ma torna prima del tramonto. Noemi cominciò a saltare di gioia con le amiche che avevano capito che il permesso era accordato. Io e Nahity ci guardammo sorridendo e Nahity disse, porta la tua coperta di bisonte con te. Flora ci guardò esterrefatta, come sarebbe a dire la coperta, ma se ho appena detto che deve rientrare prima del tramonto. Noemi si tacitò e sgranò gli occhi senza capire cosa stesse succedendo. Si tratta di una festa e quindi si farà tardi, sarà meglio che dorma al villaggio, disse Nahity, andremo anche noi più tardi, ma lei starà con i giovani. Da sola, chiese Flora e cosa succederà. Quello che succede tra tutti i giovani, tutto e niente. Disse Nahity quasi ridendo. Flora la guardò con un'espressione seria che però esprimeva nelle labbra un timido accenno al riso. Poi volgendo lo sguardo verso Noemi disse. Mi posso fidare di te. Ma certo, Mamma, rispose tutta seria Noemi, ti prometto... Non fare promesse, la interruppe Nahity, si avvicinò a Flora e le sussurrò all'orecchio. Tua figlia sta diventando donna, sarà meglio che tu le dica qualche cosa. Flora Si incupì un attimo, restò in un silenzio meditante, poi disse. Sì, sarà meglio. Marc e Stephen che avevano mezzo sentito, ma intuito, facevano finta di guardare altrove.

Noemi partì tutta felice insieme alle amiche alla volta del villaggio, Elia era un po' geloso dell'indipendenza di Noemi, stava in disparte fingendo noncuranza, ma si vedeva che invidiava Noemi, avrebbe voluto andare anche lui insieme alle ragazze. Lo guardai e gli dissi. Elia, andiamo a caccia, più tardi andiamo anche noi al villaggio. S'illuminò con un sorriso e mi disse. Corro a prendere gli archi e le frecce.

Un grande catasta di legna stava accumulata poco fuori del villaggio e subito dopo il tramonto del sole venne accesa, quando il buio fu totale il fuoco aveva già raggiunto il suo massimo splendore ed il bianco della neve illuminava i dintorni come fosse giorno, erano in tanti a ballare al ritmo dei tamburi, alcuni vecchi seduti cantavano dondolando il corpo, altri fumavano le loro pipe e chiacchieravano o mangiavano carni arrosto e verdure o pannocchie di mais abbrustolite. Elia mi stava sempre vicino mentre le due coppie si erano perse da qualche parte nel villaggio e anche Nahity stava con le sue amiche. Avotra quella sera mi stava vicino, era il quarto figlio, di poco più grande di Nahity, mentre Rabongo era il terzo figlio, i primi due avevano famiglia e conducevano una vita diversa da loro che non avevano moglie, non parlava vedendo che io ero costretto a parlare inglese con Elia, ogni tanto si allontanava, ritornando con qualche cosa da mangiare o da bere. Camminando ci allontanammo dal falò trovandoci in una zona meno frequentata del villaggio e dietro un tipì in ombra vedemmo Flora e Penna Grigia che scivolavano mano nella mano a nascondersi dentro un tipì. Io e Avotra ci guardammo, anche Elia ci guardò, ma non ci dicemmo nulla.

La primavera dava indizio di sé ogni giorno nella temperatura sempre più mite, nelle nevi che iniziavano a sciogliersi ingombrando di fango i sentieri, nelle gemme multicolori che riempivano gli alberi e gli arbusti di un colore indistinto ma pieno di vita. Erano stranamente zitti dopo cena, come se aspettassero che qualcosa succedesse, erano sempre cordiali e gentili ma sfuggenti, mi sembrava che anche Nahity avesse percepito qualcosa. Poi Sthepen ci disse che voleva chiederci qualcosa, erano seduti tutti davanti a noi in semicerchio. Abbiamo capito da un pezzo chi siete e come vi chiamano, abbiamo anche capito che siete brave persone, molto altruiste e genuine e non vorremmo giudicarvi male nelle vostre scelte di vita, ma se avete voglia di raccontare come siete arrivati ad essere la Coppia Indiana, due spietati killer, fatelo, come se raccontaste a dei fratelli maggiori, siamo davvero curiosi di sapere e vi ascolteremo molto volentieri. Io e Nahity ci guardammo sorridendo, poi iniziai raccontando l'episodio dell'omicidio di papà, di come, un po' per caso, un po' perché ricercato, siamo diventati due abili guerrieri, il tiro con il fucile, la struttura fisica forgiata dalla vita al villaggio, dalla zappa e dal pugilato appreso sin da bambini, la lotta e l'assenza di paura, la freddezza, raccontammo tutto, i primi scontri a fuoco, non tralasciammo niente. Rimasero un po' pensierosi quando ci fermammo, avevano conosciuto solo una parte della nostra personalità, socievole, propositiva, altruista, ed ora avevano un quadro più completo di noi, non credo fosse facile per loro trovarsi davanti a confessioni come le nostre, capaci di uccidere a sangue freddo. Poi si sciolsero un poco e cominciarono a fare domande le cui risposte comunque non potevano condannarci. Alla fine Marc disse. Scusa, puoi ripetere in dettaglio la descrizione dei due che state cercando. Lo ripetei dicendo tutto quello che ricordavamo di loro. Dunque, disse ancora Marc, uno dovrebbe avere una cicatrice sul collo, forse zoppo, occhi di ghiaccio e l'altro forse un braccio paralitico o monco. Esattamente, risposi. Ma non vi ricordano quei due che ci hanno venduto i cavalli nel Kansas. Sì, risposero anche gli altri, hai ragione, sembrano proprio loro. Li avevano visti bene, soprattutto Winter, così si chiamava l'uomo con gli occhi di ghiaccio, che venne a cavallo con due sottoposti a prendere i cavalli vecchi, e aveva anche una pistola argentata, e l'altro con cui avevano parlato al Ranch aveva il braccio destro paralitico. Non credevo alle mie orecchie, anni di ricerca e ora l'informazione che aspettavamo ci veniva donata semplicemente su di un piatto da persone che stavamo frequentando tutti i giorni. Io e Nahity ci guardammo negli occhi sorridendo, finalmente avevamo una traccia sicura, ora eravamo sicuri di prenderli, dovevamo solo approntare un piano. Avevamo davanti a noi almeno un mese di attesa prima che le nevi si sciogliessero. Prima di tutto dovevamo andare a Pierre a parlare con lo sceriffo e con il giudice ad informarli e poi partire con un gruppo di amici indiani, catturarli e portarli vivi in catene in modo che potessero essere interrogati.

A Pierre prendemmo subito posto nella vecchia casa, adesso ci avrebbero vissuto i nostri ospiti, ci voleva giusto qualche riparazione a cui avrebbero provveduto loro volentieri. Andammo subito subito dallo sceriffo, chiedemmo di parlargli da solo nel suo ufficio, spiegato il programma si alzò dalla sedia, aprì una cassapanca e ne tirò fuori dei ceppi con robuste catene che legavano sia mani che piedi tra di loro e ci disse. Queste vi potranno servire. Erano proprio quello che avevamo pensato, risposi, grosse catene per i nostri due amici, non abbiamo mai fatto prigionieri così pericolosi ed è meglio non correre rischi inutili. Poi aggiunse, andrò io dal giudice a portargli le nuove notizie e speriamo tra qualche giorno di averne di migliori. Ci salutammo, aprii la porta e vidi uno degli uomini dello sceriffo che ostentava indifferenza, anche Nahity lo guardò e lui vide i ceppi che avevo in mano.

Prima di partire comperammo il necessario per i nostri amici indiani, tra i quali i due fratelli di Nahity, Rabongo e Avotra, che ci avrebbero accompagnato nella spedizione, li avevamo già riforniti tutti di fucile con munizioni e qualcuno anche di pistola, ed ora avevano bisogno di stivali e giaccone e cappello e vettovaglie. Ripartimmo un mattino presto, venti miglia circa di sentiero per incontrarci con i dieci guerrieri indiani che ci avrebbero accompagnato tra i quali Tahina e Raholy, non avrebbero mai rinunciato al piacere di partecipare all'azione. Viaggiammo verso sud vari giorni, sempre in mezzo ai boschi o costeggiando rivoli d'acqua, i panorami mozzafiato li guardavo appena, nella mente un pensiero fisso, acciuffare quei due. Finché uscimmo dal Nebraska ed entrammo nel Kansas, la nostra cittadina Russen, non era molto lontana dal confine. Il piano era che io con Rabongo, vestito da bianco, dovevamo cercare la fattoria dove lavoravano e in qualche modo scoprire dove vivono e eventualmente le loro abitudini, io mi sarei finto interessato all'acquisto di cavalli, mentre Rabongo poteva passare per il mio uomo esperto di cavalli. Il gruppo sarebbe rimasto nascosto nel bosco, Nahiti compresa.

Entrammo in molte fattorie cercando quella giusta nella zona indicataci e finalmente li trovammo, ci presentammo in una grande fattoria recitando la solita richiesta di vedere dei cavalli, ci accompagnarono, vidi le case destinate all'alloggio dei mandriani con dietro i gabinetti non lontani dal recinto. Poi sentii uno dire. Perché non se ne occupa Winter. E' già in paese ad ubriacarsi con il suo compare Monky, risero. Non avevo bisogno di sapere altro, sentivo la fortuna dalla nostra parte. Uscimmo e raggiungemmo il gruppo per metterli al corrente del piano, li avremmo aspettati sulla strada del rientro e rapiti. Io e Rabongo andammo in paese a prendere alloggio in albergo e poi ci recammo al saloon. Era un luogo pericoloso, soprattutto per Rabongo che conosceva solo due parole di inglese, goodmorning e whiskey, ci recammo direttamente al bancone mentre nessuno badava a noi, Rabongo disse. Whiskey. anche io chiesi un whisky e un bicchiere d'acqua. Mi girai con noncuranza e il mio sguardo cadde subito su una grossa figura che giocava a carte, mi dava il suo lato destro e sotto il collo del giaccone vedevo chiaramente una cicatrice a striscio, capelli arruffati grigi come la barba ma non vedevo il suo sguardo, di fronte a lui uno che giocava con solo il braccio sinistro, più magro e più alto, barba più corta e un po' più nera. Feci cenno a Rabongo per indicarglieli e lui mi fece cenno di avere capito. Ero contento di averli finalmente trovati, non provavo nessuna emozione particolare, credevo che li avrei odiati e invece erano solo due in più, stavolta da prendere vivi, Era ancora presto e la serata si faceva lunga, così uscimmo per approntare il piano, incontrammo Nahity poco fuori il paese con Avotra, ci avrebbero tenuti d'occhio quando avremmo seguito i nostri due. Rientrammo al saloon e l'attesa fu lunga, poco dopo la mezzanotte, quando il locale era già mezzo vuoto, Winter si alzo per andare a urinare, da come si alzò vidi la sua fatica con la gamba, poi iniziò a deambulare con fare insicuro, e zoppicante, anche l'altro si alzò con un braccio attaccato alla giacca, si accese un sigaro, vuotò il bicchiere e si diresse dietro a Winter, ambedue ubriachi. Noi uscimmo velocemente, prendemmo i cavalli e li aspettammo nell'ombra, li vedemmo uscire soli, montare a fatica sui loro cavalli, facendoli avvicinare al basamento in legno per esser più alti, e dirigersi senza fretta fuori dalla città verso la fattoria. Io e Rabongo ci affrettammo, trovammo Nahyty che partì al galoppo, Noi continuammo a passo lento aspettando avanti i nostri due senza farci vedere. Al luogo convenuto scendemmo da cavallo, i nostri amici erano tutt'intorno, con una corda legata fra due alberi in tensione, arrivarono lente le nostre prede, noi eravamo nascosti sdraiati a terra e non appena i cavalli urtarono la corda i si impennarono facendo crollare a terra i due cavalieri ubriachi. Gli fummo addosso in cinque uomini a testa, e li disarmammo, subito gli misi i ceppi ai piedi e alle mani togliendo loro ogni possibilità di fuga. Li mettemmo inginocchio, tentarono di parlare e di minacciare, ma li zittimmo prendendoli a calci. Gli misi un bavaglio in bocca e dei robusti cordini al collo. Salite a cavallo, gli ordinai. Si alzarono in piedi e con tutti gli impedimenti dovemmo aiutarli a rimettersi in sella. Presi il cordino di ognuno e lo legai alla sella dietro di loro dove non potevano arrivare, tirai e gli dissi. Se uno di voi cade trascina anche l'altro e i vostri colli saldamente legati si spezzano, come vedete facciamo sul serio, fate quello che vi diciamo e tutto andrà bene per voi. Salutai Nahity che partì nella notte con tutta la truppa e i due prigionieri mentre io e Rabongo saremmo tornati all'hotel a dormire. Il giorno dopo andammo al saloon a fare colazione e per farci vedere in giro, si parlava della sparizione dei due ma non si sapeva nulla di preciso, spariti dopo essere usciti dal saloon, nessuno aveva visto né notato niente di strano. Aspettammo ancora per sapere se qualcuno si sarebbe mosso alla ricerca ma non si trovò nessuno con una idea su dove andare. Io e Rabongo partimmo nel pomeriggio tranquilli, ci guardavamo le spalle ma nessuno ci inseguiva. Dopo due giorni arrivammo nella zona dove avremmo dovuto incontrare il gruppo al confine tra Sud Dakota e Nebraska, in una regione di laghi, camminavamo sereni al fianco di una grande lago quando venimmo avvistati dai nostri amici che ci guidarono all'accampamento. Era ubicato su di una ripida collina che finiva con un boschetto cinto da lastre di pietra, il versante posteriore si affacciava su falesie a capofitto sul lago e proprio lì, legati ad un grosso albero stavano i due prigionieri, avevano uno straccio infilato in bocca ed un altro stretto da dietro che passava dentro la bocca in modo che non potessero nemmeno parlare. Salutai Nahity abbracciandola, non era mai successo di stare così tanto tempo lontani ma eravamo felici, tutto era andato bene e senza sparare un colpo, nessuno ci inseguiva e in capo a qualche giorno avremmo consegnato i due allo sceriffo.

Andammo a vederli, con noi vennero anche alcuni guerrieri e i fratelli di Nahity, Raholy e Tahina, tutto sommato erano in buona salute, un po' affamati e assetati, le loro scorte erano ridotte per mio ordine, ma erano in grado di ascoltare le mie parole.

Ascoltate bene quello che vi dico, gli dissi con voce pacata, perché non ve lo ripeterò, io e mia moglie qui presente siamo conosciuti come la Coppia Indiana, forse avrete avuto modo di sentire parlare di noi, la lista dei morti che abbiamo alle spalle è lunga, gente dura e pericolosa anche più di voi, come potete comprendere non ci fate nessuna paura, ma le precauzioni non sono mai troppe, i ceppi di ferro che avete ai polsi e alle caviglie non ve li toglieremo mai, scordatevelo, le corde che vi legano il collo non ve le toglieremo mai, gli stracci dalla bocca solo quando dovete mangiare, ci sono quindici guerrieri qui a custodirvi come avete potuto notare, guerrieri forti e decisi, armati di fucile e di rabbia, tanta che ognuno di loro vi aprirebbe la pancia solo per il gusto di mordervi le budella, inoltre gradirebbero molto togliervi quel misero scalpo e hanno il permesso di farlo qualunque cosa voi tentiate di fare. Domani entreremo in territorio Lakota, territorio amico per noi, pieno di guerrieri, esploratori e cacciatori, non avete nessuna possibilità di fuggire, in città nessuno sa dove siete spariti e nessuno verrà a cercarvi, per cui vi consiglio di fare quello che vi diciamo se volete rimanere vivi. I loro occhi sbarrati erano pieni di stupore e di odio, vedevo i loro arti contrarsi di rabbia guardando fissi davanti a loro per evitare il nostro sguardo. Sei anni fa, continuai con voce calma, a Pierre, voi avete ucciso un uomo, mentre uno lo teneva l'altro lo accoltellava, poi i vostri tre uomini sono entrati nella casa per uccidere due bambini e forse anche una donna, ma quei bambini prima hanno prima ucciso i vostri tre sicari e poi hanno preso a fucilate voi due, un colpo a te, ti ha strisciato il collo lasciandoti un bel segno e poi lo stesso bambino ti ha infilato una palla nel culo, che ti ha lasciato zoppo, mentre scappavi come un vigliacco sul tuo cavallo, tu invece che volevi spararmi, ti sei beccato una fucilata da una bambina di dodici anni, che ti ha lasciato con un braccio inutile, mi fermai un attimo, siete stati fortunati ad uscirne vivi.

Noi siamo quei due bambini e abbiamo lasciato poche persone vive dietro di noi, disse Nahity puntando la sua doppietta a canne corte sulle facce dei due che ora cominciavano a mostrare negli occhi anche segni di paura, siamo cresciuti pensando a voi, cercandovi per valli e monti e città, abbiamo chiesto di voi a destra e a manca e finalmente vi abbiamo trovato, vi abbiamo cercato sognando di uccidervi due secondi dopo avervi incontrati, ora datemi l'occasione e faccio saltare la testa al primo, disse alzando i cani del fucile, all'altro invece gli faccio saltare ambedue le gambe, tanto ne basta uno per la confessione.

E qui arriva la parte più importante, perché non vi abbiamo ancora ammazzato, per l'omicidio la legge prevede di mettervi una corda al collo e lasciarvi appesi finché la vita non vi lasci, non è proprio una bella esperienza. Noi siamo testimoni oculari e in tanti vi hanno visto girare in paese e dirigervi verso la nostra casa prima della sparatoria e per ultimo i tre morti che erano stati visti sempre con voi. Se vi abbiamo lasciati vivi è perché il giudice di Pierre vuole interrogarvi e noi siamo molto interessati da quello che potreste rivelare, vedete, se voi farete una piena confessione con il nome del mandante che vi ha pagati, forse il giudice potrebbe essere magnanimo e cambiare la pena in carcere a vita anziché farvi tirare il collo, voi non avete nulla da guadagnare proteggendolo e sono sicuro che alla fine lo farete quel nome, mancano ancora un po' di giorni prima che il giudice vi interroghi, avrete modo di riflettere.

Li lasciammo senza ascoltare cosa potessero avere da dire e senza nemmeno poter parlare fra di loro. Tahina e Raholy avevano preparato una tenda solo per noi due, per una notte eravamo esclusi dalla guardia, ci sentivamo alla fine di un capitolo, vedevamo il traguardo di tutti i nostri sforzi, ma non era ancora finita. Scendemmo giù al lago, i nostri amici intorno ci davano sicurezza, togliemmo tutte le armi dimenticandole e ci denudammo, era frizzante l'acqua, scorreva tonica massaggiando i muscoli e rinvigorendo la mente, la sua chiarezza mi dava un senso di purezza, di pulizia dal sudore, dalla polvere, mi sentivo rilassato e felice e gli abbracci di Nahity erano il preludio a quelli che ci saremmo dati più tardi, restammo in silenzio su di una roccia ad asciugarci, il sole ancora alto inviava morbidi raggi di calore, poi risalimmo il pendio e ci dirigemmo verso il gruppo di cespugli dentro il quale era nascosta la nostra tenda, ci infilammo sotto la pesante coperta di bisonte e rimanemmo ad ascoltare il vento che passava sulle nostre teste, premendo sui cespugli intorno a noi come fosse la voce del Grande Spirito, sembrava cantare una canzone, una nenia di poche note a mille voci, la canzone della vita, della natura libera e selvaggia.

Entrati in territorio Lakota, vari gruppi di cacciatori indiani che incontravamo si univano a noi per un pezzo di strada, erano tutti informati della nostra missione e curiosi di vedere i due prigionieri, i quali erano sempre più demoralizzati e rassegnati nel vedere quanta protezione avevamo. Giunti a poche miglia da Pierre ci accampammo, Nahity mi disse che non si sentiva tranquilla. È andato tutto troppo bene, ho l'impressione che debba succedere qualcosa, stiamo attenti. Forse, risposi, è bene che noi andiamo prima a controllare che in città tutto sia a posto, magari stasera con il buio per non farci vedere. Quella sera partimmo con il sole avviato verso il tramonto e quando arrivammo a Pierre era già buio, passammo subito da casa dove trovammo i nostri amici felici di vederci ma in preda alla disperazione. Abbiamo compiuto la missione, dissi, i due prigionieri sono qui poco fuori città. Hanno rapito Noemi, disse Flora con le lacrime agli occhi. Rimasi un attimo interdetto, Nahity divenne furiosa. Chi l'ha rapita, urlò. Sono stati degli uomini armati con un fazzoletto sul viso, ci hanno detto che se consegnate allo sceriffo i due prigionieri non la rivedremo viva. Gli uomini del sindaco, dissi a voce alta e pensando all'uomo che origliava. Sicuramente uno degli uomini dello sceriffo è in combutta con loro, disse Nahity, solo lui poteva sapere del nostro piano. Al momento nessuno sa che siamo tornati, dobbiamo prendere tempo e scoprire dove la nascondono, dobbiamo fidarci dello sceriffo e chiedere a lui se ha informazioni utili. Flora ed Emma uscirono e poco dopo tornarono con lo sceriffo da solo. Discutemmo a lungo e la sua opinione era che la fanciulla fosse prigioniera in qualche scantinato della villa del sindaco, era il luogo più sicuro per nasconderla, pieno di uomini e nessuno poteva perquisirla. Lasciammo la casa quella stessa notte di nascosto, tornammo all'accampamento per decidere il da farsi. Il giorno dopo spostammo l'accampamento in un luogo più protetto e mandammo alcuni indiani a chiedere rinforzi, dovevano controllare la villa e seguire eventuali uomini mandati al nascondiglio senza farsi vedere e poi riferire. Non potevamo entrare nella villa senza essere sicuri che Noemi fosse lì, un fiasco avrebbe compromesso ogni altro tentativo di liberazione. Tenemmo sotto controllo la villa e gli uomini che si allontanavano, ma gli appostamenti non diedero alcun frutto controllammo alcuni casolari abbandonati, grotte, ma di Noemi nessuna traccia, dopo alcuni giorni di ricerca convenimmo che doveva trovarsi nella villa come diceva lo sceriffo. Dovevamo tentare di entrare e controllare. Lo sceriffo ci aveva informati sulla struttura della villa che già avevamo comunque visitato. Ci dividemmo in due gruppi, uno con il fratello di Nahity, Avotra, sarebbe rimasto poco fuori ad aspettare e pronto ad intervenire, l'altro, io, Nahity, Rabongo e un altro guerriero saremmo entrati nella villa. Alle due di notte scavalcammo il recinto e ci recammo davanti ad una porta sul retro, la aprimmo facilmente, Il guerriero si fermò dentro la stanza e noi tre andammo dietro la scala che portava al piano superiore, dove c'era una porticina che portava in cantina, non era chiusa a chiave, la aprii con un leggero scricchiolio, pistola alla mano cominciai a scendere con precauzione, Nahity dietro di me e Rabongo, la scala finiva direttamente in una sala ingombra di masserizie, dal lato sinistro proveniva una fioca luce di un lumino, abbassati per nasconderci procedemmo e spiando da dietro una grossa cassa vidi un uomo in fondo ad un corridoio che dormiva appoggiato ad una porta con un fucile di fianco, Rabongo, che era molto alto e muscoloso, mi diede un tocco sulla spalla facendomi cenno di proteggerlo che ci pensava lui, si alzò e avanzò verso l'uomo con il coltello in mano, mentre si avvicinava l'uomo si svegliò, guardò e grugnendo tentò di prendere il fucile, ma un forte pugno di Rabongo lo stese a terra, gli si gettò addosso con le ginocchia sulla schiena, poi chiudendogli la bocca con una mano lo uccise con il coltello piantandoglielo nel collo. Non avevamo fatto nessun rumore, aprii la porta della stanzetta, entrai con il lumicino in mano e vidi Noemi che dormiva su di un giaciglio improvvisato. La svegliò Nahity, Noemi quasi urlò di felicità nel vederci e dovemmo tapparle la bocca. Improvvisamente sentimmo degli spari provenire da fuori, un fucile seguito da colpi di pistola, corremmo di sopra e vedemmo il guerriero abbassato sulla porta che sparava verso alcuni uomini, che si proteggevano dietro l'angolo della casa, Avotra e il gruppo avvicinatisi al recinto iniziarono una fitta sparatoria e sotto la loro protezione corremmo verso il recinto, lo scavalcammo e tutti insieme andammo a prendere i cavalli, da parte dei nemici non si sentiva più un solo colpo, avevano capito che eravamo in troppi e si erano probabilmente ritirati, intanto si vedevano luci accendersi nella casa e urla di uomini che sopraggiungevano, risalimmo a cavallo e scappammo in fretta. Nahity e Noemi con due guerrieri proseguirono verso il nostro accampamento, io e gli altri ci fermammo dopo qualche miglio a tendere un agguato ad eventuali inseguitori, non si vide nessuno. Al mattino Noemi era radiosa come non mai. Sapevo che sareste venuti a salvarmi, non mi hanno mai trattata male ma ero sempre al buio in quella odiosa stanzetta deprimente. Nahity la coccolava pettinandole i capelli. Se ti avessero fatto del male avrei fatto una strage, disse. Quando torniamo dai miei genitori, chissà come saranno in pensiero. Quella mattina stessa ci avviammo per la città, io, Nahity e Noemi, Rabongo con il suo amico guerriero davanti a tutti con i prigionieri e dietro il gruppo, chiuso da Avotra, troppo numerosi perché qualcuno potesse tentare un'imboscata, arrivammo in città a passo lento, la maggior parte degli indiani tornò indietro fuori città, rimase solo Rabongo, tutta la città era per strada a vederci passare, lo sceriffo ci venne incontro con i suoi uomini, prese in consegna i due prigionieri e li chiuse in cella nel retro del suo ufficio, gli fece togliere le catene, poi fece disarmare uno dei suoi uomini e chiuse in cella anche lui, lo stesso che aveva origliato quando discutemmo con lo sceriffo. E' lui la spia, disse.

Avvisato il giudice, volle subito parlare con i due prigionieri che si dichiararono pronti a collaborare. Ora possiamo andare ad arrestare il sindaco, disse il giudice. Senza perder tempo andammo alla villa del sindaco. Era quasi mezzogiorno, quando arrivammo vedemmo un folto gruppo di uomini davanti alla casa, mandriani, agricoltori, maniscalchi e personale della casa, alcuni stavano seduti, altri in piedi parlottavano fra di loro, prendemmo i fucili, nessuno si mosse, non sembravano intenzionati ad attaccarci, ci fecero cenno di entrare nella casa, io entrai con lo sceriffo, seguito da Nahity e dal giudice, salimmo le scale e al piano superiore dove c'era l'ufficio del sindaco trovammo due uomini seduti in silenzio, due capi gruppo dei mandriani, con i gomiti sulle ginocchia, uno fece un cenno con la mano invitandoci ad entrare nell'ufficio da dove veniva un basso lamento continuo. Entrò prima lo sceriffo seguito da me con le armi in mano che ormai non servivano più, il sindaco stava reclinato sulla sua poltrona, il braccio come abbandonato sul fianco e una grossa ferita alla tempia destra. La moglie piangeva sommessamente su di una poltrona con la faccia tra le mani. Restammo per un momento interdetti, in silenzio, nessuno si aspettava una fine così. Nahity si avvicinò alla donna con un fazzoletto, le asciugò le mani e il viso, la prese per mano e dolcemente la portò fuori da quella stanza, lei si lasciò condurre docilmente con gli occhi annebbiati dalle lacrime. Il giudice prese una lettera sulla scrivania che il sindaco aveva scritto prima di suicidarsi. Io guardai lo sceriffo e senza dire nulla uscii dalla stanza, raggiunsi Nahity, la guardai negli occhi, era finita, ma non sembrava felice, nemmeno io lo ero, le presi una mano e gliela strinsi, papà era un sordo dolore che non si era mai sopito ed ora si risvegliava in tutta la sua tragicità, la morte del suo grande amico, del suo più grande traditore, non faceva che aggiungere tristezza all'intera vicenda, l'impegno morale che aveva contraddistinto tutta la vita di papà non lo aveva protetto né dalla morte, né dalle cattive amicizie, restava ancora da capire il perché di tutto questo, ma forse la risposta era nella lettera che il giudice aveva requisito. Sentii una mano poggiarsi sulla mia spalla, era Rabongo che ci guardava con partecipazione, sembrava capire il nostro stato d'animo, io lo guardai e appoggiai la mia mano sulla sua spalla e lui mi disse in inglese. Io amico. Abbozzai un sorriso, strinsi più forte la mia mano sulla sua spalla e risposi. Io amico.

Dopo qualche giorno il giudice convocò me e Nahity per parlarci. Sapevate che vostro padre era comproprietario con il sindaco della fattoria e di tutti gli animali lì allevati. No, risposi, non ne sapevamo nulla. Lo immaginavo, disse il giudice, vostro padre aveva investito con il sindaco una grossa somma di denaro per iniziare l'allevamento, ancora prima che venisse eletto, e collaborava con lui alla gestione, anche se ad occuparsene materialmente era il sindaco dal momento che vostro padre era occupato con il giornale. Questo è il motivo per il quale ha tentato più volte di ucciderci, per soldi. Già, disse il giudice, tolti di mezzo voi sarebbe stato tutto suo, siete molto ricchi ora, la metà di tutti i suoi averi è vostra, mentre l'altra metà è della moglie che è arrivata dopo ed è risultata estranea a tutti i fatti, lo stesso sindaco riferisce di aver scritto la lettera proprio per scagionare la moglie e quindi confessando ogni cosa, ma i soldi non sono il solo movente. Ah, dissi, e quale sarebbe l'altro. Purtroppo non abbiamo le prove materiali, anche se sappiamo che è andata così, in pratica l'omicidio di vostro padre è stato commissionato dalle compagnie minerarie per la forte opposizione allo sfruttamento delle colline nere. Ma anche il sindaco si opponeva, disse Nahity. Sì, ma in realtà si era lasciato corrompere, voleva aspettare che vostro padre venisse eliminato prima di cambiare posizione ufficialmente, cosa che ha puntualmente fatto. Un traditore su tutti i fronti, ma com'è possibile che Papà non si sia mai accorto che era un essere così immorale. In realtà questi fatti hanno colto tutti di sorpresa, io stesso ero molto amico del sindaco e ho faticato molto a convincermi che dietro l'omicidio ci fosse lui, lo sceriffo Mudd l'ha sempre sospettato sin da quando aveva precisamente indicato Mac Coy come responsabile, non poteva sapere che lo sceriffo lo aveva conosciuto personalmente anni prima e quindi sapeva che non era lui il colpevole e quindi il sindaco mentiva, inoltre il mattino dopo, quando ha organizzato le ricerche con gli uomini del sindaco, aveva notato nella stalla due cavalli con tracce di sangue, i cavalli dei due banditi nascosti nella villa, le cui ferite sono state curate da loro, per questo aveva accettato di interrompere le ricerche, sapeva che erano inutili, questo lo aveva raccontato solo a me, poi io ho scoperto la comproprietà della fattoria e alcuni contatti telegrafici ricevuti dalle compagnie minerarie che lo davano per un uomo loro, ma tutte queste erano solo supposizioni, non si poteva arrestarlo con queste scarse prove. Sono molto amareggiato per avervi tenuto all'oscuro ma non potevo fare altrimenti, per noi era difficile pensare che il denaro avesse corrotto il sindaco fino al punto da programmare la morte del suo amico e dei suoi figli, ma poi si è aggiunta anche la velleità politica, i soldi gli sarebbero serviti per la sua carriera come governatore con l'appoggio delle compagnie minerarie, la sete di potere acceca, l'ambizione sfrenata tracima dai limiti morali dei deboli di carattere.

Al processo mentre ascoltavo la sentenza, guardavo i due assassini, in piedi con la testa bassa. Questa corte riconosce i due imputati colpevoli di omicidio di primo grado e li condanna ad essere appesi per il collo finché morte non sopraggiunga. Restarono di sasso, la bocca aperta in un'espressione di stupore e paura. Tuttavia, continuò il giudice, per gli accordi tenuti con il giudice sulla loro piena confessione e collaborazione, la pena rimane sospesa e commutata al carcere a vita. Caddero sulle sedie come svuotati, reclinati in avanti con la faccia che guardava sotto la sedia, la loro vita di criminali sbandati aveva fine, rimaneva un lungo tempo per riflettere e sperare nella magnanimità delle autorità e forse un giorno uscire liberi per quanto vecchi, provavo pena per loro, forse anche più di tutti i morti che avevamo lasciato sulla strada della loro ricerca. Rialzarono un poco la testa e continuarono ad ascoltare con lo sguardo fisso nel vuoto. Gli uomini del sindaco che si erano macchiati di collaborazione e che si erano consegnati, furono condannati con vari anni di carcere, alcuni erano fuggiti, i più coinvolti, soprattutto nel rapimento di Noemi. Ci fu un applauso del pubblico e furono in molti a venire a stringerci la mano e congratularsi con noi, ci avevano conosciuti bambini, crescere in questa piccola città di frontiera e ci avevano visti tramutarci in adulti decisi e vendicativi ed ora io pensavo a quanti ipocriti ci esaltavano facendo a gara per mettersi in mostra, persone che conoscevamo appena si dichiaravano amici di papà e felici per l'esito del processo. Lasciammo tutta quella confusione, tornando a casa dove ritrovammo i nostri amici che avevano assistito al processo, avevano organizzato un bel pranzetto all'aperto fra di noi. Ormai le belle giornate di sole si seguivano l'una all'altra e per il pomeriggio organizzammo un'escursione a cavallo, la testa piena di pensieri aveva bisogno di svago, di verdi praterie, di ampi orizzonti ove lasciar vagare lo sguardo, rilassare il pensiero e confortare l'anima.

Erano passati sei anni da quando questa storia era cominciata, ora avevamo diciotto anni passati da un po' e la nostra attività di bounty hunter era giunta a termine, non avremmo più continuato. Casualmente da quando avevamo saputo dei nostri due uomini non avevamo più ucciso nessuno, l'unico l'aveva ucciso Rabongo. Ancora non sapevo cosa avremmo fatto, dove avremmo vissuto, sentivo come se mi mancasse qualcosa dentro, la vendetta, la giustizia non avevano il sapore sperato e lasciavano un retrogusto insipido, ora l'assenza di mio padre la sentivo più forte che mai, esasperata dall'impossibilità di fare ancora qualcosa per lui. Quel vuoto però, rappresentava anche altro, qualcosa che non ci era stato concesso, non avevamo completato i nostri studi e, peggio, la nostra adolescenza ci era stata rubata, a dodici anni siamo stati proiettati nel mondo degli adulti con un salto generazionale e solo ora mi accorgo di quanto sia stato traumatico per me e per Nahity. Solo il nostro volerci bene, il nostro calore umano e l'affetto di Tahina, degli amici, ci ha protetti dai suoi effetti più deleteri, avevamo passato anni con un solo obiettivo in testa, senza accorgerci che stavamo crescendo, che anni importanti alla nostra formazione psicologica e intellettuale stavano passando, ma noi avevamo fatto la nostra scelta, avevamo scelto di essere guerrieri.

Parte seconda

"Sono nato nella prateria, dove il vento soffia libero e non vi è nulla che spezzi i raggi del sole, sono nato dove non vi sono recinti e dove ogni cosa respira liberamente, voglio morire lì, non fra le vostre mura."

Capo Comanche Dieci Orsi

Adry, andiamo. Bastavano quelle parole a farmi capire cosa voleva, e il suo sguardo come di implorazione confermava la facile intuizione, Nahity mi prese la mano e se la portò al volto. Io rispondevo solo due parole. Va bene. Ognuno sapeva quello che doveva fare, ormai eravamo affiatati e ci volle poco ad organizzarci, nemmeno un'ora ed eravamo sui nostri cavalli, il mulo con il basto carico con il necessario, i nostri cavalli. Uscimmo dal cancelletto sul retro e ci dirigemmo verso il fiume, lo attraversammo e cavalcammo verso sud ovest, nelle sconfinate praterie, fino al tramonto. Facemmo il campo nei pressi di un ruscello, montando il nostro piccolo tipì che ci eravamo costruiti da soli, facemmo un bagno ristoratore e accendemmo il fuoco, dopo cena restammo a lungo ad osservare le stelle, in silenzio, sdraiati sulle pelli, intorno a noi solo i rumori della prateria. Al mattino ci alzammo con il sole, restammo a busto e piedi nudi, pantaloni lunghi di pelle di capra sfrangiati e ricamati, ci colorammo i corpi e i volti, decorammo con piume i nostri capelli, la cintura con il pugnale, arco, frecce e l'eterna colt con cinturone e fucile a tracolla. Guardai il suo seno nudo, nascosto tra i segni colorati, e poi tutta la sua persona, era fantastica, bella come una divinità dei boschi, da seguire, da amare, i suoi occhi, come le sue armi, rivelavano la sua vera natura interiore di forte guerriera inarrendevole. Lasciammo il campo e ci inoltrammo nel boschetto cercando tracce di animali, scrutammo tra i cespugli, in mezzo agli alberi, notammo delle feci fresche di antilocapra e intorno le tracce degli zoccoli, le seguimmo abbassandoci nell'alta erba verde, ne trovammo uno proprio davanti a noi, un grosso maschio di spalle, senza vederci, brucava l'erba serenamente, incosciente del pericolo alle sue spalle, prendemmo gli archi, la prima freccia la scoccò Nahity, lo prese in pieno sulla coscia sinistra, cadde sulla gamba ferita girandosi e scoprendo il petto, io lo colpì con un'altra freccia, morì quasi subito al secondo colpo. Lo scuoiammo, tagliammo le carnose cosce e parte del petto, lasciando la carcassa rimanente agli altri animali della prateria, i corvi e gli avvoltoi già volavano bassi sopra di noi in attesa di un facile pasto. Ritornati al campo arrostimmo parte della carne, preparammo delle focacce che impastammo con la farina, con la carne rimasta facemmo delle strisce e le mettemmo a seccare al sole. Nel pomeriggio conciammo la pelle e la stendemmo su di un telaio improvvisato, lasciandola al sole ad asciugare, facemmo un po' di corsa, di allenamenti a corpo libero ridendo e giocando a fare la lotta, la sera, dopo esserci lavati in una pozza d'acqua cristallina del ruscello, cenammo davanti al fuoco, sopra di noi una cascata di stelle con la bianca via lattea, simulacro dell'infinito universo, ci faceva sentire piccoli e insignificanti, persi e soli nella sconfinata prateria, come un granello di polvere forma il deserto insieme con i suoi miliardi di simili, così anche noi contribuivamo a dare forma all'universo, sentendoci parte del tutto. Dopo cena Nahity prese la sua stuoia, si inginocchiò a cantare e a meditare, io sdraiato sulla coperta di pelle di bisonte ascoltavo in silenzio. Ci addormentammo dopo aver fatto l'amore, sotto le nostre calde coperte, dentro al tipì, abbracciati e felici.

Passò una settimana, avevamo esplorato tutto il territorio lungo il ruscello fin dove si gettava in un torrente, ove vedemmo delle lontre giocare con l'acqua con i cuccioli indisturbate e anatre con le nidiate di pulli e folaghe, e più ancora verso un colle lontano dal nostro campo sulla cui cima la vista era magnifica, tutto verde intorno, poi decidemmo di tornare a Pierre. I nostri amici ci videro da lontano, uscirono di casa in cortile ad accoglierci, avevamo ancora i colori nei corpi e nei volti, le piume nei capelli, a busto scoperto e piedi nudi, in una parola, inselvatichiti, tutti in piedi i nostri amici ci guardavano senza parlare, un mezzo sorriso in un volto preoccupato, era stato il nostro ex precettore ad usare per primo il termine, regressione.

Le nostre fughe erano cominciate quasi subito, prima erano giornate intere, poi abbiamo cominciato con una notte ed ora era passata una settimana, ogni volta ci immergevamo nella natura come indiani, dimenticando quasi la nostra metà civile, ci faceva bene, sentivamo solo in quei momenti assaggi di vita piena. In città eravamo come svuotati di interesse, eravamo anche allegri e partecipanti alla vita comune, ma non riuscivamo a mettere impegno in nulla, non nello studio che seguivamo solo come dovere e non più come piacere, leggevamo poco e correvamo molto. Lo sport ci appassionava e a volte facevamo esercizi fisici fino allo sfinimento, oppure passavamo una mattinata con la zappa nell'orto come fosse un allenamento, andavamo anche a sparare e a tirare con l'arco, per non perdere le capacità acquisite. Intorno a noi c'era preoccupazione, erano solo amici, nessuno poteva dirci cosa dovevamo fare, se non sotto forma di consiglio, ma quella parola, regressione, dava loro da pensare e a noi da ridere.

Certamente eravamo diversi, nel giro di pochi anni, in un periodo importante per la nostra età evolutiva, la nostra vita aveva avuto due stravolgimenti repentini, il primo, ancora bambini, un importante lutto, l'omicidio di nostro padre, accompagnato dal tentato omicidio a nostro carico, poi continuato negli anni, il secondo quando tutto il castello costruito sul primo cambiamento è crollato, per così dire, per decorrenza dei termini. Eravamo anche ricchi e non sapevamo cosa significasse lavorare per vivere, fare il Bounty Hunter per noi non era stato un vero lavoro, infatti non lo facevamo per soldi, e non avevamo altri bisogni che ci spingessero a guardare oltre, a costruirci un futuro, inoltre la moglie del sindaco, la signora Allison Shelton, che aveva ereditato l'allevamento, ci depositava in banca periodicamente la nostra percentuale sui guadagni come comproprietari. Eravamo ancora fermi al giorno del processo, alla condanna dei nostri nemici, gli assassini di nostro padre, non avevamo preso nessuna decisione per la nostra vita, nemmeno dove vivere, avremmo potuto andare alla nostra casa nella grotta, al villaggio indiano, ma non riuscivamo a prendere una decisione, restavamo in città perché sentivamo il bisogno di stare vicino ai nostri amici fidati, ci trattavano come due fratelli minori e i loro figli come fossimo dei cugini più grandi, era il loro affetto che ci riempiva di calore, la nostra unica sicurezza, e in qualche modo aveva sostituito quello di papà.

A loro piaceva quella cittadina, gli abitanti, la campagna intorno con ricche coltivazioni, i boschi e il fiume che correva limpido verso il ben più grande Missouri, i bambini erano tanti e la scuola doveva allargarsi per accogliere ogni anno i nuovi iscritti. Così dopo aver conosciuto il nostro ex precettore Miles Owen, Marc e Stephen con le mogli Flora e Emma, decisero di fermarsi lì ad insegnare, Marc e Stephen, con le loro lauree, avrebbero istituito anche dei corsi superiori e Flora ed Emma alle primarie. Avevano trovato una abitazione che si poteva dividere in due case collegate fra di loro ed erano in corso di ristrutturazione. Avrebbero anche potuto rimanere con noi, ma è vero che non c'erano camere a sufficienza per tutti, i loro figli stavano crescendo e reclamavano il loro spazio. Con noi sarebbero rimaste Tahina e Raholy, le zie, come le chiamavamo affettuosamente tra di noi, loro non erano preoccupate per noi come i bianchi, pensavano che tutto sarebbe passato presto, bastava avere pazienza, e, anzi, spesso ci prendevano in giro dicendoci. Portateci con voi, siamo invidiose.

Noemi ed Elia non vedevano nulla di strano nel voler andare a cavallo e dormire fuori per qualche giorno e anche a loro non sarebbe dispiaciuto venire con noi qualche volta. Quello che non vedevano era la profonda trasformazione mentale che ci prendeva quando eravamo nella prateria, era come entrare in un'altra dimensione, nella quale ci calavamo da attori esperti, l'unica cosa che ci ricordava la vita dei bianchi erano i cinturoni con pistole e gli eterni winchester, il nostro senso di sicurezza ci consigliava di avere sempre armi da fuoco a portata di mano. Tra qualche mese saremmo entrati in pieno autunno e le nostre uscite sarebbero state ancora più dure per il freddo e noi non davamo segni di cambiamento.

Finché non ci fecero una proposta, era già nevicato dappertutto. La scuola è chiusa per natale, disse Marc, perché non ce ne andiamo tutti nella prateria con le tende. Ci fu un coro di si, anche io e Nahity eravamo contenti della proposta di Marc. Per noi la prateria selvaggia rappresentava un tuffo spirituale in una dimensione per la quale eravamo attrezzati mentalmente e fisicamente, per loro invece sarebbe stata dura vivere all'aperto nella neve, sapevamo bene che lo facevano per noi, con loro chiassosi e allegri sarebbe stato diverso, ma organizzati bene si poteva anche fare e sopportare e magari vivere una bella esperienza tutti insieme. Nahity propose di invitare anche Miles, Noemi a quel nome trasalì. Sì, anche il professore, urlò. La mamma la guardò a bocca mezza aperta non sapendo se parlare o se fosse meglio tacere, aveva almeno dieci anni più di lei, era decisamente un bel ragazzo, intelligente e dai modi gentili, ma troppo vecchio per lei, o forse no.

Decidemmo di non andare troppo lontano, quattro o cinque ore di cammino a cavallo sarebbero bastate, la cucina da campo e coperte per tutti sui muli, ci organizzammo, ma alla fine erano così tante le cose da portare che decidemmo di prendere un carro e aggiungere anche tanta legna e carbone per il fuoco. Sembravamo una carovana, agli occhi dei concittadini eravamo dei pazzi, al posto del conforto di una bella e calda casetta andavamo in mezzo alla prateria con la neve ad affrontare gli elementi naturali in tenda. Era una bella giornata, poche nuvole nel cielo, il sole splendeva quasi inutilmente tanto si faceva sentire il freddo, ma i suoi raggi luminosi coloravano l'orizzonte di bianco e azzurro macchiato di verde e il nostro animo di meraviglia. Il viaggio di andata fu tranquillo ed emozionante per tutti, trovammo una piccola radura riparata dal vento da un boschetto di abeti bianchi, piantammo le tende a semicerchio con davanti il carro, al centro spalammo la neve per fare spazio al fuoco, avevamo graticole e padelle e tutti si davano da fare. Quando il fuoco aveva preso bene con sopra le pentole, io proposi di fare una corsetta nella neve per scaldarci i muscoli, tutti parteciparono e corremmo a perdifiato, i primi a fermarsi furono gli uomini con la piccola susy, tranne Miles che correva davvero agilmente nonostante una leggera pancetta facesse parte del suo profilo, poi le donne e, infine, ci fermammo anche io e Nahity con Elia e Noemi. Tornammo indietro, non appena raggiungemmo gli uomini li prendemmo a palle di neve, cominciò una mischia furibonda di tutti contro tutti, risate e lamenti e minacce del tipo, te la faccio pagare. Alla fine cademmo sulla neve a riprendere fiato, solo Elia rimaneva in piedi con due palle di neve in mano indeciso a chi lanciarle. Dopo cena rimanemmo davanti al fuoco in silenzio, le coperte sulle spalle, aspettavamo, Nahity, in ginocchio sulla stuoia, iniziò a cantare, dopo un giro melodico di una profonda bellezza spirituale unica, si aggiunse Tahina, insieme cantavano ascoltandosi e rincorrendosi e guardandosi, come fiocchi di neve che danzano leggeri nell'aria, dopo un altro giro entrò la terza donna, Raholy, prima con due legni iniziò a battere il tempo e poi con bassi vocalizzi, poche note lunghe con una voce passionale e profonda. Eravamo estasiati, quei canti improvvisati vibravano nella pelle, penetravano nel sangue diffondendosi nella testa e nel cuore, regalando immagini armoniche di pace, di serenità. Terminata la performance applaudemmo come fossimo a teatro, le ragazze ridevano e si schermivano.

Il terzo giorno era coperto di scure nubi sin dal mattino, il giorno prima eravamo stati a caccia con l'arco con buoni frutti, aveva iniziato a nevicare nel pomeriggio e un nuovo strato di neve si era depositato dappertutto, ora non nevicava ma un gelido vento alitava da nord, la neve si era ghiacciata ed era faticoso camminare con il rischio di scivolare ad ogni passo, fortunatamente lo strato di neve più fresca si frantumava sotto il peso del corpo. Decidemmo che potevamo riprendere la via del ritorno, subito dopo colazione cominciammo a smontare il campo e per fare in fretta buttavamo la roba direttamente sul carro. Mettemmo due cavalli a tirarlo mentre i muli senza pesi avrebbero aperto la strada sulla neve, io e Nahity salimmo sul carro con i bambini. Passò forse nemmeno un'ora quando ricominciò a nevicare, il forte vento sputava in faccia grossi fiocchi di neve che avevano cominciato a cadere fitti, ci coprivamo la faccia, ma i cavalli facevano fatica a proseguire e dovevo incitarli continuamente, il viaggio non era lungo e avevamo tutta la giornata, ma non potevamo fermarci, a tratti il vento era così forte che nostro malgrado eravamo costretti a fare continuamente brevi soste, ci buttavamo sul fondo del carro per evitare le folate più forti, gli altri dovevano piegarsi sul cavallo abbracciandolo per non farsi sbalzare via, un cavallo spinto dal vento scivolò con gli zoccoli ribaltandosi e facendo cadere a terra Tahina, rimessasi subito in piedi salì sul carro per non innervosire ulteriormente il cavallo. A tratti diventava così buio che sembrava notte, durò un'eternità, finalmente vedemmo da lontano le luci della nostra città, eravamo stanchi, infreddoliti, e coperti di neve, ma felici di quell'esperienza, dentro la stalla, scendemmo dal carro e dai cavalli, ci abbracciammo e urlammo tutti insieme di gioia, grandi e piccoli.

Passò anche capodanno, venne gennaio, il mese più freddo dell'anno, triste e vuoto. Un pomeriggio tardi, uno dei vice sceriffo bussò alla porta. Il capo vuole vedervi, disse rivolgendosi a me e Nahity, chiede se potete andare subito. Non riuscivamo a pensare ad un motivo della chiamata, andammo con un grosso punto interrogativo in testa. Entrando nell'ufficio vidi due uomini vestiti di scuro con giacca e cravattino, un grosso impermeabile uguale, avevano entrambi i baffi, alti, sui quaranta anni, sotto portavano un cinturone con una grossa pistola Smith e Wesson. Non fecero una piega vedendoci. Lo sceriffo Mudd ci presentò subito con un sorriso. Questi sono Adrien e Naomi, Nahity Betancourt. Non dissero ancora niente mentre lo Sceriffo si rivolse a noi. Questi sono John Baxter e Joseph Koch, sono due agenti della agenzia Pinkerton, forse ne avete sentito parlare. Solo a quel punto John Baxter mi porse la mano dicendo. Siete davvero giovani come vi hanno descritto, mi complimento con voi per le vostre abilità non comuni. Mi strinse la mano con un mezzo sorriso di compiacimento e poi rivolgendosi a Nahity. Complimenti anche a lei Signora, le strinse la mano e la baciò sul dorso. Il secondo uomo, Joseph Koch, che stava appoggiato con un gomito al camino, si staccò e ci fece a sua volta i complimenti stringendoci la mano. Lo sceriffo ci invitò a sedere. Siamo curiosi di sapere il motivo di queste presentazioni, dissi. E presto fatto, disse Baxter, il vostro nome è stato fatto negli uffici della nostra agenzia, è probabile che ricevete a presto un formale invito ad entrare nella nostra organizzazione. Ci fa piacere questo interessamento, ma avete detto, a presto, quindi non siete qui per questo. No, infatti, era solo un modo per entrare in confidenza, siamo qui di passaggio e non abbiamo molto tempo, abbiamo pensato che potreste esserci di aiuto, stiamo inseguendo tre rapinatori, ricercati vivi o morti, che si stanno dirigendo verso il Canada attraverso il Montana o il Nord Dakota, dovete aiutarci a seguire le tracce e prenderli prima che passino il confine, hanno una giornata di vantaggio che possiamo ancora recuperare, ma dobbiamo muoverci, per voi ci sono cinquecento dollari a testa. Mentre parlava avevo sentito come una scossa elettrica generarsi da qualche parte nel mio cervello e propagarsi in tutto il corpo per finire nelle dita delle mani e dei piedi, un desiderio sopito ma a lungo desiderato, quasi inconscio, rimetterci in caccia. Erano passati lunghi mesi di apatia ed ora sentivo di nuovo il bruciante desiderio di fare qualcosa, di entrare in azione. Guardai Nahity, mi sembrava di cogliere gli stessi pensieri, la luce nei suoi occhi brillava come quando eravamo in caccia, le dissi quasi sotto voce, ma tutti potevano udire. Va bene, ma non parteciperemo a sparatorie se non sarà strettamente necessario. Nahity annuì sorridendomi, poi rivolgendomi agli altri dissi a voce più alta. Faremo solo le guide. I due uomini della Pinkerton mi guardarono alcuni secondi senza dire nulla. Noi contavamo proprio sulle vostre capacità con le armi. Prendere o lasciare, risposi, le porteremo, ovviamente, ma spetterà a voi usarle per primi, noi al massimo vi copriremo le spalle. Al diavolo, basteremo noi cinque per prenderli, voi ci farete solo da guida.

Tornammo a casa, informammo gli amici e ci organizzammo in fretta, Raholy chiese di venire con noi, non c'era motivo per negarle il piacere, ci avrebbe fatto da guardaspalle, avrebbe nascosto due piccole pistole nei vestiti, fingendo di avere solo il fucile nella sella. Eravamo quasi ossessionati dalle armi e ne possedevamo tante, tutte o quasi requisite ai banditi che avevamo ucciso, soprattutto pistole di tutte le dimensioni e calibri, ne mettemmo dappertutto, negli stivali, una in ogni borsa delle selle, due persino avvolte nelle coperte di bisonte. Nahity portò la sua corta doppietta e il whinchester, io due winchester. Oltre naturalmente al cinturone con la solita colt e una piccola pistola a tamburo sotto la giacca. Prima di incontrare Baxter e i suoi uomini ripassammo dallo sceriffo. Lo interrogai. Baxter lo conosco di fama, rispose, gran tiratore, passato da sottufficiale dell'esercito unionista direttamente nella dirigenza dell'agenzia Pinkerton, abile, intelligente e spietato, ha già arrestato e ucciso diversi criminali, uomo di legge, sa fare il suo lavoro, ci si può fidare di lui, non posso altrettanto dire dei suoi uomini non conoscendoli, la Pinkerton è un'agenzia privata ed è famosa per aver sempre preso le difese dei ricchi proprietari che pagano bene e non sempre con sistemi leciti, anche contro i lavoratori e i sindacati. E i tre ricercati, chiesi ancora. Non fatevi scrupoli, meritano di essere presi e impiccati. Lo ringraziai delle informazioni e andammo al luogo dell'appuntamento dove trovammo tutto il gruppo di cinque uomini.

Fecero la bocca storta quando videro un'altra donna con noi, ma fummo irremovibili. Si stava facendo sera e vollero partire immediatamente, i ricercati avevano già troppo vantaggio, le ultime notizie li davano per risalenti il fiume Missouri, era la strada più diretta, anche se per loro, sul fiume, c'era più rischio di essere notati, andammo verso nord, fermandoci solo quando anche la luna era calata e la visibilità era davvero ridotta. Ci svegliammo dopo pochissime ore con il sole ancora per metà sull'orlo dell'orizzonte, faceva davvero freddo, io Nahity e Raholy avevamo dormito vicini per scaldarci, con la nostra pelle di bisonte, Baxter che aveva già preparato il caffè, disse al gruppo. Vi dò venti minuti e poi partiamo. Non si poteva discutere, era lui che dava gli ordini, dopo venti minuti eravamo già in viaggio. Andavamo di gran trotto mettendo a dura prova i cavalli, ogni tanto incontravamo qualche viaggiatore ai quali chiedevamo informazioni ma nessuno ne aveva di utili, finché in un trading post lungo il fiume ci parlarono di tre pistoleri silenziosi a cavallo e un mulo che andavano verso nord, che corrispondevano alle descrizioni, si erano fermati a mangiare, avevano fatto riposare un po' i cavalli, ma erano andati via presto. Avevano mezza giornata di vantaggio, Baxter ci fece ingozzare di cibo velocemente e ci diede ordine di rimetterci in sella con il boccone ancora in bocca. Ora toccava a noi, dovevamo scoprire le loro tracce direttamente sul suolo invernale, il sole per quanto debole scioglieva il terreno, premuto dallo zoccolo, il tanto che bastava a noi per riconoscere qualche traccia, le trovammo abbastanza in fretta, non era molta la gente che passava da quelle parti, soprattutto era facile riconoscere quelle del mulo. I nostri accompagnatori dubitavano delle nostre scelte ma non potevano fare altro che seguirci, andammo avanti due giorni, quasi senza dormire, un pomeriggio entrammo in una valle piena di alti arbusti spogli e alberelli e vicino ad un colle ci fermammo, feci cenno di stare zitti, io e Nahity smontammo da cavallo, controllammo il terreno da vicino e dopo qualche minuto annuimmo fra di noi, chiedemmo a tutti di smontare da cavallo e quando furono vicini gli dissi. I nostri tre uomini sono sopra questo colle, dovete dividervi in due gruppi uno su questo versante e l'altro dall'altra parte, potrebbero già sapere che siamo qui, datevi un'ora di tempo e poi intervenite, fate attenzione a non spararvi addosso. Ci guardarono sprezzantemente per l'invito a non spararsi addosso, erano professionisti e noi solo dei ragazzi, Baxter era l'unico che aveva una buona esperienza e capiva la nostra preoccupazione, ma ci guardava come se non credesse che i banditi fossero davvero sul colle, io gli dissi. Vedete questi rametti spezzati, qui sono passati i cavalli, vedete queste impronte, erano quasi invisibili, questo è il mulo e queste sono impronte di uomo, sono scesi da cavallo, è probabile che ci abbiano visti e stiano aspettando che passiamo. Si convinsero, si divisero in due gruppi e si diedero un orario, noi saremmo rimasti con i cavalli. Partirono in salita all'interno del boschetto, io, Nahity e Raholy spostammo i nostri cavalli e ci mettemmo poco più lontano, nascosti fra gli alberi e i cespugli in modo da controllare i cavalli dei nostri compagni e la direzione presa, senza essere visti. Aspettammo con i fucili in mano distanziati di qualche metro tra di noi e dopo circa due ore sentimmo delle voci e rumori di passi in corsa, sentimmo chiaramente i loro discorsi. Ci sono i cavalli, prendiamoli. Vedemmo un uomo armato con due borse a tracolla avvicinarsi con circospezione ai cavalli e poi comparvero gli altri due, non potevamo permettergli di prenderli e lasciarli andare, così intervenimmo, gridammo loro di alzare le braccia e gettare i fucili, sorpresi si fermarono, ubbidirono lasciando cadere i fucili, noi uscimmo dai nostri nascondigli intimandogli di slacciare i cinturoni, non lo fecero, abbassarono le mani fingendo di slacciare i cinturoni, ma tentarono di prendere le pistole, sparammo tutte e tre insieme, caddero fulminati, li tenemmo sotto tiro per un po' e poi ci avvicinammo. Raholy, dissi, tieni il tuo uomo sotto tiro, aveva messo il fucile in spalla. E' morto, mi rispose. Tieni ugualmente il fucile puntato, ripetei. Lei ubbidì, toccandoli con il piede constatammo che erano davvero tutti morti. Guardai Nahity e mi avvicinai, lei mi porse il suo viso e ci baciammo. Sei felice, le chiesi. Sì, sono felice. Non so perché parlai di felicità in quel frangente, quella parola mi era uscita spontanea e non so nemmeno cosa volessi dire, ma sentire Nahity che mi rispondeva di sì, mi fece venire un brivido, era quella la nostra vita, mi domandai, cacciare, uccidere banditi, ogni volta rischiando di essere uccisi. Raholy con un mezzo sorriso si lamentò. Ehi e a me non mi baciate. Ci girammo e la baciammo insieme con un sorriso, facendole i complimenti per l'azione.

Dopo alcuni minuti arrivò Baxter tutto trafelato con un uomo mentre noi stavamo già preparando il caffè, avevano sentito gli spari e si erano preoccupati, videro i corpi distesi allineati dei banditi con le armi e i borsoni raggruppati a parte. Accidenti, disse Baxter, non avete smentito la vostra fama, rapidi ed efficaci. Li avevamo sotto tiro, ma hanno tentato di reagire, probabilmente non sapevano chi eravamo e vedendoci così giovani, di cui due donne, hanno rischiato e gli è andata male. Ci raccontò che i banditi avevano impastoiato i cavalli in evidenza sotto degli alberi e loro si erano nascosti un po' più lontano, avevano atteso che fossero passati ed erano sgusciati via senza farsi vedere, quando avevano capito che i cavalli erano solo un diversivo erano scesi velocemente dal colle e poi avevano sentito gli spari. E voi come avete fatto a non farvi sorprendere. Ci eravamo nascosti anche noi, risposi, ce la aspettavamo una mossa simile. La prudenza non è mai troppa quando sei in caccia, aggiunse Nahity. Baxter controllò i borsoni dei banditi, che noi avevamo ignorato, vi trovò molti soldi, il frutto della loro ultima rapina. Aspettammo un po' prima che anche l'ultimo del gruppo arrivò a quello che ormai divenne il nostro campo, con i cavalli, il mulo e i bagagli dei tre ricercati che avevano abbandonato pur di salvare la pelle. Durante la cena improvvisata Baxter ci rinnovò la sua proposta di entrare a far parte dell'agenzia. Soprattutto ora che vi abbiamo visti in azione, abbiamo bisogno di gente come voi per controllare questo paese, ancora pieno di criminali che sono rimasti indietro nel tempo, non vedono la società che si evolve e che non ne può più delle loro violenze, della paura di viaggiare liberamente, sono residui della storia e alla storia li dobbiamo lasciare. Ora la storia appartiene ai sindaci. Scusa, mi disse, non ho capito. Non importa, risposi. Nahity e Raholy sorrisero.

Vollero sapere tutti i particolari, ci chiesero più volte di ripetere le scene già descritte, avevamo bevuto anche noi un po' di vino e non essendo abituati ci girava leggermente e piacevolmente la testa, la lingua era sciolta e parlavo di continuo, facendo anche delle gaffe seguite da risate di tutto il gruppo, poi improvvisamente chiesi silenzio alzando il braccio con il calice, tutti mi guardavano sorridendo, io annunciai solenne. A fine anno scolastico andiamo tutti al villaggio, alla casa nella grotta. Ci fu un un'esplosione di gioia mentre io aggiunsi. E chiederemo anche a Miles di venire con noi. Noemi aprì la bocca per urlare, poi se la coprì con la mano e si piegò a ridere di felicità, mentre la mamma, Flora la guardava con un'espressione tra lo sconforto e il comico, poi disse. Ti sei già dimenticata di Penna Grigia. Noemi fece una faccia stupita pronunciando il nome di Penna Grigia a metà, davvero si era già dimenticata dell'avventura, io la guardai e dissi. Tranquilla, Avotra mi ha detto che è già fidanzato. Scatenai un pandemonio con quella frase, tutti che volevano sapere, chi perché, chi come lo sapessi, Nahity mi guardava come se fosse la prima volta, io sapevo qualcosa che lei non sapeva. Più tardi le raccontai di come io e Avotra avevamo visto Noemi e Penna Grigia mano nella mano imboscarsi in un tipi e non avevamo detto nulla nemmeno tra di noi e quindi non avevo detto nulla nemmeno a lei, poi, dopo la nostra partenza, Avotra mi aveva fatto sapere del fidanzamento per dirmi che era tutto a posto. Nahity mi guardò e sorridendo aggiunse. Io lo sapevo già perché Noemi mi aveva raccontato tutto.

Riprendemmo a studiare con tutto l'entusiasmo degli anni precedenti, l'azione con gli uomini della Pinkerton ci aveva come rigenerati, passammo ancora qualche notte all'aperto nella prateria, era il nostro respiro dell'anima a chiederlo, ma senza trasformarci in indiani selvaggi. Alla fine dell'anno tutti gli studenti avevano dato buoni frutti, e potemmo dichiarare aperta la stagione estiva delle vacanze. Preparammo due carri per tutte le mercanzie che avevamo acquistato per la nostra casa nella grotta, piatti, pentole, qualche mobile, oltre che sacchi di farina e cipolle e patate e fagioli. Miles si portò anche il suo cuscino personale.

Partimmo il mattino ancora presto in una bellissima giornata di sole, non pioveva da qualche settimana e pochissime nubi coprivano il cielo, avremmo trovato la prateria viva e nel pieno sviluppo vegetale e animale e corsi d'acqua dappertutto che avrebbero rallentato il cammino, ma non avevamo fretta, il viaggio stesso era un'avventura, era vacanza. Eravamo undici persone e dieci cavalli, due carri, e Quattro muli. Miles guidava un carro con a fianco Noemi e Susy e Flora dietro, Elia stava con me e Nahity sull'altro carro guidato da me con Emma dietro, gli altri a cavallo. Raholy e Tahina con arco, frecce, fucile e cinturone con la colt al fianco, spesso sparivano all'orizzonte andando a controllare davanti a noi la strada. Oppure sui fianchi quando potevano esserci situazioni di potenziale pericolo. Erano anche loro due guerriere, soprattutto Raholy che aveva dimostrato tutta la sua determinazione e freddezza nell'azione. Da uno dei loro giri ci riportarono di aver incontrato un gruppo di esploratori Lakota che avevano confermato non esserci pericoli in giro per la prateria fino alle montagne sacre. Alla sera ci fermammo in una radura nei pressi di un torrente, preparammo il campo e facemmo il bagno nelle vasche tra le pietre, l'ultima volta che ci eravamo trovati accampati tutti insieme era inverno con un grande freddo. Ora l'aria era dolce, non c'era un alito di vento, una seminascosta allegria regnava nel gruppo, decidemmo di fare comunque dei turni di guardia, non potevamo escludere totalmente la presenza di indiani predoni allettati dai nostri cavalli.

Arrivammo alle anse del fiume Cheyenne sotto le falesie delle montagne sacre, accompagnati da un gruppo di esploratori lakota Hunkpapa di un villaggio non molto lontano dal nostro che avevamo incontrato, sembrava tutto diverso, mancavamo da più di un anno, molte cose erano passate e molte cose erano cambiate. Avremmo dovuto dare molte spiegazioni ai genitori di Nahity per il nostro ritardo, ma eravamo sicuri che sarebbero stati comprensivi. Davvero il nostro stato d'animo non ci avrebbe permesso di godere della libertà di questi luoghi, loro stessi ci avrebbero creduti malati con la nostra apatia. Ora sembrava tutto passato, l'azione con gli uomini della Pinkerton ci aveva dato una scossa, forse potevamo fare le guide e mettere a frutto le nostre conoscenze del territorio e di caccia. Ma ora volevamo solo goderci questo periodo, davvero senza pensieri, in compagnia di tutti i nostri amici, indiani e bianchi.

Andavamo a caccia quasi tutti i giorni, mangiavamo carne fresca, accompagnata da verdure, frutta e pane che facevano Flora ed Emma. Elia si era fatto degli amici della sua età, usciva sempre con loro, era diventato bravino con l'arco, in lui vedevo un po' me stesso quando da piccolo venivo con Nahity in estate al villaggio, così pensai di insegnare loro il pugilato, venivano tutti i giorni ad allenarsi, fino a dieci bambini e anche molte bambine, stimolate dalla presenza di Nahity, poi facevano gare tra di loro, erano vietati i pugni diretti al volto e ai genitali, per il resto si poteva picchiare dappertutto, non si facevano male per davvero e l'avversario finiva per darsi per vinto quando non ce la faceva più, si facevano tante risate e il vincitore di ogni incontro veniva acclamato da tutti. Il piccolo Elia le prendeva in continuazione, ma stava imparando e metteva molto impegno dando anche dei bei colpi. Noemi era divisa tra le amiche e il desiderio di stare sola con Miles, ma era complicato, c'era sempre qualcuno intorno, anche Miles sembrava interessato ma era un po' intimorito dalla presenza fissa dei genitori di lei. C'era stato un incontro con Penna Grigia e sua moglie, si erano salutati cordialmente, anche se Penna Grigia aveva mantenuto un contegno serio da guerriero, ormai era uomo e aveva salutato con amicizia anche Miles prendendolo per il fidanzato di Noemi.

I giorni passavano insieme alle settimane, la casa era davvero comoda e attrezzata, avevamo messo a posto anche i sentieri, adesso erano percorribili più facilmente dai carri fino al fiume, avevamo anche disboscato una piccola area intorno alla casetta e costruito un tavolo fisso sul quale mangiavamo all'aperto.

Marc e Stephen dovevano rientrare a Pierre, avevano del lavoro da svolgere prima dell'apertura della scuola, inoltre dovevano seguire i lavori della loro nuova casa, anche Miles in teoria avrebbe dovuto andare con loro, ma si stabilì che non era necessario. Flora era indecisa se partire con loro o rimanere per controllare la figlia, alla fine decise che Noemi in fondo era ormai una donna e poteva anche cominciare a stare da sola, ma avrebbe dovuto ubbidire a Emma. Chiesi a Rabongo di scortare i nostri amici almeno per un tratto del percorso, fu felice del compito e li accompagnò con altri guerrieri. Così non passarono molti giorni che Miles e Noemi cominciarono ad essere più intimi ed affettuosi anche davanti a noi, un amore era sbocciato.

Tornò Rabongo che chiese subito di parlarci. Hanno rapinato la banca di Pierre e ucciso il direttore, disse senza preamboli. Restammo per qualche attimo senza parole, il dispiacere per la morte violenta del direttore era un duro colpo, era un brav'uomo, mi misi a sedere e mi presi la testa fra le mani, pensieri e immagini si rincorrevano nella mente confusamente. Guardai Nahity che era dispiaciuta quanto

me. Hai informazioni più complete, chiesi a Rabongo. No, mi disse. E'
tutto quello che abbiamo capito. Dobbiamo rientrare subito a Pierre,
dissi. Certamente, rispose Nahity, dobbiamo fargliela pagare a questi
farabutti, il direttore era una brava persona oltre che un amico ancora
giovane.

Il giorno dopo eravamo già in viaggio, la mente ingombra di
pensieri, fu un viaggio triste, il panorama non interessava a nessuno e
si parlava poco, non vedevo l'ora di arrivare per saperne di più. Io e
Nahity eravamo rientrati nella nostra dimensione naturale di cacciatori
di taglie e questo si notava nell'espressione dei nostri volti e nella nostra
paziente impazienza, nei nostri occhi non c'era più la minima traccia
dell'apatia che aveva caratterizzato l'ultimo anno, al suo posto una
fredda determinazione che metteva soggezione, i nostri amici
guardavano con preoccupazione la nostra trasformazione e forse
capivano che era in quei momenti che eravamo capaci di uccidere
anche a sangue freddo.

Lo sceriffo Mudd ci accolse subito e ci fece accomodare nel suo
ufficio, incominciò a parlare senza aspettare domande. Io ero fuori
città con uno dei miei uomini, qui erano rimasti solo in due, sette
banditi sono arrivati in città e si sono diretti subito alla banca, si sono
mossi in fretta e con sicurezza, forse avevano già delle informazioni
sicure, quando la gente si è accorta di quello che avveniva ha lanciato
l'allarme e i miei uomini sono accorsi subito ma sono stati presi a
fucilate da quelli che erano rimasti fuori a far da palo, il direttore è stato
ucciso a sangue freddo dopo i primi spari, nonostante avesse già aperto
la cassaforte, forse hanno pensato che avesse lanciato l'allarme in
qualche modo, la cittadinanza ha cominciato a sparare ai banditi in fuga
e ne hanno ferito qualcuno, ma sono ugualmente riusciti a far perdere
le tracce. Come stanno i tuoi uomini. Sono fuori pericolo. E quanto
tempo è passato. Venti giorni. Troppi per seguire le tracce, dove si
sono diretti. A sud, ma ci sono già gli uomini della Pinkerton sulle loro
tracce con i disegni dei volti di alcuni rapinatori fatti dai testimoni,
Baxter è con loro, la sede centrale della Banca di Chicago ha messo una

forte taglia sui banditi e ha voluto ingaggiare direttamente la Pinkerton, la quale ha chiesto di voi.

Lo sceriffo ci informò che le notizie dalla Pinkerton davano Baxter e i suoi uomini a Dodge City nel kansas, ci avremmo impiegato almeno 10 giorni. Cominciammo subito a preparare armi e bagagli e il solito mulo, Raholy voleva venire assolutamente con noi, io e Nahity volevamo stare soli, fu dura per lei accettarlo. Arrivati nel Kansas camminavamo in mezzo a larghi sentieri con i solchi dei carri, contornati da estesi campi di mais e grano e tabacco, volpi, tassi e lepri ci attraversavano veloci la strada, incontravamo poche catapecchie nelle quali vivevano i contadini al soldo dei padroni, dove non c'erano piantagioni vedevamo vacche e cavalli dappertutto, a migliaia con mandriani a controllarli. Una volta correvano i bisonti in queste praterie e gli indiani vivevano liberi e felici, ora tutto l'ambiente era stato modificato dall'uomo bianco, i bisonti sterminati per le pelli e gli indiani costretti nelle riserve, liberi solo di fare i banditi rubando gli animali da allevamento per sfamarsi e tormentati senza tregua dall'esercito.

Arrivammo a Dodge City una sera di fine agosto, una leggera pioggerella cadeva da alcune ore, in giro non c'era quasi nessuno, chiedemmo dell'albergo allo stalliere, passammo a piedi davanti al saloon, veniva chiasso e fumo, pieno di gente, cenammo in camera e dopo un bagno andammo a dormire. Al mattino aveva smesso di piovere e un timido sole faceva capolino dalle scarse nuvole spazzate dal vento, ci presentammo dallo sceriffo, eravamo cresciuti fisicamente, ma i nostri volti erano ancora giovani e puliti, i vice fuori dall'ufficio, seduti sulle panche con i fucili in mano, sorridevano come ormai eravamo abituati a sopportare e dopo i soliti convenevoli entrammo a parlare con lo sceriffo William Chaney. Dopo le presentazioni disse. Un uomo della Pinkerton è qui in città che vi aspetta, ora lo faccio chiamare, gli altri sono in giro a cercare tracce, sono sicuri che i banditi siano nascosti da queste parti. E lei cosa pensa. Io non lo so veramente, ma in fondo credo di no, qui è pieno di stranieri e molti potrebbero essere ricercati, sarebbe stupido venire a nascondersi proprio qui. La risposta non mi convinse, mi sembrava banale e contraddittoria, mi lasciò dubbioso, entrò l'uomo mandato a chiamare che si presentò come Clark Wellman, ci fece un discorso sui ricchi allevatori che andavano protetti perché erano il futuro del paese e davano lavoro a tanti immigrati dalla costa orientale e i banditi erano un grosso ostacolo al libero sviluppo della società. Non rispondemmo nulla, non mi ispirava nessuna fiducia, e nemmeno a Nahity, come poi mi confermò, aveva un non so che di costruito, di falso in tutta la sua persona, compreso il modo di parlare, con un'ansia velata, chiesi di Baxter. In capo a qualche giorno tornerà in città se non troverà altre tracce.

Tornammo in albergo, Non mi fido, mi disse Nahity. Dello sceriffo, chiesi. Di tutte e due, lo sceriffo dà risposte strane e contraddittorie e Wellman fa discorsi di parte, non come un uomo di legge, l'intuito mi dice che non sono uomini puliti, onesti. Sono agenti privati e lavorano a pagamento, non sono uomini di legge. Sì, certo, ma si comportano come se lo fossero, come se la legge fossero loro, inoltre ho la sensazione che Wellman nasconda dei timori, come se avesse paura.

Facemmo delle indagini per conto nostro e venimmo a sapere che i terreni intorno alla città per tante miglia erano di proprietà di pochi allevatori, le fattorie erano molto grandi e in ognuna, non troppo lontana dalla città, vi era una villa, circondata da un muro di cinta, ove dimorava la famiglia del padrone protetta da pistoleri, all'interno lungo il muro vi erano numerose baracche ove dormiva il numeroso personale di manovalanza. Gli abitanti della città erano oppressi dall'arroganza di questi padroni, i piccoli appezzamenti erano stati venduti a prezzi anche vantaggiosi, ma spesso dietro aperte minacce e ora a loro non rimaneva che lavorare alla giornata con bassi guadagni ed erano in tanti ad aver lasciato la città per migrare verso la costa occidentale in California, ma il ricambio di forza lavoro era continuo con l'immigrazione dagli stati dell'est, la manodopera non mancava mai e le fattorie prosperavano.

Facemmo un giro al saloon, solo per dare un'occhiata, oltre i soliti ubriaconi e le donnine allegre, vedemmo molti giocatori professionisti e soprattutto pistoleri ubriachi in vena di svago, il locale era molto bello, con mobili lucidati in legno scuro e alte tende alle finestre, il pianoforte che suonava allegro, tavoli verdi da gioco con croupier e altri tavoli dove giocare alle carte, sembrava il paradiso dei giochi per adulti. Cercate la mamma, è salita al piano di sopra con un capraro ubriaco. Alcuni ci provocavano vedendo la nostra giovane età, ma li ignoravamo, finché uno troppo insistente si ritrovò puntata sul naso la colt di Nahity con il cane alzato, intorno si fece silenzio, ci squadrarono da capo a piedi, l'uomo si scusò più volte con timore vedendo lo sguardo feroce di Nahity, che neppure aveva detto nulla, tornò a sedere composto. Nahity mise via la pistola e uscimmo tra gli sguardi curiosi e timorosi, avevamo fatto un errore, ora probabilmente sarebbe corsa la voce che la Coppia Indiana era in città.

Fuori ci sentimmo chiamare, una voce chiara e amichevole, ci girammo e vedemmo con sorpresa il giovane William Heartman, era vestito bene con un bel taglio di capelli, era cresciuto e sorridente ma sembrava timoroso di avvicinarsi, lo facemmo noi e lo abbracciammo fraternamente, rispose all'abbraccio con affetto, ci chiese cosa ci facessimo da quelle parti. Se hai tempo di cenare con noi ti raccontiamo tutto, ma siamo soprattutto curiosi di sapere i tuoi di fatti, sembra che tu abbia trovato un buon lavoro e ti sia sistemato. Infatti è così, grazie a voi. Improvvisamente cambiò espressione. Ho delle informazioni che possono interessarvi, disse, abbassando un poco la voce, ma forse è meglio che andiamo da un'altra parte a parlare. Dove, chiesi. A casa dei miei suoceri, da loro staremo tranquilli e potremo parlare, ora ci salutiamo, voi attraversate la strada, fate un giro e poi seguitemi da lontano. Facemmo come lui ci aveva indicato seguendolo. Arrivati all'abitazione, i suoceri si preoccuparono quando ci videro così armati. Lui spiegò che eravamo amici fidati, arrivò anche la fidanzata Sue, sorridente, era molto carina e gentile, davvero contenta di conoscerci, ci fecero accomodare e ci portarono una tisana di erbe con il miele, avendo rifiutato gli alcolici e ci invitarono a fermarci per la cena, era la prima volta che William portava dei vecchi amici, non aveva nessuno al mondo ed ora questa era la sua nuova famiglia. Ho conosciuto Sue quasi per caso, disse William, per me è stata davvero una fortuna, una brava ragazza, lavora come insegnante, mi vuole davvero bene e anche io gliene voglio tanto, si guardarono sorridendo mentre lei un poco arrossiva e si schermiva, i suoi genitori sono contenti di me, continuò, e lo disse guardandoli negli occhi, e non vedono l'ora di avere dei nipotini, ho raccontato tutto della mia breve vita, non ho nascosto nessun dettaglio, hanno capito che non erano scelte mie e che sono una brava persona, un lavoratore, ho parlato tanto anche di voi. Ci lodarono per le nostre qualità umane, di aver capito e perdonato William e avergli dato una seconda possibilità che lui non aveva disatteso, erano contenti di lui e felici per la scelta della figlia.

Noi raccontammo di come dopo l'ergastolo ai due assassini e il suicidio del sindaco ci fossimo ritirati dalle azioni armate e di come l'omicidio del direttore ci avesse condotto qui a Dodge City. Ascoltò con gran curiosità, sembrava molto interessato alla rapina e ci chiedeva particolari che noi purtroppo non conoscevamo, si fermava a pensare come se qualcosa lo turbasse, poi venne il suo momento di raccontare. Dopo averci lasciato aveva seguito il nostro consiglio ed era arrivato qui, molto lontano dai suoi luoghi natii, per cercare un futuro. Aveva trovato subito lavoro in una fattoria di allevamento di cavalli e vacche e dopo aver fatto il mandriano per un po' di tempo aveva scoperto che era molto bravo a capire i cavalli e ad occuparsene, ora lavorava nella scuderia del padrone, si occupava dei cavalli personali della famiglia e dei migliori stalloni, stava sempre all'asciutto con orari fissi, non guadagnava molto ma riusciva a risparmiare, non era mai andato al saloon a bere e a spendere alle carte, non era mai andato nemmeno a donne e i soldi risparmiati li metteva in banca, un gruzzoletto con il quale voleva sposarsi e metter su famiglia. Terminata la cena, andammo in giardino nel retro della casa da soli.

Quando ci aveva visto aveva capito subito che non eravamo lì per caso. Quattro pistoleri, cominciò, gente di cui mi fido poco che sono in diretto contatto con Brandon, il padrone della fattoria dove lavoro, di recente sono stati via quasi un mese, sono tornati e due erano feriti, uno ad un braccio, l'altro alla gamba, hanno raccontato una storia sicuramente inventata per giustificare le ferite, ma io avevo letto della rapina e sono sicuro che sono stati loro, credo che ne siano capaci. Ma i rapinatori erano sette, non quattro. Sono sicuro che gli altri tre vengono da un'altra fattoria, quella dei Grady, non molto distante dalla nostra, sono amici e anche loro non si sono visti in giro per un po' e poi sono ricomparsi tutti insieme, andavano spesso al saloon a spendere un sacco di soldi, si sono rivestiti e hanno armi e cavalli nuovi, da quando sono arrivati gli uomini della Pinkerton non sono più usciti, per questo sospetto di loro. Hai parlato con gli agenti della Pinkerton. Non mi fido, sono amici del padrone, non dico che il padrone sia coinvolto, anzi non lo credo, ma qui le cose non vanno così bene come sembra, anche noi vogliamo andarcene in California, i pistoleri fanno i capi mandriani, ma in realtà la loro occupazione principale è di opprimere i lavoratori quando si lamentano per le condizioni in cui sono costretti a lavorare e in passato hanno minacciato i piccoli proprietari per costringerli a vendere e qualcuno lo hanno anche ucciso, i padroni hanno comperato tutto, si sono scelti un sindaco amico loro e lo sceriffo mantiene l'ordine, ma fa finta di non vedere quello che fanno i loro uomini. Se le cose stanno così sarà difficile arrestare e portare in tribunale quegli uomini. Puoi indicarceli, disse Nahity. Certo che posso farlo. Ci diede i nomi di tutti i componenti. Tu invece, come ti trovi, hai ricevuto minacce. No, io personalmente no, godo di un clima di favore per merito delle mie abilità e come vi ho già detto non guadagno molto, mi danno anche delle mance, ma mi faccio i fatti miei, che altro potrei fare.

Scendemmo nella Hall dell'albergo, Baxter ci aspettava da solo. Sembrava felice di vederci, ci strinse la mano e ci sedemmo, ordinammo da bere. Cosa hai scoperto, gli chiesi senza preamboli. Abbiamo seguito molte tracce, tutte false, disse, anzi, tutte riportano qui in città, è qui la chiave di tutto. Ma in concreto. Si nascondono in città, qualcuno li protegge, qualcuno di molto importante. Sospetti di qualcuno in particolare. Non ancora, rispose, ma non mi fido di molta gente. Lo sceriffo Chaney, chiesi. Mi guardò strano, come se avessi capito qualcosa che lui già sapeva. Perché mi dici lo sceriffo. Perché a noi non ispira molta fiducia. Lo sceriffo Chaney fa il suo lavoro, ma è pagato dalla cittadinanza e scelto dal sindaco, non può certo intromettersi in affari che riguardano i suoi padroni, ma non credo che sia coinvolto. Può darsi, però, che sappia più di quello che dice. Può essere, ma ditemi voi, sembra che siate voi a sapere più di quello che non avete ancora detto. Io e Nahity ci guardammo, lessi nei suoi occhi che ancora non potevamo fidarci di lui, così rimasi stretto nelle mie parole. Ci ha dato risposte un po' contraddittorie, l'impressione è che non voglia che nessuno si immischi negli affari della città, stetti un attimo in silenzio e poi continuai, e dei tuoi uomini che mi dici, sono fidati, domandai, anche voi, come agenti privati, siete al soldo dei ricchi proprietari e se fosse proprio uno di loro ad essere coinvolto come ti comporteresti. Si risentii per le nostre parole. Io in questo momento sono stato ingaggiato dalla City Bank of Chicago, alla quale è stato portato via un bel malloppo di denaro, oltre ad aver avuto un morto ammazzato e devo rispondere a loro, dei miei uomini mi fido, ma non metterei la mano sul fuoco. Il tuo collega Clark Wellman ci ha fatto un discorso sulla difesa dei ricchi proprietari che non ci ha entusiasmato, soprattutto venendo a sapere che questi hanno costretto tutti i piccoli proprietari a vendere i loro piccoli appezzamenti per allargare i loro possedimenti. Clark Wellman era già qui quando sono arrivato, lui è al soldo degli allevatori e infatti non mi fido troppo di lui, ma se fosse un traditore non esiterei ad ammazzarlo. Pronunciò quelle ultime parole duramente con uno sguardo feroce, mi sembrava sincero. Hai con te i disegni dei volti dei banditi, chiesi. Questi sono i due feriti, disse mostrandoli, questi invece sono quelli che facevano il palo, gli altri non li hanno visti bene. Gli chiesi se potevamo tenerli per un po', acconsentì.

Se non ci fidiamo di Baxter, non potremo mai prenderli, dissi quando eravamo soli. E' vero, rispose Nahity, io credo che potremmo fidarci, ma direi di aspettare, il problema principale è come lasciar fuori William da questa storia, se scoprono che ha parlato con noi potrebbero ucciderlo, in città tutti ci hanno riconosciuto e non penseranno che sia un caso che siamo qui. Già e con gli uomini della Pinkerton in giro i banditi non si faranno vedere facilmente. Come facciamo a mostrare i disegni a William. Dovremo giocare d'astuzia.

Uscimmo per fare un giro a cavallo, notammo un bambino che ci seguiva, scalzo, magro con vestiti sporchi di vari giorni, non faceva nulla per non farsi notare e quando lo guardavamo ci sorrideva, arrivati alla stalla lo vedemmo dirigersi verso di noi, ci raggiunse dentro la stalla e fece finta di guardare i cavalli ma facendoci capire che doveva parlare con noi. Non appena lo stalliere si allontanò si avvicinò, lo salutammo e lui ci disse. Mi fai vedere la tua pistola. Lo guardai stupito della domanda, sorrisi, presi la colt e gliela diedi, lui la prese in mano e facendo finta di guardarla ci disse. Mio nonno vuole parlare con voi, venite stasera alla sua casa con il buio, prendete quella direzione e quando sarete in fondo alla città mi troverete e vi indicherò la casa. Era un bel bambino, nero di capelli e gli occhi profondi e intelligenti. Come ti chiami, chiesi. Robert, rispose. Arrivò lo stalliere che guardò il ragazzino, lui mi restituì la pistola. Allora me li dai questi dieci centesimi. Capì che era un diversivo, gli diedi i soldi e lui andò via correndo, ci guardammo tra lo stupito e il divertito, ma non facemmo ipotesi. Uscimmo a cavallo tutto il pomeriggio, girando tra coltivazioni e mandrie di animali controllati da mandriani a cavallo, muli condotti da donne carichi all'inverosimile di frutta e verdure rientravano in città. Esplorammo il territorio usando anche il binocolo, incontrammo molte persone, ci guardavano con indifferenza ma con rispetto, il nostro status benestante, i nostri cavalli, i nostri abiti, mettevano in soggezione i contadini malmessi e i mandriani più poveri su cavalli magri e vecchi, ci salutavano chiamandoci signore e signora togliendosi il cappello, fingevamo di essere interessati agli allevamenti per entrare in confidenza, poi facevamo delle domande dirette anche se innocue, ma le risposte erano sempre molto vaghe, non so, io mi occupo solo del mio lavoro, si avvertiva chiaro un clima di omertà, rientrammo in albergo e andammo a cena. Era già buio quando uscimmo, ci dirigemmo verso l'albergo, ma poi cambiammo direzione e camminando in ombra andammo in fondo alla città dove avremmo dovuto incontrare Robert. Sentimmo una vocina venire da una stradina, ci girammo e vedemmo Robert nascosto dietro un angolo che ci indicava di seguirlo, entrammo nel retro della via principale in un dedalo di catapecchie, le luci tremolanti delle finestre aperte ci illuminavano un poco la strada, odori di cucina e di acque nere si mescolavano ai fumi della legna bruciata, il bambino stava sempre davanti a noi, finché lo vedemmo entrare in una catapecchia lasciando la porta mezza aperta. Entrammo con le pistole in mano, il locale era illuminato da alcuni lumicini ad olio e dalla porta aperta sul retro dove un fuoco acceso scaldava una pentola, sentimmo una voce squillante. Chiudete la porta e grazie di essere venuti.

Vedemmo un uomo con una folta barba grigia e un sorriso triste, come i suoi occhi, seduto su di una poltrona sgangherata, ci invitò a sedere e ci porse la mano, una mano forte e callosa di lavoratore. Potete mettere via le armi, qui non ci sono nemici per voi. Vedemmo Robert in un angolo seduto su di una bassa panca che ci sorrideva, ci rassicurammo e mettemmo via le armi. Ho solo del pessimo rum da bere se vi accontentate, altrimenti acqua fresca a volontà. Va benissimo l'acqua, non beviamo alcolici. Peccato, non sapete cosa vi perdete, un po' di brio in questa vita schifosa non può davvero far male. Robert riempì i bicchieri e ce li porse. Ho sessantadue anni e guardate come sono ridotto dopo aver lavorato una vita, cominciò a dire mostrando la casa con un ampio gesto della mano, avevo una bella casina e un terreno da coltivare, ma mi sono stati portati via ed ora lavoro la terra degli altri per due soldi, riesco a malapena a mangiare e a mandare a scuola mio nipote Robert. Si guardarono negli occhi con un sorriso affettuoso. Il mondo sta cambiando in fretta e ho capito che chi studia ha sempre qualche possibilità in più. E' vero quello che dici, rispose Nahity, ma come hai perso la casa e il terreno e dove sono i genitori di Robert. Questa è la ferita aperta che mi strazia il cuore, rispose, e gli occhi gli si inumidirono, prese un vecchio fazzoletto, si asciugò le lacrime. Mia figlia e mio genero sono stati uccisi da sconosciuti, perché non volevamo vendere l'appezzamento di terreno, noi sappiamo chi li ha mandati, mio genero era coraggioso e forte, ma non ha capito contro chi si stava mettendo e dopo il loro omicidio in tanti hanno cominciato a vendere e anche noi abbiamo dovuto cedere, i soldi sono finiti in fretta ed ora viviamo con quello che riusciamo a racimolare, Robert è un bambino intelligente, vorrei il meglio per lui, ma non posso dargli molto, è già tanto che lo mando a scuola anche se lui vorrebbe lavorare, a nove anni si sente già un uomo, non capisce che deve ancora crescere. Guardammo Robert che ascoltava in silenzio, le mani aperte a coppa sul volto, i gomiti appoggiati sulle ginocchia, ci sorrideva con grandi occhi malinconici, era un bel bambino, ma troppo piccolo e magro per fare lavori di fatica. In città si dice che siete qui per la rapina a Pierre, continuò, io voglio giustizia, per me, per Robert e per mia figlia e mio genero e voglio dirvi quello che ho capito. Fece una pausa per asciugarsi ancora le lacrime, noi restammo in silenzio. Credo, anzi sono sicuro, che chi ha fatto la rapina sono gli stessi che hanno ucciso i genitori di Robert, per me non importa, sono vecchio, ma ho paura per lui e nessuno deve sapere che avete parlato con me, sarebbero capaci di uccidere anche lui, è gente spietata, senza cuore, non si ferma davanti a nulla. Purtroppo conosciamo il tipo di persone, gli dissi tirando fuori i disegni dei rapinatori, riconosci qualcuno di questi. Li guardò con attenzione avvicinandosi alle candele. Sì, sono proprio loro, questi due lavorano alla fattoria dei Brandon e gli altri due alla fattoria dei Grady. Conosci i loro nomi. Certo, li conosco bene e anche gli altri tre, tutti in città li conoscono, vanno sempre a giocare al saloon, ma da quando siete arrivati voi e la Pinkerton non si vedono più in giro. Hai parlato con gli uomini della Pinkerton, domandai. No, assolutamente, non mi fido di quella gentaglia, sono pagati dai padroni. Pensi che si nascondano nella fattoria o che siano andati via da qualche parte. Io credo che siano nella fattoria, dopo essere stati via un mese non possono lasciarla ancora. Bene, puoi dirci i nomi. Li scrissi su di un foglietto con indicato il nome della fattoria presso la quale lavoravano, coincidevano con i nomi datici da William, il dado era tratto. diedi venti dollari al vecchio. Comperati qualcosa da mangiare e un paio di scarpe per tuo nipote. Non voglio essere pagato per le informazioni, voglio giustizia, non guadagno, protestò. Non è per questo che ve li diamo, tuo nipote è un bravo bambino e tu sei una persona coraggiosa e onesta, credo semplicemente che ne abbiate bisogno e che ve li meritiate. Nahity si avvicinò a Robert, gli diede un dollaro e una carezza, lui le fermò la mano sul viso con le sue manine e per un attimo chiuse gli occhi, quando li riaprì erano umidi di lacrime, lei gli sorrise meravigliata dall'affettuoso gesto inaspettato, colpita da tanto bisogno di calore umano, lo baciò sulla fronte, io nel vederla così affettuosa verso quel bambino sentì un'emozione nuova, un'ondata di calore nel cuore e di rabbia insieme.

Tornammo in albergo dividendoci sui lati della strada pistole alla mano, aveva ricominciato a cadere una pioggerella sottile e le zone d'ombra erano ancora più nascoste, non ci sentivamo tranquilli, soprattutto ora che conoscevamo anche i nomi dei banditi.

Al mattino, stavamo facendo colazione nella hall dell'albergo. Come dobbiamo procedere, domandai. Dobbiamo fidarci di Baxter e raccontargli le nostre informazioni, non abbiamo alternative. Vedemmo un uomo entrare nella sala, si guardò in giro e poi ci venne incontro. Presi la colt mentre Nahity afferrò la sua doppietta tirando su i cani. Lui si fermò e alzando le mani disse. Vengo in pace, vorrei parlarvi. Aveva l'aspetto di un mandriano, una pistola alla cintola senza fondina, pancia prominente e barba incolta, occhi che non ispiravano fiducia. Che vuoi dissi, senza riporre la colt. Solo parlare, rispose. Siediti, dì quello che devi dire e tieni le mani bene in vista. Si sedette tenendo le mani sul tavolo. So che siete qui per la banda della rapina a Pierre e volevo dirvi quello che so su di loro. Chi ti ha detto che siamo qui per la banda. Lo dicono tutti in città. Sono solo chiacchiere, siamo venuti a comperare dei cavalli, risposi, ci siamo ritirati dall'attività. Rimase un po' sconcertato, poi continuò. Una strana coincidenza vedervi qui insieme agli agenti della Pinkerton. Perché non vai a parlare con loro, dissi. Sono già informati, rispose. Bene, allora mi sembra inutile che tu parli con noi. Comprendo bene la vostra mancanza di fiducia, d'altronde non mi conoscete, però potreste almeno ascoltare. Comincia a dire chi sei e per chi lavori. E' presto detto, mi chiamo Logan Hitch e faccio il mandriano in una fattoria. Quale fattoria, chiesi. Ha importanza, rispose. Forse no, ma tu dimmelo ugualmente. Quella di Brandon. Bene, va avanti. Venti giorni fa circa sono passati da qui sette pistoleri, stranieri mai visti da queste parti, di cui due feriti, si sono nascosti nella fattoria degli Stanton a curarsi le ferite, sono fortemente convinto che siano i rapinatori. Cosa te lo fa pensare, disse Nahity. Non sono sciocco, signora, da qui a Pierre ci sono circa dieci giorni di cavallo e loro sono arrivati circa dieci giorni dopo la rapina con appunto due feriti, inoltre gli Stanton sono già conosciuti per aver preso le difese di altri banditi. Tu come le sai queste cose. Ho amici tra i loro mandriani. Ma tu li hai visti personalmente, dico i feriti. Ho visto i due feriti, ma per poco perché sono partiti quasi subito dopo qualche giorno, si sono diretti a sud, verso il Texas, è probabile che vogliano andare in Messico. A quest'ora, se è vero quello che dici, saranno già arrivati in Messico. Certo che è vero quello che dico, volete mettere in dubbio le mie parole. Non ti conosciamo, perché mai dovremmo crederti sulla parola, e comunque non ci interessa tutta questa storia, come ti abbiamo già detto ci siamo ritirati. Io non ho nulla da guadagnarci, volevo solo avvisarvi, è inutile che perdiate il vostro tempo qui. Bene, ti ringraziamo per le informazioni, ora se permetti vorremmo finire la nostra colazione. Uscì non convinto delle nostre parole. Noi invece avevamo una convinzione in più, stavano tentando di metterci su una strada sbagliata, o forse di minacciarci e non erano solo i sette banditi, altri tentavano di coprirli. Lo seguimmo con lo sguardo e appena fuori lo vedemmo fare un cenno a destra e uno a sinistra alzando il mento. Ci stanno aspettando, disse Nahity, me lo aspettavo. Usciamo dal retro, suggerii io. Uscimmo e facemmo il giro dell'albergo, io da una parte con la colt e Nahity dall'altra con la doppietta, girato l'ultimo angolo, mi nascosi dietro la balaustra del basamento in legno, vidi due uomini con la pistola in mano nascosti di fianco alla porta dell'uscita principale dell'albergo, aspettai un attimo, poi vidi la testolina di Nahity spuntare dall'altro angolo, le feci cenno indicando un altro uomo nascosto dietro un albero con un fucile in mano, guardavano tutti verso la porta nervosamente e non si accorsero di noi, mostrai la mia mano con tre dita e cominciai a contare, allo zero uscimmo insieme. Aspettate qualcuno, dissi ad alta voce. Sorpresi si girarono puntando la pistola, facemmo fuoco e i primi due uomini caddero fulminati, il terzo uomo con il fucile sparò un colpo a vuoto nella mia direzione, gettò il fucile e tentò di scappare, ma lo colpimmo alle gambe, gli corsi incontro intimandogli di alzare le mani mentre Nahity controllava gli altri due che però erano già morti. La gente intorno urlava e scappava a nascondersi. Non sparare, implorò l'uomo a terra con le gambe sanguinanti. Slacciati il cinturone, ordinai. Aveva le mani sulla ferita cercando di tamponarla, così mi avvicinai da dietro e gli tolsi la pistola dalla fondina. Arrivarono lo sceriffo con i suoi uomini che ci costrinsero ad alzare le mani. Siamo stati attaccati, urlai, e ci siamo difesi. Non vollero sentire ragioni, così gettammo le armi a terra e tenemmo le mani alzate. Ci accompagnarono nell'ufficio dello sceriffo e ci rinchiusero in cella. Siete nei guai ragazzi. Ci disse lo sceriffo. Ci sono tanti testimoni che quei tre ci aspettavano fuori con le armi in mano. Davvero, domandò lo sceriffo, e dove sono ora. Mi resi conto che nessuno avrebbe testimoniato apertamente per noi, tanta era la paura in città. Arrivò Baxter con i suoi uomini. Perchè li avete arrestati, chiese. Niente di speciale, hanno appena ucciso due uomini e ne hanno ferito un terzo, ripose lo sceriffo con un sorrisino. Non dica stupidaggini, si sono difesi e lei lo sa benissimo. Io so solo che hanno ucciso due uomini e nessuno ha testimoniato in loro favore. Ma nemmeno contro, e voi non avete parlato con nessuno, disse arrabbiato Baxter, perché quegli uomini erano fuori dall'albergo armati, aspettavano la fidanzata, disse ancora ironico e infuriato nello stesso tempo, fatemi parlare con i prigionieri. Non potevano impedirglielo, così gli spiegammo come si erano svolti i fatti. Uno dei morti aveva già parlato con noi e ci aveva raccontato la stessa storiellina che abbiamo tentato di verificare, ma come vi avevo già detto è risultata falsa. Resta da stabilire perché abbia voluto coinvolgere la fattoria degli Stanton, disse Nahity. Probabilmente perché sono in competizione fra di loro, rispose Baxter, dovremmo cercare di capire che rapporti corrono fra i grandi allevatori, ora vado a fare qualche indagine all'albergo. Aspetta, gli dissi. Fortunatamente non eravamo stati perquisiti, io avevo ancora addosso i disegni dei banditi e glieli consegnai, tra i fogli avevo messo anche il foglietto con scritti i nomi dei banditi senza dirglielo, li prese con un cenno di assenso, mentre uno dei vice si accorse del passaggio di mano, poi ordinò a due dei suoi uomini di rimanere nell'ufficio a proteggerci e si avviò. Arrivò anche il giudice distrettuale che dimorava in città, ci interrogò, sembrava credere alla nostra versione dei fatti, anche perché non avevamo nessun motivo di uccidere quegli uomini che nemmeno conoscevamo. Tornò Baxter dopo un'ora, molti testimoni confermavano la nostra versione dei fatti, ma avevano paura ad esporsi. Portamene anche uno solo e li lascio andare, fu la richiesta del giudice. Baxter senza dir nulla uscì dall'ufficio, fece un gesto con la mano e rientrò, dopo qualche attimo entrò il nonno di Robert. Lo sceriffo scoppiò in una risata. Quest'uomo è solo un ubriacone, bastano pochi dollari e sarebbe capace di raccontare qualunque cosa. Io non sono un ubriacone, lavoro tutti i giorni per mandare mio nipote a scuola, disse il nonno a muso duro. Stai forse dicendo che io compro i testimoni, disse Baxter infuriato. Lo sceriffo rimase sconcertato, aveva insultato un uomo della Pinkerton ed ora non sapeva che dire. Basta così, intervenne il giudice, vi aspetto nel mio ufficio per verbalizzare le vostre dichiarazioni, ma prima andrò ad interrogare il ferito. Signor giudice, dissi. Mi dica. Gli chiesi di avvicinarsi. Avremmo delle dichiarazioni da fare riguardo ai rapinatori della banca di Pierre, dissi a bassissima voce in modo che nessuno ci potesse sentire. Va bene, ma non qui, rispose.

Speriamo di uscire al più presto di qui, dobbiamo proteggere il nonno. Già, è tanta la sua voglia di giustizia che non ha esitato a testimoniare per noi.

Tornò Baxter con l'ingiunzione scritta per la nostra liberazione immediata. L'uomo ferito si era chiuso nel mutismo e questo era un'ulteriore prova a nostro favore. Lo sceriffo ci restituì le armi con mille scuse. Sapete, io faccio solo il mio lavoro e devo agire con precauzione. Lo guardammo come si guarda un verme, senza rispondere, e uscimmo con Baxter.

Noi andiamo dal giudice, dobbiamo parlare con lui e vorremmo che anche tu venissi con noi, abbiamo delle rivelazioni da fare che ti interesseranno. Vengo certamente, rispose. Il giudice ci accolse immediatamente, ci fece accomodare nel suo ufficio alla presenza del suo segretario. E' un uomo fidato, ci disse, parlate pure liberamente. Abbiamo i nomi dei componenti della banda, ci sono stati rivelati da ben due persone che li conoscono e hanno pure visto i feriti. Baxter ci guardò stupito. Quattro sono dipendenti della fattoria Brandon e gli altri tre lavorano alla fattoria Grady. Spiegammo tutta la storia senza fare i nomi dei nostri informatori. Capite che sono in grave pericolo se si viene a sapere che hanno parlato con noi li ucciderebbero. Poi rivolgendomi a Baxter aggiunsi. Potresti dare al giudice i disegni dei banditi. Li tirò fuori e si accorse che insieme c'era anche il foglietto sul quale avevo scritto tutti i nomi. Avete fatto un buon lavoro, disse compiaciuto, a questo punto potremmo anche arrestarli. Non bastano le forze, disse il giudice, i padroni potrebbero opporsi e dispongono di molti uomini armati, devo chiedere all'esercito dei rinforzi e ci vorrà un po' di tempo.

Finalmente andammo a pranzo, era stata una lunga mattinata piena di avvenimenti, ma eravamo ad una svolta, con l'aiuto dei soldati avremmo potuto arrestarli e mettere fine a questa storia. Finito il pranzo ci recammo in albergo, ma prima di arrivare vedemmo sulla strada Robert che ci guardava con un'aria sconvolta, gli facemmo cenno di precederci di fronte all'albergo e quando arrivammo lo prendemmo vicino cercando di non far vedere che saliva in camera nostra, era tremante. Cos'è successo gli chiedemmo mentre piangeva. Un uomo ha ucciso il nonno, è venuto a casa nostra e gli ha sparato, prima di morire mi ha detto di scappare. Nahity lo abbracciò a lungo, lui diceva. Povero nonno, ora sono solo, cosa farò. Lei lo baciava e lo stringeva senza rispondere, poi quando si calmò un po' gli chiese, hai visto bene quell'uomo. Sì, rispose. Ce lo descrisse e tememmo di riconoscere Clark Wellman, l'uomo della Pinkerton. Ascolta, gli dissi, qui non puoi rimanere è troppo pericoloso, ti mandiamo da alcuni amici che ti proteggeranno per qualche giorno, conosci, William Heartman. Sì, lo conosco, la sua fidanzata è la mia insegnante. Allora andrai da lui con una lettera mia, raccontagli tutta la storia, ma non farti vedere per strada, ci vediamo appena possibile, spero presto. Charley aveva smesso di piangere, quel, ci vediamo presto, gli aveva dato la speranza che non lo avremmo abbandonato, così gli lavammo la faccia e lo pettinammo, restò a lungo abbracciato a Nahity, poi si convinse che era ora di andare, le diede un bacio, si girò verso di me e io mi abbassai per farmi baciare sulla guancia e gli diedi la lettera con dentro cinquanta dollari.

Andammo a cercare informazioni sull'omicidio, trovammo Baxter nell'ufficio dello sceriffo il quale, come al solito, non sapeva nulla di chi potesse essere stato. Andammo a parlare da soli, ci disse che aveva fatto delle indagini sui vicini di casa e aveva la descrizione dell'uomo. E potrebbe benissimo essere Clark Wellman. Anche noi siamo convinti che sia lui, gli raccontai di Robert e della sua descrizione dell'assassino. Ci guardò con un'espressione seria, uno sguardo duro, ma non disse niente.

Arrivarono i soldati di sera, una truppa di quaranta uomini, il comandante e gli ufficiali furono subito ricevuti dal giudice che li informò della situazione e del piano predisposto per la cattura dei banditi, ci saremmo recati di mattina presto prima che i lavoratori si disperdano per le campagne, ad arrestare e disarmare chiunque si incontri e poi circondare le due ville e farci consegnare gli uomini ricercati. Ci saremmo divisi in due gruppi guidati dai due ufficiali, dagli uomini della pinkerton, lo sceriffo con i suoi uomini e alcuni volontari non potevano mancare, anche io e Nahity ci aggregammo al gruppo con il giudice. Clark Wellman era introvabile, probabilmente nascosto anche lui in una delle due ville.

La mattina stessa, il giorno dopo l'arrivo dei soldati, demmo inizio all'operazione, ci dividemmo e ci recammo in due gruppi verso le proprietà, noi andammo in quella dei Brandon. i soldati con gli uomini dello sceriffo e i volontari che conoscevano la zona, con le prime luci dell'alba che cominciavano a rischiarare l'orizzonte, circondarono la proprietà con un largo giro accentrandosi sempre di più verso la villa. Arrestarono tutti quelli che trovarono, mandriani e contadini facendoli convergere disarmati davanti a loro. Il cerchio si era ristretto, la villa era circondata e gli uomini arrestati stavano muti, seduti o in piedi appoggiati al muro di cinta. Improvvisamente scoppiò l'allarme e molti uomini dentro la villa cominciarono a muoversi e a posizionarsi armi alla mano. Noi gridavamo di non fare sciocchezze, che erano circondati e di non sparare, volevamo solo parlare con il padrone. Dopo alcuni minuti Brandon stesso uscì dalla porta principale e si avviò verso il cancello chiuso oltre il quale stazionavamo noi. Si fece aprire il cancello e raggiunto dalla moglie si fece avanti insieme ad alcuni uomini armati.

Si posizionò davanti a tutti noi ma non riuscì a dire nemmeno una parola, Nahity attirò l'attenzione di tutti andando con decisione verso uno degli uomini di Brandon, alto e robusto, prese la doppietta a due mani gliela puntò contro, tiro i cani e poi alzando di poco le canne gli sparò i due colpi quasi a bruciapelo sui capelli, l'uomo fece uno scatto verso il basso con il volto terrorizzato e, benché avesse un'arma al fianco se ne dimenticò completamente, Nahity appoggiò il fucile per terra e presa la colt gliela puntò sul naso, tirò il cane, poi puntò vicino all'orecchio e sparò, l'uomo fece uno scatto verso sinistra, sempre terrorizzato, Nahity mise via la colt e prese la derringer, di nuovo la puntò sul naso del pover'uomo e poi spostandola sparò sopra l'orecchio sinistro, l'uomo fece un rapido movimento verso destra, Nahity mise via la derringer e afferrò il coltello facendo un ampio movimento dal basso verso l'alto costringendo l'uomo a retrocedere, poi con il coltello puntato in avanti fece finta di fare un affondo, scese con il braccio e nel risalire gli fece un taglio profondo al braccio destro con cui l'uomo aveva tentato di proteggersi, l'uomo si tenne la ferita con l'altra mano sempre più sconvolto, Nahity mise via il coltello, fece un passo in avanti con il sinistro e poi con il piede destro contemporaneamente ad un potente pugno diretto sul naso. Si vide il sangue schizzare sopra la mano, l'uomo si portò le mani al viso, fece alcuni passi all'indietro con le ginocchia piegate e poi cadde seduto rimanendo per terra. Nahity si girò dando le spalle all'uomo, io che avevo già la colt in mano la puntai sull'uomo che sembrava comunque completamente fuori causa, Nahity si pulì le mani, raccolse il fucile, lo caricò, poi mi guardò sorridendo e mi venne vicino. Non manderà più baci a nessuno quel porco. Le sorrisi. Nessuno aveva parlato, Brandon guardò l'uomo che barcollando stava rientrando nella villa, probabilmente pensando alla ramanzina che gli avrebbe fatto lo stesso Brandon. Non voglio nemmeno sapere cosa hai fatto, e lo sai perché, perché me lo immagino, ma stavolta hai trovato pane per i tuoi denti, lo sai chi è quella donna, lo sai chi sono quei due, sono la Coppia Indiana, e possiamo dire che ti è pure andata bene, coglione. Poi Brandon guardò nuovamente Nahity e disse. Dove eravamo rimasti, con un mezzo risolino tra le labbra, attese alcuni secondi, si ricompose e assunse una espressione seria.

Cos'è questa intrusione nelle mie proprietà, l'arresto dei miei uomini è un palese abuso di potere, non avete nessuna accusa e vi ordino di liberarli immediatamente. Buongiorno signor Brandon, parlò il giudice con voce pacata ma decisa, sono il giudice distrettuale e ho dato io il via a questa operazione in accordo con altre autorità, come può vedere, le chiedo semplicemente di consegnarci alcuni uomini accusati di rapina a mano armata e omicidio, abbiamo tutte le ragioni per credere che si nascondano nella vostra villa. E se io vi dicessi che non ci sono. Dovremo perquisire la casa e lo faremo anche con la forza, ma io sono sicuro che voi siete una persona ragionevole e non permetterete una sparatoria inutile, inoltre vi assicuro che l'operazione riguarda solo la cattura dei banditi e non faremo altri controlli, dovremo però sequestrare tutti i beni degli interessati e perquisire almeno il loro alloggiamento per il recupero della refurtiva, armi, cavalli e bagagli di loro proprietà sono ora proprietà dello stato. Lo guardò storto per un attimo, poi si rivolse allo sceriffo. E voi da che parte state. Sempre dalla parte della legge, e la legge sono loro. Un'altra frase ambigua dello sceriffo, che in questo momento non poteva che ubbidire al giudice. Brandon chiese di aspettare, rientrò e dopo qualche minuto sentimmo alcuni colpi di fucile e di pistola, ci tenemmo pronti. Vedemmo Clark Wellman uscire dalla porta della villa ferito all'addome, una mano sulla pancia e nell'altra la pistola, camminava a fatica dirigendosi verso di noi. Gli tenni puntata contro la pistola, poi mi accorsi che anche Baxter aveva puntato la sua pistola, lo guardai un attimo, lui guardava fisso verso l'agente della Pinkerton con una espressione dura e cattiva che faceva paura, abbassai il braccio lasciando a lui il compito. Ad alcuni metri da noi Wellman si fermò, ci guardò sofferente ma pieno di rabbia, poi improvvisamente alzò il braccio con la pistola, il colpo della potente smith e wesson di Baxter lo prese in pieno collo, al giugulo, probabilmente mandò in poltiglia il midollo spinale perché cadde pesantemente a terra come fulminato. Baxter ricaricò il cane e restò fermo con il braccio puntato ancora alcuni secondi.

Dalla casa intanto stavano uscendo gli altri quattro uomini che si erano arresi agli stessi uomini di Brandon, tra i quali un ferito. I soldati con gli uomini dello sceriffo li presero in custodia e li portarono via, noi entrammo nella villa e trovammo ancora molti soldi della refurtiva divisa tra i quattro. Il giudice sequestrò tutto quello che poteva e poi andammo alla villa dei Grady. Anche lì l'operazione aveva avuto successo, dopo l'accerchiamento avevano discusso con il padrone Grady i quali avevano accettato le condizioni e consegnato i tre banditi. Il giudice procedette al sequestro dei beni e i tre furono condotti nella prigione dello sceriffo.

Potevamo essere contenti, alla fine c'era stata solo una sparatoria con un morto e un ferito e sette prigionieri, tutta la banda al completo. Non avremmo cambiato le sorti della città, stretta nella morsa della illegalità, ma forse i padroni degli allevamenti avevano ricevuto una lezione, non tutto si può nascondere e non tutto si può fare, i tempi stavano cambiando e anche loro avrebbero dovuto sottomettersi alle leggi dello stato.

Nahity mi prese da parte, mi guardava fisso negli occhi. Robert, mi disse semplicemente, senza abbassare lo sguardo, deciso e amorevole insieme. Io sorrisi e abbassai lo sguardo fissando l'erba, tanti pensieri si sovrapponevano nella testa, poi guardandola fissa negli occhi, risposi, quasi sussurrando. Va bene. Inventammo una scusa e ce ne andammo direttamente a casa di William. Furono felici di vederci, avevano saputo, come tutta la città, dell'azione e avevano temuto per noi, Nahity salutò tutti quasi di fretta poi chiese. E Robert. Robert stava in piedi dietro a tutti, lo guardammo, William gli aveva tagliato e riordinato i capelli neri, il viso e gli abiti puliti, le scarpe e gli occhioni tondi, curiosi, un po' imbarazzato nel sentirsi improvvisamente al centro dell'attenzione. Nahity lo baciò sulla fronte, gli prese le mani e lo invitò a sedersi. Ascolta Robert, tutti ascoltavamo, questa storia come hai capito è finita, i banditi sono stati tutti arrestati e l'uomo che ha ucciso il nonno è morto, io e Adry non abbiamo più niente da fare qui e quindi torniamo a casa a Pierre, ma tu se vuoi, puoi venire con noi, a stare con noi, per sempre intendo. Robert continuava a guardare a bocca mezza aperta come se non capisse cosa gli si stava dicendo. Nahity continuò. Noi ti vogliamo bene e te ne vorremo... Non finì di parlare, improvvisamente Robert emise un grido acuto, lungo e lento, il viso contratto in una smorfia di dolore che era liberazione, poi cominciò a singhiozzare e lacrimare, si gettò sul petto di Nahity, lei lo strinse forte tra le braccia e cominciò ad accarezzargli il dorso e a baciarlo sulla testolina. Io mi avvicinai, gli misi una mano sul dorso e incominciai ad accarezzarlo lentamente, lo baciai sulla testa e gli dissi. Ti vorremo sempre bene, sarai per noi come un figlio. Lui aprì gli occhi, aveva quasi smesso di singhiozzare, mi prese la mano e se la portò al viso guardandomi, io gli sorrisi e gli diedi un altro bacio. Andai verso William che mi disse. Gli abbiamo proposto di stare con noi, sembrava felice ma era titubante, ora capisco perché, aspettava che foste voi a chiederglielo, vi vuole davvero bene. Nahity disse ad alta voce. Però, Robert ricorda che avrai anche dei doveri. Robert si staccò dal petto e si strofinò gli occhi. Quali doveri. Nahity gli diede un fazzoletto per asciugarsi gli occhi e gli disse. Devi darci una mano in cucina, nell'orto, e soprattutto dovrai farti abbracciare tutte le volte che voglio e andare tutti i giorni a scuola e fare i compiti. Robert restò un attimo a bocca mezza aperta e gli occhi spalancati guardandosi in giro, Nahity gli sorrideva felice, poi Robert disse. Ma io voglio andare a scuola. Scoppiammo tutti in una risata. Non c'è nessun problema, disse Nahity, abbracciandolo nuovamente.

Restammo lì a pranzo, William ci informò della loro definitiva scelta di partire per San Francisco, non dovevano più perdere tempo in quella città dal futuro incerto e difficile, anche lui era convinto che l'azione del giudice con le forze dell'esercito avevano dato una forte scossa ai padroni della città, ora tutti sapevano di essere raggiungibili dalla legge, ma prima che le abitudini cambino davvero ci vuole tempo, adattamento e talvolta si torna persino indietro. Capivo e rispettavo la sua scelta, in fondo con le sue capacità con i cavalli e la fidanzata insegnante un lavoro lo avrebbe sicuramente trovato. Dopo pranzo William si avvicinò per parlarmi. Tieni indietro i tuoi cinquanta dollari, mi disse un po' contrariato, Robert era mio ospite, era mio dovere pensare al suo mantenimento. Davvero, guarda che per noi non sono un peso, pensa a te che ti devi sposare, affrontare un viaggio e magari non manca molto che ti arriva pure un bambino. Magari, rispose William compiaciuto. Anzi sai cosa ti dico, che pensavamo di farvi un regalo di matrimonio, chiamai Nahity che si avvicinò, io continuai, forse non potremo esserci al vostro matrimonio e quindi ve lo facciamo subito il regalo. Stai scherzando e che regalo sarebbe. Diciamo mille dollari. Cosa, si fermò un attimo e poi ripeté, mille dollari, voi siete pazzi, davvero stai scherzando. Non sto scherzando, siete dei veri amici per noi e se lo facciamo è perché possiamo permettercelo, sono sicuro che vi serviranno, soprattutto quando sarete appena arrivati a destinazione, trovarvi un alloggio temporaneo e chissà quanti altri problemi. Avevo ancora in tasca i duemila dollari che mi aveva dato Baxter per la collaborazione, quindi tirai fuori la busta, contai mille dollari davanti a lui e glieli diedi. Li prese a bocca mezza aperta con incertezza, tutti quei soldi per loro erano una festa, molto di più di quello che avevano risparmiato in anni di duro lavoro, ora il futuro sembrava più vicino e tangibile, chiamò Sue e senza dir nulla le mise in mano i soldi, lei chiese. Quanti soldi, di chi sono. Sono nostri, sono il loro regalo di matrimonio. Un'espressione di meraviglia si disegno sul suo volto, fece un profondo sospiro trattenendolo, guardò Nahity a lungo, sorridendo, incapace di dire alcunché, poi si avvicinò e la strinse forte a sé. Siete due persone fantastiche, disse, abbracciò anche me stringendomi al collo, mentre gli occhi gli si inumidirono di lacrime di gioia.

Questo viaggio lo farai sul mulo, sul carico c'è il posto dove ti puoi anche sdraiare, ma ricordati di legarti, per non rischiare di cadere se vuoi dormire e tieni sempre il cappello in testa, poi a Pierre ti compreremo un cavallo. Un cavallo, per me, disse Robert meravigliato. Certo, risposi, a Pierre andiamo tutti a cavallo, tu preferisci seguirci a piedi, allora è inutile che ti comperiamo un cavallo. No, disse allungando la o, anche io voglio andare a cavallo, ma non pensavo ad uno tutto mio, è troppo bello. Gli accarezzai i capelli e sorridendogli gli dissi. Il primo cavallo lo sceglieremo noi, sarà di piccola taglia e mansueto, non vogliamo che ti accada nulla di male, poi quando sarai un po' più cresciuto sarai tu a sceglierti il cavallo e ricordati che, tuo, significa che dovrai essere tu a prendertene cura, dovrai strigliarlo, controllare gli zoccoli, i ferri, dovrai accarezzarlo e parlargli come ad un amico. Robert sorrideva felice al pensiero di un cavallo suo amico. Era la prima volta che viaggiava e non vedeva l'ora di essere lontano, ci rinnovammo gli inviti di arrivederci, di scriverci per mantenerci in contatto, salutammo tutti e lentamente ci mettemmo in viaggio, avevamo tempo.

Gli avevo comperato un lungo cappotto impermeabile, lungo per lui, quando dormiva disteso sul mulo non si vedeva nemmeno che ci fosse, il mulo continuava la sua andatura tranquilla cullando i suoi sogni di bambino finalmente felice. Pensavo, ora sono padre, o comunque tutore di un bambino, una grande responsabilità, ne ero un po' turbato, ma felice. Robert mi piaceva, ascoltava e sapeva parlare con gli adulti, gli avrei dato tutto quello che mio padre mi aveva dato, gli avrei insegnato tutto quello che sapevo, avrei preso in considerazione ogni suo singolo pensiero, rispettato ogni sua più piccola emozione e, soprattutto, gli avrei voluto bene. Nahity aveva sempre manifestato amore verso i bambini, ma con Robert era emerso prepotente il suo lato materno, da quando lui gli aveva fermato la mano sul viso la prima volta non aveva smesso di pensarlo, era scattata una magia, un sentimento che li aveva legati l'uno all'altra, lo avremmo amato davvero come un figlio. Aveva passato gli ultimi quattro anni in piena povertà e da orfano, persino emarginato solo perché aveva i vestiti logori, sicuramente ferito nell'anima, il nonno era stato per lui una protezione, oltre che l'unica fonte affettiva, lo aveva mandato a scuola e a lui piaceva davvero, ma ultimamente aveva perso molte lezioni, ora avrebbe dovuto affrontare una nuova vita tra sconosciuti, un nuovo modo di vivere, di studiare, mi chiedevo se sarebbe riuscito ad integrarsi, se non sarebbero nate gelosie e competizioni con Elia, anche il passaggio improvviso da povero a ricco non era sgombro da insidie, o deviazioni di carattere, dovevamo confidare solo nel buon senso, volergli bene, farlo sentire a casa, in famiglia e aspettare di muovere le sue capacità intellettuali ed emotive.

Robert era entusiasta dei paesaggi, delle estese praterie, delle colline boscose, l'ampio cielo sopra di noi e di notte lo spettacolo delle stelle, della brillante luna argentata, amava i corsi d'acqua, le polle chiare che si formavano sotto le cascatelle, facevamo il bagno completamente nudi tutti insieme e giocavamo con l'acqua ridendo e tuffandoci, cercava la legna, ci aiutava a preparare il pasto e si occupava anche degli animali. Io e Nahity vivevamo una serenità nuova, quella persa con la morte di nostro padre, tanto che spesso dimenticavamo le armi lontano da noi, era Robert che ci dava emozioni nuove, il suo corpicino, le sue manine, i suoi grandi occhi erano per noi una meraviglia, quando rideva mostrando tutti i denti, o si accoccolava poggiando la testolina sul petto cercando affetto, ci riempiva di gioia, di calore umano, ci sentivamo responsabili e grati di essere responsabili di questa dolce creatura sola, incontrata per caso sulla nostra difficile strada di bounty hunters.

Erano curiosi, volevano sapere tutto di Robert, lo avevano accolto con meraviglia e grandi feste, lui si sentiva felice, vedeva una famiglia nuova, allargata, con tante persone che gli dimostravano tanto affetto, lo abbracciavano ridendo, lui era curioso di Tahina e Raholy ed era felice di conoscere Elia, sembrava che si piacessero, Elia lo portò subito con lui a fargli conoscere la casa e gli animali, era più grande e forse questo lo faceva sentire responsabile come un fratello maggiore, ero felice di vederli insieme, ora ero sicuro che sarebbe andato tutto bene.

Era ormai il tempo di riapertura della scuola e Robert era felice, lo avevamo iscritto come Robert, Betancourt, Nelson, come lo aveva registrato il nonno a scuola, aggiungendo solo il nostro cognome, così non avrebbe tagliato completamente con il suo passato. Ora avrebbe potuto dedicarsi allo studio senza preoccuparsi di dover cucinare, fare la spesa e soprattutto di cosa mangiare, il clima della casa, favorevole allo studio, lo aiutò molto, nella grande sala con le librerie, di giorno era vietato fare rumori e quasi anche parlare, in breve tempo, con l'aiuto di Elia, che era un primatista in classe, aveva recuperato tutte le lacune e si era messo al passo con i compagni. Potevamo essere soddisfatti di lui, era un bravo bambino, intelligente e ubbidiente e soprattutto affettuoso, sembrava non dimenticare da dove veniva e le privazioni subite, era grato, non solo con noi, della vita benestante che ora conduceva, le sue cose le teneva in gran conto e rispettava quelle degli altri, quando era il suo turno partecipava alla preparazione dei cibi dimostrando la sua abilità con il coltello mentre puliva e tagliava le verdure, si occupava con amore del suo cavallo Nero, chiamato così per via del suo crine nero, tanto che quando poi comprò un cavallo più adatto al suo corpo cresciuto, continuò ad occuparsi di Nero tutti i giorni, anche da vecchio, lo puliva, lo strigliava gli parlava e lo portava fuori a fare passeggiate senza mai più cavalcarlo, lo faceva cavalcare solo ogni tanto dai bambini e quando poi morì di vecchiaia, pianse e volle seppellirlo come un amico. Ma tornando al presente del racconto, Robert era un bambino intelligente e dotato, lo sport e la dieta gli avevano cambiato il fisico irrobustendolo, faceva il pugilato con grinta, a volte lo vedevo così preso dall'agonismo che rivedevo me e Nahity quando combattevamo a scuola, finte di corpo e pugni pesanti e veloci su gambe stabili e forti, anche nel tiro con l'arco e con il fucile eccelleva, braccia ferme e occhio fino, gli piaceva tutto della nostra famiglia e tutto faceva con interesse e partecipazione, ci amava davvero tanto e noi ricambiavamo il suo affetto con gioia.

Passò l'anno scolastico, molte cose erano cambiate, passare l'estate alla casa nella grotta non era possibile, noi volevamo andare a trovare la nostra famiglia indiana, vedere il padre di Nahity, la madre e i fratelli e tutti gli amici, il villaggio era stato dislocato molto più lontano a causa della sorte delle guerre indiane, perse dai sioux dopo che anche il grande capo Nuvola Rossa si era arreso.

Tu sei un guerriero e puoi resistere a tutto, alle privazioni, alla fame e al dolore fisico, ma sei anche il capo di un popolo e non puoi decidere la sorte di migliaia di donne, bambini e vecchi come se fosse la tua e se il tuo popolo ha fame e tu non hai di che dargli da mangiare, puoi anche essere il miglior guerriero combattente vivente, ma hai fallito il tuo compito e il tuo destino è la resa.

Così dovette fare Nuvola Rossa, sterminate le ultime mandrie di bisonti, sempre più rara anche l'altra selvaggina e senza coltivazioni permanenti, per non condannare il suo popolo alla fame dovette arrendersi e accettare i rifornimenti del governo degli Stati Uniti nell'area controllata di Pine Ridge, molto più a sud rispetto al nostro vecchio villaggio che era scappato alle persecuzioni più dure, dovette però accettare con i suoi guerrieri, che avevano comunque partecipato alla guerra, di essere confinato nella riserva indiana insieme ad altre migliaia di uomini e donne e bambini sioux.

Alla fine si decise che saremmo partiti soli, per soli intendo io e Nahity con Robert e Tahina e Raholy, gli altri si sarebbero fermati a Pierre, la loro casa era ormai quasi finita e potevano cominciare ad arredarla e quindi avrebbero avuto molto da fare. Prima di partire feci un salto dal giudice, gli chiesi se poteva darmi un documento di viaggio che dimostrasse che eravamo tutti una famiglia che viaggiava per andare a trovare la propria famiglia di origine, questo documento ci avrebbe permesso di passare gli eventuali posti di blocco o le ronde dei soldati. Mi disse di ripassare che lo avrebbe fatto compilare al segretario. Mi sentii più tranquillo, eravamo la famiglia più strana che si potesse immaginare, io e Nahity eravamo sposati solo con rito indiano a quattro anni, avevamo un figlio troppo grande per essere nostro e due zie che erano in realtà due amiche.

I primi raggi del sole emergevano furtivamente dall'est quando attaccammo i muli alle stanghe del carro già pronto dalla sera prima, una luce da azzurrina a rosa violetto cominciava a diffondersi profilando l'orizzonte e il paese. Erano tutti svegli, in piedi nel cortile, ci baciammo e ci abbracciammo senza dire quasi nulla. Elia stava in disparte, serio e immusonito, era dispiaciuto di non poter venire con noi in questo viaggio avventuroso, avrebbe fatto volentieri compagnia a Robert, ma i genitori non avevano dato il permesso, neanche noi ci sentivamo di prenderci la responsabilità per un viaggio che poteva risultare anche pericoloso.

Robert era assonnato ma contento, viaggiare per lui era un desiderio di conoscenza del mondo che si realizzava, si era sdraiato sul carro con la testa sulle gambe di Nahity che non smetteva di accarezzargli i capelli. Anche noi eravamo contenti di partire, pur sapendo che non sarebbe stato come gli altri viaggi. Partimmo lentamente, senza voltarci, nel pomeriggio tardi trovammo una radura a fianco di un ruscello che attraversava un boschetto nella prateria, sembrava l'ideale, liberammo gli animali e montammo due tende velocemente, preparammo il fuoco, poi andammo a lavarci nelle fresche acque, faceva molto caldo e il refrigerio era una rinascita dopo la grande sudata del viaggio, mi sentivo così rilassato che improvvisamente mi venne in mente la prudenza, non sapevo nemmeno dove avevo lasciato la colt, la cercai con lo sguardo e la vidi sopra una pietra, vidi anche Nahity che mi guardava sorridente, come a dire sta sereno, ci sono io qui, ma non dovevo dimenticare che il clima rilassato che Robert ci faceva vivere non era l'esatta realtà, la realtà era che eravamo in costante pericolo che qualcuno volesse vendicarsi di noi e non dovevamo mai dimenticarlo, ora che Robert era con noi, dovevamo lavarci uno dopo l'altra.

Mi svegliai molto presto, chiamai Robert, gli dissi di lavarsi il viso e di prendere il fucile, era ancora buio quando ci incamminammo, avevo notato un sentiero di passaggio di grossi animali che da un'ansa del ruscello portava nel boschetto e poi nella prateria, ci fermammo proprio sul bordo della prateria e rimanemmo in attesa dietro gli alberi, Voglio che sia tu a cacciare, gli dissi, quindi preparati mentalmente. Mi sorrise, felice della responsabilità. E se sbaglio. Ci rifaremo, ma sono sicuro che non sbaglierai. Restammo ancora un po' nascosti tra il fogliame nel sottobosco, dalla prateria arrivavano rumori di zoccoli, qualche bramito e fruscii di erba smossa, poi la luce lentamente cominciò a diffondersi, le sagome degli alberi e degli animali diventavano più nette, alcuni raggi rossi di sole cominciavano dall'orizzonte ad illuminare il teatro di caccia, vedemmo una antilocapra lontano una cinquantina di metri. Te la senti, gli domandai. Posso provare, mi rispose. Poi vicino a noi vidi tre tacchini selvatici, forse dodici, quindici metri, al momento era anche meglio una preda più piccola. Gli dissi, scommetto che riesci a colpirne una alla testa. Puntò il fucile senza dire nulla, i tacchini si muovevano a scatti e non stavano mai fermi, poi uno alzò il collo con la testa tesa a guardare l'orizzonte e fu l'ultima cosa che vide, la testa gli esplose in un grumo di sangue e poltiglia spargendosi intorno, gli altri due tacchini si diedero disordinatamente alla fuga con versi sgraziati. Gli diedi una pacca sulle spalle mentre lui si girava verso di me tutto contento del bel colpo. Bravo, ero sicuro che l'avresti colpito. Era forte Robert, ma abbracciandolo sentii tutta la fragilità del suo corpicino, mi chiesi con un brivido come avessimo potuto, io e Nahity. poco più grandi della sua età, affrontare uomini fatti e duri e uscirne vivi, pensare a Robert nella stessa situazione mi metteva ansia, sperimentavo sulla mia pelle tante preoccupazioni di mio padre, spesso taciute per non inibirci. Tornammo con Robert trionfante, mostrava a tutti il bel colpo. Sono stato io, diceva ridendo e ricevendo complimenti.

Incontrammo tre soldati di ronda a cavallo che ci fermarono. Chi siete e dove andate. Presi il documento del giudice e glielo consegnai. Siamo cittadini americani di origine Sioux, veniamo da Pierre, vogliamo visitare i nostri parenti a Pine Ridge. Ci guardarono seriosi, ma il documento era in regola. E tutte quelle armi, domandò uno. Ognuno di noi ha le sue personali, risposi, non sono territori sicuri questi. vedendo tre donne indiane e un bambino non fecero altre domande. Più avanti troverete altri soldati con i miei superiori, disse il caporale, vi rimando a loro. Continuammo il nostro viaggio e dopo mezz'ora circa arrivammo ad una erta boscosa che ci impediva di vedere più avanti, saliti al colle girammo a sinistra e scendemmo verso il fiume che scorreva placido e profondo, vedemmo un ponte di legno quasi improvvisato e un gruppo di soldati in sosta nei pressi, avevano costruito alcune baracche di legno e controllavano la via, c'erano anche alcune tende per i soldati. Ci videro quasi subito, facemmo segno con la mano che non avevamo male intenzioni e quindi scendemmo e ci fermammo prima del ponte. Di nuovo mostrai il documento del giudice. Abbiamo già incontrato i vostri uomini che ci hanno rimandato a voi. L'ufficiale esaminò il documento mentre i soldati controllavano il carico del carro in cerca di armi, poi cominciarono a tempestarci di domande alle quali rispose spesso Nahity con la sua voce pacata e il suo inglese forbito, dimostrando con la sua cultura di essere indiana fuori e bianca dentro, a perfetta conoscenza dei suoi diritti di cittadina americana, anche Robert rappresentava un problema essendo bianco e bambino, ma noi insistemmo sull'adozione e dove andavamo noi veniva lui, poi l'ufficiale che ci stava interrogando, chiese inaspettatamente. Siete la Coppia Indiana. Io non avrei voluto toccare quel tasto, ma essendo lui a chiederlo, risposi. Sì, esatto, siamo proprio noi, c'è qualche problema. No, assolutamente, ho sentito tanto parlare di voi e sono un vostro ammiratore, mi fa piacere incontrarvi di persona. Ci strinse la mano e ci invitò nel suo piccolo ufficio a bere un bicchiere di whisky che rifiutammo come al solito. Non beviamo alcolici, fu la risposta laconica. Beh, anche se mi dispiace, fate bene, siete giovani, fate passare questo carro, urlò, è tutto a posto. Lo salutammo, salutammo anche tutta la truppa e riprendemmo il viaggio. Incontrammo ancora soldati di pattuglia, controllavano solo il documento senza altre domande, cominciammo ad incontrare i primi indiani con qualche magra mucca o mulo, appezzamenti coltivati tra i sassi, poi le prime tende con i bambini sporchi in mezzo alla cacca delle galline, il villaggio enorme, un via vai di gente spenta, malvestita che trasportava di tutto, che ti chiedevi, dove va, cosa fa, e poi tanti sdraiati a far nulla, aspettando un domani che non sanno, non possono immaginare. Non sapevamo a chi chiedere, con tutta quella gente e tutte quelle tende, vedemmo dei soldati americani, chiedemmo a loro mostrando ancora il documento, ci indicarono un gabbiotto dove c'era il censimento, il nostro villaggio stava a sud est, speravamo di incontrare un conoscente per strada e così fu, in breve trovammo il tipì con i nostri parenti, erano tutti smagriti con il morale basso, ma stavano bene, i genitori di Nahity piangevano di gioia e tristezza insieme, i suoi fratelli più grandi con le mogli e i figli non mancavano di dignità, ma la loro espressione era piena di sconforto, Rabongo e Avotra, i due fratelli più giovani, erano rimasti sui monti, a vivere del mito ormai tramontato del guerriero, insieme a pochi altri amici. Le donne si misero subito a cucinare, avevamo portato molta roba, farina, fagioli, mais, carne secca, patate, cipolle e carne fresca che eravamo riusciti a cacciare. Vollero sapere di Robert, lo presero tutti in simpatia parlandogli anche se lui non capiva nulla, noi cercavamo di tradurre almeno le cose importanti, si guardava intorno con suoi grandi occhioni, curioso e attento, l'espressione di chi è appena sbarcato in un continente sconosciuto, purtroppo però il villaggio e i tipì erano solo l'ombra di quello che erano stati un tempo, impoveriti e invecchiati, bisognosi di riparazioni, e la vita, allegra e operosa del villaggio, era sparita completamente lasciando al suo posto un'inerzia dolente e malinconica. Quando fu pronto da mangiare vedemmo arrivare molti vicini, soprattutto donne e bambini, alcuni si sedevano in un angolo, altri prendevano un mestolo di pietanza nel loro piatto con una focaccia e uscivano a mangiarla da un'altra parte, entravano dei vecchi con in mano la loro ciotola, dicevano una breve preghiera di ringraziamento, ad occhi chiusi con la mano sul cuore e uscivano, era impossibile non condividere una fortuna fatta di poco cibo con questa povera gente umiliata.

Dopo cena arrivò Lupo Grigio, il loro capo villaggio, gli diedero un piatto, mormorò una breve preghiera e iniziò a mangiare, era invecchiato, il peso delle privazioni e del dolore del suo popolo era tutto sulle sue spalle, era sempre stato un pacifista, guerriero coraggioso da giovane, ma da quando era diventato capo aveva sempre pensato al benessere della sua gente e primariamente alla pace. Conosceva il capo Coda Chiazzata, il quale dopo aver passato un anno prigioniero dei soldati, aveva imparato l'inglese e si era reso conto della potenza dell'esercito degli stati uniti e aveva capito che contro un esercito organizzato di un popolo numeroso e ricco, non si poteva vincere una guerra. Lupo Grigio gli aveva creduto e questo gli aveva attirato molte critiche da parte dei giovani guerrieri che nel loro orgoglio vedevano solo le menzogne dei bianchi e i continui tradimenti dei trattati. Ci parlarono delle loro condizioni di vita, potevano fare ben poco e vivevano soprattutto di quello che il governo degli Stati Uniti mandava.

Ma prima che i rifornimenti arrivino sono in tanti a mangiarci sopra, raccontava Lupo Grigio, le lamentele cadono sempre a vuoto e noi siamo costretti ad accontentarci delle briciole, la selvaggina da queste parti è sempre più scarsa, i terreni sono duri e rendono poco, non abbiamo modo di lavorare, di costruire qualcosa, perché non abbiamo né mezzi né materiali e non ci sono fattorie o città qui vicino dove chiedere lavoro, c'è solo il forte dei soldati, vogliono civilizzarci, dicono, ma poi ci lasciano qui a marcire, non ci danno nessuna possibilità, vuoi essere civile, vuoi parlare inglese, certo, dammi almeno un libro e forse provo a leggerlo. Eravamo tristi, l'amarezza di questi uomini nati e cresciuti liberi, senza barriere, era più pesante di una montagna e non c'erano vie di uscita, qualcosa potevamo fare per loro, come portare qui direttamente dei rifornimenti, poca cosa, però potevamo anche lasciare dei soldi con i quali avrebbero potuto affrontare l'inverno, ma le loro condizioni di prigionia a cielo aperto, non potevamo certo cambiargliele, la loro misera abitazione rimaneva quella e l'ambiente intorno era sconosciuto e povero di cacciagione. Gli chiesi della loro sicurezza personale. Ci sono furti e qualche lite, agitazioni e malcontento, ma i capi comandano ancora e mantengono l'ordine, inoltre siamo tutti consapevoli di aver perso una guerra dichiarata da altri, solo per la soverchiante forza militare e quindi ci sentiamo tutti uguali nel destino.

"Abbiamo dimenticato gli attacchi dei bianchi contro i nostri villaggi, il loro disprezzo per i patti sottoscritti, la spartizione dei nostri territori, ma non possiamo dimenticare gli inutili massacri compiuti contro il bisonte, simbolo stesso dello spirito delle pianure". Nuvola Rossa parlava piano, ma le sue parole erano udite da tutti i presenti, silenziosi, queste parole cadevano come un macigno dentro il mio petto squassandolo di ricordi, le verdi pianure, i boschi frondosi e pieni di canti di uccelli. Poco più che bambini, insieme agli amici indiani, vagavamo anche giorni per conoscere il nostro territorio, i nostri animali, seguirne le tracce e proprio in una di quelle notti, sotto le stelle, avevo avuto chiaro il destino, non solo del popolo rosso, ma anche dei territori e di tutti gli animali che vi abitavano, sapevo già della costruzione della ferrovia che avrebbe costituito una barriera, nel mezzo della prateria, che avrebbe interrotto le corse degli animali, avevo visto con i miei occhi i massacri dei bisonti solo per ricavarne la pelliccia da vendere e i corpi lasciati a marcire sotto il sole, sapevo delle piste dei coloni che attraversavano i territori sacri a ovest delle colline sacre sul fiume Powder suscitando l'ira dei guerrieri indiani e delle sempre più numerose fattorie e cittadine che venivano costruite dentro i confini della frontiera controllate dai soldati. Ed ora sentire dalle parole del grande guerriero Nuvola Rossa, il concretizzarsi delle mie paure di bambino, faceva male, come un vuoto incolmabile, opprimente. Lo stesso capo era demoralizzato, tutte le sue battaglie, tutti i morti inutilmente, aveva perso tutto l'enorme territorio dove era nato libero di muoversi come il vento ed ora erano confinati e prigionieri a cielo aperto di una condizione insostenibile e dissacrante, costretti a mendicare, nonostante gli accordi, i loro diritti e il cibo al nemico insensibile e razzista. Aveva fatto molti viaggi ancora da uomo libero, aveva visitato le grandi città dell'est e conosciuto il Grande Padre Bianco, ed era rimasto impressionato dalla loro ricchezza e organizzazione, dalla potenza economica e militare, mentre loro, ormai, erano solo un popolo in ginocchio.

Quando ebbe finito di parlare, mi avvicinai con Nahity e Robert, lui ci scorse e ci chiese chi eravamo, ci presentammo umilmente, era un grande onore per noi essere al cospetto di un grande capo come Nuvola Rossa, ci fece sedere vicino a lui, il capo Lupo Grigio parlò per noi, presentandoci come grandi guerrieri, benché giovani, che avevano già dato prova di notevoli qualità, parlò di mio padre, di come fosse stato un amico sincero del popolo rosso e di come anche io sia cresciuto in mezzo ai sioux e ne avessi sposato una figlia. Nuvola rossa ascoltò con grande interesse il lungo discorso, il suo sguardo chiaro e sincero contrastava con l'espressione del volto serio che non tradiva emozioni. Voi siete il futuro di questa nazione, disse, il rispetto e l'amore che dimostrate, sono la speranza che il popolo rosso e il popolo bianco possano un giorno, oggi lontano, vivere in pace, siete la certezza che non tutti i bianchi sono serpi velenose e infide, il vostro coraggio di guerrieri, che avete dimostrato, la via della giustizia che avete cercato, deve diventare il coraggio e la via di tutti noi nel cercare una nuova strada lontana dalla guerra, la giustizia e la libertà devono essere il nostro sole nascente che illumini le nostre menti e riscaldi i nostri cuori.

Il padre di Nahity, Cervo Scalciante, ci chiese di andare a cercare i suoi figli, Rabongo e Avotra, e tentare di convincerli alla resa.

Preferiva averli vicini e sicuri, anche se sapeva che mal si sarebbero adattati alla povera vita della riserva. Conoscevo sia Rabongo che Avotra e sapevo che sarebbe stato difficile far loro cambiare idea, erano due guerrieri coraggiosi e determinati e i pochi amici con loro erano uguali e prima o poi i soldati li avrebbero raggiunti e uccisi. Erano cresciuti da bambini in un mondo oggi ormai tramontato, un mondo che non erano riusciti a vivere da adulti, avevano imparato a conoscere i versi e i richiami di tutti gli animali e uccelli, imparato a seguire le tracce di numerosi animali e interiorizzato il sacro mondo naturale intorno a loro e a seguire la ciclicità delle stagioni. Improvvisamente si sono trovati invasi da cavallette bianche che hanno cominciato a impadronirsi e a distruggere il loro ambiente trasformandolo a poco a poco, non potevano accettare supinamente la sconfitta, nonostante avessero l'esempio delle guerre indiane, che erano già costate vite umane a migliaia tra gli indiani e combattute dai migliori capi, per loro la morte in battaglia era preferibile ad una disonorante prigionia.

Decidemmo di partire subito, non sapevamo quanto tempo ci avremmo messo a trovarli e volevamo essere di ritorno a Pierre entro la fine dell'estate. Lasciammo il carro al campo e partimmo a cavallo, tutti e cinque, non potevamo lasciare Robert al campo, preferivamo che stesse con noi, anche se con molti rischi sarebbe stata per lui una avventura istruttiva, portammo anche un mulo con il basto e ci dirigemmo a nord. Nuovamente trovammo i posti di blocco dei soldati ma i nostri documenti erano sufficienti a lasciarci passare, Robert, come al solito, era entusiasta, cavalcava sempre davanti a tutti con il suo cavallo Nero, ogni tanto dovevamo correggergli la strada verso nord ovest. Trovammo numerose tracce di carri sulla pista Bozeman che portava all'Oregon attraverso il sud Wyoming, erano uno sfregio ai patti firmati, le Black Hills e le Big Horn e tutto il territorio compreso fra le due formazioni montuose erano considerate sacre dai sioux e da numerose altre nazioni indiane. Seguimmo le tracce per un lungo tratto finché dall'alto di un colle vedemmo una lunga carovana che procedeva lenta, molti animali trainavano i carri con un telaio a botte sul cassone ricoperto da un teso telo bianco di copertura, altri camminavano liberi, a riposo dal traino, tanti uomini a piedi, probabilmente per non appesantire i carri. Restammo a guardarli, io e Nahity sapevamo cosa spingeva quella gente ad affrontare le fatiche e i pericoli di quel viaggio, ma sapevamo anche che non potevano capirlo e accettarlo le nazioni indiane. Un conflitto di bisogni e di modi di intendere la vita che avrebbe potuto e dovuto trovare un accordo pacifico, purtroppo la malignità serpeggia sempre tra la gente di scarsa moralità avvelenando i rapporti e rendendo difficile trovare un compromesso accettabile. Dopo un po' abbandonammo la pista, ci dirigemmo decisamente verso le Big Horn. Traversammo diversi fiumi e dopo alcuni giorni arrivammo alle pendici sud delle montagne sacre, non avevamo ancora incontrato nessun indiano, ma avevamo trovato molte tracce di piccoli accampamenti indiani e forse ci avevano già notato. Trovammo un corso d'acqua che proveniva da una valletta e ci inoltrammo, molti prati e boschetti di betulle e pini davano variazioni di verde al panorama intorno, vedemmo una mamma orsa con due cuccioli che cercava more tra i cespugli, si fermò a guardarci mentre i piccoli continuavano a giocare, si inoltrarono nel bosco e scomparvero dalla vista. Ci fermammo a fare il campo, faceva molto caldo e il fresco delle acque rinvigoriva i corpi, Robert non voleva più uscire dall'acqua, non aveva ancora imparato a nuotare bene, ma non aveva alcuna paura dell'acqua, si buttava tra enormi pietre, dove era più profondo, trattenendo il respiro e la corrente della polla lo riportava immediatamente dove si toccava. Facemmo un bel fuoco per cuocere la cacciagione del pomeriggio, ma anche per farci notare, qualcuno si sarebbe fatto vivo, se c'erano degli esploratori avrebbero notato che con noi c'erano anche delle indiane, Nahity si era trasformata, come anche Tahina e Raholy, ormai sembravano solo indiane, abiti leggeri colorati, piume nei capelli, viso dipinto, io invece ero sempre vestito da bianco con stivali, pantaloni e giacca, ma Nahity mi dipingeva tutte le mattine una mascherina nera sugli occhi e solo alcuni amuleti pendevano dal mio collo, Robert invece era vittima delle zie che lo avevano in parte trasformato in un piccolo indiano con suo e loro grande divertimento.

Al mattino presto uscii dalla tenda, il sole basso all'orizzonte sembrava galleggiare di un colore rosso vivo, a cinquanta metri cinque guerrieri in piedi, tranquilli, mi guardavano, feci un gesto di saluto che loro ricambiarono, li invitai ad avvicinarsi, anche Nahity era uscita dalla tenda, chiamò a voce le zie e le invitò ad uscire. Si presentarono come guerrieri lakota in esplorazione, ci seguivano dal giorno prima, ci capivamo con le lingue simili, Nahity si presentò come la figlia di Cervo scalciante della tribù di Lupo Grigio e disse che stava cercando i suoi fratelli sulle montagne. Preparammo la colazione per tutti.

Gli chiedemmo dei fratelli di Nahity, li conoscevano e dissero che dovevano trovarsi a nord delle Big Horn, ma dove di preciso non lo sapevano, stavano con una grossa banda che assaltava le colonne di bianchi che attraversavano la pianura ed erano ricercati dai soldati. E voi che cosa fate qui nelle montagne, gli chiesi senza pensare esattamente a quello che chiedevo. Si guardarono l'un l'altro con facce inespressive ma serie, poi uno disse. Noi siamo esploratori, controlliamo la pista da sud chiunque entra nella pianura lo segnaliamo al grosso dei guerrieri che li combatte. Avete visto la colonna di pionieri che sta salendo ora verso nord. Certamente, dobbiamo subito avvisare i guerrieri, per noi è una violazione dei nostri diritti che non possiamo accettare. Restai un attimo in silenzio, guardandolo un po' negli occhi, un po' a terra in atteggiamento riflessivo, poi dissi semplicemente. Sono bianchi sì, ma è povera gente che passa per andare sulla costa ovest, verso il grande mare, non vogliono fermarsi qui, sono contadini, allevatori, non hanno intenzioni cattive, non sono guerrieri, molte donne e bambini, vogliono solo passare e se anche ammazzano qualche animale per cibarsene non mi sembra sia così grave. I bianchi hanno sempre tradito i patti, violano le nostre leggi e i nostri territori, dopo averci dichiarato guerra e aver massacrato molti di noi e nonostante questo non ci arrendiamo, ancora si ostinano a non voler rispettare l'uomo rosso che da sempre abita questi territori. Questi uomini non portano le colpe dei loro capi, anche loro subiscono ingiustizie e discriminazioni da altri bianchi nei luoghi ove vivono, altrimenti non farebbero un viaggio così lungo e pericoloso se non per trovare migliori condizioni di vita, non meritano di subire la vostra rabbia e di pagare colpe che non solo loro. Rimasero colpiti dalle mie parole e si guardavano l'un l'altro senza trovare le parole. Poi uno decise che forse era meglio rimandare l'argomento e disse. Vi accompagneremo verso nord e ci ricongiungeremo con gli altri, sarà il consiglio dei capi a decidere. Smontammo le tende e ripartimmo verso l'interno della valle. Dondolando sul cavallo in salita, pensavo a questi pionieri in pericolo, probabilmente c'era qualche colonna di soldati non troppo lontana da loro e forse addirittura davanti a loro, non potevano essere soli, i soldati sapevano della presenza di molte bande di guerrieri ed erano alla loro ricerca. Se gli indiani li avessero attaccati, per appropriarsi delle loro vivande e risorse in animali, cose di cui avevano un grande bisogno, l'avrebbero pagata cara.

Passammo tre giorni tra valli e dirupi, alte falesie e gole scavate dalla forza a tratti impetuosa di torrenti, tra massi enormi e lisci e praterie di fiori che aromatizzavano l'aria. Robert sembrava stanco, ma se provavi a chiederglielo non lo ammetteva mai, ci avrebbe seguito ovunque, ogni uccello che volava o animale che strisciava attiravano la sua attenzione, sembrava davvero affascinato dai luoghi e dall'esperienza che stava vivendo, pur essendo la vita quotidiana molto dura e faticosa, eravamo ben organizzati e questo gli dava sicurezza. Trovammo altri esploratori che ci indirizzarono verso il luogo dove il grosso del gruppo stazionava, dove forse avremmo trovato anche Rabongo e Avotra. Prendemmo a seguire un corso d'acqua che scendeva dal fianco della montagna finché incontrammo altre sentinelle che ci mostrarono il campo. Era sdraiato in una ampia conca tra due vette aguzze di nuda pietra a est e ovest, la piana era ricoperta da morbida erba, un ruscello dalle acque gelide scorreva lateralmente formando un laghetto prima di gettarsi verso il basso, due, forse trecento persone, tante donne molte delle quali guerriere anch'esse. Robert era meravigliato e un po' intimorito da quel luogo e di quelle strane persone armate e colorate. Finalmente incontrammo Rabongo e Avotra, ci abbracciammo a lungo, non credevano di poterci vedere lì al loro fianco, continuavano a guardarci senza riuscire a parlare, eravamo l'emblema del loro inconscio che emergeva visivamente dal loro passato, erano partiti prima dell'evacuazione del loro villaggio e da allora avevano avuto solo notizie parziali della famiglia. Parlammo a lungo della famiglia, di noi, poi parlarono loro, della loro scelta di non arrendersi, costi quel che costi. Vivere liberi nei boschi e combattere il nemico, fino alla morte, questo era il loro giuramento personale. Restammo in silenzio a lungo. Nahity disse. Eppure i nostri genitori vorrebbero vedervi e potervi abbracciare tutti i giorni che gli restano da vivere. A queste parole, rimasero muti, nei loro sguardi si leggeva il senso di colpa per la sofferenza che stavano provocando, abbassarono la testa guardando a terra per evitare lo sguardo umido e implorante di Nahity. Robert ascoltava in silenzio, comprendendo solo la gravità del dialogo, anche io stavo zitto, li guardavo e pensavo a parole da dire, poi iniziai a parlare senza sapere cosa stavo dicendo, era come se un pensiero avesse preso coscienza senza prima avvisarmi. La morte gloriosa non è diversa da una morte accidentale, crea comunque tanto dolore in chi rimane, i genitori che muoiono prima dei figli è nell'ordine della natura, ma i figli che muoiono prima dei genitori è insopportabile, voi avete ancora la possibilità di scelta e nessuno vi giudicherà.

Robert prese a girare da solo in mezzo al campo, lo vidi che tentava di comunicare con le poche parole che gli avevamo insegnato o che aveva imparato a Pine Ridge, era strano per loro vedere un bambino bianco che girava tranquillo in mezzo a loro, le donne gli sorridevano e gli uomini lo trattavano con serietà. Improvvisamente sentì urlare, un grosso guerriero seduto su di una pietra gli diede una spinta che lo fece cadere a terra, si alzò e tirò fuori il coltello, Robert seduto a terra prese la sua derringer tirò il cane e gliela puntò contro, Nahity urlò con tutta la sua disperazione e cominciò a correre, anche io cominciai a correre seguito da Tahina e Raholy, due donne intanto si erano frapposte tra il guerriero e Robert difendendolo, il guerriero stette fermo senza dire nulla, il volto feroce, con il suo coltello in mano a guardare le donne e il bambino, Nahity appena giunta sferrò un pugno in pieno volto al guerriero che era davvero enorme e non si spostò di un passo, poi prese il coltello e si mise in posizione di combattimento, intanto si era formato un assembramento e molti diedero contro al guerriero urlandogli di non prendersela con un bambino. Il guerriero si asciugò il sangue dal lato della bocca con il polso, guardò Nahity, guardò me, poi guardò Robert che aveva abbassato la derringer e senza cambiare espressione mise via il coltello, sputò a terra, si girò e si allontanò. Cosa è successo, chiese Nahity a Robert. Non l'ho capito, volevo solo vedere la sua scure. Probabilmente è molto nervoso, comprendiamo la tua curiosità, ma qui siamo in mezzo ad una guerra, molti di loro hanno perso i familiari o gli amici a causa dei bianchi e potrebbero anche perdere la loro vita da un giorno all'altro, devi stare attento con chi parli, non voglio impedirtelo, ma cerca sempre di starci vicino. Robert, passato il primo momento, non sembrava turbato da quello che era successo, ma vederlo con la derringer puntata verso un uomo con il coltello aveva turbato me, avrei voluto parlargli ma decisi di rimandare.

Dopo qualche tempo vidi arrivare Rabongo e Avotra con il guerriero indiano, presi Robert vicino a me. Vuole chiedere scusa al bambino, ci dissero. Aveva l'espressione seria ma occhi sinceri, gli allungai la mano e lui la strinse, altrettanto fece Nahity, Robert si fece avanti e lo guardò negli occhi, lui fece un sorriso, si tolse un collare con un amuleto di osso e cordoncino di cuoio, prese la manina di Robert, che scomparve nella sua tanto era grande e vi pose il collare dicendo. Sei un bambino coraggioso e meriti rispetto, io volevo solo spaventarti, pensavo che saresti scappato via piangendo, quando ti ho visto con la piccola pistola puntata verso di me, ti ho guardato negli occhi e ho pensato, questo piccolo uomo è in grado di uccidermi, sono dispiaciuto per il mio comportamento, tu non hai nessuna colpa. Dopo la traduzione Robert prese felice il collare, se lo mise al collo e disse. Ora me la fai vedere la tua scure. Ci mettemmo tutti a ridere felici per la riappacificazione.

La sera vi fu un consiglio dei capi che decise per l'assalto alla colonna dei pionieri, tutti i guerrieri erano eccitati all'idea di entrare in azione e Rabongo e Avotra erano tra loro. Nahity chiese la parola, non tutti la conoscevano, ma furono in molti a dire di lasciarla parlare, si fece silenzio. Mi chiamo Nahity "La bella attesa da Tempo" così mi chiamano mio padre Cervo Scalciante e mia madre Piccola Piuma della tribù di Lupo Grigio, mio marito è bianco, ma posso assicurare chi non lo conosce che nelle sue vene scorre lo stesso spirito del guerriero Lakota, sapete bene anche voi che ci sono soldati dell'esercito che vi cercano e potrebbero anche essere nelle vicinanze, sono tanti e bene armati, uno scontro con loro sarebbe per voi una grande perdita di uomini, io vivo più con i bianchi che con i miei fratelli indiani e li conosco bene, so molto bene che tra i bianchi ci sono uomini di cuore, uomini che non pensano alla guerra, uomini che non sanno nemmeno difendersi, che sanno solo coltivare il terreno o curare il bestiame, le persone che compongono la carovana che volete assalire sono di questo tipo, fanno un lungo e duro viaggio in cerca di una vita migliore e vogliono solo passare, andare oltre, fino ai paesi vicini alla grande acqua, vi chiedo innanzitutto che sia la saggezza a guidare prima le vostre menti e poi le vostre braccia e vi chiedo di non comportarvi da volgari assassini ma di risparmiare loro la vita.

Ci fu un momento di silenzio. Dove erano questi uomini di cuore, quando i soldati massacravano le nostre famiglie, anche loro erano lavoratori della terra, vecchi e donne e bambini. Aveva parlato Foglia Rossa e le sue parole toccavano un tasto doloroso. Non si tratta di una sola carovana, disse Coltello Spuntato, ma di tante, troppe, a causa loro non si trova più selvaggina nel nostro territorio, i grandi animali si sono spostati più a nord ed è nostro diritto ora prenderci i loro animali per sfamarci.

Ripeto ciò che ho detto prima, prendete ciò che vi spetta, ma vi chiedo di risparmiare le loro vite.

Questa donna ha ragione, se vogliamo uccidere da guerrieri coraggiosi, dobbiamo cercare i soldati. Prendiamo solo gli animali. L'obiettivo diventò di rubare più capi di bestiame possibile, senza assalire direttamente la gente.

Rabongo e Avotra vennero da noi e ci dissero. Andremo anche noi, non possiamo tirarci indietro. Nahity prese a lacrimare, tentai di abbracciarla ma mi fece capire di lasciarla stare, così guardai i due fratelli, non sapevo cosa dire, capivo la scelta di coerenza con il loro gruppo, feci un cenno di assenso con un movimento del capo, ci alzammo in piedi, misi una mano sulla loro spalla da loro ricambiato e ci salutammo. Si girarono e partirono.

Arrivarono presto al mattino, la colonna di pionieri era accampata nella valle non molto lontano dal fiume, una grande radura circondata da boschetti dove gli animali impastoiati brucavano l'erba pacificamente. Scesero dal fianco della collina gettandosi al galoppo, urlanti come un'orda inferocita, verso gli animali. Dai fianchi boscosi i soldati nascosti iniziarono a sparare sui facili bersagli facendo molti morti e feriti, il gruppo di indiani, sorpresi dalla presenza dei soldati, tentò di reagire con i pochi fucili e archi e frecce, i soldati molto più numerosi, sparavano a ripetizione, il gruppo andò in confusione e cominciò a scappare per la strada da cui erano venuti. Rabongo e Avotra cavalcavano vicini quando tentarono l'assalto, furono investiti dalla prima scarica e caddero a terra con i cavalli, Avotra si rialzò per primo, cercò il fratello mentre tentava di ripararsi dalle scariche dei fucili, lo vide disteso, immobile, poco lontano, ebbe un presentimento, quando lo raggiunse non aveva già più vita, ferito gravemente da una fucilata al petto, si mise istintivamente in ginocchio per guardarlo meglio e un colpo lo prese al braccio, un guerriero lo afferrò per l'altro braccio urlandogli di correre via, si lasciò condurre docilmente. Rientrati nel bosco trovarono un cavallo, vi salirono in due e si allontanarono insieme a molti altri guerrieri che scappavano. Riuscì a ritornare al campo, si sdraiò nella sua tenda e non uscì per una settimana, aveva lasciato Rabongo sul campo di battaglia, il suo unico pensiero, mangiava, dormiva e pregava. Noi andavamo a trovarlo, non parlavamo di Rabongo e lui non diceva nulla, finché un giorno riprese a parlare. Voglio vedere mio padre e mia madre, abbracciarli e onorarli e annunziare che il loro amato figlio Rabongo e morto da guerriero. Si lasciò abbracciare da Nahity e due lacrime finalmente gli spuntarono sul viso.

I feriti al campo erano ormai quasi tutti guariti, ne rimanevano ancora alcuni più gravi da curare e quelli che dovevano morire, erano ormai morti. Avotra stava bene e quindi decidemmo di ripartire, altri due guerrieri e due donne che avevano perduto i loro uomini nella battaglia si unirono a noi, erano tutti demoralizzati e non volevano più combattere.

Parlai con Robert di Rabongo. Aveva solo ventisette anni, quando io ero ancora un bambino lui era già grande e guidava un gruppo di giovani, tante volte eravamo stati insieme nella prateria o nei boschi ad imparare da lui l'uso delle armi, le tecniche di caccia, seguire le tracce, aveva grande intuito e lampi di genio, gli parlai di quando ci aveva salvato la vita, delle azioni che avevamo fatto insieme, del suo coraggio e della sua lealtà, poi gli chiesi se gli dispiaceva della sua morte. Sì, mi dispiace molto, l'ho conosciuto appena, ma quando ci siamo presentati mi ha guardato negli occhi sorridendo, ne avevo quasi timore, ma sentivo che mi voleva bene, poi mi ha stretto calorosamente, pensare che non esista più mi fa stare male. La morte di un giovane è terribile e fa sempre male, il tuo dolore è giusto, accettalo e farà di te un uomo migliore. Mi guardò serio, io gli sorrisi benevolmente e anche lui mi sorrise. Se Rabongo fosse venuto con noi avrebbe accettato la vita nella riserva. Lo avrebbe fatto solo per i suoi genitori, avrebbe accettato anche le umiliazioni per loro, perché Rabongo era quel tipo di uomini che non si piegano, li puoi solo spezzare, ma sanno sopportare le avversità, perché era un guerriero Sioux e un guerriero deve occuparsi della propria famiglia, è suo compito sostenere il padre e la madre nella vecchiaia, avrebbe mantenuto vivo il suo spirito e seppur nelle privazioni, avrebbe ricominciato una vita nuova, dando sostegno alla famiglia con il suo carisma e capacità, ora tutto questo è sulle spalle di Avotra. E ne sarà capace. Io credo di sì, spero di sì. Perché un guerriero deve sostenere la famiglia. Il guerriero Sioux non è solo un combattente che va incontro al nemico con coraggio, il suo compito primario è di occuparsi della famiglia, che stia bene, che abbia da mangiare, da vestirsi e quindi deve essere un cacciatore, deve saper coltivare e deve anche occuparsi dell'educazione dei figli. Ho visto guerrieri che pettinavano i capelli alle mogli, anche tu lo fai spesso con Nahity. Pettinare i capelli alla propria moglie è un bel gesto, apprezzato dalla donna ed eseguito con onore dall'uomo, è un momento importante che avvicina la coppia nell'intimità. Arrossì un pochino facendo un sorrisino, così gli chiesi. Hai una fidanzatina. No, mi rispose, ma c'è una mia compagna di classe che mi piace molto e anche lei mi sorride quando ci guardiamo. Forse è interessata e gli piaci, sei un bel bambino, intelligente, prendile la mano quando siete soli, il resto verrà da sé.

Il rientro fu lungo, eravamo tanti e sembrava pesare su di noi l'assenza dei tanti guerrieri morti, di Rabongo e per rispetto al loro ricordo andavamo lenti. Non aver potuto recuperare i corpi era un altro punto che pesava sull'animo in generale, non aver fatto un funerale come meritavano, probabilmente li avevano seppelliti i soldati in una fossa comune, vicino al luogo ove aveva avuto termine la loro breve esistenza.

Al posto di blocco fecero scendere tutti dai cavalli e ci tennero sotto tiro dei soldati, mostrai loro il documento che parlava però di di cinque persone, gli altri tre indiani tra i quali Avotra e le due donne, dovettero subire un'interrogazione che dovemmo tradurre. Al perché erano lì risposero che erano stanchi di vagare per le montagne patendo il freddo e la fame, risposero anche che non avevano mai partecipato ad azioni di guerra ma solo di aver vagato sui monti ad ovest delle Big Horn. Non avendo elementi per accusarli li fecero passare per unirsi alle loro famiglie.

Il padre e la madre erano fuori dal tipì, in piedi davanti a tutti, videro Avotra, ma notarono subito che non c'era Rabongo. Dov'è Rabongo, disse ad alta voce la madre. Nessuno rispose, Avotra scese da cavallo, andò davanti al padre, incrociò le mani sul petto e inchinandosi leggermente disse a mezza voce. Rabongo non è più tra noi, ora corre nelle celesti praterie, è morto da guerriero coraggioso. Il volto del padre divenne una maschera di pietra, guardò nel vuoto a lungo, poi si girò e rientrò nella tenda. La madre emise un lungo gemito acuto e cadde sulle ginocchia con il viso mutato in dolore antico, le donne la soccorsero tenendola per le braccia e la testa, piangendo a loro volta, Nahity era tra loro, Avotra si abbassò verso la madre tentando di abbracciarla, Robert mi venne vicino, mise un braccio intorno alla mia vita appoggiandosi con la testa senza smettere di guardare la scena, gli passai un braccio sulle spalle tenendolo stretto a me.

Passarono i giorni del lutto, per noi era tempo di tornare a Pierre, Robert doveva ricominciare la scuola, non sarebbe stato facile per lui riprendere i normali ritmi dopo un viaggio lungo come questo, ricco di forti emozioni, ci voleva un po' di tempo avanti prima di riprendere la scuola, per far sedimentare ed elaborare tutte le esperienze vissute, stavo anche cercando di capire il come, forse avrei dovuto chiedere consiglio ai nostri amici educatori, sicuramente ne sapevano più di me e di Nahity.

Decidemmo di lasciare il carro e due muli, gli altri due sarebbero serviti ancora per le nostre vettovaglie. Avotra mi abbracciò fraternamente. So che è pericoloso, ma vorrei chiederti di lasciarmi un fucile e qualche munizione, mi servirà per cacciare. Se i soldati ti scoprono ti arresteranno e anche io potrei avere dei guai. Altri guerrieri sono riusciti a procurarseli e li tengono ben nascosti, farò in modo che non mi scoprano. Gli diedi il fucile insieme ad abbondanti munizioni, Nahity gli diede il suo coltello e una piccola pistola a quattro colpi. Non metterti nei guai, ma sii sempre pronto a difendere te stesso e la nostra famiglia. Avete la mia parola.

Robert e le zie erano già a cavallo che aspettavano, salimmo anche noi e con un ultimo saluto a braccio, ci girammo e partimmo. Felicità per aver rivisto la nostra famiglia indiana e amarezza per la morte di Rabongo, due sentimenti contrastanti che accompagnavano questa ennesima partenza, questo ritorno a casa, condizionando l'umore del gruppo. La sera del quinto giorno eravamo in vista di Pierre, il viaggio era stato lungo e comunque piacevole. Robert non dava segni di cedimento, la notte dormiva come un sasso, per lui ogni fermata era buona per perlustrare i dintorni o arrampicarsi su di un albero in cerca di nidi. Trovammo la casa pulita e in ordine, i nostri amici avevano traslocato e si erano trasferiti nelle loro case non troppo distante, arrivarono subito dopo di noi, felici di rivederci, ci invitarono a casa loro per la cena. Dopo tanto girovagare, i fuochi all'aperto, di giorno a cavallo, di notte sotto le tende, tornare a casa aveva qualcosa di speciale, potersi fare un bagno in casa, indossare begli abiti, puliti e in ordine, mangiare con posate lucide, seduto a tavola con piatti di ceramica smaltata, su una tavola con tovaglia ricamata e candida e assaggiare un pochino di vino, era come cambiare mondo, vivere in un altro pianeta, e noi ci adattavamo benissimo. Parlammo di tutto di più raccontando un po' noi e un po' loro, in una bella atmosfera allegra. In paese non c'erano grandi novità, erano arrivati altri coloni, altri mandriani in cerca di lavoro, ma niente di più.

Dopo pranzo parlai con Miles di Robert e delle forti emozioni che aveva vissuto, il suo consiglio fu di farlo scrivere, aveva già notato una certa abilità narrativa, non gli sarebbe stato difficile esprimere le emozioni e raccontarle e così razionalizzarle e farle sedimentare nella coscienza. Mancano ancora alcuni giorni prima dell'inizio della scuola, disse Miles a Robert, te la senti di scrivere alcune cose, tanto per riprendere in mano la penna e il quaderno. Certamente, ma cosa dovrei scrivere. Potresti provare a raccontare il tuo viaggio, le emozioni dei panorami, dell'incontro con gli indiani, oppure alcuni episodi salienti del vostro viaggio, c'è stato qualche fatto, un incontro che ti ha colpito più di altri. Sì, un indiano sulle montagne. Ecco prova a scrivere, dove ti trovavi, chi hai incontrato e cosa è successo, poi ne parleremo insieme.

Robert non perse tempo, la sera stessa dopo cena, anziché leggere prese un quaderno e si mise a scrivere, la sua penna sembrava scorrere quasi senza interruzioni, come se le idee, le parole, fossero già presenti nella sua mente e lui dovesse solo scriverle, quando si stancò, chiuse il quaderno e se lo portò a letto. Passò qualche giorno sempre intento a scrivere, lo vedevi in qualche angolo del giardino con il quaderno sulle ginocchia in atteggiamento pensoso, poi consegnò il quaderno a Miles, il quale dopo averlo letto me lo passò e io lo passai a Nahity. Il racconto era ben strutturato e scorrevole e le emozioni provate erano ben descritte, durante il viaggio sentiva forte la sensazione della libertà, la cruda bellezza della natura, l'estensione degli orizzonti stimolavano la sua immaginazione e la nostra presenza dava lui sicurezza, descriveva con particolari i panorami e i colori degli indiani, raccontò dello scontro con il guerriero indiano, aveva provato una punta di paura insieme alla cosciente freddezza di doversela cavare da solo. Non volevo sparare, puntavo al cuore e sapevo che lo avrei ucciso, ma non volevo farlo, allora dopo avergli puntato l'arma l'ho guardato negli occhi, erano paurosi, ma io non volevo cedere e se avesse fatto un solo passo avrei sparato, lui ha continuato a guardarmi, sembrava un lungo tempo, ma non si è mosso, poi sono arrivate le due donne che si sono frapposte e poi sei arrivata tu con il tuo pugno. Ridacchio un po' al ricordo, anche Nahity gli sorrise, Solo io e Miles restavamo seri. Hai avuto paura, chiese Miles. Si un po', ma mi spingeva di più l'urgenza di difendermi e l'unica era prendere la mia pistola, una volta che gliel'ho puntata mi è passata anche la paura, sentivo che era in mio potere. Questo bambino sembrava aver assorbito da me e Nahity tutta la nostra freddezza e capacità di combattimento, la cosa strana era che lui non ci aveva mai visti in azione, sapeva solo ciò che noi o altri gli avevamo raccontato e l'unica azione che potesse ricordarsi era stata fuori dall'albergo a Dodge City, ma lui non era comunque presente. A dieci anni sapeva sparare con una precisione impressionante, nel pugilato era un mezzo campione, difficile colpirlo, evitava i colpi abbassandosi o scartando di lato con il tronco, a scuola era al passo e dimostrava intelligenza ed ora anche la dimostrazione della freddezza e capacità di decisione in situazione di stress come un improvviso combattimento pericoloso, questo bambino non era solo intelligente e capace, era un guerriero nato con l'umiltà di chi ancora non lo sa. Oggi come ti senti rispetto a quel brutto episodio, voglio dire, quando ci pensi. Robert rimase un momento a guardarci pensando a cosa dire. Non è che ci penso tanto, sono contento di essermi comportato bene e che tutto sia finito bene, uccidere un uomo, anche per difesa, credo sia una cosa orribile, gli togli tutto quello che ha, non è più niente, anche le sue scuse mi hanno fatto molto piacere, erano sincere. Così dicendo prese in mano il piccolo amuleto d'osso che gli aveva regalato il guerriero. Questo è il premio per averlo affrontato senza scappare, disse sorridendo felice. Sembrava non esserci traccia di traumi o difficoltà alcuna, il suo pensiero scorreva limpido e chiaro, Robert, dopo più di due mesi a cavallo dava l'impressione di aver assorbito tutta l'avventura come un'esperienza di vita, esprimeva energia e vitalità anche solo sorridendo. La sua frase, gli togli tutto quello che ha, detta da un bambino, rivelava tutta la sua crudezza e semplicità di rivelazione, mi rimandava con la mente a quando, dopo aver tolto la vita ad una banda, gli toglievamo tutto quello che avevano, iniziavamo con le armi, sempre numerose le pistole e i fucili, i coltelli e poi i soldi nelle tasche per finire con gli stivali ancora buoni, i cappotti e i cappelli e le coperte, che spesso regalavamo agli indiani che incontravamo, oltre che i cavalli con le selle naturalmente, vendevamo tutto all'ingrosso, facendo molti soldi che andavano ad aggiungersi alle taglie sui corpi, nessuna remora verso quei corpi, ai quali avevamo tolto tutto quello che avevano, la vita. Vedevamo la personalità di Robert evolvere e svilupparsi sotto i nostri occhi, non c'era segno dei traumi del passato subiti da bambino, i lutti, l'umiliazione della povertà, erano come assorbiti e digeriti dal nuovo assetto familiare, noi avevamo sostituito in pieno il suo mondo affettivo e lui pieno di fantasia aveva colto l'opportunità per crescere imparando a fare bene di tutto. Lo guardavo, lo conoscevo da sempre e mi sembrava di vederlo per la prima volta, ero meravigliato e orgoglioso ma con sempre una punta, appena accennata, di timore per lui. Avvicinati, gli dissi. Lui mi venne vicino e io lo abbracciai forte baciandolo sulla testa, Nahity gli prese una mano e cominciò a baciarla,

Lui non capiva il perché di tutto quell'affetto improvviso, ma se lo prese con partecipazione.

Come vi siete conosciuti tu e la mamma. Eravamo in sala sprofondati nei divani e nelle poltrone, avvolti nelle coperte davanti al camino, fuori faceva freddo, in casa la serata era calda, ognuno di noi stava leggendo qualcosa e la domanda di Robert ci colse improvvisa, nemmeno Raholy sapeva molto della nostra infanzia e di come ci eravamo conosciuti, chiuse il libro e rimase in ascolto in atteggiamento di curiosità. Guardai Nahity, lei mi guardava sorridendo, come anche Tahina, poi disse. Comincia tu a parlare di tuo padre. Chiusi il libro che stavo leggendo e mi rialzai dalla poltrona in cui ero sprofondato, mi guardai attorno, tutti stavano aspettando che incominciassi a parlare, Robert mi venne vicino, gli passai un braccio sulla schiena e lo baciai sulla guancia, poi si spostò al fianco di Nahity e si sedette in ascolto, mi ritrovai solo davanti alla platea. Devi sapere, incominciai rivolgendomi direttamente a Robert, che io e tua madre adottiva, non siamo marito e moglie, per la legge americana siamo fratello e sorella adottivi, mio padre Antoine Betancourt ha adottato Nahity, La bella Attesa da Tempo, perché noi avevamo fatto il rito di fidanzamento davanti a tutto il villaggio, avevamo quattro anni, ci piaceva stare insieme e forse non sapevamo cosa facevamo, ma abbiamo fatto la promessa, abbiamo mantenuto la parola e siamo ancora insieme, grazie agli adulti che ci hanno capiti e ci hanno aiutati. Fino a sei anni abbiamo vissuto al villaggio indiano, poi siamo venuti in città e mio padre ha adottato ufficialmente Nahity, abbiamo cominciato insieme la scuola, abbiamo sempre avuto la passione per lo studio, mio padre sin da piccoli al villaggio indiano, si è preso cura della nostra educazione insegnandoci a leggere e a scrivere e leggendoci lui stesso i racconti o le fiabe e a scuola siamo sempre stati tra i primi della classe, in estate tutti gli anni tornavamo al villaggio, così a poco a poco siamo cresciuti mezzo bianchi e mezzo indiani, abbiamo imparato a tirare con l'arco, ad usare il coltello, a seguire le tracce delle prede, ma anche a zappare l'orto, la vanga e a far crescere le verdure, mio padre invece, grande estimatore del pugilato, fin dall'età di otto anni ci ha insegnato a lottare e a sparare con il fucile, abbiamo imparato a curare il giardino, a trattare con il cavallo e a scuola a difenderci a cazzotti, ma a parte questo particolare la nostra infanzia è stata felice fino almeno ai dodici anni. Tahina è stata la nostra affettuosa tata oltre che fidanzata di papà, ha seguito costantemente i nostri spostamenti tra il villaggio e la città e ha vissuto con noi le nostre gioie e disgrazie. E la nonna, cioè la tua mamma. E' morta quando io ero piccolissimo e non ho ricordo di lei se non quello che papà mi raccontava. E come era. Diceva papà che aveva lo stesso carattere di Nahity, molto bella e volitiva, non permetteva a nessuno di raccontargliela. E a dodici anni cos'è successo. Cercai le parole con cura, ma la cosa migliore era di essere diretti, inutile addolcire un fatto certo e doloroso. Mio, nostro padre, è stato ucciso, ucciso e tradito per denaro e per brama di potere, noi tre eravamo presenti, volevano uccidere anche noi, ma abbiamo reagito e ci siamo difesi, ne abbiamo uccisi tre, ma due sono riusciti a scappare benché feriti, dal quel giorno è cominciata la nostra trasformazione, è cominciata la caccia che è durata cinque anni, ci siamo ritrovati adulti quasi senza rendercene conto, persa la scuola, senza pensare ad un lavoro, l'unica cosa che sapevamo fare era trovare uomini e poi ucciderli, quando tutto finì, ci sentimmo come svuotati, perdemmo ogni orizzonte, ogni interesse alla vita, ci ha salvato il nostro modo di stare insieme, che si è evoluto nonostante tutte le avversità, nelle scelte che abbiamo sempre fatto di comune accordo, il volere solo il bene l'uno per l'altra. Vi amate molto, vero. Lo disse con un sorriso aperto di piacere. Io guardai Nahity che mi mandò un bacio volante al quale risposi sorridendo, poi dissi. Perché si vede. E Nahity. Tanto quanto amiamo te. Lo strinse coprendolo di baci. Parlaci di tuo padre, disse Raholy. Stetti un attimo a pensare guardando nel vuoto. Era l'uomo migliore del mondo. Lasciai sospese le parole, Nahity annuiva. Era molto impegnato in città e al giornale, rispettoso degli altri, lottava per i diritti, dei lavoratori, degli indiani e non è mai mancato ai suoi doveri di padre, sempre presente, non ha mai urlato una volta, nemmeno quando ci riprendeva, ci ha insegnato tutto, dall'inglese, all'educazione, al vestire, ha forgiato il nostro carattere, credo che abbiamo preso molto da lui. E poi dopo che è morto cosa avete fatto. Eravamo ancora piccoli, mancavano alcuni mesi ai tredici anni. Siamo andati a vivere al villaggio con il solo obiettivo di crescere, prepararci come guerrieri e andare in cerca degli assassini, quando abbiamo sgominato la prima banda di quattro banditi, avevamo già avuto altri due scontri a fuoco casuali, nel primo volevano ucciderci e solo l'intervento di Rabongo aveva evitato il peggio e nel secondo caso un tentativo di rapina e di stupro, i nostri bei cavalli e il nostro mulo carico con due ragazzini, erano un bel bocconcino, ma sono rimasti delusi dalla nostra reazione, il nostro comportamento in quelle occasioni, ci aveva fatto capire che non avremmo dato ai banditi nessuna possibilità e non ne ebbero. La nostra determinazione trovava cibo nella nostra freddezza, e la nostra freddezza nel nostro obiettivo, quando trovavamo una banda non davamo loro scampo, usando arco e freccia non facevamo rumore e spesso non riuscivano nemmeno a rispondere al fuoco. E' vero che siete veloci con le pistole. Finora nessuno è mai riuscito a superarci, merito della zappa, e del pugilato, lo dissi alzando il braccio da forzuto e ridendo. E' per questo che mi fai zappare la terra. Certo, non c'è strumento migliore per rinforzare le braccia. E quando li avete presi i due assassini che cosa hai pensato. Beh, ero contento di vederli incatenati e imbavagliati davanti a noi, con la protezione dei nostri amici indiani, ma non provavo odio verso di loro anche se ero pronto ad ammazzarli, al momento però non era ancora finita, è stato dopo il processo, quando sono partiti verso il carcere a vita che ci siamo sentiti soli e senza sapere cosa fare di noi. Non avevate bisogno di lavorare. No, economicamente stavamo bene, papà ci aveva lasciato in eredità una bella somma di denaro, noi con il nostro lavoro di cacciatori di taglie avevamo guadagnato molti soldi e poi si è aggiunta la proprietà della fattoria di bovini e equini a metà con la moglie del sindaco. Forse se avessimo dovuto lavorare per vivere saremmo guariti un po' prima, la necessità a volte può essere terapeutica, ma non avendo nemmeno questa preoccupazione ci stavamo un po' lasciando andare. Nemmeno ora lavorate. Ora facciamo i genitori a tempo pieno, dissi ridendo con Nahity, però abbiamo ritrovato il gusto a studiare e uscire a cavallo.

Perché quando uscite avete sempre tante armi addosso. Questo è il nostro stigma, abbiamo sempre paura che qualcuno voglia vendicarsi di noi, come purtroppo è già successo, anche la piccola derringer che avevi addosso tu nel viaggio, te l'ho data perché pensavo che avrebbe potuto servire a me, invece l'hai usata tu benissimo. Mi sorrise. Credi che anche io potrò diventare veloce come voi. Non mi sorprese la domanda. Anche di più, risposi, poi cambiando tono di voce, ma spero tu non debba mai confrontarti con nessuno. Robert si fece serio e per un attimo ci fu silenzio, l'ombra del guerriero in crescita era davanti ai nostri occhi, sebbene Robert fosse un bambino tranquillo e corretto, era anche freddo e deciso, e questo mi metteva paura. Ricorda, gli dissi, quando sei davanti ad un uomo e tu hai la pistola in mano non hai sempre bisogno di ucciderlo, se è necessario puoi provare a colpirlo ad un braccio per disarmarlo, ad una gamba per fermarlo, dipende dalla situazione e devi essere in grado di valutarla velocemente. Robert mi guardava muto, mentre Nahity esclamò. Ma che gli vai dicendo Adry. Scusate, mi sembrava importante, scusatemi davvero. Robert guardò Nahity e risero insieme. Raholy, disse, mi sembra giusto che sappia certe cose, se non gliele dice il padre, chi deve dirgliele.

L'anno scolastico era già avviato, Robert si dedicava allo studio a tempo pieno e agli amici con Elia, io e Nahity ci annoiavamo a passare le giornate tutte uguali, veglia alla stessa ora tutti i giorni, colazione, la gestione degli animali nella stalla e poi se non c'era nulla di urgente dovevamo inventarci qualcosa da fare. In realtà poi le nostre giornate risultavano piene, ma la ritualità quotidiana ci toglieva quasi il gusto delle cose fatte. Fu in questo clima di semi noia che arrivò la convocazione della Pinkerton, con l'invito diretto non solo ad associarci ma ad iniziare un nuovo caso fatto per noi. Avremmo dovuto recarci a Chicago, un lungo viaggio solo per prendere coscienza dell'organizzazione, le sue regole di ingaggio e dei dirigenti superiori ai quali giurare obbedienza come sotto militare. Non volevamo un contratto continuativo con nessuno, volevamo rimanere liberi di decidere di volta in volta e soprattutto non volevamo giurare obbedienza a nessuno. Dopo la nostra risposta negativa, arrivò una nuova comunicazione, Baxter in persona sarebbe venuto da noi con un altro dirigente. Così una sera arrivò lo sceriffo Mudd con i due dirigenti della Pinkerton, dopo i soliti convenevoli lo sceriffo ci lasciò, ci sedemmo e Doc. Steiner, avvocato, così si era presentato l'altro uomo, guardò Robert, come se volesse farlo andare via, dopo di che avrebbe cominciato a parlare. Robert va dove vuole, dissi, sa cosa deve fare. Robert sorrise, ma rimase seduto poco lontano da noi. E loro, indicò le nostre zie. Rimangono anche loro. Doc guardò Baxter che lo invitò a parlare. Dunque, devo dire che siamo rimasti molto delusi del vostro rifiuto, due agenti come voi non sono facili da trovare, ma abbiamo pensato che forse possiamo rigirare in positivo la faccenda, vorremmo affidarvi una missione in Missouri e il fatto che voi non siate associati vi varrebbe di piena copertura, naturalmente avrete l'appoggio pieno della nostra struttura e dei nostri uomini. Che tipo di missione, chiesi. Si tratta di arrestare o uccidere due uomini, due fratelli. E non avete uomini da quelle parti che possano occuparsene. E' meglio che sia qualcuno che viene da lontano, rispose. Come si chiamano gli uomini. Sono i fratelli Jessy e Robert James. Guardai Nahity che mi guardò a sua volta con un sorriso a metà tra lo stupore e il divertito, avevamo sentito parlare di questi due fratelli e della loro banda, le loro azioni criminali erano la continuazione personale della guerra civile combattuta nelle file dei confederati, rapinavano solo banche di proprietà del nord, sapevamo che avevano commesso molti omicidi anche di gente innocente, ma avevano la protezione della popolazione che non aveva mai accettato la sconfitta ed erano anzi visti come eroi, non era proprio il tipo di gente con cui avevamo a che fare noi, non volevamo entrare in politica schierandoci apertamente per una parte. La guerra civile era il frutto dell'aggressività dell'uomo bianco, lo schiavismo degli stati del sud era solo una scusa, in quanto anche nei paesi del nord il razzismo era diffuso e violento anche se lo schiavismo era stato abolito, in realtà erano due sistemi economici che si scontravano, il nord più industrializzato, necessitava di manodopera libera e lo schiavismo andava contro i loro interessi, mentre il sud restava legato ai grandi latifondi gestiti con la schiavitù, i torti e le ragioni si mescolavano da ambo le parti e noi non ne vedevamo i confini. Guardai Doc Steiner e gli dissi. I fratelli Jessy sono due eroi per il loro popolo e noi non vogliamo metterci contro nessun popolo. Avete paura della banda. Non si tratta di paura, questi non sono comuni criminali, sono simboli di una lotta, giusta o sbagliata che sia, e noi non vogliamo entrarci. Signor Betancourt, la guerra è finita e dobbiamo finirla anche con questi criminali se vogliamo costruire il paese, lo disse con un tono polemico. Lo guardai un momento e poi dissi. La bomba esplosa in casa dei Jessy, che ha ucciso la madre e ferito il nipote, era un atto di guerra non di polizia e le ripeto che non vogliamo entrare in una guerra, avevo usato un tono moderato, ma che non lasciava spiragli. Baxter e il compagno si guardarono senza saper cosa dire. Poi Baxter aprì la bocca per la prima volta. Io spero che ci ripensiate, i vantaggi sono molti e anche lo stipendio è buono. Lo disse sorridendo, era un nuovo invito ad associarci. Salutarono e se ne andarono senza aggiungere altro.

Non ci offriranno più niente, dopo questo secondo rifiuto. Nahity rispose, non credo, vedrai che qualcosa da fare lo troveranno ugualmente, gli facciamo troppo comodo. Il giorno dopo nel pomeriggio tardi, rientrando dalla cavalcata, vedemmo i due uomini della Pinkerton ancora in città, ci domandammo per quale motivo non fossero ancora ripartiti. Nahity aveva ragione, si erano fermati per aspettare comunicazioni dall'ufficio centrale che riguardavano noi due e così la sera dopo erano di nuovo a casa. Ho una nuova proposta, più semplice, cominciò Doc. Steiner, due rapinatori ricercati vivi o morti, sono in viaggio verso ovest, le informazioni in nostro possesso dicono che tenteranno di passare nel Montana attraverso il Wyoming con una carovana di rifornimenti per l'inverno degli avamposti sulla pista Bozeman. Dateci tutti i riferimenti e domani vi faremo sapere. Sul foglio che mi aveva consegnato erano segnati tutti i crimini per i quali erano ricercati, i disegni dei volti e la razza dei cavalli, come al solito andammo dallo sceriffo a completare le informazioni, ci raccontò dell'ultima impresa, un grosso quantitativo di denaro, cinquecentomila dollari, doveva essere trasferito con solo tre guardie in segreto, con poche armi per non farsi riconoscere, i banditi, che sapevano del piano, hanno ucciso direttamente le guardie e sono scappati con i soldi, ma sono stati visti e riconosciuti, niente che non fosse già scritto, così accettammo l'incarico. Quando ci salutammo Baxter, abbracciandomi fraternamente mi mise un biglietto in tasca di nascosto. Quando fummo soli lo lessi con Nahity, c'era scritto solo. Burt Least. è un traditore, non fidatevi, non uccidete i ricercati. Chi è Burt Least, ci chiedemmo, e per quale motivo non dovremmo ucciderli se sono già stati condannati.

Guardammo Robert che era già immusonito, lo prendemmo fra di noi in poltrona, coprendolo di baci. Amore, gli disse dolcemente Nahity, siamo ancora giovani e abbiamo bisogno di partire, devi capirci, torneremo e poi avremo tutta l'estate forse anche la primavera davanti a noi, tutti insieme. Io ho paura per voi, so che andate ad affrontare banditi pericolosi. Non abbiamo voluto nasconderti niente lasciando che tu fossi presente alle trattative, anche se sei ancora un bambino sei molto maturo e pensiamo che tu possa capirci, è il nostro lavoro e lo sappiamo fare bene, non devi preoccuparti per noi, tu hai il dovere di studiare, è quello il tuo lavoro ora, con te ci saranno sempre Tahina e Raholy e poi hai i tuoi amici, non dimenticare di esercitarti con la boxe e con il fucile e vedrai che il tempo passerà in fretta. Mi strinse ancora più tristemente. Ma voi non ci sarete.

Raholy voleva venire con noi, come sempre d'altronde. È Tahina la tata, non io. Scherzava ad alta voce e poi rideva, sicura che stavolta le avremmo concesso il permesso. Nahity se la rideva sotto i baffi, quella donna dopo aver rifilato il calcione al suo tentato violentatore sembrava aver trovato il gusto a rifilarli a chiunque non appena poteva e con noi trovava sempre l'occasione. Le concedemmo comunque il permesso. Preparammo i cavalli e il mulo con il basto carico, ci riempimmo di armi e di munizioni, i giacconi con i mantelli e il largo cappuccio dietro le spalle e partimmo, la prima tappa era Spencer, a sud, in Nebraska, ove avremmo incontrato un uomo della Pinkerton che si sarebbe unito a noi nella ricerca, cominciava a fare freddo, soprattutto la sera e il fuoco era sempre allegro nell'accampamento improvvisato. Ci vollero quattro giorni, poi scorgemmo un grosso villaggio adagiato su di un torrente, mentre poco lontano scorreva il fiume Missouri e a sud, a qualche miglio il Niobrara, prendemmo posto nell'unico hotel in due camere comunicanti anche se saremmo stati sempre insieme, facemmo un bagno e ci cambiammo d'abito, tutti e tre vestiti da uomo con pantaloni, stivali e giaccone. Andammo a mangiare senza passare dallo sceriffo, anche se credo i suoi uomini ci avessero notato subito, ma non avevamo niente da chiedergli né altri motivi per passare da lui. Mentre stavamo cenando entrò un uomo vestito come Baxter, tutto scuro con un grosso pistolone al fianco sotto al giaccone lungo, ci notò subito, sorrise e si avvicinò. Io avevo la mano sul calcio della pistola e Nahity la mano sotto la giacchetta con la derringer impugnata mentre fingeva di pulirsi la bocca con la mano sinistra, Raholy prese direttamente in mano il fucile. L'uomo si fermò alzando le mani e sorridendo disse. Sono della Pinkerton, sono l'uomo che dovete incontrare. Puoi mostrare un documento. Certo, allargò il giaccone con due dita, prese da una tasca interna un portafoglio, lo aprì con una mano e noi leggemmo sotto i simboli della Pinkerton, Burt Least. Ci guardammo tutti e tre in faccia, ci eravamo compresi. Lo invitammo a sedere e darci ragguagli della situazione. Lui era stato scelto in sostituzione di un altro agente in quanto conosceva di persona i due ricercati. Dobbiamo ucciderli quei due farabutti. Lo disse con tono basso ma rabbioso. Lo guardammo e io dissi. Se si arrendono forse non sarà necessario ucciderli. Non siete voi la coppia terribile che non ha mai lasciato vivo nessuno, perché ora vi tirate indietro. Lo disse quasi in tono canzonatorio ma dietro c'era sempre quella punta di rabbia che forse era pure aumentata. Nessuno si tira indietro, ma forse siamo cambiati, la nostra intenzione è di prenderli possibilmente vivi, disse Nahity. Io non credo che quelli si arrenderanno, si batteranno fino alla morte, tanto li aspetta solo l'impiccagione. Sì, probabilmente sarà così, dissi tagliando l'argomento. Ora cosa conti di fare, intendo dire cosa facciamo. So per certo che si sono diretti a San Louis, lì prenderanno una qualunque carovana che li porti verso l'interno nel Wyoming, in qualche villaggio da quelle parti, forse Casper, dove potrebbero essere costretti a passare l'inverno e poi tentare di passare le montagne rocciose verso il grande lago salato, strada difficile ma più sicura per loro, in alternativa potrebbero aggiungersi alle carovane di rifornimenti che vanno sull'alto fiume Powder, con il rischio però di incontrare tanti militari nei forti e di farsi riconoscere. Sai se sono attrezzati per vivere all'aperto. Solo per qualche notte, non credo di più. Potrebbero nascondersi nelle gole o sulle colline comperando i rifornimenti nei paesi vicini. Non è gente capace di vivere in grotta o in tenda, secondo me si chiuderanno in un albergo ad aspettare la fine dell'inverno, meglio se con annesso bordello. Rise da solo.

Il giorno dopo, al mattino eravamo già a cavallo tutti e quattro, durante la colazione Burt si era lasciato andare ad alcuni complimenti verso Raholy, suonavano come fuori luogo, Raholy d'altra parte rimase indifferente, non era solo il sospetto che fosse un traditore, aveva un modo di fare untuoso e non era una persona piacevole anche se di bell'aspetto. Dovevamo raggiungere la pista che portava verso Casper e anticipare i due banditi, il che voleva dire almeno una settimana attraversando la prateria verso le montagne rocciose. Avevamo due tende, ma Burt dormì solo, perché Raholy restò sempre con noi. Dopo sette notti nella immensa prateria, con tutte le sue bellezze, turbate solo dalla presenza ingombrante di Burt Least, arrivammo in vista di Casper. Nevicava quella mattina, un leggero strato era caduto nella notte e intorno tutto era bianco. Improvvisamente ci ricordammo che l'ultima volta che eravamo stati a Casper, la popolazione aveva chiesto la nostra partenza per il bene della quiete pubblica, chissà come ci accoglieranno se si ricordano di noi, pensai. Lasciammo gli animali nella stalla e ci recammo a pranzare, al ristorante uno dei vice dello sceriffo Mc Donnel, che ci conosceva, si fermò a salutarci, gli dicemmo che eravamo appena arrivati e che più tardi saremmo andati dallo sceriffo. Burt fece una strana espressione vedendo la nostra familiarità con gli uomini dello sceriffo, ma non gli spiegai nulla e lui non chiese nulla. Prendemmo posto nelle camere e dopo un bagno ci recammo dallo Sceriffo, presentai Raholy e Burt e gli spiegammo perché eravamo lì, chiedemmo la loro collaborazione per l'avvistamento dei convogli prima dell'arrivo in città possibilmente, in modo da perquisirli. Fu molto cordiale con noi, naturalmente offrì la sua collaborazione e quella dei suoi uomini, tutti felici di prendere parte ad una azione. Sarà meglio che voi vi facciate vedere poco in giro, se qualcuno si ricorda di voi potrebbe rinascere un movimento per il vostro allontanamento come persone sgradite. Siamo qui in missione per conto della legge, ma faremo come dici, resteremo in albergo più tempo possibile.

Il mattino presto del secondo giorno venne a svegliarci un uomo dello sceriffo, ci avvisò che era stato avvistato un convoglio con molti carri e Burt Least si era precipitato a cavallo senza aspettare nessuno. Se li trova li uccide, per questo è andato da solo. Dobbiamo raggiungerlo. Ci vestemmo velocemente, controllammo le armi e andammo a prendere i cavalli, tre uomini dello sceriffo erano già pronti e insieme ci precipitammo sulla strada verso il convoglio. Quando arrivammo scoprimmo che Burt aveva già sparato ad ambedue gli uomini, il capo carovana con i suoi uomini erano intervenuti facendo scappare Burt illeso. Ci presentammo come delegati alla cattura dei due fuorilegge e gli uomini dello sceriffo confermarono la nostra autorità. Scoprimmo che un uomo era ancora vivo, respirava male ed era totalmente incosciente, ma non perdeva troppo sangue, lo medicammo come meglio potemmo e lo mettemmo sul loro carro con il cadavere del compagno. Burt non aveva fatto in tempo a prendere nulla dei bagagli dei due uomini e sul carro dove viaggiavano trovammo la refurtiva in due sacche, erano un mucchio di soldi, nessuno doveva sapere che li avevamo trovati o in tanti avrebbero tentato di rubarceli, legammo le sacche semplicemente sulle selle dei nostri cavalli con tutte le armi e le portammo via.

Chiesi allo sceriffo di inviare un un uomo al più vicino telegrafo per informare la Pinkerton e sapere come procedere, intanto avremmo aspettato le cure del ferito. Lo chiamai in disparte, andammo in giardino e lontano da orecchie indiscrete gli dissi. Abbiamo trovato la refurtiva, non abbiamo detto niente perché avremmo solo guai, nessuno deve sapere, ma per non rischiare di essere accusati di furto almeno a te dobbiamo dirlo, il nostro intento è di consegnarlo alle autorità, come abbiamo sempre fatto. Ci guardò annuendo. Però devo almeno vedere la refurtiva per sapere se le cose stanno come dite, non è mancanza di fiducia, ma qualcuno un giorno potrebbe chiedermelo. Andammo in albergo e gli mostrammo le due sacche. Dovremmo contarli, ci disse. Erano quasi cinquecentomila dollari, non avevano ancora fatto in tempo a spendere nulla. Non sarebbe meglio se li tenessi io nel mio ufficio, là c'è sempre qualcuno per il prigioniero e a nessuno verrebbe in mente di entrare a rubare. Facemmo come diceva lui, altrimenti uno di noi avrebbe dovuto sempre essere in camera. Li mise dentro un armadio dietro la sua scrivania e lo chiuse a chiave, nessuno dei suoi uomini si era accorto di nulla. Andammo in caccia di Burt, le tracce sulla neve erano chiare, ma dopo due giorni capimmo che si era diretto ad est senza deviazioni, probabilmente era sicuro di aver ucciso i due banditi e ora si stava recando a kansas City e poi chissà dove, in teoria non poteva essere accusato di nulla visto che i due erano ricercati vivi o morti e non aveva nemmeno tentato di rubare la refurtiva, ma avrebbe dovuto dare molte spiegazioni, doveva avere un motivo personale per volere la loro morte.

Dopo circa una settimana l'uomo inviato al telegrafò, tornò con la risposta, aspettare la guarigione e portare il ferito al cospetto dei giudici di Kansas City. Il ferito dava segni di miglioramento ma era impossibile partire con lui, ci sarebbe voluta ancora qualche settimana. Con i soldi dallo sceriffo ci sentivamo sicuri e per non farci vedere in giro, tutte le mattine presto partivamo con i nostri cavalli, restavamo in collina esplorando il territorio fino quasi al tramonto, il tempo era mite e di giorno un pallido sole splendeva sciogliendo quel po' di neve che si era adagiata, i panorami erano aperti e le colline si susseguivano creando vallate percorse da torrenti o ruscelli, il verde chiaro della prateria si alternava al verde più scuro dei boschi di pini e faggi, il sole illuminava in lontananza le bianche vette delle Rocky Mountain. Respiravamo apertamente, mentre il nostro sguardo veniva rapito dalla vastità dell'orizzonte. Cacciavamo qualche lepre e l'arrostivamo aggiungendo i fagioli o le patate che avevamo con noi. Parlavamo poco durante il giorno, ci intendevamo bene e non ne avevamo bisogno particolare, Raholy dopo pranzo prendeva il cavallo e se ne andava da sola nei dintorni. Vi proteggo io, diceva. tornava dopo un'ora circa, trovandoci sempre abbracciati. Alors, les amoreux. urlava ridendo, da quando aveva imparato quella frase in francese, ce la ripeteva spesso per canzonarci, noi sorridevamo e ci baciavamo. Sei gelosa, domandava Nahity. Oh no, con gli uomini ho chiuso, si sta così bene da sole, e rideva.

Al rientro in città la prima fermata era dallo sceriffo, per sapere se tutto era tranquillo o se c'erano novità, girava la voce che i due banditi avessero con sé la refurtiva e che Burt non poteva averla portata via e quindi non si capiva dove fosse finita. L'avranno nascosta bene prima di partire, Diceva lo sceriffo, sarà il ferito a parlare, speriamo. Così tentava di chiudere il discorso. Tutti sapevano che avevamo perquisito noi il carro, qualcuno potrebbe aver notato le due sacche che avevamo preso, ma nessuno sapeva che erano nell'armadio.

Una sera rientrando dal nostro giro trovammo il direttore dell'albergo ad aspettarci, agitato e confuso ci chiedeva scusa, che non era mai successo. Gli chiedemmo di cosa stesse parlando e un cameriere ci disse che qualcuno aveva forzato la finestra ed era entrato in camera nostra mettendo tutto a soqquadro. Andammo velocemente in camera ove due donne stavano ancora riassettando la camera, le nostre armi nascoste nei bagagli erano già tutte da parte sul tavolo, vidi subito che mancavano le due colt requisite ai banditi, i loro foderi erano appesi vuoti, mancava anche un fucile. Chiedemmo di rimanere soli, sistemammo tutto, non mancava altro, la borsa con i nostri soldi personali e documenti erano dallo sceriffo al sicuro, era evidente che cercavano la refurtiva, qualcuno pensava che l'avevamo noi. Ne parlammo con lo sceriffo. E probabile che non avendo trovato i soldi, chiunque sia, ora pensi che i soldi li abbia tu, gli dissi. O magari pensa che non ci sono davvero i soldi, rispose. Ne dubito, non credo si arrenderà così facilmente. Qui non potrà mai rubarli. E se fosse proprio uno dei tuoi uomini, tanti soldi sono sempre una grande tentazione. Lo lasciammo con il dubbio.

Il ferito si era ripreso, non aveva parlato, chiuso nel mutismo, ma ora respirava bene e, sebbene ancora debole, avrebbe potuto affrontare il viaggio su di un carro. Avevamo spostato i soldi dalle sacche, che il bandito conosceva, in due sacchi di tela nuovi e questi in due borse che avevamo comperato apposta ed erano una sul cavallo di Nahity e l'altro su quello di Raholy. Partimmo di mattina presto, due uomini dello sceriffo avrebbero guidato il carro accompagnandoci nel viaggio nel quale potevamo aspettarci una imboscata. Aveva ricominciato a nevicare lentamente e il panorama era già tutto bianco, avevamo indossato il lungo mantello sopra il giaccone che riparava anche le gambe, una sciarpa sul viso sotto il cappello e sopra il cappuccio del mantello, Kansas city stava a circa dodici giorni. Prima del tramonto, trovammo una radura, montammo una sola tenda, i due vice con il prigioniero avrebbero dormito sul carro coperto, preparammo il fuoco per la cena e mettemmo una pentola di neve a bollire. Dopo cena Nahity mi fece notare un filo di fumo, leggero, quasi invisibile, che saliva da un boschetto non lontano da noi. Che dici, facciamo un giro a vedere chi sono. Mi sembra proprio il caso, risposi. Prendemmo i fucili io, Nahity e Raholy e ci recammo verso il boschetto, nella pianura bianca di neve eravamo evidenti come tre macchie nere, ma quando arrivammo nel bosco ci nascondemmo come lupi, avanzammo con cautela finché vedemmo i bagliori di un fuocherello. Allarghiamoci e avanziamo uno alla volta, dissi. Ci tenemmo a cinque metri di distanza, cominciammo a sentire i rumori dei cavalli e un parlottare continuo e finalmente vedemmo quattro uomini, seduti su tronchi, avevano le coperte gettate sulle spalle ma non avevano fatto un campo vero e proprio, tranne che per il fuoco su cui bolliva una caraffa di caffè, contai i cavalli, erano quattro come gli uomini. Dissi loro di aspettare e strisciando a terra mi portai dietro l'ultimo albero, mi misi seduto con spalle al tronco e feci segno di fare lo stesso una alla volta, quando fummo tutti e tre dietro un tronco d'albero, abbastanza vicini, le guardai contai con la mano fino a tre, ci alzammo e velocemente entrammo sullo slargo puntando i fucili. Non provate a toccare le armi o siete morti, dissi senza alzare troppo la voce, ripetuto da Nahity e Raholy. Fu una vera sorpresa per loro, sbigottiti alzarono le mani lasciando cadere le coperte e le tazze di caffè senza quasi accorgersene. Adesso alzatevi, mettetevi in riga lontani e in ginocchio uno alla volta. Obbedirono come agnellini e muti come pesci. Teneteli sotto tiro. Andai dietro di loro e li perquisii, una volta disarmati tornai davanti a loro, sembravano dei babbei nelle loro facce stupite, tranne uno che aveva la faccia dura e cattiva, gli dissi. Cosa fate di notte nella prateria senza bagagli per dormire. Abbiamo le coperte, rispose il cattivo. Non mi sembra sia sufficiente una coperta e dove sono le stoviglie per cucinare, voi avete intenzione di tornare in città stanotte stessa, voi non siete qui per dormire, e allora mi domando cosa siete venuti a fare, forse per fare una rapina e chi volete rapinare qui nella prateria, ci siamo solo noi. Guardai in faccia il cattivo da vicino. Tu sei un uomo dello sceriffo, tu sai chi siamo e pensi che abbiamo noi la refurtiva e hai ingaggiato i tuoi amici. No, non è così, rispose, noi non stavamo facendo niente di male, volevamo cacciare. Di notte, chiesi con tono ironico, lo spiegherai allo sceriffo. Alzatevi che si va al campo. Prendemmo i cavalli con tutte le armi e tornammo. Misi gli uomini a confronto con i nostri accompagnatori, li conoscevano tutti, mentre li guardavano uno improvvisamente disse. Non volevamo uccidervi, volevamo solo i soldi. Uno di fianco a lui gli tirò un pugno in pancia che lo fece piegare in due. Mettete a nota anche questo, dissi ai due vice. Non potevamo portarli con noi, né tornare indietro, presi una decisione. Farete i conti con lo sceriffo più avanti, ora prendete i vostri cavalli e tornate a casa. Nessuno disse nulla, non c'era altra scelta. Salirono sui cavalli mestamente. E le nostre armi. Scordatevele. Dateci almeno le coperte, ci proteggeranno. Nemmeno quelle, così andrete diretti a casa, fate ancora una richiesta e vi tolgo anche gli stivali. Girarono i cavalli e si avviarono al buio. Facemmo dei turni di guardia, ma per quella notte almeno, forse non era più necessario. Il giorno dopo durante un campo volli controllare le armi requisite e oliarle se necessario, guardai le pistole, presi una colt, era bella oliata, chiamai Nahity e gliela mostrai. Guarda questo segno, è una di quelle dei banditi della rapina, Disse, l'abbiamo pulita e oliata noi stessi. Già, questo significa che tra i quattro c'era anche quello che è entrato in camera nostra e penso a questo punto che sia proprio l'aiutante dello sceriffo, l'unico tra i quattro che poteva sospettare di noi e che conosceva esattamente quale fosse la nostra camera. Dovevamo rimandare il regolamento di conti e lasciarlo con le nostre accuse nelle mani dei due vice al loro rientro.

Dopo alcuni giorni arrivammo ad un lago formato da un allargamento del fiume North Platte, sulle sponde c'era un trading post con molti avventori, era ancora pomeriggio ma ci fermammo per far riposare un po' di più gli animali e nutrirli meglio. La vista era meravigliosa, le sponde boscose e il lago, in parte ghiacciato, rasserenava l'animo solo a guardarlo. Fermammo il carro e staccammo gli animali per lasciarli liberi di muoversi. Entrammo nel locale riscaldato da una stufa a legna, avevamo con noi le due borse, cercammo un posto a sedere, dentro ci guardarono tutti con l'uomo incatenato che attirava l'attenzione. Entrando avevo notato due uomini, pessimi soggetti, fuori dalla porta, che ci guardavano ed ora erano entrati e continuavano a guardarci cercando di non farsi notare. Feci segno a Nahity, ma mi fece capire di averli già notati, annuendo, avevano almeno due pistole a testa e il fucile, non avevano l'aria di cacciatori, comuni viandanti silenziosi. La sera arrivò presto e l'oste ci permise di dormire all'interno, ma io, Nahity e Raholy avremmo dormito sul carro, prima di uscire dissi ai due vice. State in allerta che stanotte potrebbe capitare qualcosa. Sai qualcosa che noi non sappiamo, mi chiesero. No, solo sensazioni, oggi c'erano due uomini che non mi piacevano per niente, dormite uno alla volta. Salimmo sul carro, quando tutte le luci furono spente, aprimmo il tendone nel retro e uscimmo di soppiatto andando a nasconderci dietro la porta della stalla vicina, faceva freddo, ma avevamo preso le coperte, così ci mettemmo ad aspettare. Passò solo un'ora, vedemmo delle ombre muoversi lentamente e, avanzando, arrivarono di fronte alla taverna, due uomini, fucili alla mano, andarono verso il nostro carro, gli altri due verso l'ingresso della taverna, si guardarono un attimo e poi si diedero il via, uno dei due vicini al carro alzò la tenda e gridò di alzare le mani, mentre un terzo forzava la porta per entrare nel locale, entrammo in scena noi sparando in aria per avvertire i vice e intimando di alzare le mani, uno puntò l'arma verso di noi e noi sparammo tutti e tre insieme, sentimmo sparare dentro la taverna, l'uomo entrato riuscì velocemente cominciando a sparare verso di noi, insieme all'altro, dovemmo ripararci, anche l'altro nascosto dietro il carro aveva cominciato a sparare, poi si voltarono e fuggirono nell'ombra, non era il momento di inseguirli, troppo pericoloso al buio. Intanto si erano svegliati tutti e qualcuno aveva portato anche un lumino, guardammo l'uomo morto, era uno dei due del pomeriggio, ma gli altri due chi erano, non li avevamo notati. I due vice si erano comportati bene, uno era rimasto sveglio e quando ha sentito il nostro sparo e visto la porta aprirsi ha subito sparato in aria costringendo gli uomini a ritirarsi ed era quindi uscito a darci una mano, mentre l'altro era rimasto con il prigioniero.

Passò anche quella notte senza altri disturbi, l'uomo non aveva documenti e il suo cavallo l'avevano portato via i complici, prendemmo un orologio e una catenina sperando che qualcuno potesse identificare il loro proprietario e lo seppellimmo nella dura terra.

Con un solo giorno di marcia seguendo il corso del fiume arrivammo a North Platte, un piccolo centro con un posto di telegrafo e l'ufficio dello sceriffo, Nahity era convinta che qualcuno ci stesse osservando. Portammo il prigioniero nella guardiola chiedendo ospitalità allo sceriffo e restando noi stessi nell'ufficio a fare la guardia, di nuovo portammo i due borsoni, i due vice cominciavano a guardarci con sospetto. Uscimmo a telegrafare a Baxter per informarlo del nostro prossimo arrivo a Kansas City con il prigioniero, poi andammo a cena e rientrammo per dare modo ai due vice di andare a rifocillarsi.

Quando rientrarono ci chiesero senza preamboli che cosa ci fosse di così importante nelle borse che non ce ne separavamo mai. Non lo immaginate, dissi. Si, ce lo immaginiamo bene, disse Claude, ma avremmo voluto saperlo da subito del rischio che ci state facendo correre, quindi anche l'assalto alla taverna non era per il prigioniero, ma per i soldi. Gli uomini che sono entrati nella taverna può essere che volessero uccidere il prigioniero e quindi voi avete fatto il vostro dovere difendendolo, e comunque non potevamo certo rivelare il ritrovamento della refurtiva, avremmo avuto addosso tutti i banditi della regione, mettendo a rischio la vita di tutti, inoltre lo sceriffo Mc Donnel è a conoscenza di tutto, con lui abbiamo anche concordato un premio per voi di duecento dollari a testa, ve li consegnerà al vostro ritorno. E se non tornassimo. Alle vostre mogli verrebbero donati mille euro a testa, ci siamo fatti garanti noi, ma poi li faremo pagare alla banca. Rimasero in silenzio, guardandosi, l'altro vice, Kevin, disse. Bene, almeno ora siamo al corrente di tutto, ma, perché vorrebbero uccidere il prigioniero. Ancora non lo sappiamo, ma crediamo abbia rivelazioni importanti da fare, l'uomo della pinkerton che ha già tentato di ucciderlo deve avere un motivo valido, potrebbe essere coinvolto nella rapina e a questo punto non escludo che uno degli aggressori alla taverna possa essere proprio lui. Subiremo altri agguati. Temo di sì, cinquecentomila dollari sono un bel gruzzolo.

A est del paese i due fiumi North e South Platte si congiungevano creando una via d'acqua navigabile con le chiatte, valutammo la possibilità di arrivare via fiume fino a Omaha e poi tramite il fiume Missouri fino a Kansas city, via acqua sarebbe stato più complicato tenderci un'imboscata. Trovammo una grande chiatta che trasportava merci e persone e al ritorno verso Omaha non aveva grandi merci, ci stavamo tutti, carro e cavalli compresi e saremmo stati da soli, tranne per i tre governanti della chiatta, un vecchio ancora in gamba con la folta barba grigia e due bravi ragazzini, mi spiaceva l'idea di metterli in pericolo, ma non avevamo alternative. Inviai un nuovo telegramma a Baxter informandolo del nostro tragitto via acqua, salutammo e ringraziammo per l'ospitalità lo sceriffo e ci dirigemmo verso il punto di attracco. Era ancora mezzogiorno quando partimmo, ci sarebbero voluti due giorni. I ragazzini erano attrezzati per la pesca con la canna, noi che eravamo soliti pescare con arco e frecce lo trovammo divertente all'inizio e noioso dopo un po', così abbandonammo la pratica, io mi misi a leggere, mentre Nahity e Raholy chiacchieravano. I due vice stavano sempre insieme e all'erta, non riuscivano a liberarsi dall'inquietudine, guardavano continuamente le sponde da una parte e dall'altra, avevano dato dimostrazione di coraggio e determinazione, ma ora la tensione durava da troppo tempo e la missione si era complicata inaspettatamente per loro. Mi avvicinai e gli dissi. Mi sembra che abbiate bisogno di allentare un po' la tensione, perché non cercate di dormire, qui siamo un po' più al sicuro, inoltre stiamo svegli noi. Mi guardarono stranamente, io che ero solo un ragazzo davo a loro, uomini maturi, consigli di gestione del rischio. Pensiamo alle nostre famiglie. E fate bene, le rivedrete se staremo uniti a difenderci, ma dovete cercare di rilassarvi e riposare, altrimenti nel momento del bisogno potreste non essere completamente lucidi.

Quando il sole cominciava a calare dissi al vecchio di cercare un posto riparato ove nascondere la chiatta tra gli alberi e lasciar liberi gli animali. Trovammo una lunga isola, almeno mezzo miglio, alla fine della quale numerosi cespugli e alberi che arrivavano fino in riva creavano un luogo ideale al pernottamento. Lasciammo liberi gli animali di brucare e facemmo il campo, il fuoco per la cucina era dentro la cabina della chiatta e il suo riverbero era parzialmente nascosto, ma purtroppo ancora visibile. Dopo cena dissi che era meglio se nessuno avesse dormito sulla chiatta. Il vecchio brontolò che non era mai successo, ma alla fine dovette accettare il nostro consiglio. Montammo le tende, ma ci sistemammo nei pressi, noi tre da una parte nascosti tra i cespugli con le borse ben nascoste, i due vice da un'altra con il prigioniero, il vecchio e i due ragazzi li mandammo un po' più lontano in modo da tenerli fuori da un eventuale conflitto a fuoco. Da che parte pensi che arriveranno, domandò Raholy. Io penso che verranno dal capo opposto dell'isola, è più facile per loro sbarcare senza essere visti e poi attraversare l'intera isola a piedi. Feci io il primo turno di guardia.

Nahity si svegliò di soprassalto. Sento un pericolo, disse sottovoce. Restammo in ascolto, si sentiva ogni tanto il volo notturno tra le frasche degli uccelli notturni.

Sentii un secco rumore di ramo spezzato, un grosso gufo che bubolava si stacco da un ramo e volò via, puntai il fucile in quella direzione. Svegliai anche Raholy e lanciammo un sasso in direzione dei due vice per avvisarli di stare in allerta. Il cielo parzialmente nuvoloso copriva la luna non permettendo alla luce di illuminare il campo, restammo immobili per alcuni minuti, ma non successe nulla. Stavamo quasi per ritornare a dormire quando vidi un'ombra silenziosa che avanzava verso la chiatta, dissi a Raholy. Tienila sotto tiro e se iniziamo a sparare, colpiscila alle gambe, possibilmente. mentre io e Nahity continuavamo a scrutare i dintorni del campo. La figura salì sulla chiatta senza far rumore e si nascose dietro il carro, poi avanzò ancora ed entrò nella cabina, nel contempo due figure in piedi uscirono dal fitto bosco ed entrarono nella radura con i fucili in mano dirigendosi verso le tende, a pochi metri iniziarono a sparare tutti i colpi crivellando le tende. Noi restammo in silenzio senza intervenire, Nahity mi disse. Ci sono altre due ombre dietro gli alberi, le tengo io sotto tiro. L'uomo sulla chiatta si alzò in piedi sul bordo. Improvvisamente uno dei vice iniziò a sparare colpendo un uomo, Raholy sparò in direzione dell'uomo sulla chiatta che però si era già chinato evitando i colpi. Anche noi intervenimmo, Nahity colpì un uomo dietro un albero, io sparai in direzione dell'altro uomo vicino alle tende che si gettò nella boscaglia, fuggendo dal tiro incrociato, l'uomo sulla chiatta si gettò in acqua scomparendo nel buio. Continuammo il fuoco verso la boscaglia dove gli uomini stavano fuggendo, mentre Raholy salì sulla chiatta sparando in direzione dell'uomo in acqua. Non tentammo di seguirli, era troppo pericoloso, restammo fermi ad aspettare, gridai a Raholy e ai vice di rimanere fermi e al coperto, solo l'uomo ferito vicino alla tenda si lamentava contorcendosi, Nahity dopo un po' mi disse. Faccio un tentativo di aggiramento. Strisciò verso la boscaglia lontano dal punto ove erano scomparsi gli uomini con un largo giro, io la seguii a qualche metro di distanza stringendo il cerchio, ma capimmo che erano davvero fuggiti. La luna uscì dalle nuvole illuminando l'ambiente, l'uomo ferito chiamava aiuto, che stava per morire. Non toccare le armi, sei sotto tiro di cinque fucili, gli urlai. Aiutatemi, rispose con un lamento. Ci avvicinammo e lo disarmammo, aveva una brutta ferita al torace e una all'addome, perdeva molto sangue, provammo a tamponare le ferite, non sarebbe vissuto ancora a lungo, non provammo nemmeno ad interrogarlo, tanta era la fatica di parlare, gli chiesi il suo nome, lui ci guardava con occhi sbarrati. Sto morendo, sto morendo, diceva tra i rantoli e il sangue copioso che gli usciva anche dalla bocca tossendo. Passò nell'incoscienza e poco dopo era morto.

Al mattino con la luce andammo a controllare vicino agli alberi dove erano nascosti i banditi, trovammo tracce di sangue sotto un albero crivellato di colpi, un fucile gettato via e impronte di uomini, le seguimmo attraversando l'isolotto fino ad una piccola spiaggetta, con orme di tre uomini e ancora sangue. Tornammo al campo e ripartimmo quasi subito, la chiatta scivolava lenta sull'acqua, i due ragazzi stavano servendo qualcosa da mangiare, il vecchio ci interpellò. Chi erano quegli uomini, e cosa volevano. Volevano uccidere il nostro prigioniero, per loro è importante che non arrivi a Kansas city, sapevamo che ci avrebbero provato, per questo vi abbiamo chiesto di dormire lontano dal campo. E ci proveranno ancora. Può darsi, non si arrenderanno facilmente. Quindi anche noi siamo in costante pericolo. Lo guardai senza rispondere, il suo sguardo, fisso su di me, era duro, i due ragazzi ci guardavano con occhi sbigottiti e io non sapevo che rispondere. Mi dispiace di avervi coinvolti, ma questo è il nostro lavoro e dobbiamo arrivare a destinazione con il nostro uomo vivo. Si alzò, entrò nella cabina e ne uscì con una doppietta, la spolverò con uno strofinaccio, controllo le canne caricandole e disse. Ora sono pronto, ho fatto la guerra e non ho paura di nessuno. Io preferirei che vi teneste lontano dai conflitti, bastiamo noi cinque a difendervi. Non se ne parla nemmeno, rispose laconico. Dammi quel fucile, gli chiesi. Aveva bisogno di essere oliato e non era in perfette condizioni d'uso. Ti darò un fucile a otto colpi in migliori condizioni. Grazie, rispose, e i ragazzi.

Li guardai mi sembravano un po' impauriti. Avete mai sparato ragazzi. No, risposero. Vi daremo due pistole e vi mostreremo come usarle, ma dovrete sempre tenervi al riparo e dovrete usarle solo per difendervi, non voglio che partecipiate ai conflitti. Raholy prese due piccole rivoltelle a quattro colpi e le consegnò ai due ragazzi che ora avevano cambiato espressione, nella loro ingenuità si sentivano più forti, le guardavano rigirandole e le puntavano verso la riva fingendo di sparare. Non è facile sparare ad un uomo sapendo che potresti ucciderlo, dissi fermando il loro entusiasmo, se quell'uomo poi è un assassino navigato sarà sempre lui a sparare per primo e voi sareste morti prima ancora di puntare l'arma, non tentate di fare gli eroi e pensate solo a difendervi se non avete alternative. Cambiarono nuovamente espressione rivelando la loro insicurezza. Così gli dissi. Coraggio ragazzi, ce la caveremo e vedrete che con il nostro aiuto imparerete a difendervi. Mi alzai, appoggiai le mani sulle loro spalle con un sorriso di incoraggiamento. Ora vi mostriamo come si usano e provate a sparare.

Avevamo ancora una notte davanti a noi, ma non successe nulla, i nostri inseguitori avevano perso un altro uomo e uno era ferito, forse gravemente, ad Omaha non sarebbe stato difficile assoldare altri banditi per sostituire quelli persi e in mezzo alla confusione chiunque poteva avvicinarsi e sparare al nostro prigioniero, dovevamo stare molto attenti. A Nahity venne un'idea. Perché non scendiamo prima io e te e andiamo ad aspettarli al porto controllando dall'esterno la situazione. Mi sembra una buona idea. Andai dal vecchio e gli chiesi. Quanto manca all'arrivo. Non più di tre ore. Bene, quando ne mancherà solo una avvisaci che noi scendiamo e vi precediamo a cavallo. Informammo del nostro piano i due vice e Raholy che sarebbe rimasta con loro, furono d'accordo, ci accordammo su come avrebbero dovuto agire una volta arrivati. Passò del tempo e il vecchio ci disse che conosceva un posto dove poteva avvicinarsi a riva e farci scendere. Devi andare un po' lento se puoi, per darci tempo di arrivare e controllare il posto, D'accordo, rispose. Sellammo i cavalli e scendemmo in acqua vicino alla riva, avevamo preso solo le armi per essere più leggeri, il prigioniero, tutti i bagagli e i borsoni rimanevano con loro, partimmo al galoppo. Arrivati a Omaha, chiedemmo dell'attracco e appena giunti lasciamo i cavalli davanti ad un saloon con acqua e biada, il porto non era grande e si poteva tenere d'occhio tutto il piazzale, ci mescolammo alla folla numerosa, fermandoci vicino a mucchi di' merce lungo la riva seminascosti, ma in modo da tenere d'occhio il fiume e la strada principale. Guarda, quello è Baxter, insieme a due uomini, disse Nahity. Era proprio lui, ci aveva preceduti anziché aspettarci a Kansas city, non sapeva né quando, né con quale natante saremmo arrivati, probabilmente controllavano tutte le barche in attesa di vederci. Forse è meglio non avvicinarci, se Burt li ha già avvistati rischieremmo di farci vedere e mandare in fumo il nostro piano, teniamoli sotto controllo da lontano. Aspettammo e dopo nemmeno un'ora vedemmo la nostra chiatta arrivare, si vedeva il carro con i cavalli e i due ragazzi con il vecchio, Raholy e i due vice stavano nascosti. Si avvicinò alla riva, un ragazzo scese e legò due corde a due pali, tre uomini con fare sospetto si stavano avvicinando, ma Burt non era con loro, improvvisamente si allargarono e puntarono sugli uomini della Pinkerton, erano a meno di venti metri da noi, poi vidi Burt con un altro uomo che si avvicinava alla chiatta da un altro punto. Fuori Nahity, dissi. Uscimmo allo scoperto e sparai un colpo in aria, sorprendendo tutti, cominciò un fuggi fuggi generale della gente che passava, Baxter e i suoi uomini si girarono verso di noi armi alla mano e io gli feci cenno verso gli uomini che avevano imbracciato le armi e cominciammo a sparare verso di loro, i tre caddero fulminati dal tiro incrociato, nel contempo Burt e l'altro uomo erano saliti sulla chiatta, Raholy nascosta dietro il carro incominciò a sparare contro di loro, Kevin e il vecchio si girarono e si unirono al tiro, i due caddero colpiti dopo aver ferito il vecchio ad una gamba, Burt, ferito, era disteso a terra, Raholy uscì allo scoperto in piedi davanti a lui guardandolo con disprezzo e il fucile puntato, lui le rivolse uno sguardo di odio, alzò il tronco da terra e puntò nuovamente la sua arma, ma lei sparò per prima, tre colpi in pieno torace, Burt sbarrò gli occhi, tossì vomitando sangue e cadde morto. Arrivò anche lo sceriffo locale con i suoi uomini, ma la sparatoria era già finita, ci occupammo del vecchio che, fortunatamente, non era grave, una pallottola gli aveva attraversato il muscolo della coscia lateralmente, gli facemmo una veloce fasciatura compressiva. Gliel'abbiamo fatta vedere a quei porci. Diceva con un'espressione del viso che esprimeva soddisfazione. I due ragazzi erano eccitati, erano rimasti con Claude e il prigioniero in cabina e non avevano sparato nemmeno un colpo, ma solo l'aver partecipato li riempiva di orgoglio. Consegnammo il prigioniero allo sceriffo per chiuderlo in cella e portammo il vecchio dal dottore. Nell'ufficio dello sceriffo davanti a tutti contammo il denaro, i due ragazzi guardavano meravigliati nel vedere tanti soldi, presi dal mucchio cinquanta dollari e li consegnai ai due ragazzi, venticinque a testa. Questo è il risarcimento per il rischio che vi abbiamo fatto correre, ve li siete meritati, adesso capivano perché li avevo fatti entrare, risposero con un sorriso luminoso e ringraziando. Presi altri cinquanta dollari e dissi. Questo è il compenso per il vecchio, più altri cinquanta per le spese mediche e la convalescenza. Presi altri quattrocento dollari. Questi sono il compenso pattuito per i due vice che abbiamo già pagato, e rivolgendomi a loro, vi aspettano a casa, I due vice annuirono con soddisfazione. misi in tasca il denaro. Più altri venti per le spese di ritorno, questi li consegnai a loro. Ora manca solo il nostro compenso, al quale bisogna aggiungere il compenso per Raholy, era fuori dall'accordo, ma ci è stata di grande aiuto. D'accordo, ma questo lo vedremo poi tra di noi, disse Baxter. Anche Raholy sorrideva con orgoglio, erano i primi soldi che guadagnava da quando era con noi, libera e felice.

Quella sera andammo a cena tutti insieme, passata la tensione della missione, fu quasi una festa e l'allegria regnava accompagnata dalle note del pianoforte con un gruppo di marinai di fiume che cantavano ubriachi alzando i bicchieri. Baxter spiegò il suo sospetto su Burt. Non mi piaceva, diceva, lo considerava capace di tentare un colpo, era un uomo che spendeva più di quello che guadagnava, gioco alle carte e vita di lusso, sempre pieno di debiti, inoltre sapevo che con le sue conoscenze avrebbe potuto sapere del piano della banca, ormai è morto e la sua colpevolezza non totalmente accertata, ma speriamo che il prigioniero si decida a parlare e dica la verità.

Mi allontanai con i due ragazzi e gli chiesi. Cosa farete con i soldi guadagnati. Io mi compro un bel paio di stivali. Io invece mi faccio un bel vestito per la domenica, rispose l'altro, è tanto che lo desidero. Sì, anche io mi compro un vestito, rispose di rimando il primo, così quando torno a casa i miei stenteranno a riconoscermi. Io sorridevo felice guardandoli. Per voi è stata una forte esperienza, spero che vi aiuti a crescere e a rimanere brave persone. Possiamo tenere le pistole, mi domandò uno con sguardo interrogativo e speranzoso. Lo fissai negli occhi, poi guardai l'altro. Quanti anni avete. Diciassette. Dopo ancora qualche attimo di riflessione dissi. Va bene, ma fatene buon uso, pensateci due volte prima di puntarla addosso a qualcuno, ricordatevi che gli date l'autorizzazione a spararvi, me lo promettete. Certo che lo promettiamo, lo giuriamo, grazie, grazie davvero. Si presero a braccetto e incominciarono a cantare e a ballare in tondo al ritmo della musica.

Erano passati quasi due mesi da quando eravamo partiti e l'inverno era ormai nel suo pieno sviluppo, il freddo si faceva sentire la sera mentre il sole indugiava sull'orizzonte, non vedevamo l'ora di arrivare a 'casa. Mancava poco alle feste di natale e sarebbe stata una bella sorpresa per tutti, non che ci importasse del natale, ma il riposo scolastico ci avrebbe permesso di stare insieme tutto il giorno per un po' di giorni, avevamo inviato un telegramma ma non sapevano esattamente quando saremmo arrivati. Non vedo l'ora di abbracciare Robert, disse Nahity. Anche io, risposi. Guarda, si cominciano a vedere le luci della città, disse Raholy. Spronammo istintivamente il galoppo, ma i cavalli erano stanchi e rallentammo subito. Arrivando da sud la nostra casa era tra le prime, le finestre erano illuminate, a poche centinaia di metri sentimmo gridare, vedemmo Robert che ci correva incontro, ci stava aspettando guardando da una postazione alta per vedere più lontano e ci aveva subito riconosciuti, arrivò trafelato, saltò sul cavallo di Nahity che lo accolse a braccia aperte stringendolo e baciandolo, lui piangeva di gioia seduto al contrario tenendo la faccia sul petto di Nahity, io e Raholy ci avvicinammo dai lati e gli facemmo un po' di feste, percorremmo gli ultimi metri e vedemmo in giardino Tahina che piangeva, vidi anche un uomo con un fucile seduto sotto il portico, ci salutò con un braccio, era uno dei vice sceriffo, smontammo da cavallo e ci abbracciammo tutti. Chiesi al vice cosa per quale motivo fosse qui con un fucile. Ti diranno tutto loro, poi quando volete venite dallo sceriffo, ora io posso andare a casa, salutò e se ne andò. In casa si capiva che c'era tensione, Tahina era nervosa, quindi chiesi subito spiegazioni. Robert ha sparato ad uomo al ginocchio. Robert aveva un volto serio e continuava ad abbracciare Nahity. Suppongo che tu abbia avuto i tuoi buoni motivi per farlo, dissi con tono tranquillo, ma spiegate tutto dall'inizio, come sei arrivato a sparare ad un uomo. Mi aveva picchiato una volta e la seconda non gliel'ho permesso. Quella famiglia di ricconi che è venuta a stare in paese da poco, comandata da due fratelli, raccontò Tahina, ha iniziato a spadroneggiare, hanno comperato un grande terreno e costruito una villa, si sono circondati di uomini armati e ora fanno gli allevatori, fanno picchiare gli uomini della fattoria di Allison Shelton, che poi è la vostra, perché guadagnano troppo e loro vogliono tenere i salari bassi. E tu cosa c'entri in tutto questo, chiesi a Robert. Hanno un figlio che viene a scuola con me, è un prepotente e crede che i buoni voti gli spettino di diritto, è geloso dei miei successi scolastici e della mia fidanzatina, ha cominciato a farmi dei dispetti e poi ad affrontarmi, la prima volta l'ho fatto cadere a terra senza colpirlo, ma poi un giorno mi ha affrontato con i pugni chiusi e allora gli ho dato una bella lezione, il giorno dopo si è presentato un mandriano che mi ha picchiato, il giorno dopo ancora è tornato e al primo calcio ho tirato fuori la derringer e gli ho sparato. Hai fatto bene, era armato. Sì, ma non ha tentato di prendere la pistola, si teneva la gamba con tutte e due le mani, io lo tenevo sotto tiro, se ci avesse provato giuro che lo avrei ucciso, lo odiavo. A queste parole io e Nahity ci guardammo in faccia, oramai avevamo capito la sua personalità. Lo sceriffo ci fa tenere sotto controllo dai suoi uomini, disse Tahina. Ora non serve più, rispose Nahity. Ancora una cosa, disse Robert, quando il mandriano mi insultava mi diceva di dirlo a voi e di mandarvi da lui. Una provocazione, ma tanto sei bastato tu per metterlo ko. Dissi sorridendo, gli diedi un bacio sulla fronte.

Cosa conti di fare, mi chiese Nahity. Non ho ancora pensato a nulla. Perché non proviamo ad andare a parlare con la famiglia, se non altro potremo tastare il terreno e fiutare che aria tira. Forse è meglio se andiamo dallo sceriffo per inquadrare meglio la situazione. Lo sceriffo Mudd ci accolse fraternamente e ci fece accomodare, iniziò subito a spiegare. I signori Dick e Charles Blocker sono uomini arroganti, non si sa come abbiano fatto i soldi, pare anche che abbiano degli appoggi potenti, il giudice sta indagando su di loro ma per ora non ha trovato niente di illecito, i suoi uomini, arroganti come loro, stanno facendo il bello e il cattivo tempo in paese, i miei uomini sono intervenuti già più di una volta, ma non riusciamo a venirne a capo, non basta mandare in cella per qualche notte qualcuno, tanto poi siamo costretti a rilasciarlo. Situazione davvero simpatica, disse Nahity, eppure qualcosa si dovrà pur fare. C'è il sospetto che molti dei cavalli e delle mucche siano rubate, i marchi sono contraffatti e tra gli uomini è probabile che ci siano dei ricercati. Mi piacerebbe andare a trovarli questi Blocker e parlarci, tanto per conoscerli e farci conoscere. Non caverai un ragno dal buco, probabilmente nemmeno vi riceveranno. Vieni con noi, chiesi. Certamente, rispose.

Il giorno dopo al mattino tardi, vestiti bene e armati di tutto punto, con lo sceriffo ed un suo vice ci presentammo davanti al cancello della villa, lo avevano chiuso appena ci avevano visti arrivare. Ci fermammo senza scendere da cavallo. Cosa volete, ci chiesero con modi bruschi alcuni mandriani armati. Vogliamo parlare con i padroni di casa. Guardarono lo sceriffo. Chi siete voi, chiese uno. Adrien Betancourt e Nahity Betancourt, siamo i genitori del bimbo che avete picchiato. Mi guardò torvo a quella affermazione. Aspettate lì, disse e si incamminò verso la casa. Gli altri uomini si erano fermati di là del cancello e uno aveva cominciato a sfottere Nahity invitandola a baciarlo, noi restavamo calmi e indifferenti. Tornò l'uomo. I padroni di casa non intendono ricevervi. Forse saremmo dovuti venire direttamente con il giudice per farci ricevere. In quel momento il tizio mandò un altro bacio, Nahity scese da cavallo. Facciamoci conoscere, mi disse sorridendo. Mise il coltello nello stivale e togliendosi il cinturone invitò l'uomo ad uscire che gli avrebbe dato tanti baci. L'uomo ridendo grassamente si fece aprire il cancello e uscì, fece un passo avanti con le braccia aperte e le labbra strette atteggiate a bacio, Nahity si avvicinò con un sorriso, gli spacco il labbro superiore colpendolo improvvisamente con un pugno al volto. Ti piace questo bacio, gli disse sarcastica. L'uomo ci mise qualche secondo a riprendersi, affrontò Nahity con i pugni chiusi e la faccia feroce e sanguinante, Nahity fece una finta e lo colpì con un secondo pugno e poi con un terzo potente gli fratturò il naso. Allora come sono i miei baci, ne vuoi ancora. L'uomo si teneva la faccia mezzo piegato sulle gambe, Nahity gli girò intorno e da dietro gli sferro un calcione nei genitali, l'uomo lanciò un grido strozzato, cadde a terra e non si mosse più. I compagni al cancello erano ammutoliti, guardavano il corpo del loro amico steso nella polvere e Nahity con timore. Nahity si piazzò davanti al cancello guardando in faccia quegli uomini con sfrontatezza. Se qualcuno riprova anche solo a minacciare mio figlio, tirò fuori il coltello puntandolo verso di loro, lo scuoio con le mie mani. Il tono era basso, quasi rabbioso e la faccia dura. Nessuno osò dire niente. Lo sceriffo e il suo vice rimasero impressionati dalla dimostrazione di Nahity, e guardavano me che ero rimasto tutto il tempo tranquillo e impassibile sul mio cavallo, fiducioso nelle capacità di Nahity, la quale dopo aver riallacciato il cinturone, senza nemmeno voltarsi a guardare l'uomo ancora steso a terra, risalì a cavallo e ripartimmo.

Sanno chi siamo, dissi rivolgendomi a Mudd. Credo di sì, ma forse non hanno ben inteso di che pasta siete fatti. Il messaggio gliel'abbiamo dato. Il pomeriggio andammo dal giudice John Griffith Chaney, lo stesso che si era preso carico degli assassini di nostro padre e che conoscevamo bene. Mi fa piacere che siete tornati, disse, forse almeno per Robert ci sarà un po' più di tranquillità. Sicuramente, risposi, cosa sai dirci di questi Blocker. Vengono dal sud, texas, ma sappiamo poco, il fratello minore ha delle condanne per furto e forse è pure implicato in alcune rapine, sul maggiore non c'è niente, solo sospetti di furti di bestiame, tra i loro uomini ci sono sicuramente dei ricercati, ma non abbiamo ancora avuto informazioni precise, non conosciamo i loro veri nomi. E l'uomo che ha picchiato Robert. E una pedina minore che si crede grande, è stato visto mentre prendeva calci nel di dietro anche dal fratello minore, Dick. Cosa possiamo fare noi, hai qualche consiglio da darci. Sopportazione, per il momento, sicuramente a voi vi lasceranno in pace e vedremo se salterà fuori qualcosa a loro carico.

Quando fui solo con Nahity e Raholy chiesi loro se avessero qualche idea. Nessuna, risposero, e tu. Nemmeno io avevo idee, non volevo scatenare una guerra proprio qui in paese, ma non credevo potessimo sopportare a lungo una situazione di arroganza e soprusi. Facciamoci vedere in giro il più possibile in città, magari ci scappa l'occasione e li trattiamo come loro hanno trattato i mandriani della Allison, sulla strada che tu hai già tracciato oggi. Sorrisero al pensiero di prenderli a calci. Mi sembra un'ottima idea. È una grande idea, disse Raholy ridendo forte.

Quella sera andammo al saloon, informammo prima lo sceriffo, il quale ci sconsigliò di andare. Quel posto è molto peggiorato, sarà inevitabile trovare guai, soprattutto se andrai con due indiane. È proprio quello che vogliamo, risposi. Mudd mi guardò perplesso, capì che sarebbe stata una serata di guai, si voltò e disse ai suoi aiutanti di coprirci le spalle. Finalmente ci muoviamo un po', disse uno dei vice, sembra che non abbiamo più autorità in paese. Mudd gli rivolse uno guardo severo, come se l'inazione fosse colpa sua. E va bene, ci sarò anche io, ripose, ma verrò dopo di voi.

Arrivammo a piedi, Tahina e Robert erano rimasti a casa, Robert aveva chiesto di venire anche lui, ma Nahity glielo proibì. Sappiamo che sei coraggioso, ma sei ancora troppo giovane. All'ingresso stazionavano un po' di persone che chiacchieravano e bevevano birra e whisky a garganella, la situazione era fluida, ma appena ci videro dirigerci verso la porta, si congelarono, sapevano che non eravamo soliti frequentare il saloon e sapevano anche che dentro c'erano gli uomini dei Blockers e la nostra presenza poteva significare una cosa sola, guai. Smisero di parlare e di muoversi, si sentiva solo qualche sussurro coperto dalla musica del pianoforte e dal forte chiacchiericcio che usciva dal saloon. Entrammo e appena si resero conto di chi eravamo si fece silenzio, il pianoforte smise di suonare, ci venne incontro un cameriere imbarazzato che ci indicò un tavolo, ci sedemmo, il pianoforte riprese la musica e gli uomini a parlare e a giocare alle carte, con lo sguardo cercavo tra gli avventori di riconoscere gli uomini dei Blocker, Raholy ordinò un whisky e un mazzo di carte, anche Nahity ordinò un whisky, io la guardai sbalordito. Non hai mai bevuto alcolici. C'è sempre tempo per cominciare, disse ridendo e mandandomi un bacio. Io ordinai della semplice acqua. Quando il cameriere tornò con il vassoio, un mandriano non distante da noi gli fece lo sgambetto, cadde con tutto il vassoio e i bicchieri, ci fu un'esplosione di risate ovviamente indirizzate anche verso di noi. Bene, pensai, non abbiamo nemmeno bisogno di provocarli, fanno tutto da soli. Il cameriere si rialzò scuro in volto, raccolse tutto da terra e tornò al bancone. L'uomo che aveva fatto lo sgambetto al cameriere si alzò e venne verso di noi, Raholy gli fece uno sgambetto, mentre cadeva in avanti tentò con le mani di appoggiarsi ad una sedia, che prontamente Nahity gli spostò con un calcio lasciandolo andare con la faccia a terra. Scoppiammo noi in una risata che lasciò sconcerti alcuni uomini mentre altri ridevano con noi, con una sola mossa avevamo già capito chi erano gli uomini dei Blocker, circa sei o forse sette uomini. Un altro si alzò e tirò uno schiaffone ad un uomo che ancora rideva seduto al tavolino, quest'ultimo si prese lo schiaffo e si ammutolì. Il mandriano si avvicinò al nostro tavolo, badando bene a dove metteva i piedi, allargò il giaccone mettendo in mostra le sue pistole. Non vogliamo indiani qui, tanto meno donne tra i piedi che non siano prostitute, siete prostitute, domandò, guardando con disprezzo. Aveva parlato con voce dura e sicura. Raholy e Nahity si alzarono insieme e velocemente gli puntarono le colt sul muso con il cane alzato. Sei sicuro di voler fare a pistolettate con noi, disse Nahity. L'uomo non si scompose. Raholy aggiunse. Forse preferisci che riempiamo di pugni la tua brutta faccia, tua madre non ti riconoscerà più dopo, ma almeno sarai ancora vivo. L'uomo la guardò con un mezzo sorriso di rabbia. Togliti il cinturone, disse Raholy. Si fece spazio, l'uomo fece un passo indietro e si tolse il cinturone. Voglio lui, disse indicando me. Raholy lo ignorò, si tolse il cinturone, bevve d'un fiato il whisky arrivato nel frattempo, si girò e tirò un potente pugno al volto dell'uomo che sbandò all'indietro, Raholy non gli diede il tempo di riprendersi, gli tirò un calcione di piatto sul torace facendolo volare su di un tavolo e poi a terra, in piedi davanti a tutti Raholy allargò le braccia e con i pugni chiusi emise un forte grido di guerra che fece accapponare la pelle ai presenti, nessuno parlava, tre vice dello sceriffo erano già entrati armi alla mano, ma improvvisamente un uomo affrontò Nahity che lo stese con due pugni e un calcio ai genitali, uno affrontò me e fece la fine degli altri steso sul pavimento. Entrò lo sceriffo Mudd che sparò in aria. Tutti fermi, urlò. Gli uomini dei Blocker ci accusarono di averli provocati, ma i vice da fuori avevano assistito a tutta la scena. Lo sceriffo li fece disarmare tutti quanti e gli disse di tornare il giorno dopo che forse gli avrebbe restituito le armi. Un uomo che non aveva partecipato alla scazzottata mi venne davanti con la faccia cattiva, mi disse, so chi sei e voglio ammazzarti. Lo guardai quasi con indifferenza, i tratti del volto mi ricordavano qualcuno, ma non ricordavo chi. D'accordo, gli dissi, vieni fuori. Uscii dal saloon con Nahity e Raholy, uscì anche l'uomo. Sceriffo, dissi, restituisci a quell'uomo il suo cinturone. Ci guardò perplesso, poi comprese cosa stava per accadere. Non posso permettervi di battervi a duello. Non puoi impedircelo, risposi. Se non lo ammazzo ora lo farò in un altro momento, disse l'uomo. Lo sceriffo, rimase in silenzio, poi senza dire nulla consegnò il cinturone. Te la sei cercata, gli disse. L'uomo si portò al centro della strada, intorno era pieno di gente, molte affacciate alle finestre spente per non farsi notare, mi portai anche io al centro della strada, vidi in piedi su di un ballatoio di fronte Tahina e Robert, con loro c'era Elia e poi le due famiglie intere, li salutai con un gesto del capo e loro risposero al saluto con facce preoccupate. Stai per morire, gli dissi, dicci almeno il tuo nome. L'uomo mi guardò con rabbia e mise mano alla pistola, il mio colpo lo prese in pieno petto, cadde sulle ginocchia, poi andò a terra con tutto il corpo, lo sceriffo si precipitò su di lui che tra i rantoli disse. John Winter, sono John Winter, tossì sangue, entrò nell'incoscienza e poi smise di respirare. Robert mi corse incontro abbracciandomi alla vita, io gli passai il braccio sulle spalle. Mudd mi venne vicino e mi disse. Bravo, ho avuto un po' di paura, ma mi rendo conto che sei davvero veloce, sei partito dopo e sei arrivato prima, poi aggiunse, ha detto di chiamarsi John Winter, ti dice qualcosa questo nome. Non sarà per caso parente di quel Winter assassino di nostro padre. Può essere che sia lui, faremo delle ricerche. Gli uomini dei Blocker, rabbiosi e contusi, caricarono il corpo del loro compagno su di un cavallo e tornarono alla fattoria. Rientrammo a casa con tutta la compagnia, facemmo tardi quella sera, il giorno dopo era domenica e potevamo dormire tutti.

Al mattino mentre facevamo colazione si presentò una bella bambina ben vestita, viso gentile e sorridente, chiedeva di Robert. Robert arrivò di corsa, era già ben vestito e pettinato anche lui. Questa è Molly, ci disse tutto fiero, la mia compagna di classe. E dove andate a quest'ora così belli, domandai. Andiamo in chiesa. Io e Nahity rimanemmo di sasso, ci guardammo con un sorriso, guardai Robert e gli dissi. Sei sicuro di voler andare in chiesa. Lo faccio per stare con lei, i suoi genitori sono contenti che la accompagno. Mi piacerebbe conoscere i tuoi genitori, disse Nahity. Certo, rispose la bimba, potete venire a prendere il tè da noi questo pomeriggio, glielo dico io che venite, saranno contenti. Verremo volentieri, disse Nahity guardandomi e sorridendomi, io scuotevo la testa con un mezzo sorriso di uggia.

Venne ad aprirci Molly sorridente e pimpante, ci fece entrare e ci presentò ai genitori e ai nonni, sembravano felici di accoglierci, ma guardavano con timore le nostre armi, la famiglia di Molly faceva parte delle ultime arrivate in paese, non avevano conosciuto mio padre e non conoscevano nulla della nostra storia, benestanti, avevano il giardiniere che faceva anche da stalliere, la cuoca e la domestica, avevano anche contribuito alla costruzione della chiesa cattolica. Non potete togliere quelle armi almeno in casa, Domandò la mamma. Mi spiace, ma non possiamo, risposi. Questa è una casa benedetta, non può succedervi nulla, disse la nonna. La guardai negli occhi. Può essere, ma la nostra vita dipende da quanto stiamo in guardia e le nostre armi non le abbandoniamo mai. Ho l'impressione che facciate una brutta vita, sappiamo cosa vi è successo ieri sera in quel luogo di peccatori, noi evitiamo quei posti, confidiamo nel signore gesù e siamo sempre sereni, anche Robert deve essere stato protetto da un angelo quando ha avuto quel brutto scontro con quel bandito. Se non gli avessimo insegnato ad usare la pistola, avrebbe preso altre botte, disse Nahity, altro che angelo. Non rispose, ci sedemmo e ci versarono il tè. Voi non siete i veri genitori di Robert, è così, siete troppo giovani per avere un figlio così grande. Abbiamo venti anni, abbiamo conosciuto e adottato Robert poco più di un anno fa, i suoi genitori sono morti e non ha più nessuno al mondo. Avete fatto una bella opera di carità cristiana, Robert è un bravo bambino, intelligente, che merita tutto il bene possibile. Non è stata un'opera di carità cristiana, è stato per amore, un amore immediato, da parte nostra e sua, le rispose Nahity. Amore e carità sono sinonimi per chi crede in dio. Amore è dare e accogliere semplicemente, disse ancora Nahity, condividere quello che possiedi, la carità mi ricorda la pietà, dare dall'alto ciò che hai di superfluo a chi è inferiore. Rimasero un po' esitanti, presero dei biscotti fatti in casa e ce li offrirono. Poi il padre disse, non siete veri credenti nel dio cristiano, vero. Siamo cresciuti in un villaggio indiano e il nostro modo di intendere la spiritualità è un pochino diverso. Quindi non siete nemmeno sposati in chiesa. Abbiamo fatto un rito indiano con la promessa, che abbiamo mantenuto fino ad oggi, avevamo quattro anni. Si guardarono l'un l'altro, non credevano possibile ciò che stavano ascoltando. E Robert è battezzato. Veramente non ci siamo mai posti il problema. Guardammo Robert, il quale un po' stralunato per i discorsi degli adulti non capiva che toccava a lui rispondere. Robert, sei stato battezzato, domandai. Si riprese e disse. No, credo che i miei genitori volessero farmi battezzare da grande, ma ancora non è arrivato il momento, sono ancora piccolo. Nessuno è abbastanza piccolo da non poter ricevere il battesimo, il signore gesù accoglie tutti, anche voi se volete potete iniziare il percorso, anche lei che è indiana può farlo, siamo tutti figli di dio e poi potreste suggellare la vostra unione con un matrimonio benedetto da dio. Ricevemmo con un senso di fastidio quella frase, anche lei che è indiana. La cosa non ci interessa minimamente, rispose Nahity, in quanto a Robert, sceglierà quello che vorrà fare quando sarà adulto. Ma Robert dovrebbe iniziare subito il catechismo altrimenti... Non se ne parla nemmeno, la interruppe Nahity, Robert non frequenterà mai il catechismo, se ha piacere ad accompagnare molly in chiesa, nessuno glielo vieterà, ma il catechismo, finché starà con noi, mai. Cosa avete contro la chiesa, sento dell'astio in voi, domandò il padre. Voi cristiani siete convinti di avere la verità in tasca e la risposta pronta a tutte le domande della vita perché le leggete in un libro, noi crediamo che non ci sia nessuna verità ultraterrena da conoscere, mi fermai qualche secondo, poi ripresi, l'onestà, la solidarietà, l'etica personale sono i fari della nostra vita, voi religiosi dividete gli uomini in credenti, nel vostro dio, e gli atei, cioè chi crede in altre divinità, che possono anche essere schiavizzati in quanto senza dio, senz'anima, la vostra storia è lì a dimostrarlo. Rimasero in imbarazzo, non credevano possibile essere contrariati proprio in casa loro, ma noi non volevamo lasciare alcun dubbio, se proprio volevano che i due bambini si frequentassero non dovevano esserci fraintendimenti. Mi rendo conto, disse il padre dopo qualche secondo di silenzio, che avete avuto modo di riflettere su questi argomenti e vorrei rispettare il vostro punto di vista, io credo che il cristianesimo abbia un grande valore etico e sociale, nonostante i disastri che sono stati fatti e negarlo sarebbe da sciocchi, lasciamo che i bambini si frequentino e lasciamo stare anche le nostre divergenze teologiche.

Avevamo cambiato discorso e il pomeriggio era proseguito più serenamente, parlammo anche di nostro padre, ero contento di come ci eravamo lasciati, anche se la mamma era stata molto fredda al momento del saluto, forse avevano capito che la religione non è così importante per tutti. Il giorno dopo andai a prendere Robert a scuola, lo vidi all'uscita parlare con Molly che se ne andò quasi subito, lui mi vide e venne verso di me con la faccia triste. Cos'è successo, perché quella faccia, domandai. Mi strinse forte alla vita e disse. Non ha voluto essere accompagnata a casa e durante la mattina in classe non mi ha degnato di uno sguardo. Lo strinsi forte. Lo so che Molly per te è importante e se ti vuole bene, tornerà, ma sarà difficile per lei disubbidire ai genitori, io credo che siano stati loro a proibirle di frequentarti. Hanno detto che noi siamo sotto l'influsso del demonio. Mi scappò una risatina. Scusami se rido, ma quelle persone sono davvero semplici, il demonio è una favoletta per spaventare i bambini, quegli adulti sono incapaci di capire quello che dicono e di agire con coerenza, vedi anche tu come creano divisioni tra gli uomini sulla base delle loro credenze artificiose.

Tornammo a casa, Robert raccontò tutto a Nahity, Tahina e Raholy ascoltavano. Nahity gli disse. Sei felice con noi. Certo che sono felice con voi, vi voglio davvero tanto bene. Allora se la tua amica Molly non vuole più frequentarti, ti puoi sempre accontentare di noi e vedrai che gli amici e le amiche non ti mancheranno. Si abbracciarono forte, Nahity aggiunse. Siamo a natale ormai, tempo di regali per i bimbi e anche se non siamo cristiani abbiamo deciso di farti un regalo, sarai tu a sceglierti il tuo nuovo cavallo e stavolta sarà un vero stallone. Robert gridò di gioia. Io non ne sapevo nulla, Nahity se l'era inventato in quel momento, ma annuii di approvazione. E cosa faremo con Nero, sono affezionato a quel cavallo. Puoi tenerlo, starà sempre con noi anche lui. Evviva, gridò Robert.

La signora Allison ci accolse con calore, era un po' invecchiata ma ancora una bella donna, dopo la morte del sindaco, suo marito, era rimasta vedova, non aveva figli ed era molto affettuosa con Robert, ogni volta che lo vedeva se lo stringeva e lo baciava e gli dava qualche dolcetto, ci fece tante domande, poi iniziò a parlare dei problemi dell'allevamento, da quando i Blocker avevano aperto il loro di allevamento erano costantemente vittima di provocazioni, i suoi uomini avevano paura, erano già stati picchiati varie volte. Ci siamo già attivati, le dissi, e forse per il momento staranno un po' tranquilli. Sì, sono al corrente di tutto e non può che farmi piacere. Facemmo un giro per le stalle, Robert guardava tutti i cavalli, li accarezzava e controllava la loro reazione. Guarda questa questa meraviglia, Robert, disse la signora Allison, ha solo tre anni e non può ancora essere cavalcato, le sue ossa non sono pronte, ma tu sei leggero e tra poco più di un anno potrai cominciare ad abituarlo a poco a poco, nel frattempo farete conoscenza se lo vuoi, è un animale un po' birichino ma affettuoso. Robert si avvicinò, aveva un bellissimo manto grigio chiaro punteggiato, quasi uniforme, più alto di Nero e fiero nello sguardo, il cavallo nitrii alzando il collo e poi abbassò la testa verso Robert guardandolo da vicino, lui cominciò a carezzarlo con due mani sul muso e il cavallo lo lecco sulla faccia, lo strinse al collo dicendo. Lo voglio, lo voglio, siamo già diventati amici e lo saremo per sempre, lo chiamerò Grigio. Eravamo tutti felici a vederli, lo portammo fuori e lo lasciammo correre nel recinto, Grigio aveva un portamento maestoso e morbido, si lasciava guidare con mansuetudine da Robert. La signora Allison non volle denaro. Ci aggiusteremo con i nostri conti, disse. La ringraziammo per la gentilezza e tornammo in paese. Robert non stava più nella pelle dalla felicità, arrivati a casa lo portò nella stalla a fargli conoscere i nuovi luoghi e gli altri animali. Il giorno dopo, nel pomeriggio andammo a fare un giro a cavallo, Robert cavalcò Nero, ma portò anche Grigio senza sella, con solo la cavezza, Grigio era forte e robusto e sulla neve ghiacciata camminava con sicurezza e al galoppo era veloce. Al rientro in paese incontrammo Molly con i suoi genitori, Robert orgoglioso del suo nuovo cavallo, si fermò davanti a lei e la salutò, lei rispose al saluto e disse. Che bel cavallo, con un'espressione meravigliata. Ti piace, è il regalo dei miei genitori. Lei gli sorrise e disse. Sì, mi piace davvero, allungò una mano per accarezzarlo. Vieni via, Molly, dobbiamo andare, disse la madre con un tono secco. Io e Nahity guardammo i genitori e ci toccammo il cappello in segno di saluto. Ci ignorarono e portarono via Molly, che sembrava dispiaciuta. Robert ci rimase un,po' male, li guardò andare via, poi si girò verso di noi. Non capisco perché tanta cattiveria, io e Molly siamo solo bambini, stiamo bene insieme, siamo i migliori della classe, poi sorridendoci, io ho voi e i miei cavalli, hanno da perderci più loro che noi. Lo guardammo sorridendo della sua saggezza.

Era ormai il 23 e tutto il paese si preparava a festeggiare il natale in casa con un pranzo speciale. Il paese si era notevolmente ingrandito e anche la nostra casa era circondata da altre case, fra le altre cose era stato costruito anche un teatro che aveva molto seguito, e proprio quella sera era in programma uno spettacolo di vita popolare tra l'amore e l'odio. Anche noi avevamo comperato i biglietti e speravamo di poterci gustare una serata di svago mentale tra musica e recitazione. Mentre passavamo per una via principale vedemmo tre uomini dei Blockers camminare per le vie, non venivano mai in città di mattina se non per recarsi all'emporio, sembravano controllare la zona intorno al teatro, in particolare le due vie laterali che erano bloccate dai carri della compagnia degli attori, si poteva passare solo a piedi o un cavallo alla volta mentre nella piazza di fronte al teatro c'era spazio per numerosi cavalli e un'unica strada libera che portava verso la via centrale. Nahity disse. Stanno preparando qualcosa e forse lo metteranno in atto stasera, quando saremo tutti a teatro. Cosa potrebbero tentare. Forse qualche scherzo con i cavalli, hai visto come controllavano anche le staccionate, ma rubarli così sarebbe troppo stupido. Raccontammo tutto allo sceriffo, decidemmo di fingere di andare a teatro e poi uscire e nasconderci a controllare insieme ai suoi uomini, in totale eravamo in otto potevamo accerchiare la piazza. È un buon piano disse, ma prima voglio nominarvi vice sceriffo, vi darò una stella sul petto, non avrete orario, né paga, tranne le spese, ma sarete autorizzate ad agire per conto mio, per conto della legge. Bene, siamo onorati di questa scelta. Andammo dal giudice e facemmo in fretta i documenti, dopo di che giurammo e ci appuntarono la stella sulla camicia. Perché non coinvolgiamo anche gli uomini della signora Allison, disse Nahity, forse anche loro hanno voglia di menare le mani. Né il giudice né, tanto meno lo sceriffo avevano da obiettare, trattandosi della difesa della città, Mandammo uno dei vice a nome nostro che ne convinse sei, altri uomini, cittadini comuni, chiamati dai vice si unirono a noi stanchi dei soprusi, alla fine eravamo ventidue uomini, ci saremmo trovati alla sera in piazza con la rabbia e le armi, ognuno con una stella sul petto.

Robert era molto dispiaciuto sapendo che ci saremmo persi l'inizio dell'opera. Gli infilai la derringer sotto il panciotto, come facevo spesso ultimamente, e gli dissi. Il dovere ci chiama. Arrivati nei pressi cercammo una stradina laterale ove lasciare i cavalli lontani da un possibile scontro a fuoco e ci avviammo a piedi. Entrammo tutti ma poi io, Nahity e Raholy uscimmo, rimasero solo Tahina, anch'ella armata e Robert. Fuori era già buio, facemmo un giro della piazza, tutti gli uomini erano già nascosti ai loro posti sparpagliati, ripetei il piano, se si presentano, lasciar fare e agire solo prima che scappino o che inizino a fare danni, o al primo colpo di fucile, se scatta uno, scattiamo tutti in azione. Non passò molto tempo, il programma teatrale era già in corso da un po' quando arrivarono tutti insieme, dieci mandriani, non avevano nemmeno un piano preciso, entrarono nella via al galoppo con le armi e i volti coperti e si buttarono a casaccio sui cavalli liberandoli dalle pastoie, minacciarono e picchiarono alcuni passanti, ma non spararono un colpo, noi stavamo nascosti in attesa, quando ormai molti cavalli erano slegati cominciarono a spingerli verso la stradina libera per lanciarli al galoppo. Uscimmo fuori allo scoperto, sparai in alto un colpo di fucile, subito seguito da tutti gli altri quasi insieme, i ladri si videro circondati da molti fucili e stelle e, sebbene agitati e in mezzo alla confusione, decisero di arrendersi, li mettemmo in fila e li disarmammo, uno degli uomini della signora Allison si avvicinò ad uno dei ladri e gli tirò un forte pugno allo stomaco, l'uomo colpito cadde a terra e l'uomo della Allison si accanì con un calcio, dovemmo tenerlo fermo. Glielo dovevo a questo bastardo, disse ad alta voce. Li portammo tutti in cella, erano accusati di tentato furto di cavalli e in questo stato c'era ancora l'impiccagione, anche se non veniva più applicata per questo tipo di reato, noi tornammo a teatro quando ormai stava per concludersi, Tahina e Robert erano emozionati, facemmo in tempo a sentire i cori finali che ci fecero accapponare la pelle, lo scroscio di applausi fu lungo e caloroso. La gente uscendo si domandava cosa mai potesse essere stato quei colpi di fucili, intanto i primi che arrivavano vicino ai cavalli si domandavano chi mai avesse tolto i legami e li avesse mescolati, ci volle tempo per ritrovare ognuno il proprio cavallo. Salutammo gli amici e andammo a prendere i nostri cavalli.

Il giorno dopo in città non si parlava di altro, dieci uomini dei Blockers tra i più esagitati erano in stato di arresto per tentato furto di cavalli. Lo stesso Blocker era andato a parlare con il giudice, tentando una inutile difesa e riferendo che non volevano rubare i cavalli, ma solo fare uno scherzo di pessimo gusto e i cavalli li avrebbero rilasciati fuori città, il giudice gli rispose che avrebbe deciso dopo le indagini, intanto sarebbero stati al sicuro dentro la cella e che sarebbe stato controllato anche il bestiame. Molti dei prigionieri vennero identificati come ricercati, gli altri comunque, già identificati come provocatori, vennero condannati per tentato furto e andarono insieme agli altri a scontare ognuno la propria pena.

Avevano perso dieci uomini tra le loro guardie, inoltre l'azione del giudice contro di loro aveva dato un altro duro colpo al prestigio e al potere dei Blockers, i quali dovettero incassare e riflettere sulla loro politica in città, città che aveva dimostrato di non voler subire prepotenze. La loro popolarità era talmente bassa che decisero di vendere tutto e andarsene pochi mesi dopo. La signora Allison comperò molti capi quasi sottocosto e le sue mandrie diventarono numerose. Anche noi comperammo duecento cavalli, mi venne l'idea di fare l'allevatore, magari in associazione con la Allison, per non entrare in competizione, non eravamo esperti, ma potevamo sempre cominciare, la villa con le scuderie era lì a portata di mano e in vendita, anche se forse non ci sarebbe piaciuto vivere in una villa signorile come quella, era un pensiero che mi corteggiava.

Sono arrivati dei nuovi libri di testo che abbiamo richiesto direttamente a New York. Marc e Stephen mi guardavano sorridenti, per loro era una bella notizia. Ora possiamo iniziare un vero corso di studi che possa dare accesso agli esami per l'università, ci sono solo sei coppie di ciascuna materia ma una copia di ognuno la possiamo dare a voi così studiate insieme, se vi impegnate io credo che possiate dare l'esame questa stessa estate, siete già avanti, non occorre rifare tutto. Guardai Nahity che mi guardava senza parlare, significava impegnarsi per parecchi mesi senza divagare troppo, addio ai pernottamenti nella prateria. Un vero diploma, disse Nahity con un tono dubbioso, però io lo farei, ora o mai più, potrebbe sempre tornarci utile, io lo farò e tu. Sai bene che se lo farai tu lo farò anche io. Non sei obbligato, sei libero di scegliere. Non sono libero di scegliere, perché tutto quello che fai tu devo farlo anche io.

Prendete una carta. Stavamo camminando sotto un portico in pieno giorno, quando ci trovammo la strada sbarrata da questo piccolo uomo, capelli molto corti, grigi, la faccia pulita e seria, porgeva un mazzo di carte aperte a ventaglio, sorrisi e dissi a Nahity. Scegli tu. Lei prese una carta, la guardò e lui la rimise nel mazzo senza guardarla, mischiò le carte e poi la tirò fuori correttamente, sorridemmo e gli facemmo i complimenti. Questo vi costa venti centesimi, disse l'uomo sempre serio, ma con fare buffo. Gli diedi i soldi. Tu sei uno degli attori, ti ho visto a teatro, come mai non sei partito con la compagnia. Sono stanco di viaggiare sempre, ho deciso di fermarmi e di cercarmi un lavoro stabile. Sai occuparti di cavalli. Sono il migliore. E sai fare l'orto. Non c'è verdura che non sappia coltivare. E sai fare riparazioni. Tutto, signore, con le mie mani riparo qualsiasi cosa. Lo guardai ridendo. Quanto c'è di vero in quello che dici. Lui mi guardò fisso negli occhi, sempre serio ma con quel fare buffo. Signore, io ho sempre fatto l'attore, conosco decine di opere a memoria, ma ho sangue italiano, di lavoratore e mi posso adattare a tutto. Mi ispirava fiducia come persona, come lavorante avevo paura che non fosse proprio all'altezza, gli diedi comunque l'indicazione di casa nostra e un appuntamento.

Parlai con la famiglia del bisogno di assumere un aiutante che ci togliesse un po' di lavoro con la stalla, l'orto, le riparazioni dello steccato e della casa, così che noi potessimo dedicarci di più allo studio e che c'era questo tizio disponibile, gli avremmo dato un posto letto e l'uso della casa ovviamente. Arrivò puntuale, fece tante moine e inchini da attore navigato per divertirci, poi ci fece sedere e declamò una poesia del poeta ormai famoso Walt Whitman "O capitano, mio capitano" l'esaltazione della vittoria e la tristezza della morte non furono mai così chiare, così gravose, come lui le declamava. Gli facemmo l'applauso, lui fece ancora un inchino e poi si sedette a tavola, si mise un tovagliolo sul bavero poggiò i polsi sulla tavola con la schiena ritta e con quel fare serio ma buffo domandò. Cosa si mangia stasera. Noi scoppiammo a ridere. Ormai era assunto, era bravino a fare quasi tutto, peccato che si distraeva e tirava in lungo i lavori, a volte lo trovavi mentre declamava Shakespeare da solo, guardando la zappa in mano o mentre pelava patate, immaginando personaggi davanti a lui. Quando si accorgeva di essere osservato, rideva e si rimetteva al lavoro. Aveva con se un asinello con un carretto, tra molte cianfrusaglie e abiti aveva una biblioteca viaggiante fatta di opere di prosa, poesia, arte e saggi di vari autori, ci incuriosivano molto, ma al momento noi avevamo altro a cui dedicarci. A cena davanti a tutti, Oscar recitava a memoria poesie o pezzi di prosa, il suo tono di voce seguiva il senso delle parole mentre il suo volto dava vita e partecipazione al significato racchiuso, Robert era affascinato e di conseguenza, aveva deciso di dedicarsi alla poesia leggendo i libri di Oscar e tentando di memorizzarne qualcuna oltre che tentare di scrivere egli stesso dei versi liberi. Oscar era diventato amico di Miles che veniva spesso a trovarlo discutendo di letteratura, insieme, spesso venivano a trovarci i nostri amici che si godevano così qualche serata culturale, prima artistica di Oscar e poi di discussione. I bimbi erano quasi sempre presenti, ascoltavano in silenzio e Robert sembrava non perdere una parola.

Come si diventa poeti. Robert sorprese un po' tutti con la sua domanda, rivolta naturalmente ad Oscar, lui si fece serio e guardò il vuoto per un attimo. Poeti si nasce, non si diventa, poi dopo un attimo di sospensione aggiunse, si dice che ne nasca uno ogni cento anni. Ma allora tutti quei signori e signore che scrivono cosa sono. Anche loro sono poeti, ce n'è di grandi e di minori, ma tutti scrivono per il piacere di farlo, l'importante è che sia scorrevole, chiaro, poi è la misura del tuo talento che dà sale, che dà sapore al tuo lavoro. E io come faccio a sapere se sono un poeta. Eravamo estasiati e interessati dalle domande di Robert e nessuno fiatava. Saranno i tuoi lettori a dirlo, tu devi incominciare a scrivere, parla di cose semplici, che ti sono comuni, anche in prosa. Cosa è la prosa. La prosa è il parlare comune, senza ricerca di rime o assonanze, che nello scritto assume però una forma particolare, uno stile che devi ricercare e farlo tuo. E cosa devo fare per diventare scrittore. Sei ancora un allievo, devi imparare bene le materie di base, sia umanistiche che scientifiche, per quanto noiose un giorno ti saranno molto utili, leggi tanto, scopri gli altri autori e quando puoi scrivi, pensa ad una cosa che conosci, un soggetto qualunque, anche astratto come l'amicizia oppure un cavallo e prova a descriverlo, ma ricordati anche di vivere, rise e anche noi lo seguimmo ridendo con lui. Da quel giorno Robert divenne più serio, faceva i compiti, i suoi lavori di casa pensieroso e poi leggeva tutto quello che poteva, poi scriveva, scoprimmo più avanti che era un diario che tenne per molti anni, cominciava con la semplice descrizione dell'ambiente di casa sua, degli abitanti e degli animali e poi dinamiche e fatti, tutte annotazioni che gli sarebbero servite in futuro per scrivere il libro della sua vita, i suoi genitori, suo nonno e la loro morte violenta e poi, come una porta che si apre dietro una che si chiude, l'incontro con noi due, una nuova famiglia, una nuova vita colma di affetto, emozioni e di progetti.

Passarono alcuni mesi senza che successe nulla, lo studio progrediva bene e ci stavamo preparando agli esami, venne lo sceriffo in persona. Quattro pistoleri sono arrivati in città a cavallo, hanno chiesto di voi al saloon, i miei uomini sono venuti a saperlo e li hanno fermati e disarmati. Cosa pensi che vogliano. Probabilmente sfidarti a duello, uno di loro è conosciuto, è molto veloce, tu ormai sei famoso e purtroppo ne arriveranno altri con il desiderio di battersi con te. Rimasi in silenzio, guardai Nahity, mi guardava anche lei con un viso inespressivo che le conoscevo bene quando meditava l'azione. Cosa ci consigli. Fatevi vedere in giro il meno possibile, evitateli, non posso metterli dentro. Facemmo come lo sceriffo ci aveva consigliato, ma non potevamo evitare completamente di uscire, così un pomeriggio, uscendo dallo spaccio, li vedemmo, sembrava che ci aspettassero, Raholy era poco lontana con un fucile pronto, li aveva visti subito e si era posizionata senza farsi vedere, i quattro si posero a semicerchio davanti a noi e uno parlò. Bene, vi aspettavamo, sorpresi di vederci. Avevamo dei sacchetti davanti a noi, li tenevamo in mano con le derringer impugnate, sapevamo già come agire, prima i due al centro, ognuno il suo e poi i laterali, non dicemmo nulla, non volevamo dare agganci di nessun tipo, il tizio davanti a noi urlò. Non parlate sporchi indiani. Fece mezzo passo in avanti e mise mano alla pistola, sparammo da sotto il sacchetto senza muoverci, Raholy colpì un terzo con una fucilata contemporaneamente, i tre caddero al suolo insieme, il quarto lo colpimmo due volte io e Nahity, prendemmo le colt, due, sebbene a terra feriti, tentarono di puntare l'arma, ma non ne ebbero il tempo, sparammo nuovamente con le colt uccidendoli all'istante, li tenemmo sotto tiro, uno ancora si agitava ma non sembrava in grado di nuocere, prendemmo tutte le armi mentre la folla si riuniva intorno, arrivarono gli uomini dello sceriffo e poi lo stesso sceriffo. Avevano altre armi nascoste questi criminali. Già risposi, per fortuna Raholy ci seguiva, senza di lei non ne saremmo usciti illesi.

Cominciammo a meditare una soluzione, non potevamo fare quella vita per sempre, aspettando il prossimo scontro con votati alla morte, prima o poi qualcuno ci avrebbe colto di sorpresa e l'idea cominciava a mettermi paura, stavamo crescendo, non eravamo più ragazzini arrabbiati, i tempi della vendetta erano ormai tramontati da un pezzo e noi stavamo uscendo da quella situazione mentale che ci aveva guidati per tanti anni, attraverso un lungo processo di maturazione al quale Robert aveva dato un enorme contributo con la sua semplice presenza, ora che avevamo superato tanti ostacoli e cominciavamo a intravvedere un futuro per noi e per Robert, i fantasmi del passato si facevano sentire, i morti che avevamo lasciato sulla strada della nostra rabbia avevano sempre qualcuno deciso a vendicarli. Discutendo con Nahity di queste cose ci rendemmo conto altresì che noi non avevamo un futuro nostro, non eravamo mai stati capaci di immaginarcelo e quindi di progettarlo, avevamo fatto un passo dopo l'altro, sempre vivendo di istinto, seguendo i nostri umori. Ma ora si trattava anche del futuro di Robert, lui dava segni ben precisi di volontà di studio e noi dovevamo assecondare questa sua indole, aveva capacità di concentrazione anche di ore, sui libri o a scrivere, meglio per lui sarebbe stato metterlo in condizioni di affrontare l'università in una grande città e noi dietro a lui non potendo spezzare il nostro legame affettivo.

Ne parlammo anche con tutta la famiglia, l'unica soluzione era migrare lontano dove nessuno ci conosceva e rifarci una vita.

La meta ce la consigliò Oscar, lui voleva andare a San Francisco dove un suo vecchio amico aveva una compagnia teatrale con il quale avrebbe potuto lavorare. Anche noi avevamo un amico a San Francisco, William Heartman e sua moglie Sue, chissà se erano già arrivati. Ma non volevi fermarti e diventare stabile qui. No, non è così, io voglio fare l'attore, nient'altro che l'attore, il fatto è che il direttore della compagnia mi ha buttato fuori senza pagarmi un dollaro e permettendomi solo di prendere la mia roba. E perché avrebbe fatto ciò. Perché ha scoperto che avevo una relazione con la moglie. Scoppiammo tutti in una risata e lui fece una faccia contrariata, ma buffa. San Francisco è una grande città, troverete tutte le occasioni che volete di lavoro e di studio, è circondata dall'oceano da una parte e dall'altra da una grande baia, ha avuto diversi problemi di disordini ma ora è in espansione e ben strutturata, la corruzione e la criminalità sono diminuite, è piena di gente che vuole vestire bene e divertirsi la sera, così mi scrive il mio amico e collega, se c'è lavoro per degli attori vuol dire che c'è lavoro per tutti. Una grande città, per noi sarebbe stato come morire, la fine delle cavalcate, dei boschi e della prateria, significava però anche la tranquillità dell'anonimato, e poi scuole migliori per Robert. Ci sono boschi da quelle parti, com'è l'ambiente.

C'è il mare e la baia, si può pescare, andare in barca, sì, ci sono anche boschi e colline prima di arrivare in città. Potremmo comperare un terreno e lì fare la nostra casa, fuori città. Diventò l'argomento principale delle conversazioni, coinvolgemmo anche gli amici e Miles, ne parlammo anche con Mudd. Vi capisco, e mi dispiace molto perdervi ancora una volta, questa città sarà più povera dopo la vostra partenza, fu il suo commento laconico.

Avevamo un diploma, era bello da guardare e io e Nahity li guardavamo con il sorriso stampato sulle labbra, li facevamo vedere orgogliosi, con le firme in basso dei professori, gli stessi nostri amici con i quali stavamo festeggiando. Anche Robert aveva concluso da qualche giorno i suoi studi primari e poteva passare al secondo.

Ora dovevamo solo organizzare il viaggio verso la costa ovest, pensare alla casa nella grotta, la scoperta dell'oro sulle Black Hills e gli insediamento dei bianchi mettevano in serio pericolo il suo nascondiglio, oltre alle cose personali c'erano molte armi ben nascoste oliate e all'asciutto avvolte nei teli, munizioni, e parecchio denaro che avevamo nascosto per evenienza, purtroppo non avremmo potuto andare a salutare un'ultima volta i genitori di Nahity ancora nella riserva, dovevamo fare il passo sulle rocky mountain durante l'estate e arrivare sulla costa entro l'autunno. Avevamo deciso di portare un po' di cavalli e di vacche per iniziare sul posto un allevamento nostro così chiudemmo i conti con la Signora Allison che divenne unica proprietaria, ci accreditammo anche cento cavalli, venti vacche, asciutte per non avere problemi di mungitura sulla strada, e quattro tori, ai quali si aggiungevano i nostri animali, Robert avrebbe portato sia Grigio che Nero. Sistemammo i conti con la banca facendoci dare delle note di credito e un po' di contante, la casa, purtroppo, la mettemmo in vendita.

Bussarono alla porta, era un vice. Lo sceriffo desidera parlarvi, anche subito se potete. Io e Nahity andammo con lui, nell'ufficio c'era una giovane coppia, fece le presentazioni e poi cominciò a dire. So molto bene che volevate che tutto rimanesse nascosto per non rivelare la destinazione del vostro viaggio, ma ho saputo delle intenzioni di questa coppia e ho pensato che potreste esservi utili a vicenda, in sostanza loro devono recarsi proprio a San Francisco, come voi, non hanno molti bagagli tranne gli effetti personali e venendo con voi vi sarebbero utili al governo del bestiame. Io e Nahity ci guardammo annuendo, la cosa era possibile e utile. Aggiungo che li conosco personalmente, sono persone oneste, lavoratrici e fidate, altrimenti non ve le avrei proposte, con loro c'è anche un ragazzo ormai adulto suo fratello, indicò la donna e due bambini di cinque e otto anni. Siamo una lunga carovana, dissi, e altre persone saranno sicuramente di grande aiuto oltre che di compagnia. Li invitammo a cena per il giorno dopo, arrivarono tutti. Ethan aveva trentacinque anni, sua moglie Clarisse cinque di meno, il fratello diciassette, i due bimbi frequentavano la stessa scuola di Robert, che era più grande, e si conoscevano già. Dovevano raggiungere il fratello di Ethan che si era stabilito a San Francisco come falegname e carpentiere, anche lui era falegname e stava insegnando il lavoro a Charles che aveva 16 ani, ma lavoravano come mandriani, mentre Clarisse si occupava della casa e dell'orto. Molto simpatici e allegri, avevano una scolarità di base, Ethan era addirittura analfabeta, ma era uno che ascoltava e aveva imparato a dire le parole giuste al momento giusto, insomma si presentavano come degli ottimi compagni di viaggio.

Allestimmo tre carri con tenda, sul fondo di una mettemmo tutta la collezione di armi che avevamo bene avvolte nei teli, poi stendemmo tutte le coperte di pelle di bisonte e sopra pacchi con abiti o manufatti indiani, archi frecce, lance, scudi, quegli oggetti erano parte di noi, erano sempre stati con noi, volevamo portare via tutta la memoria della nostra storia, soprattutto indiana, per ricordarci ogni singolo giorno.

Partimmo una mattina presto, Naity, Tahina e Raholy erano vestite con abiti da indiane con tanto di piume nei capelli, la famiglia era arrivata con quattro cavalli, una vacca e un maiale, alcune galline e conigli, una capretta da latte e pochi bagagli su di un carretto a due ruote tirato da due muli, un bel cane da pastore, buck, alto e snello, notai che avevano un fucile a testa, anche Clarisse, e alcune pistole. Eravamo una lunga colonna, con due muli e quattro cavalli che tiravano ogni carro, davanti la colonna dei cavalli, guidati da Raholy e Charley a cavallo, seguivano i bovini e quattro maiali giovani adulti, più il loro. Io guidavo il primo carro con Oscar, mentre Nahity guidava il secondo insieme a Tahina con Robert e Paul, seguiva il terzo guidato da Ethan con Clarisse e il figlio più piccolo seguiva il loro carro a due ruote tirato dai muli ma legati al carro. Robert aveva con sé sempre il suo quaderno e ogni tanto nei momenti di silenzio si metteva a leggere o a scrivere, con Paul che lo guardava incuriosito.

Sai sparare, chiesi a Oscar durante il primo campo. No, rispose, non ho mai toccato un'arma. Lo vuoi un fucile. Visti i luoghi forse è meglio averlo. Gli spiegai il funzionamento e provò a sparare, le braccia gli tremavano, non riusciva a stare fermo e non vedeva nemmeno dove colpiva. Va bene, gli dissi, limitati a sparare da vicino. Oscar era meravigliato dai panorami, le praterie sconfinate e poi le foreste lungo i corsi d'acqua e larghe rive di sabbia, l'ampio cielo sopra di noi e ancora gli animali liberi che correvano a gruppi, o pacifici che brucavano l'erba e le aquile e gli avvoltoi in volo in controluce, in estasi camminava con la paura di calpestare l'erba come fosse sacra, nelle pozze d'acqua si divertiva come un bambino giocando con Robert e Paul, nuotava come un pesce, si tuffava dai sassi e soffriva per gli animali che cacciavamo, poi comunque li mangiava, ma non prima di essersi fatto il segno della croce. Sei religioso. No, sono solo superstizioso, ma sono io il primo a riderne, e rise insieme a noi.

La colonna proseguiva lenta, le vacche che si fermavano ai lati a brucare, venivano subito rimesse in riga dal cane Buck che gli mordeva le zampe, correva in continuazione avanti e indietro abbaiando agli animali e spronandoli ad andare avanti, ogni tanto saltava su di un carro a riposare, ma restava sempre con il collo teso e la testa alta in osservazione, sempre pronto ad intervenire, ci dava una grande aiuto.

Montammo le tende vicino ad una ansa di un torrente, da una parte una breve falesia portava su di un pianoro coperto da un bosco, dall'altra le sponde si alzavano coperte di alte erbe proseguendo nella vasta prateria, il giorno dopo al mattino dovevamo andare a caccia e poi il pomeriggio tardi saremmo arrivati al fiume sotto la casa nella grotta. Ci svegliammo che era ancora buio, avevamo già tutto il materiale per la caccia pronto, facemmo colazione dopo esserci lavati e ci accordammo, avevamo notato sopra la falesia di fronte un grosso cervo maschio che ci osservava, poi si era girato ed era scomparso nel bosco, era probabile che fosse ancora nelle vicinanze. Oscar, domandai, te la senti di arrampicarti su per quella via. Certamente, rispose. Gli altri aggirarono la falesia sull'altro lato e si sparpagliarono, andai avanti io sulla falesia, Oscar mi seguiva come un ragno, arrivati al bordo mi sporgei lentamente, vidi il cervo ad una ventina di metri, coperto da un albero salii sul bordo erboso e mi nascosi, arrivò anche Oscar, il cervo brucava senza sospetto, io mi allargai per dare una direzione obbligata al cervo, guardai Oscar e ci alzammo in piedi facendoci vedere, sparai in alto per comunicare che la caccia era cominciata, il cervo cominciò a correre verso Robert nascosto che puntò il fucile e lo colpì in pieno petto, il cervo cadde a scalciando l'aria, Nahity lo finì con un colpo al cuore. Facemmo tutti i complimenti a Robert per il bel colpo. Non è per niente che portate tutte quelle armi, le sapete davvero usare, complimenti davvero, disse Ethan, poggiando una mano sulla spalla di Robert. Era un maschio adulto e pesante, dovemmo andare a prendere due muli per trainarlo fino al carro. Il giorno dopo al mattino Nahity con Tahina e Clarisse, anch'ella vestita con un abito indiano, si trovarono di fronte dei guerrieri Cheyenne, con lance e accette in mano, ma appena si accorsero che erano indiane si fermarono stupiti, probabilmente avrebbero voluto derubarci, ma ora erano bloccati. Abbiamo fame, disse uno. Tahina fece un gesto di pace e disse nella loro lingua. Seguiteci. Altri guerrieri sbucarono dal bosco, in totale erano sette. Erano conoscenti del nostro villaggio e avevano sentito parlare di noi, furono orgogliosi di conoscerci. Facemmo colazione tutti insieme, il cervo era ancora quasi intero e i guerrieri ne approfittarono mangiando abbondantemente, poi ci chiesero ancora qualcosa da portarsi via. Se ci accompagnate fino a domani vi regaliamo un maiale, dissi. Si guardarono l'un l'altro e poi risposero che andava bene. Così ci eravamo procurati una scorta che almeno per qualche tempo ci avrebbe protetti, per noi il pericolo non erano gli indiani, ma i bianchi malintenzionati che avremmo potuto incontrare.

A sera arrivammo finalmente all'ansa del fiume con il guado, ai piedi delle falesie che rappresentavano la parte sud delle Colline Nere, che conoscevamo bene, c'erano ancora alcune ore di luce, preparammo il campo mentre alcuni spingevano gli animali dentro il fiume per farli bere e per lavarli del sudore e della polvere, facemmo il fuoco, preparammo le focacce e cucinammo anche i fagioli, Ethan tirò fuori una bottiglia di whisky, anche io provai un sorso, mi sembrava buono, ma bruciava troppo, poi la bottiglia passò in mano ai guerrieri e fatto il primo giro finì totalmente, Ethan si guardò bene di tirar fuori la seconda bottiglia che doveva bastargli per tutto il viaggio.

Al mattino dopo colazione presi un maiale e lo diedi a quello che sembrava il capo, facendogli capire che erano liberi di partire, non volevo mostrare loro la grotta con i contenuti e soprattutto le armi. Siamo sulla strada per il fiume Powder, dissi, se vi incontriamo ancora possiamo condividere i nostri alimenti. Fiume Powder Tanti soldati, rispose. Allora restate nelle vicinanze e tornate domani se volete accompagnarci per un altro tratto. Presero il maiale, salirono sui loro cavalli e partirono nella pianura urlando.

Scaricammo completamente il carro più vuoto, gli attaccammo quattro muli e ci avviammo dall'altra parte del fiume.

Mi fermai nella radura in contemplazione, il boschetto, sotto la falesia il ricovero per gli animali da riaggiustare, il tavolo fisso e storto sotto gli alberi, erba dappertutto, la casetta di legno davanti all'ingresso della grotta, mi sembrava un sogno magnifico, vissuto e scolpito nella memoria, nella pelle, un ingenuo progetto di due ragazzini sognatori e sinceri, fintantoché ci fosse stato vicino il villaggio indiano, avrebbe anche potuto diventare realtà, ma ora tante cose erano cambiate, i centri abitati dei bianchi, sorti dopo la scoperta dell'oro in barba alla sacralità dei luoghi, attiravano gente di ogni risma, tra i quali molti ricercati pronti a tutto, non sarebbe passato molto tempo che anche la nostra grotta sarebbe stata scoperta e noi stessi saremmo stati in pericolo vivendoci.

L'esigenza di Robert di studiare in una città, il bisogno di sicurezza e lo stesso nostro bisogno intellettivo, avevano il sopravvento su tutti i sogni, eravamo giovani e il tempo non ci mancava per altri sogni, avevamo capacità e stimoli, ma pensare che con questo ultimo atto mettevamo fine ad un'epoca della nostra vita, come dopo aver vuotato la casa a Pierre, ci metteva tristezza, era davvero il cambiamento totale. Con questo stato d'animo prendemmo i ventimila dollari che avevamo nascosto svuotammo la casa di tutto ciò che ci interessava e avrebbe potuto servirci, stendemmo tutte le armi sul piano del carro, sopra stendemmo le coperte di pelle di bisonte e le altre pelli, prendemmo tutti gli oggetti indiani, abiti, cinture, mocassini, copricapi, pipe, tutti gli archi e le frecce e lance e gli scudi, erano un mucchio di roba, erano metà del nostro mondo interiore, prendemmo tutti gli strumenti da lavoro, vanghe, martelli, pialle, lasciammo farine e altri alimenti, piatti, pentole e tutti i mobili.

Ma chi siete voi, come mai avete tutte quelle armi, ci domandava Ethan, e questa casa nascosta, quanto ci avete vissuto. Non finiva più di domandare, anche Oscar, meravigliato, si univa al coro delle domande. Venite, gli dissi, li portai alla scoperta dei segreti della grotta. Alla fine erano tutti entusiasti, un tuffo in altra dimensione fatta di altri tempi e altri esseri. Oscar, era stupefatto del dinosauro. Non credevo mai possibile vedere un teschio simile, ne avevo sentito parlare e ho visto anche qualche disegno, ma vedermelo lì di fronte, è stato davvero emozionante.

Tornammo al campo con il carro quasi pieno, rimettemmo

sopra le cose che avevamo scaricato e andammo al fiume insieme a tutti gli altri, era una magnifica giornata, il sole ancora alto mandava caldi raggi di energia.

Con la giornata di fermo gli animali si erano riposati e nutriti bene, come noi d'altronde, al mattino presto, con il sole ormai staccato dall'orizzonte, la colonna era già formata e potemmo ripartire in direzione ovest, verso il fiume Powder e forte Reno. Non passò molto tempo che comparvero i guerrieri che avevamo già conosciuto, presero a scortarci, alcuni precedendoci di alcune centinaia di metri, altri dietro. La sera avevamo bisogno di carne fresca, dopo aver fatto il campo andai con Robert e Paul, a fare un tentativo di caccia, salimmo una collinetta e dall'alto vedemmo un'antilocapra tra alcuni alberi, scendemmo tra gli alberi e i cespugli e quando arrivammo a tiro lasciai a Robert il compito di sparare che non mancò il colpo, l'animale cadde senza più muoversi, Paul gridò. Evviva, bravo, anche io voglio imparare a sparare così bene. Troveremo il modo e il tempo, gli dissi e gli diedi una carezza sulla testa. Andammo a prendere l'animale, era una giovane femmina adulta, sentimmo un lieve belato, ci girammo e restammo in ascolto, dietro un albero nascosto tra le frasche c'era un cucciolo di pochi mesi, lasciarlo lì sarebbe stata una condanna a morte, decidemmo di portarlo con noi tra le urla di esultanza di Robert e Paul, lo avremmo nutrito con il latte di capra, se ne sarebbero occupati loro stessi. Alcuni giorni dopo i guerrieri ci lasciarono, avevano paura di incontrare i soldati, gli donammo un altro maiale e altre cose da mangiare e partirono. Passarono altri cinque giorni senza incontrare nessuno, poco lontano si vedeva il profilo delle montagne Bighorn, poi arrivammo alla pista Bouzman, si vedevano le tracce di carri e cavalli, in alcuni punti la strada era stata spianata e in altri erano stati sistemati dei tronchi per attraversare corsi d'acqua, prendemmo la direzione nord, l'avremmo seguita fino a Virginia city, toccando alcune postazioni militari sul percorso.

Vedemmo un battaglione di soldati a cavallo venire nella nostra direzione, saltai sul cavallo e andai avanti per presentarmi, ci fermarono e ci chiesero i documenti, li mostrammo, guardarono le indiane in nostra compagnia, ma era tutto in regola. Tra qualche ora giungerete in vista del forte Reno, dove potrete accamparvi, disse gentilmente l'ufficiale. Grazie risposi, procedemmo alcune ore e giungemmo finalmente in vista del forte, era ubicato sulla parte alta di una grande vallata, di fronte c'erano molte abitazioni più o meno improvvisate, qualche officina e falegnameria, un grande spaccio e recinzioni con tanti cavalli, la maggior parte dell'esercito, poco più in là vedemmo molti carri in cerchio, almeno una ventina, erano una carovana di pionieri che andavano verso la costa ovest in cerca di un'altra vita, come noi. Facemmo il campo, sistemammo gli animali e andammo al forte a presentarci, l'interno brulicava di gente di ogni tipo, non interessava a nessuno sapere chi eravamo, passava tanta gente che ormai i soldati ti guardavano solo per vedere se eri tra gli avvisi di taglia. Chiedemmo in giro del capo dell'altra carovana, ci indicarono un uomo seduto fuori dalla taverna con altri uomini, intorno ai cinquanta anni, ben strutturato fisicamente, faccia indurita dal sole e dal freddo, di grande compagnia, come capimmo subito. Ho passato tanto tempo da solo nei boschi che parlavo anche con gli alberi bevendo solo volgare acqua, inodore e insapore e quando sono in compagnia tutti devono parlare e bere, il suono della voce di un essere umano è musica in certi momenti, evviva, gridò alzando il bicchiere. Ci avvicinammo e ci fermammo a guardarlo finché ci notò. Posso aiutarvi in qualcosa, ci disse gentilmente e assumendo un'espressione più seria. Mi chiamo Adrien Betancourt, mia moglie Noemi Betancourt e nostro figlio Robert, voi siete il capo della carovana. Sì, sono io. Volevamo chiedervi se potevamo seguirvi da vicino con la nostra carovana fatta per lo più da cavalli. Mi sembra possibile, rispose dopo un attimo di riflessione, venite domani al nostro campo, ne parliamo quando sarò più lucido. Rise e anche gli altri risero con lui. Sorridemmo anche noi, mi sembrava una bella compagnia affiatata e se questi, come pareva erano i suoi uomini avremmo avuto degli ottimi vicini di viaggio.

Il giorno dopo andammo al campo, con me vennero anche Tahina e Raholy oltre che Ethan e i bambini. Il capo carovana, Murley, ci accolse con calore, e ci offrì del caffè, capì che eravamo due famiglie che emigravano, spiegammo la composizione della nostra carovana e la nostra direzione, noi ci saremmo tenuti a qualche centinaio di metri e la sera ci saremmo accampati di fianco ma non insieme, restare con loro ci dava sicurezza, inoltre una compagnia militare sarebbe avanzata da sola a qualche miglio davanti a noi diretta Fort Ellis. Impiegammo venti giorni per arrivare a Fort Ellis, senza nessun episodio degno di nota, anche i panorami non aiutavano molto, essendo quasi tutti uguali, pochi alberi e ancor meno animali, la sera però ci riunivamo insieme all'altra comitiva e partecipavamo dell'allegria che regnava aiutata dall'abbondante whisky e da alcuni musicisti con ritmi che invitavano a ballare e a cantare. Murley, era un uomo intelligente che sapeva il fatto suo, manteneva l'ordine nella carovana e interveniva in ogni occasione con autorevolezza, cacciatore per tanti anni, conosceva bene queste montagne che aveva già attraversato con altre carovane, reduce di guerra come soldato semplice, aveva carattere e forza per realizzare i suoi compiti, fare la guida insieme ad alcuni suoi amici fidati era per lui naturale, aveva una istintiva simpatia per gli indiani. La prima sera che passammo con loro, un uomo disse ad alta voce con un tono di accusa. Se gli indiani ci attaccano, voi da che parte starete, non siete per caso d'accordo con loro per derubarci e stuprare le nostre donne. Nahity mi precedette, si alzò in piedi, prese Robert per mano e si pose al centro per farsi sentire da tutti. Sono indiana lakota purosangue, ma sono anche bianca, sono cresciuta in una delle vostre città, adottata da un grande uomo bianco che non avrebbe mai fatto una domanda simile, ho studiato nelle vostre scuole, la vostra lingua e le vostre leggi, siamo per la giustizia, per l'uguaglianza, per la pace, fece una pausa, nessuno fiatava, la mia gente ora è prigioniera in una riserva, ma questo era il loro territorio di caccia e di vita naturale, se dovessimo parlare di furti e di aggressioni dovreste prima chiedervi chi ha cominciato, non sono stati gli indiani a venirvi a cercare, oggi si sta cercando di trovare degli accordi di pace e questo territorio è protetto dai vostri soldati, se noi fossimo d'accordo per derubarvi non saremmo qui con i nostri figli, con una mano indicò tutti noi con i bambini in prima fila, siamo stati noi a chiedere la vostra compagnia per sentirci in qualche modo più sicuri, non tutti gli indiani sono nostri amici e tutti gli animali che ci portiamo dietro potrebbero fare la fine dei vostri se qualche gruppo volesse predarci, noi tre indiane, saremo in prima fila contro di loro se accadesse, ma forse potremmo parlare con loro ed evitare guai. Parole, solo parole, si sentì urlare. Basta così, intervenne Murley, sono nostri ospiti e io mi fido di loro, sono due famiglie che viaggiano come noi in cerca di un futuro e nessuno potrà maltrattarli fintanto che sarò io il capo carovana, nemmeno con le parole, se avete dei sospetti o vedete qualche cosa che non vi convince, venite a parlarne con me o con i miei uomini, ed ora musica. Le danze ripresero con allegria, la maggioranza, fortunatamente, non era d'accordo con le accuse, furono in molti a venirci a dimostrare solidarietà stringendoci la mano e invitandoci a ballare.

Ripartiti anche da Fort Ellis ci inoltrammo nelle Rocky Mountain deviando verso sud, percorrendo i sentieri già tracciati e in parte spianati dagli zoccoli dei bisonti nelle loro migrazioni di migliaia di anni, i panorami stupendi in cui ci trovammo immersi, attraversando il Targhee Pass non li potremo mai più scordare, immense distese di boschi che ricoprivano valli e versanti di montagne, altissime pareti verticali di pura roccia, meravigliose cascate che si rovesciavano con grande frastuono, laghi mozzafiato e torrenti e valli acquitrinose e poi tanti animali, come una volta si trovavano anche nella valle del fiume Powder, persino alcuni bisonti di foresta, molto più grandi e imponenti rispetto ai loro cugini di pianura ormai quasi scomparsi, fontanili multicolori di acque bollenti immersi nel vapore, circondati da fanghi e rocce chiare dal bianco al rosso con tutte le variazioni di tonalità, al centro una fossa con acque trasparenti che andavano dal verde smeraldo all'azzurro, fino al blu profondo. Progredivamo lentamente e avevamo tempo di riempirci gli occhi di bellezza, a poco a poco, anche il panorama cambiò, scomparvero le montagne e ci separammo dalla carovana dirigendoci verso l'Oregon per evitare il deserto del Nevada.

Erano passati quasi due mesi da quando eravamo partiti da Pierre e finalmente dopo una salita che durava da qualche ora ci affacciammo sulla baia di san Pablo oltre la quale si stendeva la città di San Francisco, altri agglomerati urbani si stavano sviluppando lungo le sponde, oltre la baia potevamo vedere per la prima volta il mare fino all'orizzonte. Ci volle ancora una settimana per aggirare tutta la zona delle baie, la pista era ben tracciata dalle mandrie di animali e dalle carrozze, numerosi campi coltivati a mais, grano, verdure e frutta facevano da contorno alla strada, toccammo diversi centri abitati tra i quali Oakland che fronteggiava San Francisco dall'altra parte della baia e San Jose, oltre la quale, tornando verso nord, penetrammo sulla penisola tra l'oceano e la baia in direzione di San Francisco. Ci accampammo a poche miglia dalla città nei pressi di una collina boscosa, poco lontano un lago avrebbe offerto acqua a sufficienza per gli animali. Ci abbracciammo tutti, felici di essere arrivati, eravamo molto stanchi ma ora avevamo tempo per riposare e organizzarci, fra le altre cose, non vedevamo l'ora di andare a vedere e toccare il mare, questa enorme distesa di acqua salata di cui tanto avevamo sentito parlare.

Arrivarono quattro cavalieri, un padre con tre figli adulti, dissero che abitavano lì vicino e volevano conoscerci, erano gentili, forse un po' sospettosi, ma capirono subito che eravamo due famiglie migranti e che non avremmo dato fastidi, ci diedero molte informazioni, sui terreni in vendita per i quali bisognava chiedere alle agenzie in città o alla banca, avevamo bisogno di verdure e di frutta e di altre cose che furono pronti a fornirci. Avete dei cavalli davvero belli, disse il padre ammirandoli, li vendete. Non per il momento, risposi, abbiamo intenzione di ingrandire l'allevamento e metterci in commercio. Bene rispose, io ho solo vacche e qualche cavallo ve lo compreremo sicuramente, poi guardando le nostre armi, e ricordatevi che in città non si può girare armati. Come, domandai. C'è un'ordinanza che lo vieta da alcuni anni, ma potete stare tranquilli, in città non c'è più violenza. Guardai Nahity, anche lei mi guardava con una faccia perplessa.

Il giorno dopo lasciammo al campo Raholy, Nahity e Charley, io e Nahity nascondemmo due piccole pistole nella schiena e le derringer con il coltello nello stivale, non potevamo farne a meno, non ricordavamo un solo momento passato, da quando eravamo bambini, senza avere armi addosso, prendemmo anche i documenti di vice sceriffo, anche se qui non avevano alcun valore.

Era davvero grande la città, difficile orientarsi in mezzo a tutte quelle vie, nuove costruzioni in atto ovunque, cavalli e carrozze e numerosa gente a piedi che andava e veniva in continuazione, in centro grandi vie pulite e asfaltate con negozi scintillanti di abiti costosi, affiancati da bar e sale da té, palazzi enormi che ospitavano banche, alberghi di lusso e ristoranti lustri e uffici di ogni genere, stavano in una area molto ben ordinata e protetta dalla polizia. Chiedemmo dell'ufficio dello sceriffo per registrare il nostro arrivo, poi ci dividemmo, Oscar a cercare il suo amico e il teatro, Ethan con sua moglie e i figli minori in cerca del fratello, noi andammo direttamente in banca a depositare le note di credito e un po' del contante che avevamo. L'impiegato appena vide le note di credito e fatti i conti andò subito a chiamare il direttore, il quale ci accolse con calore facendoci accomodare nel suo ufficio, aveva ricevuto un telegramma dal direttore della banca di Pierre che annunciava il nostro arrivo con il deposito di una grossa somma di denaro, ci fece molte domande sui nostri progetti e su come avremmo impiegato il nostro denaro. Per prima cosa vorremmo comperare una casa fuori città con annesso terreno per avviare un allevamento di cavalli, Siete molto fortunati, disse, ho proprio quello che fa per voi, una bella villa abbandonata da alcuni mesi, i proprietari ormai anziani si sono trasferiti in una piccola casetta vicino al mare, hanno lasciato la loro abitazione con quasi tutto il mobilio ed è abitabile da subito. Dopo gli accordi per andare a visionare la casa facemmo un giro per conoscere la città, passammo nella zona del porto, era pieno di stalle, officine meccaniche e falegnamerie, tanti magazzini con la merce più varia, e poi banconi di pescatori con i pesci più strani che non avevamo mai visto, alcuni enormi venduti in tranci, crostacei e molluschi che non sapevamo nemmeno si potessero mangiare, alcuni somigliavano ai gamberi di fiume che conoscevamo, presi una specie di grosso ragno, grande quanto il palmo della mia mano, era ancora vivo, lo mostrai a Robert. Lo mangeresti questo coso. Ma nemmeno per sogno, rispose facendo il verso del vomito. Scoppiammo a ridere. Da dove venite voi, dal deserto, ci canzonò il venditore, sono buonissimi bolliti o arrosto, provate questi. Ci diede uno spiedino di gamberetti, li guardammo con sospetto, li assaggiammo, erano buonissimi, un gusto che non avevamo mai provato prima, ne comperammo un po' insieme a dei grossi pesci. Dal pesce si passava al mercato della frutta e della verdura, pieno di colori e di urla dei venditori, non avevamo mai visto tanta merce in vendita sulle bancarelle, la gente si accalcava e ostruiva il passaggio in continuazione, poi magicamente si muoveva e l'assembramento cessava per riformarsi nuovamente poco più avanti, comperammo un po' di tutto, compreso il pane fresco. Passammo per una via con alcune librerie e più avanti vedemmo una scuola, era l'università, c'era un usciere, chiedemmo per una scuola che avrebbe permesso a Robert di iscriversi, ci diede l'indirizzo e andammo a chiedere informazioni per l'iscrizione per il nuovo anno. Tornammo al campo pieni di cose e di notizie, cenammo con i pesci e i gamberetti alla brace, avevano un sapore particolare, diverso dai pesci di acqua dolce a cui eravamo abituati e in definitiva più buono, Oscar non era tornato, ma non pensavamo di doverci preoccupare, andammo a dormire soddisfatti di quella prima giornata.

Trovammo l'agente della banca, sulla strada per la città, ci aspettava ad un incrocio con una stradina laterale che dopo una deviazione a sud del lago di Sant'Andrea, attraverso un boschetto, portava direttamente alla casa, era fatta soprattutto di legno ma la struttura portante era in pietra e cemento, molto grande con tante stanze al piano superiore, letti e materassi usati dalla servitù, al piano terra una grande sala con camino, librerie con ancora molti libri, un vecchio pianoforte e alcuni tavoli e ampie finestre che davano sulla veranda principale, oltre a poltrone e divani, una cucina con una grande porta che dava sul cortile di dietro con il pozzo e l'orto, c'era anche l'ingresso alla cantina con una scala in pietra, intorno un grande terreno recintato con paletti era coltivato a mais e grano, la proprietà si estendeva a prateria per alcune centinaia di metri fino al lago di Sant'Andrea, nelle cui acque, scoprimmo più avanti, nuotavano grossi salmoni, oche e anatre e centinaia di altri uccelli volavano e pescavano sulle rive poco profonde a tratti paludose, a circa cinquecento metri sull'altra sponda le colline boscose coprivano la vista verso la baia, la stalla era piccolina ma poteva essere ingrandita e mancava un magazzino per gli attrezzi. Era davvero grande per noi cinque, ma era proprio quello che cercavamo, il prezzo economico, ci convinse del tutto. Senza aspettare i documenti e le firme, prendemmo i nostri carri e gli animali e ci sistemammo finalmente al coperto in una vera casa, Ethan chiese di restare ancora con noi fino a trovare una sistemazione in città.

Facemmo delle pulizie primarie, riordino e sistemazione delle nostre cose e una sera organizzammo una bella cena, vennero il fratello di Ethan con la famiglia, Oscar con il suo amico e alcuni attori che sapevano anche suonare il pianoforte, si misero subito a provarlo e a cantare, era un po' scordato ma aveva ancora un buon suono.

Parlai con Ethan e suo fratello del bisogno di riparazioni e della costruzione di una stalla più ampia con un magazzino, mi assicurarono sulle loro capacità professionali e il fratello ne approfittò per farmi una proposta. Questa città è in espansione, la baia, il porto e soprattutto la ferrovia stanno portando ricchezza tramite il commercio, la fine dei disordini e dell'anarchia hanno dato un grosso contributo, c'è tanto da fare, ho dei progetti per il mio lavoro, con mio fratello e il cognatino potremmo costruire un laboratorio per la fabbricazione di mobili e di altri lavori di falegnameria, ma abbiamo bisogno di un finanziamento, il mio laboratorio attuale è piccolo e ci servono altri strumenti, vorrei anche comperare una macchina a vapore per il taglio dei legnami grossi, vi saremmo davvero grati se ci poteste aiutare, daremo la priorità alla vostra casa e ve li restituiremo con una percentuale sugli incassi, la banca chiede garanzie che al momento non siamo in grado di sostenere. Mi fidavo di Ethan e anche suo fratello mi sembrava una persona seria e i suoi discorsi sembravano ponderati e realisti, avevo visitato il suo piccolo laboratorio e mi ero reso conto delle sue qualità con i mobili. Quale sarebbe la cifra che vi serve, chiesi. Almeno cinquemila dollari. Sono una bella cifra, in quanto tempo pensate di poterli restituire. Non saprei di preciso, rispose il fratello Kevin, quasi cercando le parole, ma con la macchina a vapore a pieno ritmo io credo che potremmo ridarvi almeno mille dollari all'anno. Risposi che ne avremmo parlato fra di noi, Ma dentro di me ero già persuaso che li avremmo aiutati. Ricorda che non abbiamo entrate di nessun tipo al momento, mi ricordò Nahity, e le spese che stiamo affrontando anche noi sono ingenti, dobbiamo comperare altri animali, i tori e gli stalloni si sono dati da fare durante il viaggio e tra alcuni mesi partoriranno, abbiamo bisogno di personale per la loro gestione. Siamo ben coperti al momento, vedrai che tutto andrà bene e prima che finiscano i soldi cominceranno anche ad entrarne. Lo spero bene, mi rispose guardandomi negli occhi e mettendomi le mani sul collo dietro la testa mi avvicinò a lei baciandomi.

Eravamo al mercato, stavo sgomitando tra la gente guardando le verdure su di un bancone. Nahity, chiamai a voce alta, sentì una voce vicina a me. Conosco solo una persona di nome Nahity. Mi girai e vidi una bella donna con una grande pancia che mi guardava meravigliata, era Sue. Ma allora siete proprio voi, cominciò ad urlare in preda all'eccitazione, mi abbracciò con calore, poi si gettò al collo di Nahity e si abbracciarono senza potersi staccare. Arrivò anche William sorpreso di vederci, ci abbracciammo fraternamente, non sapevamo nemmeno cosa dire, tante erano le cose da raccontare. Andammo in una sala da té per poter parlare più liberamente. Dopo aver spiegato i motivi della nostra presenza in città, raccontarono del loro viaggio, il papà di Sue era morto improvvisamente e questo aveva dato la spinta finale alla partenza, ora lei lavorava in una scuola primaria e lui come operaio in una fabbrica, non era molto soddisfatto e guadagnava poco, così mi venne naturale chiedergli. Vuoi occuparti dei nostri cavalli. Mi guardò un po' stupito e rispose. Ma certamente, non chiedo di meglio che occuparmi ancora di cavalli, ve li lustro e ve li striglio come dei bambini. Ci mettemmo a ridere. A quando il lieto evento, chiese Nahity. Manca poco meno di due mesi. Non dovresti strapazzarti a fare la spesa nelle tue condizioni. Sono forte, anche se non sembra, rise. Perchè non vieni a stare da noi, avresti sempre qualcuno vicino oltre che tua madre. Si guardarono, impreparati a questa proposta non sapevano che rispondere, la loro casa era piccola. Da noi è molto tranquillo, rincalzò Nahity, è pieno di verde e boschi, qui in città è tutto brutto, polvere e fumi, a me farà piacere starti vicino in questi momenti, se poi William lavora per noi sarà tutto più semplice e sarete anche voi vicini tutto il giorno. Mi sembra un'ottima idea, ma vi pagheremo l'affitto della camera e condivideremo la spesa alimentare, disse sorridendo. Va bene, disse Nahity abbracciandola forte e carezzandole la pancia.

La famiglia si allargava, era naturale con una casa così grande, così come era naturale per noi che, forse inconsciamente, stavamo ricostituendo una sorta di tribù. In casa regnava armonia, tutti si davano da fare, chi fuori, chi dentro, così che avanzava anche un sacco di tempo che impiegavamo ognuno come gli pareva.

I bambini venivano accompagnati a scuola con una carrozza e poi tornavano sempre con la stessa, io e Nahity non facevamo nulla di particolare, finché arrivò la proposta, si trattava di un programma dell'università per la gestione della gravidanza delle vacche, si passava dal piano teorico di anatomia e gestazione fino alla pratica vera e propria di assistenza al parto, io e Nahity ci iscrivemmo subito, iniziammo ad occuparci delle vacche personalmente, per conoscerle meglio e studiammo tutta la teoria, le nostre vacche erano quasi tutte in gravidanza e anche le altre ci sarebbero andate presto, i parti sarebbero arrivati a fagiolo sui nostri studi. Tutte le mattine ci recavamo nelle aule dell'università per assistere alle lezioni, come al solito divoravamo tutto, non ci sfuggiva niente, ci interrogavamo l'un l'altra memorizzando tutto. L'unico nostro problema erano le armi, non riuscivamo a distaccarcene, nonostante ci sentissimo un po' più al sicuro, entravamo in aula con almeno due pistole nascoste e il coltello negli stivali o in un taschino della borsa, inoltre ci eravamo accorti che anche altre persone nascondevano addosso delle armi, non molte ma c'erano. Il sabato avevamo preso l'abitudine di andare in città, spesso andavamo al teatro dove lavorava Oscar e il suo gruppo. Lo stabile era malmesso, le sedie sgangherate, ma gli attori erano bravi, c'era anche un coro di voci miste che veniva a fare le prove e ogni tanto partecipavano all'opera, gli incassi però andavano male, in città era pieno di teatri anche di lusso che richiamavano la popolazione e loro in periferia si dovevano accontentare di poco. Oscar ci chiamò in camerino, andammo solo io e Nahity in quanto gli spazi erano stretti e c'era tanta gente che vi transitava, entrammo, con lui c'era anche il suo amico, a tutti gli effetti il direttore della compagnia, andò diretto al sodo, volevano investire nel restauro e sperare che la nuova veste avrebbe attirato più spettatori e noi avremmo dovuto finanziarli con diritto ad una percentuale negli utili, che al momento non esistevano. Non sapevamo che dire, sembravano soldi buttati via, prendemmo tempo.

Sue aveva partorito un bel maschietto sano che aveva portato allegria in famiglia, i suoi pianti quando aveva fame erano musica per le nostre orecchie, noi avevamo finito il corso sulla gravidanza delle vacche e ne stavamo facendo un altro sulla contabilità e la gestione di impresa, l'allevamento si stava allargando, il personale era tanto e la gestione richiedeva altre qualità che non possedevamo, avevamo dovuto assumere anche un contabile che organizzò i registri, per non essere oberati dal lavoro d'ufficio.

Il tempo passava lento, gli interessi e il lavoro non mancavano, avevamo acquistato ancora molti ettari di terreno intorno a quelli di nostra proprietà, in previsione dell'acquisto di altri cavalli, e ora tra boschi e prati gli animali avevano davvero molto spazio per brucare sotto controllo dei mandriani, poi la sera la loro dieta veniva completata con una razione di biada che dovevamo comperare a parte a quintali, in questo modo i cavalli sotto l'ottima gestione di William, erano cresciuti di numero e soprattutto sani e forti, aveva mantenuto separati i cento cavalli che avevamo portato da Pierre che erano di un'unica razza inglese da sella ibridata in America, molto forti con un portamento regale, richiesti soprattutto dagli ufficiali e dai soldati, oltre che da uomini facoltosi, gli altri molto più numerosi, avevano un minor valore commerciale, ma alcuni erano talmente belli che venivano venduti allo stesso prezzo dei primi. Avevamo anche altri animali, prime le vacche che erano aumentate con i vitelli, i muli, le capre, un vecchio asinello intelligente e affettuoso che avevamo salvato dalla macellazione, galline, anatre, il piccolo di antilocapra che era cresciuto, tenero come un cagnolino, ovviamente avevamo anche dei cani che facevano la guardia e aiutavano con le mandrie e gatti che tenevano lontani i topi. C'erano anche i campi di mais e di grano, con cui facevamo il pane dopo averlo fatto macinare e poi l'orto, un piccolo frutteto con arance, mele e pesche, sul vicino lago andavamo di tanto in tanto a pescare in barca con la canna e non c'era giornata che non tornassimo con qualche ben salmone, per ospitare gli agricoltori che ci davano una mano e i mandriani avevamo fatto costruire delle abitazioni vicino alla nostra ed ora sembrava quasi un villaggio.

Anche noi facevamo un po' di tutto, ogni giorno ci occupavamo di qualcosa di diverso, ma ci mancava la prateria, ci mancavano i boschi solitari.

Oscar ritornò alla carica con il finanziamento del teatro, io e Nahity ci avevamo pensato, dopo il corso di gestione, ma volevamo aggiungere dei particolari, si trattava di aprire un piccolo bar di modo che gli avventori avrebbero potuto trovare dei tavoli nelle immediate vicinanze e proseguire la serata bevendo e invogliando così i clienti a venire a teatro, poi un progetto che avevamo da tempo, allestire una mostra con tutti i nostri oggetti indiani corredati da didascalie e le armi con i nomi dei banditi a cui erano appartenute, avremmo potuto far pagare un modico biglietto e vedere il risultato. Trovammo i locali e demmo il via alle operazioni di ristrutturazione. Così ci mettemmo in carico anche questa nuova impresa, dovevamo contrattare per l'acquisto dei legnami, e poi i mobili e i bicchieri e infiniti appuntamenti. Il bar aprì e cominciò a lavorare benino e il teatro più carino, con le sedie stabili, attirava un po' più di gente. Io e Nahity pensavamo alla mostra aiutati da Oscar con il suo senso artistico, appendevamo armi, posizionavamo su pareti, o mobili, o a terra i numerosi oggetti di legno, ossa, pelle e budello, trovammo anche delle foto di guerrieri o di capi indiani e di mandriani e banditi, da un fotografo che ci vendette delle copie, facemmo dei quadretti e le appendemmo tra gli oggetti. Fu un lungo lavoro che ci impegnò molto, Nahity era molto precisa e testarda e spesso non eravamo d'accordo sulla posizione di un abito in pelle o di un copricapo di piume. Alla fine fummo soddisfatti del nostro lavoro, la gente affluiva curiosa, soprattutto la mattina, quando erano in giro per compere, o la sera quando c'era teatro. Tutti quegli oggetti rappresentavano la nostra storia, potevano essere la nostra pelle sotto la quale erano vissuti due guerrieri, due spietati cacciatori di taglie, quelle due sale sembravano il mausoleo di quello che eravamo stati, ma, guardandoci, ci vedevamo ancora tali, la nostra vita era cambiata, eravamo diventati imprenditori con un sacco di incombenze inutili da espletare, ma eravamo ancora giovanissimi e dentro restavamo due girovaghi, due spiriti liberi e avventurosi che ancora sognavano orizzonti sconfinati e, improvvisamente, ci colse la noia di tutto quello che stavamo facendo, pensavamo a Robert, al suo futuro, ma non era sufficiente a cambiare il corso dei nostri pensieri, a mutare la forma della nostra anima, le gite al mare e le uscite in barca, le escursioni nei boschi in giornata, non bastavano più, non ci eravamo detti nulla, ci capivamo con gli occhi, così un giorno Nahity mi disse. Adry, partiamo. E io risposi, Va bene.

Non fu facile organizzarci questa volta, non potevamo semplicemente caricare il basto sul mulo e partire, troppe incombenze da sistemare, inoltre non eravamo più solo noi due, Tahina, la nostra tata, aveva sempre fatto parte della famiglia, Raholy non aveva nessuno al mondo, incontrata per caso era diventata come una sorella maggiore e poi c'era il nostro Robert, una scelta d'amore, separarsi da loro e andare in giro per i fatti nostri, sarebbe stato come un tradimento dopo averli portati in questa città sconosciuta. Avremmo voluto partire da soli, perderci nei boschi o nella prateria come quando eravamo ragazzini, questo era il nostro desiderio più profondo, ma ora avevamo una famiglia, e saremmo partiti tutti insieme.

Erano passati quasi due anni da che eravamo arrivati e Nahity desiderava tanto rivedere i suoi genitori, ma dovevamo aspettare la fine delle lezioni di Robert, fu un periodo lungo e noioso, non eravamo abituati all'attesa, dentro la bruciante voglia di essere lontani, poi la scuola chiuse e il pomeriggio stesso dell'ultimo giorno finimmo di preparare i bagagli, lasciammo William e Sue come responsabili della casa, dell'allevamento e di tutte le altre attività, furono felici dell'incarico, ma tristi per la nostra partenza e il mattino del giorno dopo ci avviammo, avevamo il carro già pronto di vettovaglie e rifornimenti per la famiglia di Nahity con quattro muli a trainarlo, due li avremmo lasciati con il carretto alla famiglia di Nahity e due ci sarebbero serviti per il ritorno, la strada era lunga, ma avevamo tempo, non c'era motivo di affrettarsi.

Ripercorremmo la stessa strada dell'andata, aggirammo le baie e ci dirigemmo a nord verso l'Oregon, sembrava tutto diverso, senza la mandria di animali procedevamo più spediti e avevamo più tempo per noi, passammo per boschi interminabili di una bellezza incomparabile, abitati da cervi e alci, vedemmo orsi che cacciavano salmoni su corsi impetuosi di torrenti, laghi circondati da abeti e aceri che pullulavano di grossi pesci, i campi li montavamo su morbida erba e la sera al fuoco cantavamo o ci raccontavamo storie, Robert ci leggeva le sue cose meravigliandoci per la sua fantasia e abilità narrativa.

Eravamo ormai nel Montana, avevamo bisogno di carne fresca, dopo aver fatto il campo, io Nahity e Robert andammo a caccia, entrammo in un bosco sopra un pianoro dove avevamo sentito dei bramiti, seguimmo le loro tracce fino ad uscire in una ampia radura, vedemmo i corvi e gli avvoltoi che si contendevano una carcassa, ci avvicinammo e scoprimmo con orrore che era di un indiano adulto, facemmo scappare gli uccelli e controllammo il corpo, aveva ferite di arma da fuoco, poco più in là, dentro il bosco, c'erano i resti del loro campo, carboni spenti, oggetti e vestiti sparsi intorno, poi scoprimmo i resti di due bambini più piccoli di Robert, un maschio di circa otto anni e una bambina di forse cinque anni, uccisi probabilmente con un coltello, una vecchia e un altro adulto uccisi con un colpo alla testa, tutti scalpati, mi salì un moto di rabbia incontenibile, il volto di Nahity era diventato di pietra, i suoi occhi pieni di collera, Robert era a bocca aperta, gli occhi spalancati in una espressione di incredulità, non aveva mai visto uno spettacolo così crudele e raccapricciante, nessuno parlava. Nahity si avvicinò a Robert e lo abbracciò allontanandolo. Ci saranno state anche delle donne, le madri di questi bambini, disse Nahity, i corpi sono ancora freschi, forse uccisi ieri, chiunque sia stato non dovrebbe essere troppo lontano. Dovremmo tentare di liberare le donne, quando saranno stufi di abusarle le uccideranno di sicuro. Cercammo le tracce, portavano verso valle, volevamo seguirle subito ma dovevamo avvertire Raholy e Tahina, per cui tornammo indietro e ci organizzammo per la caccia, nascondemmo il carro con i muli nel fitto bosco, rischiavamo di perderli, ma noi dovevamo stare tutti insieme, era troppo pericoloso dividerci. Prendemmo tutte le armi che potevamo portare non sapendo con chi e con quanti avremmo avuto a che fare e ripartimmo io e Raholy avanti e gli altri dietro di un centinaio di metri, scendemmo a valle aggirando il costone roccioso sopra il quale c'era il pianoro e dopo due ore trovammo le tracce di molti uomini a piedi, venivano dal punto dove avevamo trovato i corpi e si inoltravano nel bosco, le seguimmo con molte precauzioni, dopo un'altra ora circa, sentimmo un colpo di fucile, poi un altro, ci dirigemmo verso la fonte degli spari, sul limitare del bosco scendemmo da cavallo e ci accucciammo per scrutare la valle sotto di noi, vedemmo due uomini a cavallo che avevano ucciso una cerva, aspettammo e quando ripartirono dopo aver legato al trascino l'animale, risalimmo a cavallo e li seguimmo restando all'interno del bosco. Vedemmo il gruppo con un carro carico di pelli, contai sei uomini. Presi Robert e gli dissi. Dobbiamo ucciderli tutti, non meritano nessuna pietà, e dobbiamo liberare le donne se sono ancora vive, forse è meglio se resti con i cavalli. Voglio venire anche io, rispose, so usare il fucile e voglio partecipare. Aveva dodici anni, la stessa età che avevamo noi la prima volta che avevamo ucciso degli uomini, il suo volto, i suoi occhi, dimostravano di comprendere tutta la serietà del momento, non sapevo che fare. Va bene, disse Nahity, ma dovrai sempre restarmi vicino. La guardai perplesso. E' grande abbastanza ormai, inoltre non possiamo lasciarlo solo. Aveva ragione, non potevamo lasciarlo solo, era giunto anche per lui il momento del battesimo di fuoco. Carica il colpo in canna, gli dissi. Legammo i cavalli e ci inoltrammo nell'erba alta accucciati e sparpagliati ma vicini, giunti in prossimità del campo vedemmo le due donne legate alle ruote del carro, gli uomini stavano preparando il pranzo, alcuni al fuoco stavano già cuocendo parti delle carni, altri stavano finendo di scuoiare la cerva, decisi di aspettare, quando sarebbero stati tutti intorno al fuoco per il pranzo, sarebbe stato il momento migliore, non passò molto tempo, gli uomini sembravano tranquilli e sicuri, diedi il segnale, ci avvicinammo a poco più di una decina di metri nascosti nell'erba alta, non volevo lasciare loro alcuna possibilità, quando fummo tutti pronti, improvvisamente, un uomo si alzò e venne nella nostra direzione, giunto a pochi metri da Tahina si mise ad urinare, poi alzò lo sguardo davanti a lui e vide Tahina semi sdraiata, stava per mettersi ad urlare quando Tahina sparò, ci alzammo sulle ginocchia, mentre si creava lo scompiglio tra il gruppo di uomini, che si alzarono all'istante, noi iniziammo a sparare insieme, li colpimmo tutti, alcuni, nonostante le ferite, riuscirono a rispondere al fuoco, ma non avendo ove nascondersi i nostri colpi precisi li abbatterono uno dopo l'altro, anche Robert aveva colpito il suo uomo, uno già ferito, strisciando, si avvicinò alle due prigioniere puntando la pistola su di loro e coprendosi con il corpo di una gridò. La uccido, giuro che la uccido e poi uccido anche l'altra, lasciatemi un cavallo e me ne vado con una di loro. Dissi agli altri di restare inginocchiati e di tenere sotto tiro gli altri uomini, benché probabilmente fossero già morti, mi alzai. Non hai scampo, arrenditi e ti risparmiamo la vita. Chi sei e che cosa vuoi da noi. Voglio le donne libere, lasciale andare e ti risparmiamo la vita. Non ti credo, lasciatemi un cavallo, libererò la donna più lontano. Tentai ancora di parlamentare, poi vidi Raholy sbucare dall'erba alle spalle dell'uomo, girò attorno al carro silenziosa e, mentre io tenevo impegnato l'uomo discutendo, si avvicinò dandogli un furioso colpo, usando il fucile come una mazza, sul braccio spezzandoglielo, la pistola gli cadde di mano, fece appena in tempo a girarsi per vedere la faccia rabbiosa di Raholy che gli piantava un coltello nel collo, cadde sulle ginocchia gemendo, con il sangue che scorreva abbondante a fiotti, ci volle qualche secondo, gli occhi si girarono mostrando solo il bianco, poi cadde a terra morto. Sentimmo un colpo di fucile, ci girammo e vedemmo Robert in piedi, la faccia dura e decisa, con il fucile puntato verso un uomo che, ancora vivo, aveva tentato di sorprenderci, il braccio disarticolato pendeva da un lato, Robert si avvicinò di qualche passo, guardò l'uomo negli occhi e senza dir nulla, sparò ancora, l'uomo colpito al cuore, cadde senza più vita, orgoglio e un senso vago di timore facevano a gara dentro di me, Nahity lo avvicinò a sé e stringendolo gli disse. Bravo. Questo è per i due bambini, disse. Slegammo le due donne che, tra le lacrime, si inginocchiarono ringraziandoci, ma non capivamo la loro lingua, dovemmo usare quella dei segni. Venivano da una tribù Crow, tradizionalmente nemica dei Lakota, ormai smembrata dai coloni e dai soldati, si stavano dirigendo con le loro famiglie verso ovest in cerca di membri della loro tribù sparsi per tutto il territorio. Ora potevamo essere accusati di omicidio, la difesa delle donne, in quanto indiane non sarebbe bastato a scagionarci, decidemmo di seppellire i morti un po' più lontano per nasconderli, lasciammo solo il morto di coltello vicino al carro, trovandolo forse avrebbero pensato che erano stati vittima di un gruppo di predoni indiani, raccogliemmo tutte le armi, prendemmo anche un po' di pelli, le migliori e mettemmo confusione per simulare una razzia, legammo la cerva ai cavalli e tornammo a seppellire in fretta anche gli altri morti indiani, non c'era tempo per le ritualità, le due donne, piangenti, si limitarono a pregare e a cantare alcune nenie funebri. Il giorno dopo, al mattino presto, presero tutti i cavalli dei bianchi, i loro erano dispersi, i due muli che trainavano il carro dei bianchi e un po' di carne fresca, le demmo anche due fucili e ripartirono da sole verso ovest in cerca dei loro fratelli.

Ci vollero ancora tre giorni di viaggio per giungere in prossimità di Fort Ellis, incontrammo altri cacciatori con carri pieni di pelli che rientravano al forte, stavano facendo strage di selvaggina non risparmiando né femmine né cuccioli, alcuni portavano degli scalpi umani sulle loro cinture come trofeo, ci sentivamo pieni di rabbia e impotenti di fronte all'arroganza di questi bianchi senza scrupoli che stavano devastando luoghi incontaminati e sacri per molte nazioni indiane, Nahity, Raholy e Tahina erano vestite da uomo per confondere eventuali malintenzionati e quando si avvicinavano tenevamo i fucili in bella mostra per dissuaderli da iniziative pericolose, nessuno ci diede fastidio.

Arrivammo al forte, che sembrava in allerta, una pattuglia di soldati ci fermò e non appena riconobbero le indiane sotto i vestiti da bianco cominciarono subito a tempestarci di domande, i nostri documenti di San Francisco parlavano chiaro e non potevano fermarci, ma volevano perquisire il carro, sentimmo una voce che mi chiamava, era Murley, si avvicinò e ci salutò calorosamente abbracciandoci, i soldati rimasero incerti, poi Murley parlò con loro. Sono amici, garantisco io per loro. Era conosciuto e rispettato e i soldati se ne andarono lasciandoci liberi di accamparci. Dovete capirli, da poco una carovana è stata assaltata da un folto gruppo di indiani ribelli, ci sono stati molti morti ed ora li stanno cercando. Non finirà mai questa guerra, dissi con amarezza. Venite vicino al nostro campo, sarete più sicuri, al forte sono in tanti ad avercela con gli indiani e vi daranno sicuramente dei fastidi. Evitammo di andare allo spaccio tutti insieme, ci andai solo con Robert, all'uscita alcuni uomini ci stavano aspettando. Eccoli i rinnegati amici degli indiani, disse uno ad alta voce. Li squadrai tutti, avevano facce cattive di uomini duri. Stammi vicino, dissi a Robert, e ignorali. Ci incamminammo, uno vicino fece lo sgambetto a Robert che ruzzolò a terra, gli presi la mano per aiutarlo a rialzarsi, poi mi girai verso l'uomo che si avvicinava minaccioso, feci la mossa di dargli un pugno, lui si coprì e io gli diedi un calcione su di un braccio, probabilmente fratturandogli il polso, urlò dal dolore e gli sferrai un pugno sul muso che lo fece andare a terra, tirai fuori veloce la pistola e la puntai sugli altri insieme a Robert con la sua derringer, rimasero sorpresi non aspettandosi una reazione così decisa. Non toccate le vostre armi o siete morti, li avvisai. Arrivarono velocemente alcuni soldati che si frapposero tra di noi e gli uomini cercando di calmare gli animi. Mettemmo via le armi e mentre ce ne stavamo andando uno urlò. Non finisce qui, maledetti traditori, statene certi. Tornammo al campo e decidemmo di partire subito il giorno dopo, ma non ero tranquillo, quella minaccia avrebbe avuto sicuramente un seguito. Murley ci rassicurò. I soldati fanno la ronda anche di notte e i miei uomini controllano il campo, ma dovrete stare attenti sulla strada, quella è gente vendicativa. Facemmo anche noi dei turni di guardia, nella notte mi alzai per andare a dare il cambio a Tahina, la vidi seduta insieme agli uomini di Murley mi invitarono a sedere con loro, mi offrirono tabacco e whisky che rifiutai, allora mi offrirono una tisana che una donna, lì con loro, aveva preparato, mentre Tahina andava a dormire la salutarono calorosamente. Era una bella notte, tranquilla, il cielo si offriva con tutta la sua profondità e i suoi puntini luminosi, tra i quali una fetta di luna brillante appena sorta da dietro i monti, gli uomini parlavano poco rivolgendo la loro attenzione alle stelle, la gentilezza e affabilità rivolta a Tahina da questi uomini mi rincuorava e la calma intorno era tale che pareva impossibile gli uomini si odiassero e si combattessero per futilità come il colore della pelle, le terre e le sue risorse, eppure al mondo c'era posto per tutti e sotto la pelle batteva lo stesso cuore, gli stessi sentimenti, nel cranio il cervello aveva gli stessi pensieri, gli stessi desideri, di pace, come in questi uomini che pur nel pericolo di assalti non avevano risentimenti nei confronti dei nativi ed erano pronti a difenderci da uomini pieni di rabbia e di brama di possesso come quelli che ci avevano aggredito la sera prima.

Al mattino durante la colazione Murley venne da noi, gli offrimmo un caffè e si sedette. Andrò a parlare con quegli uomini, tenterò di convincerli che siete gente tranquilla, ma non posso garantire il risultato. Sei molto gentile, risposi, ma se si faranno vedere troveranno pane per i loro denti. Sorrise stringendomi la mano. Non ne dubito, ho capito che siete tipi che non si fanno mettere sotto i piedi, ma state attenti ugualmente. Ci puoi giurare.

Ripartimmo subito dopo colazione, passammo davanti ai soldati di guardia e li salutammo per far notare che noi ce ne stavamo andando, in caso di scontro con quei cacciatori, il panorama oramai lo conoscevamo già, infinite praterie di alta erba, rari alberi e il profilo delle montagne rocciose a farci compagnia, la selvaggina sembrava sparita, avremmo dovuto contare solo sulle nostre risorse alimentari. Come ci comportiamo con quei tizi se dovessero seguirci, chiese Raholy. Come sempre rispose Nahity, appena troviamo un posto adatto nascondiamo gli animali e li aspettiamo, se si faranno vedere sarà tanto peggio per loro, intanto teniamo pronte le armi. Dopo alcune ore trovammo un torrente che scorreva a fianco di un terrapieno dietro il quale potevamo nascondere gli animali, lasciammo dietro la curva del sentiero il carro in bella vista e ci nascondemmo ai due lati nel mezzo della folta erba, una decina di metri indietro rispetto al carro in modo da non spararci tra di noi, io Nahity e Robert da una parte e Raholy con Tahina dall'altra parte, non passò molto tempo che li vedemmo da lontano arrivare al galoppo, erano in cinque, ci acquattammo nell'erba alta, spuntarono dal terrapieno e si trovarono il carro di fronte, sembravano sicuri di sé e decisi, si fermarono sospettosi e increduli. L'hanno abbandonato per scappare più velocemente, disse uno. No, rispose un altro, potrebbe essere una trappola, teniamo d'occhio il terrapieno. Scesero da cavallo armi alla mano e si avvicinarono lentamente guardandosi intorno, noi stavamo fermi in attesa, poi abbassarono le armi, due salirono sul carro. Robert, resta in ginocchio nell'erba con il fucile pronto. Guardai Nahity e insieme ci alzammo puntando i fucili. Alzate le mani, urlai. Sorpresi si girarono verso di noi, tentarono di sparare, ma si trovarono nel mezzo di una gragnola di colpi da ambo i lati, due morirono quasi subito, uno ferito alla gamba gettò a terra la pistola urlando di non sparare, dal carro non sparavano più. Buttate le armi e scendete dal nostro carro e attenti a quel che fate, urlò Nahity. Non sparate, stiamo scendendo, gridarono. Gettarono le loro armi e scesero dal carro, uno era ferito ad un braccio, ci avvicinammo. Vi è andata male questa volta, brutti porci. Disse Raholy avvicinandosi all'unico sano, gli tirò un calcione sul fianco facendolo cadere a terra. Cosa volevate fare, maledetti cialtroni, gli urlò ricaricando il colpo in canna e puntandoglielo alla testa. Volevano stuprarci questi porci, disse Nahity. Il ferito alla gamba aveva una fascia stretta al braccio sinistro, era quello che avevo steso la sera precedente, Robert gli si avvicinò minaccioso e lui sgranò gli occhi pieni di paura ritraendosi, Robert gli diede un forte colpo con il calcio del fucile sul ginocchio della gamba sana. Gridò dal dolore rotolandosi e cominciando a piagnucolare. Ora siamo pari, caprone. Toccava al terzo, Tahina avanzò con fare minaccioso, ma lui si gettò sulle ginocchia piangendo e tenendosi il braccio ferito. Vi chiedo perdono, sono già ferito, non fatemi del male. Tahina si fermò a guardarlo con disprezzo. Volevate abusare di noi, vero maledetto. Gli diede un forte colpo con il calcio del fucile sul petto. Vergognati, gli disse con rabbia, miserabile piccolo uomo. Li perquisimmo e gli togliemmo i cinturoni con tutte le armi compresi i coltelli. Toglietevi gli stivali e i pantaloni, comandai. Ubbidirono come cagnolini spaventati. Controllammo i loro cavalli, togliemmo tutte le selle e le gettammo nell'erba, spogliammo anche i cadaveri dei pantaloni e stivali, poi facemmo delle fasciature provvisorie sulle ferite. Ora prendete i vostri morti e tornate da dove siete venuti. Dovemmo aiutarli, stante le ferite che li impedivano nei movimenti. E ringraziate che vi lasciamo in vita, non capita spesso con noi. Gli puntammo addosso nuovamente tutte le armi caricando il colpo in canna, ebbero un sussulto di paura, sparammo in aria e i cavalli partirono al galoppo, fecero fatica a rimanere in sella aggrappandosi alla criniera, noi scoppiammo in una risata. Mi immagino le risate di Murley e degli altri quando li vedranno tornare scalzi e in mutande, scornati e feriti. Scoppiammo nuovamente a ridere tutti insieme. Bene, dissi, abbiamo guadagnato altre armi e le selle, prendiamo solo le migliori. Prendiamole tutte disse Nahity, anche gli stivali e i pantaloni, alla riserva saranno contenti.

Ripartimmo subito, non era il caso di rimanere in quel luogo, mangiammo delle focacce fredde e pannocchie bollite durante il viaggio, cavalcando fino a sera, quando trovammo un luogo adatto a fare il campo, eravamo sudati e stanchi, facemmo il bagno in un ruscello e cuocemmo un po' di carni carni fresche che avremmo mangiato anche il giorno dopo.

Davanti al fuoco parlai a Robert. Ti stai facendo una bella esperienza, hai dimostrato coraggio, freddezza e capacità con le armi, hai perfino ucciso un uomo, come ti senti ora. Robert era appoggiato a Tahina che lo accarezzava nei capelli, si staccò da lei in atteggiamento pensoso fissando il fuoco, noi lo guardavamo aspettando che cominciasse a parlare. Quando ho sparato a quell'uomo, provavo solo odio, sembrava parlare a se stesso, davanti agli occhi avevo l'immagine dei due bambini uccisi, orrendamente scalpati e le tue parole mi rimbalzavano nella testa, mi guardò negli occhi, non meritano nessuna pietà, fece una pausa, ho mirato al cuore e il dito sul grilletto si è mosso da solo, sono rimasto a guardarlo morire, lo stupore nei suoi occhi mentre la vita lo lasciava, mi sembrava poco come punizione, troppo veloce, ma non potevo fare di più. Ti senti in colpa, sei dispiaciuto per aver ucciso un uomo, domandò Nahity. No, nessun senso di colpa, però mi dispiace che si debba togliere la vita per difendersi, per avere giustizia, per continuare a vivere. Sembravano le parole di un adulto. Oggi, guardavo le nuvole, continuò, bianche e leggere, mosse dal vento e libere di farsi ammirare nel cielo azzurro, esse sono di tutti e di nessuno, come le aquile in volo, da ammirare e invidiare, come le antilopi, in questo mare d'erba, vanno dove vogliono, e noi, noi uomini, perché non possiamo essere come le nuvole, liberi di muoverci senza vincoli, senza paure. Le hai scritte queste cose, chiese Nahity. Si, oggi le ho pensate mentre cavalcavamo e poco fa le ho scritte. Sono belle parole, bei pensieri, disse sempre Nahity, la vita è difficile e dura, ma noi possiamo essere liberi dentro, nei nostri pensieri, se manteniamo pura la nostra anima essa sarà libera di volare, a Pierre abbiamo una casa, a San Francisco ne abbiamo un'altra, case comode e calde, ma la nostra libertà, la nostra gioia di vivere, la troviamo solo in questo mare d'erba, nonostante il pericolo dietro ogni albero, gli indiani l'avevano capito, per questo le loro case sono smontabili e portabili in ogni dove e ognuno possiede poche cose, solo il necessario per vivere, la brama di possesso che caratterizza il vivere dei bianchi, non tutti per fortuna, la loro limitata visione del mondo, costruire steccati e muri e diffidare sempre dell'altro, ingannarlo prima che lui inganni te, è frutto di una degenerazione culturale che si è tramandata di generazione in generazione, hanno costruito una mentalità totalitaria, una falsa identità che li porta a farsi la guerra anche tra di loro, come dimostra la guerra civile da poco finita, ora non sanno più come uscirne, da questo circolo vizioso di negatività e violenza, e nemmeno lo vogliono, e rivolgono la loro aggressività ai nativi di questo immenso paese che avrebbero molto da insegnare loro. E noi, chi siamo, chiese Robert. Siamo esseri umani, risposi io, siamo indiani e siamo bianchi, amiamo l'umanità e amiamo i bisonti, amiamo gli alberi e i fiumi, amiamo le nuvole e amiamo il vento, anche quando i fiumi straripano e il vento distrugge le nostre tende, dobbiamo accettarlo, viviamo in una società piena di contraddizioni, di pochi ricchi egoisti e di tanti poveri, spesso degenerati dalle fatiche di un lavoro da schiavi che non basta nemmeno ai loro bisogni di base, e non è facile mantenere la bussola ben orientata verso la nostra crescita umana e spirituale. Oggi, continuò Robert, quando abbiamo sparato a quegli uomini, lo abbiamo fatto per difenderci, lo capisco ed è stato giusto farlo, ma rimandarli indietro in mutande, senza stivali, l'ho trovato penoso per loro già feriti ed umiliati. Restammo in silenzio, le sue parole ci avevano colpito. Parlò Tahina. Quegli uomini erano, sono dei criminali, meriterebbero la galera secondo le leggi dei bianchi, ma solo perché voi due siete bianchi, se fossimo state solo noi tre indiane, nessun tribunale li avrebbe condannati, nemmeno dopo averci stuprate e uccise, rimandarli in mutande, lasciarli alla derisione dei loro simili è stato un modo per spezzare il loro orgoglio, per spingerli alla riflessione, dubito molto che ne trarranno un insegnamento per la loro vita futura, ma questo, credo, era il nostro intento. Proprio così, dissi io.

Durante la notte sentimmo i lupi ululare alla luna, la loro presenza indicava che forse, nascosta nei rari boschi sui fianchi delle colline, ancora la selvaggina era presente, come quando ero bambino, il loro canto mi emozionava, risuonava dentro il mio petto regalandomi sensazioni quasi dimenticate, Robert si mise seduto. Stai ascoltando, gli chiesi. Sì, è bellissimo sentirli, sono animali fantastici, mi piacerebbe diventare amico di uno di loro. Hai già un lupo per amico, anche io sono un lupo, gli dissi sorridendo. Cosa vuoi dire. Quando avevo la tua età circa, credevo che il lupo fosse il mio animale totem. Cosa significa. Gli indiani credono che l'anima di ogni persona sia influenzata da un animale simbolo che gli fa da guida personale, conferendogli coraggio e saggezza, lo sciamano diceva che ognuno di noi ha il proprio, bisognava riconoscerlo nei sogni e nei segni e accettarlo, durante i bivacchi notturni nella prateria, con i miei giovani fratelli indiani, prima di prendere sonno attendevo con trepidazione di poterli sentire e il canto dei lupi non si faceva attendere, poi nei sogni mi venivano incontro accogliendomi come un loro fratello, mi leccavano la faccia, si strusciavano e si accucciavano vicino dandomi protezione, calore e sicurezza, ero quasi convinto di essere un lupo dentro, come Nahity era convinta di essere un'aquila. Belle le aquile, sì, la mamma è davvero un'aquila, forte e leggera nei movimenti e coraggiosa, e tu sei davvero un lupo, protettivo e anche tu coraggioso. Mi si gettò addosso abbracciandomi. Vi amo davvero tanto, forse i miei genitori sono morti perché dovevate arrivare voi ad accogliermi. Lo strinsi forte baciandolo sulla testa, il suo ragionamento, per quanto irreale, era un modo per accettare la sua realtà. E io come un'aquila in volo piombo su di te con le mie piume per farti il solletico, disse Nahity solleticandolo sulla pancia, era sveglia e stava ascoltando i nostri discorsi. Ci abbracciammo rimanendo in silenzio ad ascoltare il canto notturno della prateria.

Passarono altri dieci giorni durante i quali avevamo incontrato lunghe carovane di pionieri che si dirigevano a nord, al contrario della nostra direzione, facce stanche, ma piene di speranza, carri stracarichi di masserizie e uomini che andavano a piedi per non appesantire ulteriormente gli animali, plotoni di soldati con carri carichi di rifornimenti e gruppi di cacciatori mezzo inselvatichiti.

Finalmente il giorno dopo saremmo arrivati alla riserva, avevamo catturato conigli e alcuni tacchini selvatici, per integrare la nostra dieta fatta soprattutto di fagioli, mais, focacce e carne secca, ci fermammo all'interno di una valletta che si inoltrava tra le colline boscose dove potevamo trovare qualche grosso animale da cacciare e portare così della carne fresca alla famiglia, montammo le tende che era ancora pomeriggio, avevamo ancora alcune ore di luce davanti, ci inoltrammo tutti insieme nel bosco, stavamo in ascolto ma non sentivamo né bramiti né altri rumori riconducibili ad animali cacciabili, poi vedemmo un grosso orso grizzly che si stava nutrendo di bacche, era un maschio imponente e pericoloso, non avevo mai ucciso un orso e mi dispiaceva abbatterlo ma al momento non avevamo altra scelta, ci avvicinammo di soppiatto circondandolo, quando fummo abbastanza vicini io e Nahity puntammo i fucili e sparammo insieme, lo colpimmo entrambi alla testa, morì senza accorgersene. Evviva, gridarono gli altri. Dovemmo andare a prendere i muli per trascinarlo al campo, ma era troppo pesante per poterlo mettere sul carro tutto intero, pesava sicuramente più di due quintali, lo scuoiammo e tagliammo le carni in pezzi, lasciammo i grossi artigli e la testa con i lunghi canini insieme alla pelle, lo avremmo tenuto come ornamento da aggiungere alla nostra galleria a San Francisco o direttamente in casa.

Si ripeté il rituale della volta precedente. Chi siete, dove andate, chiese la prima ronda che incontrammo. Spiegammo il motivo della nostra presenza e mostrammo il documento, non fecero obiezioni e ci rimandarono al primo posto di guardia. Al posto di guardia controllarono ogni cosa sul carro, avevamo troppe armi e prima di arrivare le avevamo nascoste in un luogo sicuro, ci lasciarono passare, arrivammo al villaggio, ormai sapevamo la strada. Quando ci riconobbero urlarono di gioia, uscirono dai tipì e vennero a salutarci, i genitori di Nahity piangevano di gioia, erano tristi ma stavano tutti bene. Come la volta precedente si misero subito a cucinare in grossi pentoloni e dopo qualche ora era tutto pronto, carne, fagioli e verdure e focacce di farina di mais, la gente veniva senza accalcarsi con la ciotola e un cucchiaio già in mano, ringraziavano umilmente, dicevano una preghiera e uscivano o si mettevano in un angolo a mangiare, molti erano vecchi, venivano da me e Nahity, ci prendevano le mani e ci ringraziavano per un semplice pasto completo, noi sorridevamo un po' imbarazzati, tanti erano bambini con le mamme che si preoccupavano che i loro figli prendessero la loro razione, l'enorme orso che avevamo catturato sparì interamente, insieme ad una fiasca di whisky che i giovani si scolarono mettendosi in cerchio, fu un momento di felicità per loro, si misero a cantare e a ballare accompagnati dal ritmo dei tamburi. Un giovane, più ubriaco degli altri, o che peggio sopportava la brezza, cominciò ad urlare con rabbia verso i bianchi, verso i soldati, diceva che bisognava riprendere a combattere, poi cominciò ad urlare contro uno senza nemmeno sapere perché e a volerlo picchiare, gli altri cercavano di tranquillizzarlo e di tenerlo lontano, ma lui si avventava contro quelli che volevano trattenerlo e tirava anche dei pugni evitati dagli altri, spossato e non potendo vincere gli amici si fermò, come riflettendo, poi si spostò dal gruppo e si mise a vomitare a getto, tutto l'alcol che ancora aveva nello stomaco se ne usciva insieme alla sua rabbia, quando non è il cervello a comandare, il corpo decide da sé quando è troppo. Finito di vomitare si girò verso gli amici e iniziò a piangere, provai pena per lui, per la sua condizione, per i giovani non era cambiato nulla, non c'era futuro per loro, e non c'è nulla di più terribile che essere giovane e non avere un futuro, un progetto, anche a breve termine, le giornate sono terribilmente lunghe e vuote, senza scopo, e l'alcol, che io avevo portato pensando di fare piacere, diventava il modo per sfuggire da questi pensieri negativi che invece ti rincorrevano anche nei fumi dell'incoscienza.

Il capo Lupo Grigio venne a salutarci calorosamente, sorrideva, ma dietro il sorriso si intravvedeva una profonda tristezza, un cuore oppresso e malato, parlò poco, ascoltò distrattamente le cose che avevamo da dire, si capiva che la sua mente era lontana, rivolta agli anni addietro della sua giovinezza, ai ricordi della sua vita libera e felice con il suo popolo, gli regalammo due grandi pelli che avevamo sottratto ai cacciatori uccisi, ringraziò di cuore, poi prese la sua razione di cibo e si sedette a mangiare in silenzio. Gli altri capi non si fecero vedere, lo stesso Nuvola Rossa lo si vedeva di rado in giro, parlava solo con un giornalista a cui raccontava la sua vita straordinaria.

Mi appartai per parlare con Avotra da soli. Con i soldi che ci avete lasciato, disse, stiamo cercando di fare un po' di commercio con i mie fratelli, i due muli e il carretto ci sono di molto aiuto, abbiamo comperato un po' di galline, ci fanno le uova che vendiamo anche ai soldati, abbiamo anche delle caprette che ci danno il latte e non abbiamo problemi alimentari, ogni tanto riesco anche a cacciare qualche animale, rimase un momento in silenzio, poi con tristezza continuò, vorrei sposarmi, ma non è vita questa, che futuro potrei dare ai miei figli, a mia moglie. Gli strinsi un braccio guardandolo in viso, ma non avevo parole, la stessa Nahity taceva. Gli demmo un altro gruzzolo di soldi, che lui prese quasi con vergogna. Vi giuro che li sto usando bene e solo per la famiglia. Non ne dubitiamo, disse Nahity carezzandogli un braccio, ti lasceremo anche questo carro con due muli, li abbiamo portati apposta per voi. Quanti anni hai, gli chiesi. Ventisei. Te la sentiresti di vivere con noi in una grande città dei bianchi. Nahity mi guardò stupita, non ne avevamo parlato. Forse sì, non saprei, forse sarebbe meglio che marcire in questo luogo, ma ora è quasi impossibile, la famiglia ha ancora bisogno di me. I tuoi figli studieranno nelle scuole dei bianchi e quando saranno grandi non ti somiglieranno, dissi ancora ignorando i suoi pensieri. Rimase serio a riflettere, guardava a terra. Posso portare anche la mia compagna. Certamente, lavorerete nella nostra fattoria. Parlerò con i miei fratelli maggiori e con mamma e papà e se mi lasceranno libero di partire parlerò anche con Hasina. I suoi occhi brillavano di una speranza nuova, forse non era la vita che avrebbe desiderato, ma almeno era una vita da uomo libero.

La mamma piangeva, il padre restava serio, capivano che era legittimo per Avotra desiderare una vita diversa e questa era un'occasione che nessuno aveva nella riserva, avevano paura che non lo avrebbero più rivisto, ma sapere che stava con noi li confortava, restavano i due figli più grandi con loro e il piccolo commercio che Avotra aveva iniziato, gli diedero la loro benedizione. Anche i genitori di Hasina piangevano, con noi veniva anche la sorellina di soli dieci anni, che si aggiungeva al nipotino di sei anni, il più figlio più piccolo del fratello maggiore di Nahity, ma erano felici che le loro figlie scappassero da quel luogo senza senso e senza futuro, con un luogo preciso ove andare e provare ad essere felici. Fecero una veloce cerimonia di matrimonio con lo sciamano, passarono la notte insieme e il giorno dopo si avviarono aggirando i controlli dei soldati.

La famiglia si allargava ancora, dovemmo portare via il carro per poter viaggiare tutti insieme, avevamo appuntamento sul sentiero che portava a nord, Avotra e Hasina avrebbero tenuto sotto controllo il sentiero e atteso il nostro arrivo.

Aspettammo due giorni e poi, poco dopo l'alba, eravamo già al posto di guardia dei soldati, passammo il ponte e ci dirigemmo verso il sentiero, nel percorso recuperammo le armi che avevamo nascosto, il giorno dopo la pista si avvicinava ad un bosco esteso fino alle pendici di una collina e lì incontrammo Avotra e Hasina e i due bambini con una vecchietta lakota, l'avevano incontrata sulle colline, seduta tra gli alberi in mezzo ai numerosi cadaveri della sua famiglia, ormai morti da qualche giorno, non mangiava e non beveva da molto, li aveva seguiti docilmente dopo essersi rifocillata, attendeva la morte o qualcuno che la aiutasse ad andare via, aveva perso tutta la famiglia ed ora non sapeva dove andare, cosa fare, ci salutò calorosamente, come fossimo di famiglia, con grandi, tristi sorrisi, pieni di dignità e umiltà, salì sul carro, si sdraiò su una pelle e si addormentò come una bambina. Avotra e Hasina erano felici come due colombi, i due bambini erano ancora scossi dall'orrendo spettacolo che avevano visto, il loro viaggio non cominciava nel migliore dei modi, cercammo di rassicurarli e li abbracciammo con affetto. La sera ci fermammo per il campo, tutte le donne si appartarono, noi ci occupammo delle tende e mentre cuocevamo le vivande tornarono tutte insieme con la vecchia, l'avevano aiutata a lavarsi e le avevano passato delle creme sulla pelle, le avevano dato dei bei vestiti indiani, ben pettinata con le trecce, sembrava un'altra donna, tra le rughe si leggeva un bel volto armonioso e saggio, velato di tristezza, la magrezza, per le privazioni subite, le dava un'aria giovanile, ringraziava con inchini e la mano sul cuore, non volle raccontare niente di cosa era successo, come era sopravvissuta. Forse un giorno, diceva, non oggi. Si chiamava Hanta.

Eravamo nel mese di agosto e volevamo arrivare a San Francisco per il mese di settembre, per dare tempo a Robert di digerire il viaggio prima di riprendere la scuola, le emozioni erano state davvero tante per lui, sicuramente ne avrebbe scritto sui suoi quaderni e questo lo avrebbe aiutato ad ordinare le sue idee, i suoi ragionamenti e a metabolizzare le emozioni. I due bimbi indiani avrebbero, dovuto imparare l'inglese prima di frequentare la scuola, li avremmo aiutati a casa a leggere e scrivere correttamente. Avremmo anche voluto andare a Pierre, ma il viaggio ci avrebbe preso troppo tempo, contavamo sul completamento della linea ferroviaria a Oakland che avrebbe ridotto i tempi di viaggio, ma un'altra volta. Il Forte Ellis ci accolse sempre uguale, il solito brulicare di gente intorno, casette nuove e vecchie, il fabbro e lo spaccio e qualche saloon. Murley probabilmente era in viaggio verso la California, altre carovane si erano accampate vicine tra di loro, ora eravamo quasi tutti indiani, e per quanto le donne fossero vestite da uomo e da bianchi, rimanevano tali, Avotra era rimasto a metà, mentre Hasina e Hanta erano semplicemente indiane, ci guardammo un po' in giro e decidemmo di accamparci nei pressi delle carovane. Dovevamo assolutamente andare allo spaccio per alcuni rifornimenti, ci avviammo io e Robert con il mulo e le pistole pronte, comperammo le nostre cose e all'uscita trovammo i soldati con un sottufficiale che ci chiese di recarci nel loro ufficio, caricammo i pacchi sul basto e ci avviammo con il mulo. Ci fecero sedere su due sedie davanti ad una scrivania dietro la quale c'era una poltrona, mentre due soldati stavano alle nostre spalle, arrivò un ufficiale che aprì un cassetto, ne tirò fuori alcune carte, le poggiò sulla scrivania e si sedette finalmente degnandoci di uno sguardo amichevole che suggeriva sicurezza di sé. Mi sapete raccontare, cominciò senza preamboli, cosa è successo con quei cacciatori che sono rientrati morti, feriti, in mutande e senza stivali e prima di tutto mostratemi un documento di viaggio, se l'avete. Robert mi guardò e io senza dire nulla presi il documento che avevo portato e lo consegnai, lo lesse in silenzio, poi disse. Raccontate. Io raccontai le cose per filo e per segno come erano accadute, facendo presente che al primo scontro erano presenti anche dei soldati testimoni oculari. Siete molto bravi con le armi, disse, questi due nomi, Adrien Betancourt e Nahity Betancourt, li ho già letti da qualche parte, lei sa dirmi dove avrei potuto leggerli. Lo disse con un mezzo sorriso, come se conoscesse già la risposta. Forse sui giornali, risposi, o in qualche comunicato di servizio, io e mia moglie siamo stati due cacciatori di taglie, famosi perché molto giovani, ci chiamano la coppia indiana, mi fermai un momento, ora ci siamo ritirati, ci occupiamo di cavalli, la gente che viaggia con noi ci darà una grande mano e nessuno penserà più alla guerra, lo dissi per giustificare la presenza di Avotra e Hasina, i bambini e Hanta che erano fuori dalla lista del documento. Chiuse il documento e lo battè sulla mano. Hanno trovato dei bei ossi duri quei caproni e scoppiò a ridere rumorosamente, anche i due soldati si misero a ridere. In mutande, disse ancora, continuando a ridere, era davvero di buon umore. Noi sorridevamo in silenzio. Si alzò, riprese la serietà e disse. Stanotte ordinerò al caporale di mettere due guardie in più vicino al vostro campo e di tenervi d'occhio. Grazie, risposi, gli strinsi la mano e lui la strinse anche a Robert.

Andando verso le montagne rocciose, verso il Targhee Pass il panorama cambiava completamente, la bellezza dei versanti boscosi delle montagne che terminavano con vette di pura pietra grigia, le più alte pennellate di neve bianca come la panna, pareti di pura roccia sopra le quali sgorgavano cascate di acqua cristallina su laghetti trasparenti circondati di da pietre enormi e levigate, il cielo limpido, azzurro di giorno, stellato di notte, persino gli animali selvaggi si cominciavano ad intravvedere tra gli alberi o all'abbeverata, e molti rapaci e altri uccelli volavano e cinguettavano sopra i boschi. Il pensiero che il viaggio volgeva al termine cominciava a farsi persistente, Avotra e Hasina non vedevano l'ora di arrivare e vedere la loro terra promessa personale, Robert si guardava intorno curioso come sempre e scriveva tutte le volte che poteva, cercando al tempo stesso di comunicare con i due bimbi indiani, anche loro si godevano il viaggio, sembrava che avessero ritrovato la serenità e superato il trauma, le zie e Hanta erano immerse nei loro pensieri, io e Nahity invece, avremmo voluto che durasse di più, dentro, avremmo voluto stare un po' soli, viaggiare come una volta, io e lei, ma non era più tempo. Quando arrivammo a Oakland dovemmo accettare che era davvero finita, confusione e fumi, brulicare di tanta gente, la attraversammo in fretta e in una settimana vedemmo finalmente casa nostra, non le avevamo ancora dato un nome, l'avremmo chiamata Villa Lakota.

La vita riprese in breve tempo come sempre, ma dentro portavamo le sensazioni vissute in quel breve arco di tempo che si esprimevano nei rapporti con gli altri, era come una magia, che vedevo anche negli altri, che ci portava serenità e piacere di vivere i momenti presenti con semplicità, Hanta era sempre radiosa e gentile, sorrideva ai bambini e li carezzava sui capelli, era diventata la nonna di tutti, sembrava aver dimenticato le sue tragedie e pensasse solo al presente, aiutava nell'orto, a mungere le capre e in tutto quello che poteva. L'ozio fa invecchiare prima, diceva, quando la invitavamo a lasciar stare. La sera, per venire a cena, si faceva sempre bella ed elegante nei suoi costumi tradizionali, una piuma, sempre bianca, che spuntava alta sulla nuca, mangiava poco e soprattutto verdure, poca carne e beveva solo acqua, a tavola voleva sempre, gentilmente, servire a me e Nahity la prima pietanza, aveva preferito vivere nel nostro tipì che William aveva montato per bellezza davanti alla casa, sin dalla prima notte, si era preparata un giaciglio con le pelli e aveva portato le sue cose personali, non voleva assolutamente dormire in casa. Avotra l'avevo messo a disposizione di William, era contento di occuparsi di cavalli, studiava poco l'inglese e lo parlava anche meno, ma lavorava bene e si faceva capire, Hasina lavorava negli orti e studiava l'inglese con la sorellina e il nipotino che sembrava si fossero ben integrati con gli altri bambini.

Una sera io e Nahity eravamo sulla veranda, seduti sul bordo per meglio vedere il cielo, il silenzio era impagabile e l'aria di fine estate si era rinfrescata con il buio, Nahity si avvicinò passandomi un braccio nella schiena e appoggiandosi a me. Mi vedi diversa ultimamente, chiese. Bé, pensandoci, sì, ti trovo come cambiata nella tua persona, anche di viso, la luce nei tuoi occhi forse, qualcosa di leggero, evanescente, ma non saprei dire cosa. Non ho le mestruazioni da tre mesi, disse improvvisamente. Cosa. Mi girai a guardarla, lei sorrideva e la luce nei suoi occhi brillava più che mai. Sono incinta, Adry, diverrai padre. Rimasi a bocca aperta senza sapere cosa dire, tanta era la felicità, l'abbracciai forte per un lungo tempo. Poi urlai. Robert, vieni qui. Robert si affacciò sulla porta con il quaderno aperto in mano chiedendo con noia perché l'avessimo chiamato. La mamma ti deve dire una cosa. Si avvicinò, Nahity gli prese la mano, e, guardandolo negli occhi, gli disse. Aspetto un bimbo, o una bimba, il sesso lo sapremo quando si farà vedere. Sorrise di meraviglia e si buttò al collo di Nahity. Avrò un fratellino, gridò, evviva. Ho pensato che se sarà femmina si chiamerà Frances Piccola Piuma, come mia madre, se sarà maschio lo deciderete voi, e non è finita qui. Cosa c'è ancora, dissi curioso. Anche Hasina è incinta, nasceranno insieme intorno all'equinozio di primavera e saranno fratelli o sorelle, il saluto alla vita che nasce e rinasce.

Piccola Piuma e Piuma leggera nacquero in primavera, erano cugine, ma sarebbero state sorelle per la vita, le chiamavamo le piume. Se la nostra vita era già cambiata, questo era il suggello alla nostra futura vita borghese, avevamo raggiunto la stabilità in tutto, ma soprattutto dentro di noi, ci sentivamo pieni di vita, sereni, i piacevoli ricordi della vita al villaggio indiano riempivano le nostre conversazioni di colore, il nostro passato di cacciatori di taglie, della caccia ai ricercati tra boschi e montagne, la collaborazione con Baxter e gli amici sinceri che avevamo conosciuto, davano un senso di pienezza alla nostra vita adulta.

Se io e Nahity eravamo praticamente i capi del villaggio, era anche vero che erano tante le donne in primo piano, con posti di responsabilità e compiti vari, tra le quali Raholy e Tahina e Sue, oltre che ovviamente Nahity e queste non permettevano alcuna differenza tra uomini e donne, al villaggio tutti eravamo uguali e le decisioni di importanza della comunità venivano discusse con la presenza delle donne, nessuno poteva permettersi di ingiuriare, né, tanto meno, picchiare una donna, nemmeno la propria moglie. Vero è che la vita al villaggio era piacevole, di tipo comunitario, tutti erano amici e i motivi di litigio erano ridotti, ci si aiutava, se qualcuno stava male c'era sempre qualcuno pronto ad occuparsi di lui, lei o dei suoi bambini. Le donne in questo clima rilassato avevano preso l'abitudine, bambine e adulte, bianche e indiane, di vestire all'indiana, anche le mogli dei lavoratori e le figlie, si facevano da loro stesse i vestiti con le pelli leggere e si acconciavano i capelli con le piume, qualche volta la sera, soprattutto al sabato, coloravano i volti, facevano il fuoco davanti ai tipì e si mettevano a ballare al chiaro di luna, al ritmo dei tamburi capitanati da

Avotra, dopo un po' si aggiungevano gli strumenti dei bianchi che suonavano balli popolari a cui tutti partecipavano fino allo stremo delle forze, giovani e meno giovani che abitavano nelle vicinanze si univano a queste serate creando amicizie e fidanzamenti, questo ed altro, dava al villaggio un sapore diverso, le pareti della casa ricche di pelli e di manufatti indiani e armi incuriosivano molto i nostri visitatori. Chi veniva a trovarci rimaneva stupito dall'organizzazione e dalla forma che aveva preso l'intero villaggio, il vialetto alberato portava diritto verso la grande casa con la veranda davanti, oltre i vetri faceva bella mostra di sé la pelle dell'orso, stesa a terra con gli artigli e i denti bianchi e gli occhi finti colorati che mettevano davvero paura, i tipì erano diventati tre, a fianco del primo ne erano sorti altri due più piccoli ed erano abitati da Hanta, Avotra e Hasina ma solo nella bella stagione, creavano un semicerchio sul lato sinistro del piazzale, proprio sotto il boschetto di eucalipto. Al fianco sinistro della casa c'erano le grandi costruzioni con il magazzino, la stalla con i nostri cavalli personali, il fienile e la falegnameria, ai lati del cancello erano sorte molte casette in fila, una di fianco all'altra con il giardino, abitate da contadini o mandriani o maestranze varie, i lavoratori soli condividevano la stanza con altri, se sposati avevano diritto a due stanze personali, un piccolo orto sul davanti, per tutti l'uso di tutta la struttura per i propri bisogni, acqua di pozzo, lavanderia, e tutti gli strumenti di lavoro del magazzino, un grande forno al coperto era stato costruito per la cottura del pane e delle focacce, le donne si alternavano distribuendo pane fresco tutte le mattine, i bambini erano così tanti che facemmo costruire due aule di scuola per i più piccoli, così che erano gli insegnanti a venire a passare la giornata con noi ben volentieri e Sue era una di loro, per i bambini, a seconda dell'età, veniva organizzato un pomeriggio alla settimana dedicato all'agricoltura e una agli animali di fattoria, gli altri pomeriggi c'era sempre con loro un insegnante che li guidava nello sport o giochi di gruppo. Anche noi avevamo creato il nostro angolo per il pugilato, ma vista la frequentazione, Robert invitava anche i suoi compagni di scuola, dovemmo aumentare lo spazio.

Per fare prima prendemmo un traghetto che da San Francisco portava direttamente ad Oakland ove arrivava il treno. Partimmo il giorno prima, andammo solo io e Nahity, ma Robert volle assolutamente essere presente. Passammo la notte in albergo e il giorno dopo eravamo alla stazione per vedere arrivare il treno, il quale arrivò quasi a mezzogiorno, dopo tanti sbuffi, in mezzo al fumo cominciammo a intravvedere viaggiatori che scendevano, aspettammo un po' e finalmente li vedemmo, i nonni paterni, già piangevano di gioia, ci abbracciammo e gli presentammo Robert, erano passati tanti anni e tante avventure delle quali ne avevano saputo solo in parte, ora che ci eravamo stabilizzati avevamo chiesto loro di venire a vivere con noi per non lasciarli soli, avevano accettato volentieri. Erano davvero invecchiati, li prendevamo a braccetto, ma loro protestavano. Ce la facciamo benissimo da soli, abbiamo solo settantaquattro anni, pensate ai bagagli, diceva il nonno con un sorrisino. Ne avevano davvero tanti, dovemmo prendere due facchini con il carrello. Andammo direttamente al porto e la sera eravamo già a casa, dopo aver conosciuto i componenti della grande casa e aver giocato con i pronipoti e con tutti i bambini andarono a dormire in una stanza al piano terra, in modo da evitar loro le scale, erano stanchi per il lungo viaggio.

Al mattino si svegliarono nel verde del villaggio, con i canti degli uccelli che risuonavano, o i muggiti, i belati e i nitriti degli animali, il profumo del pane e dei biscotti che pervadeva gli ambienti, la gente che si chiamava a voce alta, per loro abitanti di città, era tutta musica, erano davvero felici, soprattutto di avere intorno tanta gente giovane. Eravamo sulla veranda, il nonno entrando vide Hanta, le fece il baciamano e le disse dei complimenti che lei non capì, vide solo la gentilezza e il suono dolce della voce, poi il nonno si girò verso di me e facendomi l'occhiolino mi disse. Peccato che sono già sposato, è davvero una bella donna. Scoppiai a ridere. Nahity si girò e chiese cosa avessi da ridere così forte. Il nonno mi anticipò. Sono cose da uomini, disse in tono serioso, ma buffo. Non esistono cose da uomini o da donne, rispose Nahity contrariata. Bé, sappi che per il nonno esistono anche cose da uomini, e riprese a ridere. Nahity mi guardò con un'espressione incredula mezzo sorridente, la nonna rideva come a dire, lo conosco già.

Non ho nessuna intenzione di vivere gratis, voglio partecipare alle spese, soldi ne ho abbastanza, anche dopo esserci ritirati abbiamo continuato a lavorare e abbiamo guadagnato bene. Lo guardai negli occhi con simpatia e gli dissi, questa è casa tua, casa vostra, tutto questo è merito di vostro figlio Antoine, e sappiamo anche che ha investito parte di soldi vostri per iniziare l'allevamento, senza di lui, noi, non avremmo niente e se è di vostro figlio allora è anche vostro. Ma anche voi avete il vostro merito, questa casa, questo posto è merito vostro e poi non posso vivere senza spendere nulla, facci partecipare almeno alle spese di base. Se ne può parlare, gli dissi. Ascolta, ho in mente un progetto, ho visto che sono molti i vestiti che usate fatti da voi stessi, se qualcuno è interessato possiamo insegnare il mestiere che potrebbe diventare una fonte di reddito, abbiamo portato con noi i nostri attrezzi personali e molti disegni, dovremo comperare altro materiale, stoffe e macchine da cucire e altri attrezzi ma posso pagare tutto io. Come hai intenzione di vendere gli abiti. Potremmo creare un punto vendita in città, ove rilevare anche le misure personali e tenere il laboratorio qui al villaggio. Mi sembra un buon progetto, ora basta trovare le persone interessate. Non fu difficile trovarle, le prime erano proprio Nahity, Raholy e Tahina, insieme a Sue e Hasina, alle quali si aggiunsero altre donne giovani del villaggio. Comperammo le prime macchine per cucire e iniziarono subito a fare esperienza, dovemmo costruire un locale apposta che divenne la Sartoria Villa Lakota e poi trovammo dei locali nei pressi del teatro per la vendita diretta. Le mani dei nonni correvano agili nella macchina da cucire, precise con le forbici, veloci con i gessetti e il metro, sembravano dei giovani alle prese con la loro passione, e gli abiti si formavano come per magia davanti ai nostri occhi. I vestiti in una grande città sono sempre molto richiesti, le occasioni per sfoggiare abiti di qualità, eleganti, non mancano mai, in breve tempo, dietro i consigli esperti dei nonni le vendite cominciarono a fiorire, avevano un gusto davvero raffinato e forgiavano abiti su misura per uomini e donne, in breve anche uomini facoltosi diventarono clienti fissi, le sue allieve non tardarono a raggiungere un buon livello, mescolando sobriamente il gusto indiano nei vestiti per donna, diventò un'attività preminentemente femminile, io e William entravamo in gioco solo nelle decisione amministrative o di realizzazione ma le stoffe e tutto ciò che le riguardava erano materia loro, nemmeno il nonno si interessava alla gestione, finita la lezione lasciava tutto nelle loro mani, oltre al personale in laboratorio, il negozio richiedeva presenza specializzata ogni giorno, che sapesse trattare con i clienti e sapesse prendere correttamente le misure, i più esigenti venivano mandati direttamente dal nonno al villaggio, il quale accoglieva i clienti, sempre impeccabile, con modi esperti da gran signore, fosse stato anche il sindaco in persona non si lasciava intimorire. Aumentava la famiglia e aumentavano le entrate e il lavoro per tutti.

Dovemmo costruire un piccolo cimitero, chiedemmo il permesso legale e trovammo il posto, all'angolo con la strada principale e la stradina che portava al nostro villaggio, avevamo avuto un morto, un anziano, cattolico, come la famiglia, si formò la processione con il parroco in testa e anche io e Nahity ci mettemmo in coda, giunti al luogo, era pronta una buca in mezzo alle sterpaglie e ai cespugli, il prete fece la sua litania consacrò la terra e il morto fu calato nella fossa. Con Nahity ci mettemmo a discutere di come cambiare quel posto, l'idea era di lasciarlo semplice, togliere tutte le erbacce, lasciare gli alberi e circondarlo con uno steccato e fiori in modo che si vedesse anche da fuori, si avvicinò il prete. È lodevole che abbiate permesso il funerale e che siate venuti anche voi, così ho potuto raccontare qualcosa anche a voi del nostro dio e del suo amore. Nessuno ci ha chiesto il permesso, sapevano benissimo che è un loro diritto e noi siamo venuti per il rispetto dovuto alla famiglia non per ascoltare il suo sermone. Infatti non lo abbiamo nemmeno ascoltato, aggiunse Nahity. Rimase perplesso, non credeva alle sue orecchie guardandoci stranamente, poi disse, Scusate signori, temo di non aver capito bene. Io e Nahity ci sorridemmo. Guardi se è per il cimitero, dissi io cambiando discorso, stavamo appunto pensando a come trasformarlo per farlo diventare un luogo appartato, cominciai a spiegargli dello steccato, ma lui non sembrava più interessato, ci salutò e si girò andandosene.

L'allevamento, sotto l'oculata gestione di William, cresceva bene, sceglieva i suoi collaboratori e condivideva le responsabilità con scrupolo, vendevamo molti animali, soprattutto cavalli e i clienti venivano numerosi ad ammirare e acquistare gli stalloni, spesso fermandosi a pranzo o cena o per uno spuntino e fra i tanti ospiti un giorno si presentò un prete, giovane e preparato, ma evidentemente mandato solo in avanscoperta, per sapere come funzionava il nostro villaggio dal punto di vista religioso. Chi è il prete che insegna religione nella vostra scuola, chiese con un falso sorriso mentre gustava uno stuzzichino di carne. Sapeva già che da noi non si fa religione, avvisato probabilmente da qualche parrocchiana. Non ne abbiamo l'obbligo, gli risposi laconico, inoltre non serve a nulla e prende tanto tempo prezioso agli studenti. Dalla sua espressione capivo che non sapeva se sentirsi offeso o se ribattere sul piano dialettico, ci mise un po' di tempo, ma scelse quest'ultima strada. Io non sono sicuro come voi che la religione non serva a nulla e comunque ci sono degli accordi con il comune sull'insegnamento privato. Appunto, abbiamo degli accordi con il comune e da noi non si fa religione, da noi vivono molti indiani che la vedono diversamente da voi su dio e sul creato e voi non potete pretendere nulla, altrimenti lo potrebbero anche gli evangelisti, i puritani, gli anglicani, eccetera eccetera, chi lo desidera porta suo figlio in chiesa, nessuno glielo impedisce. Stette un momento in silenzio, poi disse. Capisco il suo punto di vista e non posso che concordare con lei. Ci lasciammo così, salutandoci con solo un gesto della mano. Non passò molto tempo che il vescovo in persona prese un appuntamento, arrivò vestito semplicemente, quasi per una commissione di lavoro, accompagnato solo da un segretario oltre che da altro personale che aspettò fuori, il pretino aveva consegnato la sua relazione, ed ora partiva all'attacco il suo capo, alto e grosso aveva un portamento distinto e altero, ma non ci lasciammo impressionare e tutti, imitando me e Nahity, gli strinsero semplicemente la mano, a lui e al segretario.

Li facemmo accomodare nella grande sala con le pareti piene di libri, Robert che studiava con due suoi compagni si spostò in un angolo ad ascoltare, il vescovo si sedette sulla grande poltrona di fianco al camino spento, noi ci accomodammo sui divani e sedie, eravamo in tanti e le donne sfoggiavano tutte bellissime vesti indiane, io avevo un semplice abito borghese con la giacca, ma senza la cravatta, Tahina accese un incenso e il profumo cominciò a pervadere l'ambiente, due donne bianche giovanissime, con lunghe trecce e lunghe vesti indiane, portarono le tazze con la tisana per tutti, accompagnata da biscotti con ricetta indiana adattata. Il vescovo prese la sua tazza con il miele e cominciò a lodare gli ambienti, ammirando i libri, indice d'amore per la cultura, la gentilezza ed eleganza degli abitanti e quello che aveva sentito sul nostro allevamento, sui lavoratori. Ma, disse aulico, fermandosi e puntando il dito indice verso l'alto, non vedo una croce, non vedo un tempietto, si fermò ancora, dov'è dio in tutto questo, voi mi risponderete, giustamente, dio è in tutto quello che facciamo, sì, avete ragione, dio è sempre presente in tutto quello che facciamo, ma ci vuole anche un angolo dove pregare, dove ricordare a noi stessi la sua presenza. Noi, dio, cominciai a dire, ma non mi lasciò continuare. Sì, certo voi non ci avete pensato perché non è il vostro mestiere, ma per quello ci siamo qui noi, faremo tutto a nostre spese, voi diteci dove e vi costruiamo una cappelletta, il prete verrà solo la domenica e qualche sera, in più noi parteciperemo alle spese scolastiche con una quota annuale e vi regaliamo sedie e nuovi banchi, i vostri sono troppo rozzi, allora, che ne dite della nostra proposta. Ci guardammo sbalorditi, ci stava comperando, ci stava proponendo dei soldi per acquistare la sua religione. Forse, cominciai piano, non si è guardato bene intorno, all'ingresso c'è scritto Villa Lakota, qui tutto richiama la cultura e la spiritualità indiana, questa donna, dissi presentando Hanta, che era splendida nei suoi monili e nelle sue rughe, è una figlia di dio così come lui l'ha voluta, e lei non ha bisogno del vostro dio, noi dio l'abbiamo intorno negli alberi, nella prateria, nel vento e negli animali e non abbiamo bisogno di rappresentanti che ci vendano sacramenti. Rimase senza parole, finì di bere la sua tisana, poi riprese. Capisco la cappella, ma almeno un rappresentante in classe pagato da noi, una volta la settimana, potete accettarlo. Mi dispiace, ma come ho già detto al suo subordinato, se accettassimo voi dovremmo accettare tutte le religioni. Mentre il vescovo risaliva sul calesse e lo guardavo andare via con il suo entourage, dissi a Nahity. Non sapevo che le sedie e i banchi della scuola fossero così brutti. Nemmeno io, rispose, e forse nemmeno lo sono, nessuno si è mai lamentato. Bé, possiamo sempre rifarli meglio.

Cominciò a girare la voce che il villaggio era infestato dal demonio, alla quale di ritorno tutti rispondevano che era solo invidia in quanto che al villaggio si viveva bene ed erano in tanti a chiedere lavoro, ma purtroppo non ce n'era per tutti, a chi lo chiedeva lo aiutavamo a mettersi in autonomia mettendogli a disposizione gli strumenti, ma non tutti avevano questa predisposizione ed erano costretti ad andare in città a chiedere lavoro nelle fabbriche.

Le Piume crescevano, giocavano e correvano insieme a perdifiato, dietro agli animali, andavano dalla nonna Hanta a bere acqua e a prendersi una carezza sui capelli, poi tornavano dall'asinello. D'estate dormivano nel tipì dei genitori di Leggera, ma prima di dormire andavo a leggergli una fiaba o una storiella, ascoltavano con partecipazione e non riuscivano a dormire finché la storia non terminava, alle volte mi fermavo con loro, forse per nostalgia, già sapevo che Nahity, non vedendomi, sarebbe arrivata con la sua coperta di bisonte, allora ascoltavamo il vento che premeva sulle tende, giocavamo a chi riconosceva per primo il verso di un uccello o di un mammifero notturno, e poi guardavamo le Piume che dormivano accanto a noi, due gioie, felici e sicure, Avotra e Hasina abbracciati sereni e vicini, forse fingendo di dormire, e anche noi ci sentivamo felici e sicuri, la morte di nostro padre fu un duro colpo alla nostra infanzia, ma la vita ci aveva regalato tanto e noi avevamo sparso un po' dovunque quel di più che abbiamo sempre avuto, condividendo la felicità di essere vivi.

La pelle dell'orso con i suoi denti aguzzi mi rimandava alla memoria i denti del mostro della caverna, il tiranno rex, così era stato definito, chissà se era stato scoperto e come era la nostra casa, saccheggiata o magari abitata da qualcuno, e il tempio sacro dell'interno sul lago, chissà se ancora qualche sciamano o guerriero ci va a rendere omaggio agli antenati e recitare le sue preghiere. Sapevo che già da tempo erano sorti villaggi di minatori sulle Black Hills, scavano dappertutto in cerca dell'oro, anche con la dinamite, nella nostra zona non ce n'era e forse per questo rimaneva salva. Mi sarebbe piaciuto ritornare, ma mi avrebbe sicuramente dato un dolore rivedere quei posti, oggi completamente trasformati, gli indiani in ginocchio e trasportati altrove e completamente trasformati i miei sogni, i nostri sogni. Tornare a Pierre e rivedere gli amici, la nostra casa, amata tanto quanto quella al villaggio, lo sceriffo e i suoi uomini e le notti al bivacco, senza pensieri, senza ostacoli. Vedere questa casa mi metteva tristezza, ero orgoglioso di quello che eravamo stati capaci di fare, avevamo una bella casa e tanti amici, ma le radici che sentivo di avere messo mi rendevano pesanti le gambe, nei sogni facevo fatica a camminare e a montare sul cavallo, ma una volta in sella volavo con il mio cavallo, e così volava la mia fantasia, al mio passato, anche in pieno giorno.

Portare una pistola sempre addosso era diventato normale, come prendere un fazzoletto, anche in casa ne avevamo sempre una a portata di mano, e i fucili nella rastrelliera erano tutti carichi e pronti all'uso, tutti lo sapevano, ma erano anni che non ce ne servivamo più, fortunatamente, da quando eravamo tornati dall'ultimo viaggio alla riserva non avevamo dovuto più difenderci da nessuno, ma un vago senso di timore, nel fondo rimaneva. Eravamo anche stati fermati dalla polizia, alla quale dovemmo spiegare il perché delle armi, dando le nostre vere generalità e il nostro passato, così che si venne a sapere nei documenti ufficiali che la Coppia Indiana era in città, vista la notorietà che ci precedeva in città con le nostre attività, ci lasciarono con un permesso non ufficiale a girare armati.

Venne il primo giornalista, qualcuno aveva venduto

l'informazione, chiese di Adrien e Nahity Betancourt, lo ricevemmo con cortesia offrendogli da bere e di sedere, ma quando ci disse che era un giornalista venuto a chiedere una intervista alla Coppia Indiana ci sentimmo contrariati, non volevamo si sapesse in giro chi eravamo per motivi di sicurezza, rispondemmo che non eravamo noi. Ma lui era troppo sicuro e informato, si era documentato. Gli chiedemmo per favore di lasciarci vivere in pace, rifiutando categoricamente l'intervista. Forse fra qualche anno, gli dissi, non ora. Se andò molto scontento, non sapevamo se avrebbe mantenuto il segreto, ma era molto improbabile. Andammo alla polizia e chiedemmo di un ufficiale responsabile, gli raccontammo dell'incontro con il giornalista, che probabilmente qualcuno aveva venduto l'informazione e che ora potevamo aspettarci un assalto da parte di qualcuno che volesse vendicarsi. Rimase in silenzio per un po' grattandosi con la mano la barba. Posso aumentare i controlli di chi arriva, ma in una grande città come questa non è un'impresa facile. Dateci almeno un permesso scritto di girare armati, è l'unico modo che abbiamo per difenderci. Ci accontentò, con anche la promessa di cercare i documenti relativi a noi e di secretarli in un posto più sicuro. I fantasmi del passato si facevano risentire, non che fossero mai scomparsi, erano solo sopiti, ma ora cominciavamo davvero a cambiare, l'idea di uccidere non ci piaceva più e il pensiero di poter essere feriti o uccisi pesava davvero in tutta la sua tragicità. Tornammo a casa e abbracciammo forte Robert e la Piuma, ci videro strani, Robert chiese se andava tutto bene, evitammo di metterli al corrente delle nostre preoccupazioni. Passò il tempo e non si vide più nessun giornalista. Una sera mentre ci recavamo a teatro, mi sentìi chiamare, mi girai con Nahity e vidi il giornalista, ci sorrideva e ci porse la mano, stringendola disse. Aspetto sempre l'intervista, me lo avete promesso, tra qualche anno, non ho fretta. Se ne andò per la sua strada, aveva capito le nostre preoccupazioni e si era tenuto il segreto, così ci aveva voluto far comprendere, ci sentimmo più rilassati. Non si presentò più nessuno e non dovemmo più usare le armi.

La vita al villaggio andò avanti tranquilla, eravamo diventati come dei patriarchi, mentre le attività prosperavano e i bambini crescevano, anche dopo che si diffuse la notizia che eravamo la famosa Coppia Indiana, avevamo rilasciato l'intervista, la gente continuò a portarci rispetto e ad avere ammirazione per quello che avevamo costruito.

Oggi sono un uomo diverso, totalmente diverso da quello che sono stato da ragazzo, guai se non lo fossi, significherebbe che gli anni sarebbero trascorsi inutilmente, che non avessi imparato nulla dalla vita. Nemmeno la più piccola fibra del mio corpo è la stessa, sostituita negli anni da altre che sono a poco a poco invecchiate facendo di me quello che sono oggi, un vecchio in poltrona sulla veranda con un quaderno in mano ove scrivere le memorie e una copertina sulle gambe nonostante sia primavera, ma la mattina ancora mi alzo e mi vesto da solo, vado in bagno e subito arrivano uno o due nipoti che mi lavano strofinandomi dappertutto, io faccio finta di protestare, ma in realtà mi fa piacere, spesso dimentico i nomi di chi mi sta lavando, sono cresciuti così in fretta che non li riconosco più. C'è sempre un sacco di gente per casa, amici, vicini, estranei, mi salutano, altri mi fanno domande, mi dicono il loro nome e subito lo dimentico, mi dicono il loro titolo e non capisco, mi fanno i complimenti e non so se per il mio passato o per il presente.

Il mondo fuori non lo capisco più, e nemmeno mi appartiene, carri che si muovono da soli, la luce in casa che si accende con un pulsante, apparecchi che parlano o suonano ripetendo le orchestre. La società si evolve veloce e io non ho più tempo per starle dietro, intorno a me i giovani si muovono sicuri, studiano, lavorano, viaggiano e io, uomo di un passato lontano, provo piacere a guardarli, vederli occuparsi di me, delle mie creature, mi piace quando rientrano e vengono per prima cosa a salutarmi e sono felice fino alle lacrime quando vedo i miei amici, invecchiati come me, venire a trovarmi per passare un pomeriggio insieme.

Nahity se n'è andata, sei mesi fa, credo, non conto più il tempo e aspetto solo di raggiungerla, ormai non manca molto, sono sereno, come lo era lei quando ha emesso l'ultimo respiro, la sua mano, stretta nella mia, si è allentata, il viso rilassato, sembrava che sorridesse, come chi sta ricordando, in silenzio, dei momenti piacevoli. Così è stata la sua vita, la nostra vita, piacevole, ricca di giorni, piena di emozioni, e di avventure, e di amicizie, e figli, e tanti cambiamenti prima di trovare la nostra strada.

La prima notte da solo, nel dormiveglia, l'ho sentita respirare accanto a me, per un attimo mi è parso di sentire il suo corpo contro al mio, mi sono svegliato di soprassalto e non c'era nessuno, era la sua anima che non si voleva staccare dalla mia, che ora, forse, mi aspetta, corre nelle celesti praterie a piedi nudi, con la sua veste di pelle sottile e la piccola piuma che scende sul suo orecchio, corre a fianco dei bisonti, tanti che nessun occhio umano li potrebbe contare, corre a gara con le antilocapre e con i cervi sui dirupi nelle montagne, corre e ride e vola come un'aquila e ancora mi guarda con quei suoi occhi scuri e scintillanti pieni di desiderio. Sentivo i rumori della casa, gli scricchiolii del legno, un animale che camminava sul tetto, e il russare di qualcuno, avevo pianto durante il giorno, non molto, ma spesso, ed ero in quello stato sensibile che un niente ti fa piangere e infatti mi accorsi che avevo il viso completamente bagnato, le lacrime scorrevano numerose, ma senza singhiozzi, non era solo tristezza per la mancanza della mia "Bella attesa da tempo", erano anche lacrime di ringraziamento per la gioia di aver vissuto, di aver amato, ricambiato, Nahity.

Made in the USA
Columbia, SC
29 October 2024

45240110R00170